Die Lebensgeschichte der eigensinnigen Tamara Hirsch und ihrer Familie – schonungslos und packend, eindrücklich, poetisch und kraftvoll. Die Hirschs waren Verfolgte, Widerstandskämpfer, Opportunisten, Künstler. Ein Jahrhundert deutsche Geschichte hat sie geprägt, und die Hirschs taten nicht wenig, um dem Jahrhundert ihrerseits einen Stempel aufzudrücken. Der Großvater, der während des zweiten Weltkriegs nach England floh und anschließend das Schulsystem der neu gegründeten DDR mit aufbaute. Der Vater, der im französischen Widerstand gegen Nazis kämpfte und es später als Schriftsteller zu einiger Bekanntheit brachte. Die Mutter, die ihre Töchter im Stich ließ. Ihre Schwester, die sich zu Tode trank.

Franziska Hauser, geboren 1975 in Pankow, Ostberlin, hat zwei Kinder. Sie studierte Fotografie an der Ostkreuzschule bei Arno Fischer und ist Autorin. Im Frühjahr 2015 erschien ihr Debütroman »Sommerdreieck«, der den Debütantenpreis der lit.COLOGNE erhielt und auf der Shortlist des aspekte-Literaturpreises stand.

Franziska Hauser

Die Gewitterschwimmerin

Roman

btb

Sollte diese Publikation Links auf Webseiten Dritter enthalten,
so übernehmen wir für deren Inhalte keine Haftung,
da wir uns diese nicht zu eigen machen, sondern lediglich auf
deren Stand zum Zeitpunkt der Erstveröffentlichung verweisen.

MIX
Papier aus verantwortungsvollen Quellen
FSC® C014496
FSC www.fsc.org

Verlagsgruppe Random House FSC® N001967

1. Auflage
Genehmigte Taschenbuchausgabe Januar 2020
btb Verlag in der Verlagsgruppe Random House GmbH,
Neumarkter Str. 28, 81673 München
Eichborn Verlag in der Bastei Lübbe AG

Umschlaggestaltung: semper smile, München
nach einem Entwurf von Network! Werbeagentur GmbH, unter
Verwendung eines Motivs von Plainpicture / Maria Dorner
Druck und Einband: GGP Media GmbH, Pößneck
SK · Herstellung: sc
Printed in Germany
ISBN 978-3-442-71915-0

www.btb-verlag.de
www.facebook.com/btbverlag

Für Tanja

Die tatsächliche Geschichte meiner Familie habe ich als Grundlage für diesen Roman verwendet, meine eigene Sichtweise entspricht aber nicht der Sichtweise anderer. Einiges habe ich dazuerfunden und möchte in keiner Weise den Anspruch auf die Wahrheit erheben. Nicht alle Personen sind mit meiner Ausführung einverstanden, haben aber freundlicherweise der Veröffentlichung in Form des freien literarischen Romans zugestimmt.

2011

In den Himmel über der Terrasse blase ich Zigarettenrauch. Ein Sekundenbruchteil hat sich angefühlt wie die Ewigkeit, und es ist, als stünde ich hier seit Langem. Wie ein Wachwerden, ohne geschlafen zu haben. Warum bin ich geworden, wie ich nicht sein will?

Der Polizist fragt am Telefon, ob ich die Tochter sei von Adele Hirsch und ob meine Mutter gern Schnaps getrunken habe. Gestern Nacht habe sie nämlich beim Abbiegen einen Seitenspiegel mitgenommen, sagt er zögernd, als hätte er die Straftat selbst begangen. Zu Hause habe sie der Polizei mit einem Glas Weinbrand in der Hand die Tür geöffnet. Der Beamte holt tief Luft. »Die Kollegen mussten sie mitnehmen, aufs Revier«, und macht eine Pause, »zum Blutabnehmen«, sagt er so langsam und nachdrücklich, dass ich misstrauisch werde. Meine Mutter sei aufgeregt gewesen. Im Auto habe sie nach Luft geschnappt. Auf der Wache sei sie seinem Kollegen in die Arme gefallen und gestorben.

»Meine Mama ist tot?«, frage ich das Handy und lasse es mit der Stimme des Polizisten in meine Manteltasche fallen. Meine Mama ist tot, rufe ich aufs Meer hinaus in den tobenden Wind. Dass sie so plötzlich gestorben ist, überrascht mich seltsamerweise wenig. Nur mit dem handfesten Schmerz habe ich nicht gerechnet.

Eine fast Achtzigjährige nachts auf die Wache zu schleifen, das sei ja unmenschlich, sagt eine fremde Frau am Ostseestrand. Sie hat mir die blödsinnige Frage gestellt, ob alles in Ordnung sei. Ich würde nicht in der Öffentlichkeit heulen, wenn alles in Ordnung wäre.

Die Frau muss denken, ich hätte meine Mutter geliebt. Habe ich das?

Der Schmerz wird größer, als ich es für angebracht halte, als hätte ich ihn mein Leben lang in mir aufbewahrt. Und ich fürchte, er könnte sich nicht nur auf den Tod meiner Mutter beschränken. Ein Augenblick ist das, um die Trauer nachzuholen, von der ich nicht wusste, dass sie nachzuholen ist. Das Meer treibt mich an. Es donnert mir seine gewaltige Aufforderung rhythmisch entgegen: Nur zu! Nur zu! Nur zu!, sagt es unaufhörlich, und ich weine über alles, worüber ich mir das Weinen einmal verboten habe.

Ich setze mich in den Sand und muss gleichzeitig lachen, weil mir Adeles heimliche Schwäche für Männer in Uniformen einfällt. Im Arm eines Polizisten zu sterben muss ihr gefallen haben.

Während der Autofahrt über die leeren Landstraßen komme ich mir verwaist vor. Jetzt bin ich nicht nur ein Mensch ohne Schwester, sondern auch ohne Eltern. Die Straße verschwimmt vor meinen Augen. Ich fahre an den Rand. Hupende Autos fahren vorbei, darin fluchende Menschen. Die Trauer ist jetzt greifbar. Sie handelt von Dascha. Ich muss nicht für mich, sondern auch für meine tote Schwester um unsere Mutter trauern. Ihre Trauer kann ich deutlicher nachvollziehen als meine eigene. Als hätte sie sich meinen lebendigen Körper dafür geliehen, und Daschas Trauer ist unerträglich, mit einer solchen Trauer kann man nicht leben. Ich erkläre mir selbst wie einem Kind, das ich zu trösten habe: Es ist nicht meine Trauer, sondern Daschas. Wegen dieser Trauer ist sie tot. Ich bin nicht tot, und meine Trauer ist viel kleiner als Daschas.

In einem vorbeifahrenden Auto wummert ein Bass, als hätte das Auto ein vor Anstrengung pumpendes Herz. Über der Herbstlandschaft stehen die Wolken wie eingefroren. Die schweren unten, die leichten darüber. Manche sind strahlend hell, andere bleigrau und ernst. Weit hinten zieht sich eine Pappelreihe um einen See. Vielleicht lasse ich mein Auto auf der Landstraße stehen und laufe über das stopplige Feld in den Wald. Wenn Dascha verzweifelt war, machte sie es so. Dann musste ich sie suchen, musste sie rufen und hätte sie nicht immer so anschreien sollen, wenn ich sie gefunden hatte.

»Meinen Achtzigsten könnt ihr ohne mich feiern«, hat Adele an ihrem neunundsiebzigsten Geburtstag gesagt.

Jetzt liegt sie aufgebahrt mit Kerzen in einem hässlichen lila gestrichenen Zimmer. Von meinem Finger ziehe ich den Jadering ab. Der ist aus Tibet. Ich habe ihn aus Adeles Schmuckkästchen genommen vor ein paar Wochen und schiebe ihn jetzt auf ihren toten Mittelfinger.

Der Streit um den Ring war in den letzten Jahren die engste Verbindung zwischen uns. Ich wollte ihn unbedingt haben. Sie wollte ihn mir nicht geben, obwohl er ihr schon zu groß war, als ihre Finger noch lebten. Der Ring war ihr Zepter. Hätte ich ihn nicht haben wollen, hätte sie ihn nicht behalten müssen. Während ich vor ihrem leeren Körper stehe, kommt es mir nicht abwegiger vor, mit ihr zu reden als vorher. Ich habe geglaubt, wenn sie mir den Ring gäbe, wäre das ein Beweis ihrer Liebe. »Da war doch welche, oder?« Ich lege meine Hand auf ihren Brustkorb. »War da welche?«

Vielleicht hat mein Vater ihr den Ring geschenkt, als sie zusammen in Tibet waren? Vielleicht war der Streit um den Ring unser Streit um meinen Vater? Vielleicht ist es unsinnig, darüber nachzudenken. Genauso unsinnig, wie einem Toten etwas zu essen hinzustellen.

»So, jetzt kannst du mir den verdammten Ring selber geben«, sage ich zu der Leiche und ziehe ihn wieder ab. »Siehst du, geht doch!«

Zu Hause finde ich in Adeles Schreibtisch einen gelben Post-it-Zettel. Darauf steht: *Ich hatte euch doch alle lieb. Aber es war wohl nicht genug.* Nein, war es nicht!, antworte ich innerlich. So rede ich jetzt mit ihr. Meine Mutter spricht aus Zetteln, ich in Gedanken.

Henriette sieht auf das Papier und schüttelt betrübt den Kopf. Über Adeles Tod zu weinen, sagt sie, wäre ein Weinen über alles Mögliche, aber kein Weinen um ihre Oma. Deshalb würde sie es lieber lassen. Neulich habe sie heulen müssen, als im Barbie-Kinderfilm ihrer Tochter am Ende doch die richtige Prinzessin gekürt wurde. Dass Adele tot ist, mache ihr allerdings nichts aus. Maja fragt, ob wir Oma im rosa Plastesarg mit Filmmusik durch weißen Blütenregen tragen sollen, damit Henriette traurig sein könne.

Ich stelle mir vor, wie meine Mutter uns zusieht. Sie sieht, wie Henriette nicht trauert, obwohl sie es von sich erwartet hätte, und wie traurig ich bin, obwohl ich es nicht erwartet hätte.

Majas Trauer ist in Ordnung. Sie macht ein betrübtes Gesicht, manchmal weint sie ein bisschen. Sie kümmert sich, sammelt Adeles Unterlagen, sortiert, beschriftet, telefoniert.

Alte Menschen sitzen auf Adeles Gartenstühlen, ohne Adele. Sie schütteln ihre faltigen Gesichter, tätscheln mir die Schultern, sagen nette Sachen mit zitternden Stimmen. »Jetzt sind sie beieinander. Sie waren ein großartiges Paar.«

Henriette sitzt mit verschränkten Armen, missmutigem

Blick und wippendem Knie auf der vorderen Kante des Klappstuhls. Ich hoffe, diese ungnädige Haltung nimmt sie nur in meiner Gegenwart ein. Sie kann unmöglich immer so sein. Gereizt fuchtelt sie mit den Armen. »Kann ja sein, dass die irgendwann irgendwo mal großartig waren. Aber vielleicht hätten sie ein bisschen mehr für ihre Töchter da sein sollen!«

Ich bin mir nicht sicher, ob sie mich verteidigt oder ob sie meine Kindheit schlechtmacht. Henriette muss Erfahrungen geerbt haben, von denen ich ihr nie erzählt habe. Jedenfalls wollte ich ihr davon nicht erzählen. Hab ich es doch? Was nicht erzählt wird, ist nicht aus der Welt. Das weiß ich selbst.

Frau Grünstein lacht und wirft den Kopf in den Nacken. »Na, so ein Blödsinn! Das waren wunderbare Eltern! Dass sie so viel reisen mussten, war ja nun nicht zu ändern.« Meine Mutter hat sich die Grünstein wie eine Pflegetochter gehalten. Sie war ihr heilig und schien der einzige Mensch auf der Welt zu sein, der meiner Mutter vertraute. Frau Grünstein hebt die beringten Hände. »Das war ein Künstlerhaushalt. Der Alfred hat seine Töchter sehr geliebt.« Henriette murmelt abfällig in ihren Kuchenteller, als hätte sie auf diesen Satz nur gewartet. »Bisschen zu sehr!«

Ich fühle mich gebrandmarkt. Abgelehnt von der ganzen Beerdigungsgesellschaft. Bloßgestellt von meiner Tochter.

»Könnt ihr über was anderes reden?«, rufe ich zu laut und zu scharf. Frau Grünstein schrickt zusammen. Henriette fängt an, altes Kerzenwachs vom Tisch zu kratzen.

Die wackligen Köpfe empören sich leise. »Üble Nachrede … Nestbeschmutzung …«

»So war's aber!«, sagt unvermittelt die Grünsteintochter,

die nie etwas sagt. Still und furchtsam sitzt sie sonst neben ihrer Mutter wie ein treues Tier.

Frau Grünstein sieht ihre Tochter entsetzt an. »Wie kannst du das sagen?«

»Mama, ich weiß es einfach.«

Ich gehe ins Haus. An der Nische vorm Bad kommt es mir vor, als ginge ich an dem dürren blonden Mädchen vorbei, das ich vor über vierzig Jahren gewesen bin und das in die dunkle Ecke gedrückt wurde.

In meinem Körper funktioniert etwas nicht richtig. Es fühlt sich an, als wäre mein Blut kälter als meine Haut. Ich sehe den betretenen Blick des vergangenen Kindes und weiß, es hat noch mehr dieser Erinnerungen aufbewahrt. Die soll es behalten. Kein Essen für Tote, kein Nachdenken über das, was nicht zu ändern ist.

Die Nischenwand werde ich herausreißen, wenn ich das Haus umbaue. Beim Verabschieden nennt mich eine der alten Frauen »Tara Hemde raus«. So soll ich mich selbst genannt haben, als Kind, behauptet sie. Ich erinnere mich an das Lied, das ich sang, wenn ich morgens im Unterhemd am Fenster stand und auf Irmgard, unsere Haushälterin und Kindermädchen, wartete, bis sie mit den Milchflaschen aus der Elfenallee kam. *»In der Chamissostraße, da steht ein blaues Haus, da guckt die kleine Tara im weißen Hemde raus.«* Mein Vater hatte das Lied für mich erfunden. Jetzt kommt es mir vor, als wäre das Warten am Fenster vor sechzig Jahren der letzte saubere Moment in meinem Leben gewesen. Ich war frei, und alles hätte noch anders werden können.

Als die Gäste weg sind, winke ich meinen Töchtern hinterher, wie meine Eltern vor Kurzem mir hinterhergewinkt haben, zum Abschied, auf derselben Treppe.

Ich lege mich aufs Sofa, sehe in die Pappelblätter und

träume von Häusern mit langen Gängen, leeren Räumen und verschlossenen Türen, die sich nicht öffnen lassen.

Als ich aufwache, ist es dunkel. Der letzte Gedanke, den ich aus meinem Traum mitnehme, ist die Verwunderung darüber, dass ich noch da bin. Es ist nicht die Verwunderung über den Ort, an dem ich aufwache, sondern über mich. Ich bin da.

Ich gehe durch alle Zimmer, bleibe ratlos in der Diele stehen, weiß nicht, wo ich anfangen soll. Eigentlich muss hier alles raus. Nur das geschwungene Marmortischchen in der Diele will ich behalten. Den großen Spiegel mit dem verschnörkelten weißen Holzrahmen auch. Als ich vor dem grünen Medizinschränkchen stehe, weiß ich, wo ich anfangen muss. Es ist überfüllt, wie immer. Ich reiße es von der Wand, trete die Tür mit Gewalt zu und schließe es ab.

Im struppigen Garten sieht es nicht nach Sommer aus. Mit einem Spaten steche ich eine Feuerstelle in den trockenen Rasen und lege das Schränkchen in die Mitte. Dann hole ich ein Brecheisen aus der Garage und heble vor dem Elternschlafzimmer die Türschwelle aus dem Boden. Die Schwelle und das Schränkchen gehören zusammen, müssen gemeinsam verbrannt werden. Dascha hat als Kind nächtelang auf dem verfluchten Stück Holz geschlafen. Ich werfe es aus dem Fenster. Den Knüppel mit der Aufschrift »Hausordnung« werfe ich gleich hinterher. Wie ich den spießigen Männerhumor gehasst habe! Wie ich die Farblosigkeit gehasst habe! Das kackbraune Sofa, die beigen Tischdecken, den schlammfarbenen Läufer, diesen ganzen hässlichen Sumpf. Ich werde alles ans Licht zerren, es zerstückeln, zerhacken und verbrennen.

Den alten Gong habe ich als Kind schon einmal in den Müll gesteckt. Am nächsten Tag hat er wieder im Schlafzimmer gestanden. Meine Eltern schlugen ihn nach dem Mittagsschlaf. Wie ein Roboter fing Irmgard daraufhin an, Kaffee zu kochen und Kuchen auf den Tisch zu stellen.

Diesmal wird ihn niemand zurücktragen.

In allen Schränken finde ich Schätze. Eine Bronzeglocke mit um den Stiel herumgeringelter Schlange, ein afrikanisches Schwert mit Köcher und Bambuspfeilen, einen filigranen Wandteppich, ein silbergefasstes Perlmuttschälchen. Ich putze auch die sauberen Gegenstände. Was ich putze, gehört mir.

Mit einem Vorschlaghammer gehe ich auf die kleine Wand los, die aus dem Badvorraum eine Nische macht. Niemand hört mich, wenn ich schreie. Es ist mein Haus. Die Schreie kommen aus meinem Bauch, wie beim Sprechtraining in der Schauspielschule, als wir unsere wahre Stimme finden sollten. Damals war ich erstaunt über den rauchig tiefen Ton.

Die Tapete platzt, der Putz bricht, staubige Krümel fallen herunter. Alle Muskeln wollen mitmachen, wollen dabei sein, wenn die nackten Steine sichtbar werden. Ich schlage auf die hässliche Wand ein, auf die hässlichen Erinnerungen, die in der dunklen Ecke stecken. Ich atme Staub ein. Die Steine brechen aus der Wandkante und lassen sich leicht herausschlagen, als wollten sie befreit werden. Zum ersten Mal scheint Tageslicht hinter die Nische, die keine Nische mehr ist. Ich muss husten. Ich muss rauchen. Ich habe gewonnen.

Abends stehe ich verstaubt in der Küche. In Gedanken baue ich um, entsorge, stelle neue Gegenstände hinein.

In den letzten Jahren habe ich mich in Zuständen befunden, von denen ich hoffte, sie würden bald vorbei sein. Arbeiten, Wäschewaschen, Essenkochen, Einkaufen, Saubermachen. Alles begann von Neuem, sobald es erledigt war. Die Zwischenräume waren zu klein, um darin zu leben. In meiner Kindheit waren die Tage, die nicht vergehen sollten, lang und bedeutend. Ohne Verpflichtungen, ohne Schlüssel, ohne Uhr, ohne Geld, ohne Schuhe im Sommer, trieb ich mich mit einer Freundin nachmittags auf den Straßen herum und fühlte mich so frei, als hätte ich kein Zuhause nötig, weil die ganze Straße mein Zuhause war, die ganze Stadt, die ganze Welt. Im Hof meiner Freundin schrieben wir mit Tinte einen Wunsch auf die Rückseite eines Efeublattes, das wir unter einen Stein legten. *Noch tausend Wünsche bitte!*, schrieben wir, weil wir zufrieden waren mit dem Moment und uns nichts Bestimmtes einfiel.

Ich überlege, ob es solche Momente mit einer solchen Bedeutung je wieder geben könnte. Jetzt fallen mir die tausend Wünsche alle ein, die ich mir damals hätte wünschen sollen.

Wenn das Haus aussieht, wie ich es haben will, wird dann auch mein Leben aussehen, wie ich es gern hätte?

Das schwere gravierte Silberbesteck – *Kurhaus Masserberg* – muss auch weg. Ich will nicht beim Essen an die Kindheitsferien mit meinen Eltern in dem alten thüringischen Hotel erinnert werden. Maja und Henriette liebten es, mit ihren Großeltern ins Kurhaus zu fahren. Ich teile das Besteck auf, stecke es in die Kisten meiner Töchter, ohne mir anzusehen, was sie sich darin zusammengepackt haben. Die Dinge, die in der Welt bleiben, sind unwichtig. Wichtig sind die Dinge, die wegmüssen.

Am Abend habe ich im Garten einen großen Haufen Plunder aufgeschichtet, über dessen Weiterverwendung ich nicht nachdenken will. Er soll verschwinden. Das Feuer wirft seine Funken in den Nachthimmel. Aus dem

Medizinschränkchen schlängeln sich Flammen in Giftgrün und Lila.

Wenn meine Schwester noch leben würde, könnten wir das Gift gemeinsam verbrennen. Mit verschwommenem Blick sehe ich durch die Flammen hindurch Dascha in der dunklen Wiese hocken, auf der anderen Seite des Feuers. Sie beobachtet mich mit leicht schiefem Kopf, mit ihrem spöttischen Lächeln, den klugen, traurigen Augen. Sie sieht aus wie ich. Ständig wurden wir für Zwillinge gehalten. Beide hatten wir diesen schiefen linken Schneidezahn. Ich hätte gern ihren Leberfleck unterm Wangenknochen gehabt, ihren Hals, der noch ein Stück länger war als meiner. Ich war blonder, Dascha war schöner. Die Schönheit hat sich ihrem russischen Namen angepasst. Sie hätte im Märchen die Wassilissa mit den roten Wangen und samtbraunen Mandelaugen spielen können. Der Feuerqualm wischt Daschas Gesicht von der Wiese.

Ich heule die schwarze Rauchwolke an.

»Sie wissen wohl nicht, dass wir Waldbrandstufe drei haben!«, ruft ein unsichtbarer Nachbar durch eine Hecke. »Is' mir scheißegal! Wir sind nich' im Wald.« Der Nachbar schimpft unverständlich weiter. »Ich versteh kein Wort. Komm rüber, wenn du mit mir reden willst. Is' alles offen vorne!«, rufe ich. »Bleibt auch alles offen«, sage ich leise zu mir.

Als ich die Terrassentür schließe, wirft die Zugluft den wackeligen Messingbilderrahmen um. Der Rahmen liegt auf dem Schränkchen im Flur. Das Schwarz-Weiß-Foto von Maja und Henriette beim Sackhüpfen ist schief. Auf der Rückseite drehe ich die umgebogenen Nägel über die schwarze Pappe und nehme das Bild heraus. Hinter dem Foto der Kinder steckt eins von mir. Da hatte ich diese verstrubbelte Kurzhaarfrisur wie Annie Lennox. Sie ist so alt wie ich.

Schmaler Kopf, schlanke Schultern, an den Ohren große Plastescheiben, schwarz-silber kariert. Ich war so verflucht dünn. An das Klappern der breiten Silberarmreifen kann ich mich noch genau erinnern. An die große gelbe Sonnenbrille, die ich fürs Foto über meine Stirn schiebe, auch. Das enge Nudelträgershirt war dunkelgrün. »Passt zu Blond«, hatte ein schwuler Freund gesagt. Die Achselhaare wären heute provokant.

Ich sehe mir durch einen vergangenen Spiegel in die Augen, die genauso geschminkt sind wie heute, mit braunem Eyeliner und Wimperntusche. Das schwarz-weiße Gesicht fängt an zu flimmern wie schweres Gas. Die Augen schwimmen auseinander, hängen bedrohlich herunter, links und rechts, Richtung Ohren. Um den Mund kriecht ein verletztes Zucken. Der unerträglich einsame Zustand fällt mir wieder ein. Dabei war ich ständig von Menschen umgeben.

Mit dem Ärmel wische ich die Flüssigkeit aus meinen Augen und sehe wieder klar. Ich schiebe das Foto zurück hinter das meiner Töchter.

Einsam fühle ich mich hier nicht mehr. Das Haus redet ständig mit mir.

Seit Wochen versuche ich, alle Ecken auszuradieren, die mich an die Einrichtung meiner Eltern erinnern. Ich sehe mich um und habe das Gefühl, die Vergangenheit aus den Ritzen kriechen zu sehen wie unbesiegbare Ratten, die unter meinem prächtigen Garten wohnen und in den Wänden zwischen meinen schönen Räumen. Sie spielen nicht mit. Sie untergraben meinen Plan.

Ich will meinem Onkel als Hausherrin begegnen. Er soll mich ernst nehmen. Er soll wissen, dass es jetzt mein Haus ist. Und er soll sehen, dass es schön ist.

Dann steht er mit seiner neuen Frau vor der Tür, tritt mit schweren Füßen über die Schwelle, als Stellvertreter meiner toten Eltern. In der Diele zieht er der Frau den Mantel aus wie einem Kind, geht ins Wohnzimmer, setzt sich genau dort, wo die hässliche Couch meiner Eltern gestanden hat, in einen kleinen Sessel. »Kaffee kriegst du erst, wenn ich dir das Haus gezeigt habe.«

Er beugt sich langsam vor, stützt die fleckigen Arme auf der Sesselkante ab und steht mit einem Stöhnen wieder auf. Seine Frau geht artig hinter ihm die Treppe hoch. Am oberen Absatz bleibt sie stehen, weil er vor ihr stehen geblieben ist. »Hast ja kaum noch Zimmer, ohne die ganzen Wände.« Ich wollte, er würde staunen. Er wollte, es wäre wie früher.

Seine Neue hat ein unscharfes Gesicht. Wie kann er dieses langweilige Huhn in eine Reihe stellen mit seinen beiden toten Frauen? Die habe ich damals gemocht. Jedenfalls kommt es mir jetzt vor, als hätte ich sie gemocht. Seine erste war die Schwester meiner Mutter. Seine zweite war deren Tochter. Niemanden in der Familie schien das zu wundern. Nur mir tat meine Cousine leid, die ihren Stiefvater heiratete und mit Mutter und Stiefvater zusammenlebte wie vorher. Sie hatte an demselben Mann die Rolle ihrer Mutter übernommen. Es musste seine Richtigkeit haben, dachte ich. Niemand sprach darüber.

Die neue Frau berührt das Treppengeländer im Runtergehen nur mit drei Fingerspitzen. Auf meinem Sofa lässt sie sich nieder, als müsste sie auf einem Komposthaufen sitzen. Bevor sie den Tassenrand berührt, schiebt sie die Zungenspitze heraus. Wie können Fingernägel so glänzen? An der Hochsteckfrisur steht kein Härchen ab. Als sie geziert ein rechteckiges Stück Serviette abreißt und sich damit die Nase putzt, pruste ich meinen Kaffee in die Tasse. Die Hände im Schoß, lehnt sie sich zurück, untätig wie eine Attrappe. Ihr Lächeln will mir sagen, dass ich den Grund ihrer Hoffähigkeit nie verstehen werde.

Ich will keine saubere Frau sein. Ich will mich benehmen, wenn ich es einsehe. Ich sehe es immer seltener ein.

Heute Morgen habe ich versucht, nicht wieder das schwarze Sackkleid anzuziehen. Alles sah falsch aus. Unvorstellbar, wie derselbe Bauch vor wenigen Jahren noch flach gewesen sein konnte und dieselben Brüste fest. Mein Kinn war noch vom Hals zu unterscheiden.

Dass der Besuch eine Quälerei wird, wusste ich. Dass die Frau so dämlich ist, wusste ich nicht.

Ob sie kacken müsse, frage ich laut, als sie leise darum bittet, die Toilette benutzen zu dürfen. Ihr Lächeln entgleist sanft.

Onkel Anton sieht ihr mit Belustigung hinterher. Er ist nicht mehr so grob wie damals. So grob wie mein Vater, so grob, wie es üblich war in diesem Haus. Als sie draußen ist, herrscht für den Moment eine familiäre Einigkeit zwischen dem Onkel Anton und mir: Wer sich mit uns einlässt, darf nicht empfindlich sein. So war es, als das Haus noch voll war. Als meine Eltern noch lebten.

Jetzt will er von seinen Krankheiten erzählen. Auch gut. Hauptsache, er redet nicht von den Kreditraten. Er wird keinen Cent zurückbekommen! Dass ich den Kredit als Entschädigung ansehe, werde ich ihm langsam sagen müssen.

Zu spät. Die Kinder und Enkel poltern in den Flur. Heute werde ich es ihm nicht mehr sagen.

Meine Töchter schleppen eine blau blühende Pflanze

im Keramikkübel mit Seidenschleife. »Blauflügelchen? Wunderbar! Kann gleich auf die Terrasse.« Sie wissen, wie ich es haben will. Zwischen Stufen und Dachpfosten setzen sie den Kübel ab. Henriette hält den Kopf schief, geht ein paar Schritte zurück. Im kurzen Rock und mit hohen Stiefeln wird an ihr die Figur meiner Mutter deutlich. Diesen kugligen Hintern hatte ich nie. Es sieht aus, als hätte Henriette in ihrer Eigenwilligkeit selbst entschieden, welche Gene der Familie Hirsch sie erben wollte. Gebückt zerrt sie den Kübel näher zur Treppe. Es soll aussehen, als hätte die Pflanze selbst entschieden, dort zu stehen.

Der Onkel geht mit krummem Rücken zur Tür, will meinen Enkelkindern die Hand geben, aber sie haben ihre bunten Jacken in den Flur geworfen und rennen an uns vorbei in den Garten. »Wehe, ihr trampelt auf meine Blümchen!«, rufe ich hinterher.

Maja umarmt mich, umarmt den Onkel, umarmt sogar das unbekannte Huhn. Als Henriette ihm die Hand gibt, streckt er den Arm nach ihr aus. Sie lässt sich nicht umarmen. Es wird eine hilflose Schulterberührung. Mich umarmt sie auch nicht, schiebt sich an mir vorbei, setzt sich in den Sessel mit der japanischen Decke, tippt in ihr Handy.

»Das ist ihm zu viel Trubel«, sagt das Huhn entschuldigend. Im Flur lässt sie sich den Mantel wieder anziehen. Ich komme mit raus vor die Tür und ziehe sie hinter mir zu. Onkel Anton kippt den Kopf Richtung Straße. »Geh schon vor, setz dich ins Auto.« Sie lächelt, dreht sich um, geht. Er umgreift meinen Oberarm. »Dein Geburtstagsgeschenk ist der halbe Kredit«, macht ein Zeichen mit waagerechter Handkante und ein verschwörerisches Gesicht. Seine wabbeligen Lippen drückt er auf meine Wange. Ich ziehe meine Hände in die Ärmel meiner Strickjacke und schlinge sie fest um meinen Körper. »Weißt du eigentlich, wie widerlich das war, von euch begrapscht zu werden damals?« Die Augenbrauen zusammengezogen, hält er den Kopf schief, als verstünde er nicht, wovon ich rede. »Ihr wart für uns alte Männer und habt uns ständig da oben in die Ecke gedrückt. Das war einfach ekelhaft!«, sage ich, obwohl es überflüssig ist. Ich zeige ihm meine zitternden Hände. »Hier, guck dir das an!« Er sieht auf meine Finger, schüttelt irritiert den Kopf. »Aber ihr wart doch so niedlich.« Ich wiederhole seinen Satz als Frage.

Seine Pupillen sind wie ein Tunnel in die Vergangenheit. Ich sehe hinein und habe das Gefühl, er zieht sich dorthin zurück. Wie von weit her sagt er, als hätte er es vor Langem eingeübt: »Es tut mir leid, wenn ich euch belästigt haben sollte.« Er macht eine altertümliche Verbeugung. »Das wollte ich nicht«, dreht sich um und geht. Am Tor winkt er mir zu, wie früher, als seine Arme noch stark waren und ich mich noch vor ihm gefürchtet habe. Alt, schwach, ungefährlich lässt er sich zum Auto führen. Er verschwindet genauso unscheinbar in der Umgebung wie seine Frau mit dem unscharfen Gesicht.

Alles ist so lange her. Als das Auto abfährt, komme ich langsam wieder in der Gegenwart an. Wieso lebt der Mann überhaupt noch, denke ich, als hätte er nicht das Recht dazu. Ich schließe von innen die Tür und bin mir nicht mehr sicher, ob er wirklich noch lebt. Vielleicht ist er in diesem Moment gestorben. Herzinfarkt im Auto.

Im Flur hat jemand eine gelbe Plastetüte von Netto liegen lassen. Die räume ich hinter die Kellertür. Wenn ich meinen Körper nicht mehr hinkriege, soll wenigstens mein verfluchtes Haus perfekt aussehen!

»Kann mal jemand das Haus bewundern?« Henriette fragt entnervt, ob sie jetzt eine Stilnote geben soll, oder was. Ich sehe mich selbst an ihrer Stelle liegen, die Stiefel über der Lehne, mit meinem Vater streiten. Der schwenkte die Arme, lief im Zimmer hin und her. Er wollte diskutieren. Ich wollte nur gehässig sein.

Ich bin nicht wie mein Vater. »Dass ich keinen Stil habe, ist mir klar. Hast du mich für 'ne Künstlerin gehalten? War ich nie. Werde ich nie!« Henriette ist nicht wie ich. Sie stöhnt. Dafür, dass ich keine Künstlerin sei, sähe ja alles toll aus.

Mein Enkel fällt im Garten von dem schrägen Baum. »Scheiße! Meine Malve!«

Ich sollte nicht so brüllen. Er kriecht verschreckt ins Gebüsch.

Aus dem Schuppen hole ich Draht und einen Stock, um die geknickte Pflanze hochzubinden. »Komm raus da!« Der Junge hockt sich neben mich. Er soll den Draht halten. Von der Seite sieht er mich an, will wissen, wie böse ich bin. Ich sollte versuchen zu lächeln, aber dann könnte es passieren, dass ich versehentlich anfange zu heulen.

Ich wollte eine Lieblingsoma werden, meine Enkelkinder mit Schokoladenpudding verwöhnen, mit ihnen verreisen, alles nachholen, was ich mit meinen Töchtern nicht geschafft habe. Aber die Kinder nerven mich. Die kleinen Mädchen streiten sich auf der Wiese um den Liegestuhl. »Das ist mein Fliegestuhl!«, kreischen sie und zerren daran. Ich schließe die Augen, beherrsche mich, sie nicht anzuschreien, gehe an ihnen vorbei ins Haus.

Der Flurspiegel sagt mir, ich muss ein freundlicheres Gesicht machen. Ich verspreche ihm, auch das zu versuchen.

Meine Aggression lasse ich an der gebratenen Gans aus,

zerknacke mit der fettigen Geflügelschere die Gelenke, lecke meine Finger ab. Zuerst kommt der Sterz auf meinen Teller. »Der Arsch ist meiner!«

Ich erzähle von dem verklemmten Huhn des alten Onkels. Meine Töchter reden mit ihren Kindern, tun, als würden sie mir nicht zuhören. Ich kenne ihre Art, durch Desinteresse eine Mauer gegen mich zu bilden.

Die Kinder wollen kein Fleisch, kein Gemüse, nur Klöße. Mein Vater hätte die Faust auf den Tisch gedonnert. Erst wird gekostet! Die Kinder hätten sich erschreckt. Dann hätte er das Gesicht vom platzenden Frosch gemacht, dabei geschielt und so getan, als würde er mit der Gabel voller Rotkohl seinen Mund verfehlen. Sie hätten gelacht und freiwillig gegessen. Er konnte meine Töchter, als sie klein waren, beim Essen ablenken, sie mit Späßen verwirren, mit Geschichten, Fratzen, sodass sie ihre Teller leer aßen, ohne es zu merken. Ich kann keine Witze, keine Fratzen. Ich kann die Stimmung nicht aufhellen.

Beim Abschied geht Henriette wieder an mir vorbei. Sie stülpt ihrem Kind einen zusammengerafften rosa Strickjackenärmel über den kleinen Arm, zieht das Händchen durch die Öffnung. Das Kind zieht die Hand zurück, schiebt die Unterlippe vor – »nicht die blöde Schreckjacke!« Mein Vater hätte sich gefreut. »Adelchen«, sagte er dann, »schreib das auf, ja?«, wenn Maja und Henriette Apfeleimer sagten statt Abfalleimer oder sonntags im Café Moskau schwarzer Teller Eis bestellten statt Stracciatella. Meine Mutter schrieb es auf.

Als ich den Staubsauger über den Teppich schiebe, höre ich den Nachbarn nicht, der plötzlich im Zimmer steht und die Arme ausbreitet. »Ha! Du erschreckst dich immer so herrlich, Tamara!« Der Alte lacht. In der Hand eine

Flasche, deutet er zur Tür. »Na, wenn Frau Hirsch keine Klingel hat!«

Die Bronzeglocke mit der um den Schaft geringelten Schlange ist meine Klingel. Wieso versteht das niemand?

Er soll seine Dreckbotten ausziehen oder sich in die Küche setzen.

Die Flasche am langen Arm durch den Raum schwenkend sagt er: »Da hat Frau Nachbarin ja wieder eine traumhafte Theaterfassade aufgestellt!«, dreht sich um, tänzelt in die Küche.

Theaterfassade? Ist das alles, was von mir übrig geblieben ist? Die makellose Frau des Onkels hatte doch etwas Würdigendes gesagt über den Garten. Märchenhaft, oder so. Ich habe es nicht ernst genommen, war nur angewidert von ihrer seichten Stimme. Ich wünschte, sie wäre wieder hier. Wieso wird mir das jetzt erst klar? Das dumme Ding hätte mir aus der Hand gefressen, wenn ich es gewollt hätte. Verdammter Mist!

Der Nachbar gießt seinen Rum in das langweiligste Schnapsglas, das ich habe, und kippt ihn hinter seine vorgeschobene Unterlippe. Er hält mir die Flasche hin. »Rum, Tamaruschka?« Mir wird schlecht vom Alkoholgeruch. »Könntest mir auch 'n Tässchen Katzenpisse anbieten.« Ich hole ein kleines Glas mit Goldfuß und gravierten Vögelchen aus dem chinesischen Schrank, nehme ihm das andere weg. »Sauf wenigstens kultiviert!«

Wenn Henriette anruft, kann es sich nur um ein Problem handeln. »Habt ihr was vergessen?« Ich kann mich nicht erinnern, wann sie mich das letzte Mal Mama genannt hat. Den Nachbarn lasse ich sitzen. »Komme gleich wieder. Muss meiner Tochter was bringen.« In der Garage finde ich hinter Fahrrädern, Gartenbänken und Sonnenschirmen zwei alte Kindersitze. Ich werfe sie ins Auto. Von

Weitem sehe ich Henriette mit einer Polizistin diskutieren. Meine Enkelkinder kommen auf mich zugehopst, zerren an meinem Kleid. »Oma ist unsere Retterin!« Henriette nimmt mir die Sitze ab. Meine Enkeltochter streckt mir ihre kleinen Arme entgegen. Ich beuge mich hinunter. Sie hält meine Wange, riecht nach Milchkeks und gibt mir einen Kuss von so entsetzlicher Zartheit, dass ich für einen Moment spüre, wie sich meine Anspannung aufzulösen droht.

Henriette schnallt die Kinder an und steigt ins Auto. Ihr Blick durch die Windschutzscheibe sagt mir, sie ist für die Rettung genauso dankbar wie ich für ihren Hilferuf. »Da hat Ihre Tochter ja Glück gehabt«, sagt die Polizistin. Ich winke dem Auto hinterher. »Die Kinder zapfen doch nur unser schlechtes Gewissen an.« Die Polizistin versteht mich nicht. Henriette versteht mich. Sie kennt mein schlechtes Gewissen und bedient sich daran im Notfall.

In der Nacht träume ich von einer Katzenkopfsteinpflasterstraße, die sich durch eine leere, heiße Landschaft zieht. Es regnet. Ich erkenne, dass einige Steine sich verfärben, im Nasswerden Worte bilden, Sätze, einen Text. Ich muss rückwärtsgehen, um ihn zu lesen. Der Text handelt von meinem Leben und davon, dass ich mich unvermeidbar in Staub auflösen werde, wenn ich weiter rückwärtsgehe. Die Straße wird irgendwann zu Ende sein.

Im Aufwachen wird mir klar, die Geschichte könnte in der Zukunft unendlich weitergehen. Zu Ende ist sie am Anfang, bevor es sie gab. Dahin will ich nicht zurück. Dahin werde ich gezogen.

Vor der Fotokiste, die im Arbeitszimmer meines Vaters stand, fürchte ich mich noch immer. Als Kind habe ich darin gekramt, an einem langweiligen elternfreien Nachmittag, und fand ein seltsames Bild, das zwischen den alten Familienfotos lag. Warum hatte jemand eine Mauer fotografiert? Am Bildrand stand ein Soldat mit Gewehr und zeigte in Kopfhöhe auf einen der dunklen Flecken an der Wand. Die Flecken wiederholten sich in gleichmäßigen Abständen. Ich starrte auf das Foto und wusste: Das Bild muss versehentlich in der Kiste gelandet sein. Es war ein Fenster zu einer Parallelwelt. Jemand, der dafür zuständig gewesen wäre, hatte vergessen, es vor mir zu verschließen. Von einigen Flecken sah ich dunkle Spuren hinablaufen. Hinab ins Gras, das am Fuß der Mauer wuchs. Ich erschrak über mein eigenes Verstehen. Warum wusste ich, was an der Mauer passiert war? Woher kannte ich die Geräusche der Gewehre? Wieso fühlte ich die Angst, ohne sie erlebt zu haben?

Es wäre unmöglich, die ganze Kiste in den Müll zu werfen, nur um dieses Bild nicht wiederfinden zu müssen. Genauso unmöglich, wie ein Zimmer im eigenen Haus nicht mehr zu betreten, nur weil einmal eine Spinne darin gewesen ist. Spinnen laufen hinter andere Möbel, Fotos verschwinden aus Kisten.

Ich ziehe die Kiste unter dem Regal hervor und stelle sie auf den alten Schreibtisch meines Vaters. Mir ist, als stünde ich wieder in seinem Arbeitszimmer, genauso wie es früher war. Das Haus hat manchmal die Eigenschaft, meinen Umbau an ihm zu ignorieren. Wie eine Fata Morgana spiegelt es mir das alte muffige Zimmer vor und setzt sich hinweg über die Gesetze von Zeit und Raum. Es bevormundet mich in meinem Anspruch, seine Herrin zu sein.

Ich ziehe ein kleines, gewelltes Foto aus der Kiste. Es ist menschenleer. *Gustav Hirsch* steht in schwungvoller

Schreibschrift über einem Ladengeschäft. *Marktplatz, Endingen um 1900* mit Bleistift auf der Rückseite. *Heute Hirschplatz* in Klammern dahinter.

Gustav, das war mein Urgroßvater. Es ist wie mit dem Bild von der Mauer. Die Parallelwelt öffnet ihre Fenster. Ich höre, wie das Glas der Schaufensterscheibe zerschlagen wird und klirrend auf das Pflaster springt. Ein Mann mit Stock geht vorbei, von links nach rechts, und lüpft grüßend den Hut.

Gustav Hirsch steht auf der Leiter, zieht mit spitzen Fingern das Glas aus den Fugen. Ihm sei die Puppe ins Fenster gefallen, behauptet er lachend. »Das musste ja mal passieren.« Die Schaufensterpuppe im guten Sonntagsanzug steht zwischen den Scherben. Vom Marktplatz gehen krumme Gassen ab, mit schiefen Fachwerkhäusern.

Die Passanten gehen aneinander vorbei, heben die Hüte.

1889

Die Hirschs waren reich

Die Nacht, in der die Schaufensterscheibe zerschlagen wurde, hatte Friedrich in Vaters Bett verbringen dürfen.

Wenn er in Vaters Bett schlafen durfte, sah Napoleon auf ihn herab. Im Dunkeln konnte Friedrich nur die weißen Stellen erkennen. Den Lichtfleck auf Napoleons Stirn, das Augenweiß, das sturmverwehte Tuch an seinem Hals, die weiße Schärpe, das goldverzierte Innenfutter des Mantels mit dem zackigen Kragen und Napoleons Finger im weißen Handschuh, der auf der Krone lag. Friedrich hatte im Halbschlaf keine Angst, wenn die dunklen Teile des Bildes anfingen, sich zu bewegen, wenn er darin die Pferde aus dem Wald übers Schlachtfeld reiten sah, wenn der Vater schlief und sein Schnarchen über dem Kampf dröhnte.

Fast jeder Endinger ließ sich einmal ausmessen von Vater Hirsch. Jeder brauchte ein Hemd, eine Schürze, einen Anzug, einen Hut, ein Kleid, ein Paar Strümpfe, ein Paar Schuhe, und jedes Christenkind brauchte ein Konfirmationsgewand.

Die Hirsch-Kinder aber wurden auf dem Schulweg mit Steinen beworfen: »Ju-den-säu-e! Ju-den-säu-e!« Sie warfen keinen Stein zurück. Das hatte der Vater ihnen eingebläut: »Nicht zurückwerfen!«

Friedrich war mager für ein Landkind. Mager im Gegensatz zu den Schwestern mit ihren dicken Zöpfen, die ihnen hinterherflogen, wenn sie am Haus über die Wiese liefen. Mager im Gegensatz zu den Brüdern mit ihren kräftigen Beinen, die so schnell rennen konnten. Friedrich konnte auch rennen. Nicht schnell, dafür lange. In seiner hohen Stirn saßen die Brauen über wachen braunen Augen weit oben. Sein offenes Gesicht war spitz. Die Nase, das Kinn, die Wangenknochen wie aus Holz geschnitzt.

In Friedrichs Kindheit durfte man durch fremde Gärten, Scheunen und Ställe gehen und dabei Hecken platt trampeln, weil es eine Abkürzung war zur Badestelle am Fluss. Niemanden störte das. Es war eine Zeit, in der vernünftige Leute behaupten konnten, Geister gesehen zu haben, Frauen, die sich nachts in Katzen verwandelten, oder Pferde in Ungeheuer. Es war das ausgehende neunzehnte Jahrhundert im badischen Endingen. Ein paar Mädchen gab es in der Familie, die lieber gebildet sein statt verheiratet werden wollten. Ein paar Jungs gab es, die andere Interessen hatten als Macht und Verantwortung. Friedrich war einer davon.

»Warum henn die Jude die unschuldige Kindli von Endinge umbrocht?«, fragte Friedrich beim Essen. Die Kinder aus seiner Schule sagten, es sei vor über vierhundert Jahren gewesen. Die Juden hätten eine durchreisende Familie ermordet, um aus dem Blut ihr Brot zu backen. Der Hügel vor der Stadt, auf dem die Mörder verbrannt worden waren, hieß immer noch Judenbuk. Alle wussten davon. Alle sahen sonntags in der Kirche die Knochen der unschuldigen Kindlein ausgestellt. Der Vater sagte, es sei nicht wahr. Niemand würde mehr daran glauben. Die Juden hätten keine Kindlein ermordet, und die Endinger hätten mit den Juden vor allem ihre Schuldscheine verbrennen wollen. Aber davon solle Friedrich in der Schule nicht reden. Das sei besser.

Nach dem Essen saß Friedrich hinterm Haus am Waldrand. Er glaubte dem Vater und fühlte sich trotzdem schuldig.

Die Wiese war sonnengefleckt. Über dem Gras im Nichts sah er gasförmige Bewegungen wie Schatten, die ihren Zusammenhang verloren hatten. Ströme flossen zu Bergen übereinander, rollten sich vorbei, stiegen auf, zogen langsam um ihn herum, wurden unsichtbar. Er konnte erkennen, wie die Wärme seines Körpers ihn umhüllte, vor ihm aufstieg. Friedrich sah die Luft.

Wenn die Juden die unschuldigen Kindlein doch ermordet hatten, würden die Christen dann vielleicht die Judenkinder ermorden?

Von dem Tag an konnte Friedrich beobachten, wie ein Luftstrom um eine Mauer floss oder wie im Zimmer die Außenluft durch das Fenster hereinzog und dicht über dem Boden zur Tür kroch. Er hatte das beunruhigende Gefühl, dass die Kindlein überall waren, um ihn herum, und in ihm drin.

1996

Meine Töchter sind fast erwachsen

Mit Mitte vierzig bekomme ich meine jugendliche Freiheit zurück. Tagsüber bin ich darauf stolz. Mit meinem nächtlichen Verstand kann ich den Stolz nicht begreifen, sondern sehe mich als abgenutzte Mutter. Ich bin meines wichtigsten Amtes enthoben. Unnütz. Verbraucht. Fremde Kinder auf der Straße will ich an die Hand nehmen. Ihnen die Nasen putzen. Apfelstücke in die Münder schieben. Habe ich das gemacht bei meinen eigenen Kindern? Ich weiß nicht mehr.

Die späten westdeutschen Mütter mit den teuren Kinderwägen, über die ich vor ein paar Jahren abfällig gelächelt habe, beneide ich jetzt.

Ich sitze auf der Bettkante, zünde mir im Dunkeln eine Zigarette an, fühle mich verwahrlost und versuche, mir vorzustellen, es sei hell draußen. Ich kann mich nicht überlisten. Nachts halte ich Dinge für bedrohlich, die mir tagsüber nicht einfallen würden. Im Dunkeln erscheint es mir klar: Das neue Leben, ohne zu betreuende Kinder, kann ich nicht ausfüllen. Ich schließe die Türen der leeren Kinderzimmer, um die wartenden Betten nicht sehen zu müssen, wenn ich durch den Korridor gehe.

Mein Verstand will kein Baby mehr. Erst recht nicht von dem Pianisten. Der säuft zu viel. Der Gedanke, dass die Möglichkeit zumindest bestünde, ist trotzdem heilsam. Seine Kinder wären hübsch. Mein Körper will es unbedingt. Ich bin ein Körpermensch, höre auf meinen Bauch und fühle mich zerrissen. Muss ich ein Kopfmensch werden, um der Zerrissenheit zu entkommen? Ich will kein Kopfmensch werden. Der Pianist ist ein Kopfmensch. Deshalb säuft er ja so viel.

Mit dem Tageslicht wird sich das bewährte Muster über mein Leben legen. Meine Sinne werden sich ordnen und alles Unbrauchbare ausblenden. Ich werde meine Aufgaben haben und gebraucht werden. Im Moment ist es dunkel. Ohne Licht wird alles gleich. Mein stolzer Grundsatz, mich im Leben nicht bedienen zu lassen, alles alleine zu können, mir zu nehmen, was ich brauche, ist sinnlos geworden. Ohne zu wissen, was ich brauche, kann ich mir nichts nehmen. Die Prinzipien drehen sich um. Auf sonderbare Weise wird meine Wahrnehmung klarer. Wäre ich nicht so mutlos, könnte ich mich bestimmt in den weit geöffneten Raum fantasieren und irgendwelche heiligen Herrlichkeiten erkennen, die viel bedeutsamer sind als mein eigenes kleines Scheißleben.

Ich wollte immer raus aus dem DDR-Käfig. Jetzt ist der Käfig offen, und ich bin zu erwachsen, um rauszuwollen in die Welt. Stattdessen klammere ich mich an meine Aufgaben.

Als sich morgens meine Rolle aktiviert, sehe ich mich beleuchtet im Spiegel und muss mindestens so gut aussehen wie gestern. Mit braunem Kajal und Wimperntusche bemale ich meine Augen, die ich kaum öffnen kann. Sie tränen, während ich mit den Fingern Luft hineinwedle, um die Schminke zu trocknen. Das Licht blendet. Meine Beine zittern vor Müdigkeit. Wird es so noch mal gehen heute?, frage ich den Spiegel. Es wird gehen, sagt er. Ich werde meine Aufgaben machen, bis es wieder dunkel wird.

Mit Kaffeetasse und Zigarette stehe ich am Küchenfenster, sehe mir den verfluchten Herbst an und stelle mir vor, die Kinder würden wieder kleiner werden und Laub in die Luft werfen, zurück in die Bäume. Der Blätterregen würde raufwirbeln und oben an den Zweigen hängen bleiben.

Mit einer Hand massiere ich meinen Nacken. Durch den Schmerz, der darin sitzt, fühlt sich mein Griff an wie der einer fremden Hand, die den Schmerz von außen verursacht, weil sie zu fest in mein Fleisch greift. Aber so ist es nicht. Mein Schmerz kommt von mir.

Zum ersten Mal in meinem Leben liebe ich einen Mann, der mich nicht liebt. Es war doch immer andersrum.

Freundinnen, die an meinem Küchentisch saßen und weinten, habe ich nicht verstanden. »Such dir doch einen anderen, mein Gott!«

Ich will keinen anderen. Am liebsten würde ich mich unten im Hof in die raschelnden Berge wühlen und heulen, ob meiner Ohnmacht. Fremde Kinder würden hinter den Fenstern zusehen, wie ich meinen Kindern noch vor wenigen Jahren beim Klettern zugesehen habe. Niemand würde mich verstehen, wenn ich mit Bindfaden Blätter an die Zweige nähe, mit Reißzwecken feststecke, mit Spucke anklebe. Meine Verzweiflung könnte ich als Kunst verkaufen. Als Theaterstück. Verrückt werden ist auch eine Möglichkeit.

Der Pianist ruft am Nachmittag an und fragt, ob wir uns im Café treffen. Ich rufe meine Töchter an. Henriette sagt Ja, als wäre es ihr egal. Maja sagt Ja, als wäre es ihre Pflicht.

Das familiäre Einverständnis am Abend zu viert fühlt sich genauso vertraut an wie in den letzten Sommern am See. Nur die Leichtigkeit kommt nicht zurück. Er macht bissige Witze und trinkt zu viel. Ein Alkoholiker sollte nicht über einem Café wohnen. Ich lache nicht und esse zu viel. Es ist spät. Ich gehe mit ihm hoch in seine Wohnung. »Wartet hier. Komme gleich wieder runter und fahr euch nach Hause.«

In seiner Wohnung versuche ich, ihm das Versprechen abzunehmen, schlafen zu gehen und nicht weiterzutrinken. Er geht im Zimmer auf und ab wie ein hungriger Wolf. »Ich hab mich in deine Tochter verliebt!«

Vor der Wohnungstür höre ich jemanden die Treppe runterrennen. Hoffentlich war es nicht Henriette. »Pädophiles Arschloch!«, sage ich halblaut und schlage die Tür hinter mir zu.

»Henriette ist nach Hause gegangen«, sagt Maja und steht auf.

Auf dem Bürgersteig zerschellt eine Tasse vor uns auf dem Pflaster. Der Kaffee, den ich in seiner Wohnung gekocht habe, damit er aufhört, Wein zu trinken, sprüht in mein Gesicht. »Ich bin nicht pädophil!«, brüllt er von oben. Maja rennt zum Auto.

Auf dem Rückweg reden wir nicht. In Henriettes Straße sehen wir im Vorbeifahren gleichzeitig hoch zu ihrer WG. Es ist Licht in ihrem Zimmer. Ich fahre weiter.

Zu Hause halte ich in der Hofeinfahrt. Maja sieht mich fragend an. »Geh schon mal hoch«, sage ich. Sie donnert die Autotür zu. Ich fahre zurück, parke vor seiner Tür, bleibe im Auto sitzen. Wenn ich nur saufen könnte! Alles ist schrecklich im Dunkeln. Ich kann doch niemandem erzählen, dass er mir leidtut. »Du bist ja krank«, würde jeder sagen. Weiß ich selber. Irgendwann schlafe ich ein, wache nach Stunden auf, friere, und es ist immer noch dunkel, und es ist immer alles schrecklich.

Am Wochenende fahre ich mit Henriette zum Haus am See. Von selbst wird er nicht kommen, solange ich ihm kein Zeichen gebe. Ein belangloses Telefonat würde ausreichen. Ich könnte ihm von seiner Mutter erzählen, die ich gestern getroffen habe, mit der er nicht redet seit zwei Jahren.

Um den Pianisten nicht aus vertrauter Gewohnheit anzurufen, erzähle ich stattdessen Henriette von seiner Mutter. Nach ihrem Sohn hat sie nicht gefragt, sondern nur von sich selbst geredet, die dumme Kuh. Henriette zuckt mit den Schultern, geht in die Veranda und liest. Sie fragt nicht, ob er noch kommt. Ich frage nicht, ob sie vor seiner Wohnungstür war. Zum ersten Mal gibt es etwas zwischen uns, worüber wir nicht reden können.

Das Haus ist von Knöterich umwachsen. Von außen sieht es aus wie in einen Blätterteppich gehüllt. Von innen wie unter Gestrüpp vergraben. Die untergehende Sonne leuchtet es rosa an. Von der Seeseite scheint sie ins Haus und durch die Vorgartenfenster hinaus.

Henriettes Freund schiebt sein Fahrrad umständlich durchs Tor, lehnt es ungeschickt gegen einen Baum, dass es umfällt. Er kommt in die Küche, schiebt seine Brille hoch und gibt mir höflich die Hand. »Halloooo?«, sage ich mit meiner tiefen Theaterstimme, sehe belustigt zu Henriette, die in der Veranda ihr Buch weglegt. Henriette wirft mir im Vorbeigehen einen strengen Blick zu. Ich soll mich nicht über seine Förmlichkeit lustig machen. Sie zieht ihn in den Garten. »Gehen wir baden?« Durch das Fenster sehe ich die beiden Hand in Hand unterm orangerosa Himmel zum See gehen.

Mit neunzehn hatte ich keinen festen Freund. Sicher wäre ich nicht Hand in Hand mit ihm zum See gegangen, wenn ich einen gehabt hätte. Es wäre nicht so ein braver bebrillter Junge gewesen, sondern mindestens einer mit Lederjacke und Motorrad. Ich war cool. Noch nie bin ich mit einem Mann Hand in Hand gegangen.

Ich will ins Wasser, bevor es kalt wird. Henriettes Freund sitzt auf der Stegtreppe. »Bist du wasserscheu?« Der See sei ihm zu moderig, sagt er, und ohne Brille könne er nichts sehen. Ich werfe mein Kleid auf die Bank, und fast fällt er vor Schreck von der Treppe, als ich neben ihm ins Wasser springe. Ich wische mir die Haare aus der Stirn. »Was willste denn hier sehen?« Er hält seine Brille fest und zuckt mit den Schultern. Na, das Ufer zum Beispiel?

Als ich an Henriettes Kopf vorbeischwimme, erkläre ich, dass Hühnchen mit Rosmarin im Ofen und Schokoladenpudding mit Walnüssen auf der Kellertreppe stehen.

Im Zurückschwimmen sehe ich, wie Henriette nackt im flachen Wasser steht, ihr Haar auswringt, triefend auf die Treppe steigt und ihrem Freund beide Brillengläser ableckt. Er gibt einen Laut von sich, wie man ihn ausstößt, wenn sich ein nasser Hund schüttelt. Mit dem Hemdärmel putzt er seine Brille. Das hat sie von mir! Würde ich gern rufen.

Ich lasse die beiden alleine essen, im dunklen Vorgarten, und bleibe hinten, auf der Terrasse in der Abendsonne. »Wir schlafen nicht in der Hütte«, sagt Henriette, als sie die Teller in die leere Küche trägt. Ich weiß, warum sie nicht in der Hütte schläft. Man kann ringsherum hineinsehen. Sie will auf dem Dachboden schlafen, obwohl sie sich vor den Spinnen ekelt.

Später höre ich, wie beide versuchen, beim Sex leise zu sein. In dem Alter hatte ich keinen Spaß an Sex. Es war mir vorgekommen wie ein Zahlungsmittel, das ich richtig einzusetzen hatte. Jetzt sitze ich in der Dunkelheit rauchend auf der Terrasse und höre meine Tochter über mir husten und lachen. »Ich hab so viele Fusseln eingeatmet«, flüstert Henriette. »Hier, trink mal was«, flüstert ihr Freund. Die Männer, die ich gekannt habe, waren nicht so fürsorglich. Oder waren sie es doch, und ich habe es nicht gemerkt?

»Ich wusste gar nicht, dass Männer so fürsorglich sein können«, flüstert Henriette irgendwo über mir, und fast muss ich laut lachen. »Du scheinst überhaupt wenig Ahnung davon zu haben, wie Männer sein können.« »Na ja, meine Mutter hat Männer immer so behandelt, dass ich eigentlich nicht davon ausgegangen bin, dass ihr auch Menschen seid.« Ich drücke schnell die Zigarette in den Aschenbecher, verwedle den Rauch, damit er nicht zum Dachfenster hochsteigt. »Dann hab ich es ja nicht schwer mit dir.« »Dann hast du es nicht schwer mit mir.« Sie stöhnt leise. Die alten Dielen knarren unter den alten Matratzen.

»Sag mal, hast du das irgendwo gelesen, dass man bei Frauen in die Stellen greifen muss, so mit der vollen Hand, die füllig sein dürfen, also Po und Brüste?« In pädagogischem Tonfall sagt er: »Streicheln Sie ihren Bauch nur mit der flachen Hand. So geben Sie ihr das Gefühl eines flachen Bauches.« Henriette lacht verliebt.

Jetzt vermisse ich den Pianisten, dass es wehtut im Hals. Der absurde Gedanke, es gäbe irgendeine Möglichkeit, wie es gehen könnte mit ihm, schleicht sich wieder an. Das ist der Moment, in dem mir alle Nebenwirkungen egal werden. Hauptsache, der Schmerz lässt nach. Ich gehe ins Haus. Vor dem Telefon habe ich oft gestanden, wie jetzt, und versucht, den Zustand auszuhalten. Ich muss diesen Ort verlassen, um es auszuhalten. Oder diese Zeit.

Auf der Kommode steht ein Foto von Oma Ilse, als sie noch keine Oma war, sondern gerade Mutter. Sie steht im weißen Kleid vor einem Wintergarten.

1903

Beim jährlichen Hirsch-Tag war Ilse die Schönste

Ilse sang nach dem Essen im Salon. Eine ihrer drei Schwestern war in die Hirschfamilie eingeheiratet worden. Friedrich vergaß die gebildeten Frauen, die er in Freiburg kennengelernt hatte und von denen er sich seit Monaten für eine zu entscheiden versuchte. Zwischen den drei Töchtern des Landwirtschaftsministerialbeamten fiel ihm die Entscheidung leicht. Ihm gefiel nur die singende. Ilse hatte ein gleichmäßiges Gesicht. Oval und ohne Abweichungen. Ihre Haltung war so gerade und voller Direktheit, ihre dunklen Augen so deutlich gezeichnet, dass Friedrich sie nicht mehr vergessen konnte.

Beim Singen wirkte sie, als stünde sie allein auf einem Berg. Die klare Stimme schien über die Zuhörer hinwegzufliegen, dorthin, wo Ilse lieber gewesen wäre als auf dem Podest im Musikzimmer. Sie wiegte ihren Körper leicht hin und her, sodass ihr Kleid neben dem schwarzen Flügel wie eine weiße Glocke schwang.

Beim Spaziergang durch den Wald zum Allmendsee blieb er mit ihr zurück. Friedrich erzählte von Theateraufführungen, die er in Freiburg gesehen hatte. Und weil er dauernd ihr gluckerndes Lachen hören wollte, erzählte er so, dass sie lachen musste.

Abends saßen sie zusammen hinterm Haus, die halbe Nacht. Er musste ihr weiches Gesicht küssen, ihren wohlriechenden Hals. Er musste seine Nase in ihrem schweren schwarzen Haar vergraben, seine Wange in ihr Dekolleté legen, bis am Morgen im Haus das Licht angemacht wurde.

Friedrich musste Ilse verabschieden. Sie hatte eine Stellung in Paris und sollte die Kinder einer adligen Familie erziehen.

»Der Bub het zu viali G'hirnwindunge«, meinte Vater Hirsch. »So viel kannsch im Lebe nit studiere, wie in sell kleiner Gauß raipasst.« Friedrich ließ sich einen Schnurrbart wachsen, trug eine runde Brille, studierte in München Mathematik, Physik, Chemie, ein bisschen Astronomie und Philosophie und wohnte in einem winzigen Pensionszimmer. Nachts wachte er auf und hatte wieder diesen Traum, in dem alles vollkommen gewesen war. Als er die Augen aufriss, jagte sein Blut durch seinen Körper, als würde es nach einem Ausgang suchen. Er setzte sich an den kleinen Sekretär, obwohl er wusste, dass es unmöglich war, sich an die Gleichung zu erinnern. Er hatte sie gesehen, fühlte sie noch und wusste, dass sie alles erklären würde. Sie lag in seinem Unterbewusstsein wie die Unendlichkeit, aus der er sich etwas schnappen musste. Aber die Gleichung schrumpfte mit jeder Zahl, die er ihr zuordnete, die er herauszerrte aus der unberührten Vollkommenheit. Am Ende blieb nur die Zwei. Mehr als die Lösung hatte er nicht eingefangen von dem Meisterwerk, das sich ihm im Traum so klar gezeigt hatte. Jetzt war es kaputt. Er hatte es kaputt gemacht, weil er es haben wollte. Im Traum konnte ihm die Zwei alles verraten, und das ganze Universum hatte hinter der Zahl gestanden, deren Bedeutung er jetzt noch spürte wie die einzig wahre Religion. Nur erklären konnte er sie nicht, weil sie sich mit jeder Erklärung selbst zerstörte. Friedrich fuhr sich mit den Händen über den Kopf, aber der Kopf war zu wach, um klar zu denken. Er legte sich wieder hin, und als er die Augen schloss, erschienen keine Gleichungen mehr. Ilse hatte sich vor die Zahlen geschoben und winkte ihm lachend aus einem fahrenden Zug. Friedrich dachte, es sei vielleicht gut, dass die Gleichung nicht greifbar war. Vielleicht würde sie Unglück bringen. Er wollte jetzt weiter von Ilse träumen, die ihm unaufhörlich zuwinkte mit wehenden Bändern an ihrem Hut: »Hallo, ich bin's. Die Zwei!« Friedrich winkte zurück und hatte endlich verstanden.

Weil seine Doktorarbeit eine Summa cum laude bekam, durfte er zur Belohnung die Wehrdienstuniform nach einem Jahr wieder ausziehen.

Er wurde entlassen, als Ilse aus Paris zurückkam. In den Ferien stieg Friedrich nicht mehr bei den Eltern in Endingen aus der Breisacher Bahn, sondern bei Ilse. Sie trug ein hellblaues Kleid, einen weißen Hut, und ihr Gesicht war strenger geworden. Friedrich spazierte im Sonntagsanzug, ihre Hand haltend, an den Rand des Dorfes. Er sah sie von der Seite an und spürte, sie war zurückhaltender geworden. Interessanter auch. Friedrich war an der neuen Ilse noch interessierter als an der alten. Auf der Wiese versuchte er, ihr zu erklären, wie sich die Luft bewegt. Von ihrem Körper, sagte er, würde er die Wärme aufsteigen sehen.

Ilse legte seine Hand auf ihren Bauch, und Friedrich hatte das Gefühl, mit der Wärme würden reihenweise Teilchen, Zahlen und Grundelemente in seine Hand strömen. Er dachte an seinen Traum und fühlte sich verbunden mit der Unendlichkeit.

»Ein Christ wär mir schon lieber«, brummte Ilse in der tiefen Stimmlage des Vaters und lachte. »Die Religione«, sagte Friedrich und sah dabei in den Himmel, »behindere nur de Fortschritt.« Als Wissenschaftler sei er Atheist geworden. Als Humanist sei er in die Deutsche Friedensgesellschaft eingetreten, als Sozialist in die SPD. Ilse staunte und überlegte, ob sie dem Vater das erzählen durfte.

Sie sollte ihre Ausbildung zur Opernsängerin beenden, bevor sie heiraten und zusammen in die Stadt ziehen würden, fand Friedrich. Ilse zog die Augenbrauen zusammen und sah in die dunklen Tannen. Die Ausbildung sei ihr nicht mehr wichtig, behauptete sie. Singen wolle sie nicht so, wie man es von ihr verlangte, und nicht für fremde Leute.

Am Nachmittag saß Friedrich mit Ilses Schwestern auf der Treppe vorm Haus. Er redete vom Frauenwahlrecht, von Frauen in politischen Ämtern und in wissenschaftlichen Berufen. Die Schwestern waren begeistert. Ilse stützte die Ellenbogen auf die warmen Stufen, hielt ihr Gesicht in die Sonne, versuchte, mit geschlossenen Augen nachzudenken über die Frauenrechte. Sie konnte aber nur daran denken, wie Friedrichs Hand am Vormittag auf ihrem Bauch gelegen hatte. Die spürte sie jetzt noch. Ilse wollte nur Friedrichs Hand auf ihrem Bauch spüren. Nicht mehr die des Gesangslehrers.

Vor der Bühne fürchtete sie sich und fand es unerträglich, dass die Schwestern so viel hielten von ihrem Gesang.

Beim Singen fühlte Ilse sich vollkommen. Nur bewundert werden wollte sie dafür nicht. Am liebsten wollte sie für sich allein singen. Sie sang gerne, aber danach war sie jedes Mal traurig und leer. In dieses Gefühl passte kein Applaus.

Ilse brach ihre Ausbildung ab, und Friedrich bekam eine Stellung am Realgymnasium. Als Ilses Vater starb, musste Friedrich ihn nicht mehr fragen, ob er mit der Hochzeit einverstanden wäre. Ilses Mutter hatte nichts dagegen. Friedrichs Eltern auch nicht. Nur Friedrichs Bruder gefiel es nicht, dass schon wieder eine Schickse eingeheiratet werden sollte. Die Familie habe einen schlechten Ruf. Eine Sängerin könne kein achtbares Frauenzimmer sein, das wisse jeder, erklärte er den Eltern. Sie sollten ihr Einverständnis zurücknehmen, meinte er, und seine Frau meinte das auch. Aber die Eltern meinten es nicht.

Friedrich öffnete die Tür der Freiburger Wohnung in dem alten zweistöckigen Fachwerkhaus. Spinnenweben hingen wie Girlanden von der Lampe. Er zog Ilse durch die staubigen Zimmer, zeigte zur Wand. »Dohin kunnt dai Klavier.«

Vor dem Fenster stand eine alte Kastanie. Zwischen den Knospen konnte Ilse das Freiburger Münster sehen. Sie fühlte sich aufgehoben. Die Wohnung würde sie glücklich machen, wenn sie nicht mehr nach Staub, Holz und Schimmel, sondern nach Essen, frischer Wäsche und Menschen riechen würde. Friedrich umarmte Ilse von hinten und spürte unter der dünnen Seide ihre weiche Bauchdecke. Das Parkett knarrte erleichtert unter seinen Sohlen, als wollte es bewohnt werden, und Ilse wollte sich den Abläufen der Stadt fügen, dazugehören. Sie wollte auch Atheistin werden wie Friedrich und seine Wissenschaftlerfreunde.

Friedrich wurde Mathematiklehrer am Oberrealgymnasium und vom Staatsministerium zum Professor ernannt. Ilse trat aus der Kirche aus und heiratete Friedrich nicht vor Gott, sondern vor dem Standesbeamten.

Sie träumte nicht von einer eleganten Hochzeitsreise in einem teuren südfranzösischen Hotel, sondern wollte ganz alleine sein mit ihrem Mann, ihn nicht mit Schülern und Freunden teilen müssen. In den warmen Nächten, die sie in der Schwarzwälder Berghütte verbrachten, zogen sie die

Matratzen vor das offene Fenster, konnten den Sternenhimmel sehen, die Waldluft riechen und endlich miteinander schlafen. Für Ilse eröffneten die Berghüttennächte eine neue Seite des Lebens, von der ihr noch nie jemand etwas erzählt hatte. Sie war mit Friedrich in eine unbekannte Parallelwelt getaucht, die jetzt wie ein geheimes Geschenk zu ihrem Leben gehörte. Bis auf Ilses Eindruck, an Friedrich sei alles noch schöner geworden, stand die berauschende Erfahrung in keinem Zusammenhang mit dem normalen Leben.

Ilse streichelte Friedrichs Finger, wenn er schlief, konnte sich nicht sattsehen an seinen nackten Armen, seinem Rücken, seinem Gesicht, nicht sattriechen an seinem Hals, hätte ihm ständig nur sagen wollen, wie sehr sie ihn liebe, und fand es unvorstellbar, dass es anderen Menschen auch so gehen konnte wie ihr jetzt.

Ilse war stolz. Sie fühlte sich angeschlossen an das große Gefüge der Stadt, mochte die Geräusche der Autos, der Fuhrwerke auf dem Kopfsteinpflaster, der lauten Stadtmenschen auf der Straße vorm Haus. Sie liebte es, wenn Friedrich seine wissenschaftliche Fortschrittseuphorie mit nach Hause brachte. Er erklärte ihr die Mathematik so, dass Ilse sie verstehen konnte. Wenn er Studienkollegen mitbrachte, durfte Ilse dabeisitzen, obwohl von Politik geredet wurde. Im Zigarrenqualm musste sie sich übergeben. Die Männer klopften Friedrich auf die Schulter und wünschten ihm, dass es ein Sohn würde.

Als Sohn Alfred geboren wurde, ging im Nordatlantik das größte Passagierschiff unter. Mit zwei Jahren stand das Kind am Fenster und sagte einen Sechswortsatz. *Papa komm rein, draußen viele kalt!*

Dann wurde der Vater vom Kaiser in den Krieg geschickt.

1991

Ich wollte nicht in den Westen gehen

Der Westen ist zu mir gekommen. An die Ostseite der Mauer, die man jetzt bemalen darf, hat jemand geschrieben: *Als Kind wollte ich ans Ende der Welt. Dann kam das Ende der Welt zu mir.*

Ich wollte nie ans Ende der Welt. Mit der geöffneten Mauer kann ich weniger anfangen, als ich erwartet hatte. Westler reden nur vom Geldverdienen und merken es gar nicht. Wie kann man so leben?

Mein Leben ist umgestürzt. Das Puppentheater wurde geschlossen. Ich habe selbst ein kleines Theater gegründet und darüber fast meine Töchter vergessen.

Seit Wochen trampt Maja zusammen mit älteren Freunden durch Holland. Henriette verbringt die Sommerferien mit ihren neuen Freunden aus ihrer neuen Westberliner Schule in Daschas Bungalow.

Sie haben das Grundstück am See für sich alleine, bis ich nachmittags aus der Stadt komme.

Ich setze Wasser auf. Aus dem Küchenfenster sehe ich, wie die Jugendlichen etwas in die Stegbohlen stopfen. Der Korb mit den Kartoffeln ist weg. Am Steg knallt es dumpf, und über den See schießt etwas hoch in die Luft. Ich gehe runter. Sie binden Böller an Kartoffeln und werfen sie in den See. »Oh, scheiße«, sagt einer, der mich auf den Steg kommen sieht. Ein toter Fisch schwimmt auf dem Wasser. »Das war jetzt irgendwie nicht so cool«, sagt er und sieht mich schuldbewusst an. Auf dem Steg liegen zerfetzte

Kartoffeln. Ich nehme ihnen wortlos die Böller weg, versuche, kein vorwurfsvolles Gesicht zu machen, und trage den Korb ins Haus. Ich dachte, ich wäre frei von dieser Rolle. Mir kommt es vor, als hätte ich vor Kurzem noch selbst als Jugendliche in solchen Momenten ein betroffenes Gesicht gemacht und mir das Lachen verkniffen, während meine Eltern fluchten. »Habt ihr nichts als Unfug im Kopf?« Ich hatte das Gefühl, meine Eltern wären immer Eltern gewesen.

Mein Alter sei mir vollkommen egal, habe ich immer behauptet. »Solange du nicht vierzig wirst, ist es ja auch egal«, hatte eine Kollegin spöttisch gesagt. In diesem Monat muss ich vierzig werden, und die Sechzehnjährigen siezen mich schon jetzt.

Ich will ihnen keine Autorität vorspielen. Ich will in meiner Küche keine Putzfrau spielen und im Theater keine Prinzessinnen. Selbst wenn ich meinen Freunden die unverschämte Wohlstandstochter vormache, fühle ich mich beschissen danach. »Jede Rolle spielen Sie in erster Linie für sich. Auf der Bühne wie im Alltag«, hat mein Schauspieldozent gesagt. Wie soll ich denn das machen, verdammte Kacke? Mein wahres Wesen zeigt sich doch nur in den Zwischenräumen. In den Pausen beim Rauchen. In der Garderobe beim Umziehen. In der Kantine mit den Kollegen. Im Auto auf dem Weg von einer Rolle in die andere.

Ich lasse die Jugendlichen auf dem Sandweg Autofahren üben und bringe ihnen Surfen bei. »Sie sind voll die coole Mutter«, sagen sie, wie um mich zu trösten.

Ich spiele voll die coole Mutter. Mit Kaffeetasse, Kerze und Zigarette setze ich mich auf die Außentreppe, während Henriette und ihre Freunde an mir vorbeiklettern und sich auf das Dach legen. Wolken schieben sich vor die Sterne, nebliges Licht zieht über den Horizont, Blitze flackern hinter den hohen Kiefern. »Boah, voll die krasse Optik!«, sagt einer. Warme Tropfen klatschen auf das Dach und auf die Jugendlichen, die sich überschütten lassen von der Naturgewalt. Es grollt entfernt, als würden dämonische Düsenjäger starten. »Und voll Surround-Feeling!« Ich bin froh, nicht mehr sechzehn zu sein.

Der Regen wird aufdringlich. Die Tropfen fallen nicht auf die Erde, sondern klatschen in Pfützen. Ich gehe Richtung See, als würde ich vom Wasser zu ihm hingespült werden. »Wo gehen Sie denn hin?«, ruft mir einer hinterher. »Baden«, höre ich Henriette antworten. »Bei Gewitter?« »Macht sie immer.«

Mein triefendes Hemd lege ich im Vorbeigehen über den Johannisbeerstrauch, tauche in den See, der mich als warmer Mutterbauch umhüllt, und fühle mich wie ein Fisch zu Hause.

Maja ruft aus Amsterdam an. Sie habe neue Freunde gefunden, sagt sie und wolle jetzt dortbleiben. Ich werde von demselben Schreck gepackt wie damals, vor zehn Jahren, als sie mir aus dem vierten Stock zuwinkte. Dreijährig saß sie auf dem Fensterbrett und baumelte mit den Beinen. Ich lachte dem Kind fröhlich zu. Im Hausflur ließ ich die Einkaufstaschen auf die Fliesen fallen, dass die Milchflaschen platzten, und rannte mit wahnwitziger Kraft in Sekunden die vier Stockwerke rauf. Ohne Luft zu holen, schlich ich mich an und packte das summende Kind von hinten. Jetzt versuche ich, ruhig zu atmen, und sage der Dreizehnjährigen am Telefon, dass Amsterdam sicher toll sei und sie gerne dortbleiben könne. Sie solle nur vorher zu Hause ihre Sachen abholen kommen. Ich würde ihr Geld geben und sie dann gleich wieder zurückbringen.

Ein paar Tage später gehen Henriettes Freunde endlich durch den Wald zum Zug. Ich habe mein Reich zurück und fühle mich weniger alt. Die Esche senkt ihren gewaltigen Ast bis auf die Wiese herab, und die große Weide hat sich schon vor Jahren in den See gelegt. Die Sonne, die Luft, der See, die Wiese mit Gänseblumen, Schafgarbe und Sauerampfer sagen mir nicht, wie alt ich bin. Vor ihnen kann ich Kind bleiben, solange ich will.

Auf einer Luftmatratze mit Regenbogenlamellen schaukle ich über das grüne Wasser. Vor den Jugendlichen hatte ich mich auf mein hartes Achtzigerjahre-Surfbrett gelegt, mit dem zerkratzten blauroten Schriftzug *Fanatic*, nicht auf die alberne Kindermatratze. Das Wasser plätschert leise um den Gummirand. Auf dem Bauch liegend rieche ich an meiner von der Sonne kandierten Schulter und orte das Ufer mit geschlossenen Augen am Rauschen der Schwarzerlen. Von Wind und Wasser werde ich nicht enttäuscht. Darauf kann ich mich verlassen. Die Elemente sind auf meiner Seite.

Als ein Gespräch in der Nähe lauter wird, blinzle ich vorsichtig. Die Nachbarn sitzen auf ihrem Steg, das Radio dudelt. Sie ertragen einfach die Stille nicht und reden von den Eigentümern umliegender Wiesen, von Kaufsummen, von Bauvorhaben. Ich fange wieder an, ihnen die Pest an den Hals zu wünschen. Die wollen meinen Lebensraum zerstören, weil sie zum Entspannen zu blöd sind. In der Natur fällt ihnen nichts ein, als sich zu langweilen. Aus Langeweile müssen sie ständig irgendetwas bauen. Ich tauche die Finger unter und schiebe mich durchs Wasser von ihnen weg.

Am Nachmittag verhalten sich die Nachbargrundstücke in der Sommerhitze vollkommen still. Selbst die radiohörenden Idioten scheinen sich ergeben zu haben. Henriette sitzt nackt auf der Bank, die Beine auf dem Tisch, und liest. Henriette liest überhaupt nur noch.

Falls irgendjemand irgendwo ist, hinter den Grundstücksgrenzen aus dichten Gebüschen, dann wahrscheinlich schlafend, dösend, lesend. »Ich fahre einkaufen und hole Maja vom Bahnhof ab.« Henriette nickt gleichgültig.

Ich hätte ihr sagen sollen, dass eventuell jemand zu Besuch kommt. Das fällt mir erst im Auto ein.

Maja hat grüne und blaue Haarsträhnen und ein chinesisches Tattoo im Nacken, von dem sie nicht weiß, was es bedeutet. Ich erzähle ihr von einer Organisation, mit der ich ihr nach den Ferien in Amsterdam eine Gastfamilie suchen würde, und hoffe, sie vergisst ihr Vorhaben bis dahin.

Als ich mit Maja die Einkaufstaschen ins Haus schleppe, sitzt der Pianist am Terrassentisch. Neben ihm liegt sein beuliger Boxerhund. Henriette, noch immer nackt, mit ihrem Buch im Schoß, am anderen Tischende. Ich bringe die Taschen in die Küche. Beim Auspacken ballt sich in mir ein unerwarteter Groll. Ein Misstrauen, das ich nicht kenne. Ich wünschte, er wäre gestern gekommen. Als Henriettes Freunde da waren, ist sie im Garten nicht nackt gewesen.

Das dünne Kleid, das sie sich im Haus überstreift, macht sie nicht angezogener. Ich will meinen Unmut verjagen wie einen Spuk und mich freuen, dass er da ist.

Es ist lustig mit ihm. Er wirkt einverstanden mit allem, nimmt den Ort an wie sein Hund, der das Strauchwerk nicht als Grundstücksgrenze erkennt. Ich hoffe, er kackt den Radionachbarn in den gefegten Garten. Der Pianist benimmt sich nicht wie andere Besucher, die ständig irgendetwas tun wollen und mit ihrem Bedürfnis, sich unbedingt einzufügen, die friedliche Trägheit durcheinanderbringen. Er fragt nicht, sondern entscheidet, ein Lagerfeuer zu machen, und trägt mit wippendem Gang Holz durch den Garten. Seine hagere Silhouette schlenkert wie eine unruhig geführte Marionette aus zu leichtem Holz. Er macht das Feuer, als hätte er hier schon viele Feuer gemacht, erzählt Geschichten, trinkt viel Wein, geht mit mir im Dunkeln baden. In Decken gewickelt sitzen wir am Feuer. Sein Gesicht sieht im orangeroten Licht jungenhaft aus. Ich hätte ihn vor zehn Jahren kennenlernen wollen, als seine Augenringe noch nicht so tief waren. Er muss hübsch gewesen sein. Jetzt ist er seinem Boxer ähnlich geworden. Mit hängenden Backen sitzt er neben dem Hund und guckt in die Flammen. Dann grinst er und macht den türkischen Imbissbesitzer nach, bei dem er vorhin mit einem Fünfzig-Mark-Schein bezahlen wollte. »Keine andere Geld? Du musst sagen vorher!« Der Mann sei hinter der Theke vorgekommen und habe den Schein in den Spielautomaten gesteckt. Er macht nach, wie der entnervt auf die Knöpfe gedroschen, gegen den Automaten getreten und geflucht habe. Der Boxer steht erschrocken auf und bellt den Pianisten an. Es sei so viel Wechselgeld aus dem Gerät gerasselt, dass es über den Boden gesprungen sei und sich im ganzen Laden verteilt habe. Henriette lacht. Sie hat aufgehört zu lesen. Sie sieht aus wie ihr Vater. Ich erkenne mich nicht in ihr. In Maja erkenne ich mich. Sie hat meine braunen Augen, meine Sommersprossen, meine helle Haut und von Alfred das rötlich blonde Haar.

Maja erzählt, wie sie beim Hotelpraktikum auf dem Tortenwagen die Rampe der Tiefgarage hinuntergerollt sei, dann zu schwungvoll um die Ecke zum Fahrstuhl, bis die Torten herausgeflogen seien. Buttercreme, Pudding und Sahne hätte sie vom Boden gekratzt und versucht, wieder zusammenzubauen. Maja klatscht die Handflächen ungeschickt aufeinander wie Seelöwenflossen, macht schmatzende Geräusche. Sie kann alle zum Lachen bringen. Wie ihr Vater. Ich kann es nicht.

Das Gesicht des Pianisten verjüngt sich, wenn er lacht. Er beugt sich vor, wischt Tränen aus seinen Augenwinkeln, und ich hätte gerne ein Bild von diesem Moment.

Wie selbstverständlich legt er sich in der Nacht neben mich ins Verandabett, umarmt mich wie ein Bruder und schläft ein. Ich liege wach mit dem Ohr an seinem Oberarm und höre sein Herz schlagen wie das rhythmische Eindrücken einer kleinen Kondensmilchdose.

Mit den anderen Männern war es anders. Sie wollten Sex. Sie wollten zu mir gehören und duldeten dafür meine Kinder. Der Pianist will zu allem gehören. Zum Garten, zum See, zu Maja und zu Henriette. Sex will er nicht.

So selbstverständlich er den Sommer über bleibt, so unklar bleibt es, in welcher Form er zu mir gehören will.

Ich liebe seinen Kopf, seine Hände, sein Klavierspiel und warte nicht mehr darauf, mit ihm zu schlafen. Er gehört zu den Männern, bei denen Kopf und Schwanz sich nicht einig sind. Seinen Schwanz muss ich nicht kennen, um zu wissen, der will etwas anderes als sein Kopf. Alle Männer, die mir wichtig gewesen sind, ließen sich leicht einteilen in »einig« oder »uneinig«. Am schlechtesten hat mein Vater sich mit seinem Schwanz verstanden.

Der Herbst ist warm bis Mitte Dezember.

Der Pianist liegt abends auf meinem Bett in der Glasveranda und liest. Ich heize den kleinen Ofen mit Holz. Die Flammen saugen den Wind in den Schlot. Im Bett legt er seinen Kopf in meinen Schoß, lässt sich von mir die Stirn streicheln. »Ich wär dir so gerne viel eher begegnet«, sage ich und fürchte, es könnte kitschig geklungen haben. Er sieht schief zu mir hoch. »Bestimmt haben wir als Kinder mal im selben Straßenbahnwaggon gesessen, oder du hast mich beim Ersten Mai mit deinem Rucksack angerempelt, oder wir haben im Oktoberclub nebeneinandergesessen oder im Kino in derselben Reihe. Bestimmt haben wir denselben Menschen die Hand gegeben oder in der Möwe aus demselben Glas getrunken, oder vielleicht wurden unsere Jacken in einer Theatergarderobe nebeneinandergehängt.« Er grinst. »Wir sind uns ganz sicher schon viel eher begegnet.« Ich drücke meine Zigarette in den Aschenbecher auf dem Fensterbrett, ziehe mein Hemd aus und zünde mir eine neue Zigarette an. Er schielt auf meine nackten Brüste, die über seinem Gesicht hängen. Seine Hand berührt meine Schulter. Er dreht sein Buch um und legt es aufs Fensterbrett. Wir küssen uns irgendwie verwundert, als wäre es verboten.

Am nächsten Morgen liege ich neben ihm und will nicht, dass er aufwacht. In der Nacht hat sich eine neue Tür geöffnet. Nie hatte ich beim Sex so viel Vertrauen. Wenn er aufwacht, wird sich eine andere Tür schließen, das weiß ich und kann es nicht verhindern. Ich hätte sterben sollen, gegen fünf Uhr morgens, nachdem er eingeschlafen ist und bevor die Sonne aufging. Es wäre perfekt gewesen. Jetzt ist es vorbei. Wir werden nicht reden können. Jedenfalls nicht mehr über uns. Unser Verhältnis ist in der Schieflage; ich habe mich mit seinem Schwanz angefreundet und dafür seinen Kopf verraten.

Ich falle zurück in einen nebligen Halbschlaf und bin in meinem wiederkehrenden Traum: ein Haus, darin leere Räume, lange Gänge, verschlossene Türen, geöffnete Türen, eingerichtete Räume, in denen meine Kinder wohnen. Am Ende eines Gangs eine angelehnte Tür. Ich öffne sie, dahinter ein leerer Raum ohne Boden. Ein Universum.

Ich stehe auf der Schwelle und will mich vertrauensvoll hineinfallen lassen. Es ist das höchste Glück. Im Fallen schrecke ich hoch. Das Haus ist mein Leben! Der Pianist wacht auf, sieht mich an. Ich will ihm nicht von dem Vertrauensuniversum erzählen. Es könnte esoterisch klingen. Ich fürchte, er würde mich für dumm halten. Gestern hätte ich ihm noch alles sagen können.

Wir ziehen zurück in die Stadt. Jeder in seine Wohnung. Wir tun so, als hätte es die Nacht nicht gegeben. Hätte es sie nicht gegeben, wäre mein Hunger nicht ausgebrochen. Wenigstens wüsste ich dann nicht, wie es sein könnte. Jetzt kann ich es nicht vergessen. Meine Hoffnung auf ein zweites Mal wächst mit jeder Begegnung. Er hält meine Hand, umarmt mich, aber er küsst mich nicht, und ich darf seinen Hals nicht streicheln, der nach unserer Nacht riecht wie die saure Tonerde, die ich als Kind am Ufer des Sees zu schlammigen Kugeln geknetet habe. Sie war schwarz, schmeckte nach Eisen, und daran konnte ich mich nicht sattriechen. Abends mit dem Pianisten in Berliner Bars zu sitzen ist trostlos. Ich versuche mitzutrinken. Es geht nicht. Trotzdem will ich nirgends sein, wo er nicht ist.

Im Mai ist es fast Hochsommer. Die Küche riecht nach Karamell. Maja und Henriette sitzen in der Wiese und versuchen, mit dem Zuckerbrei ihre Beine zu enthaaren. Aus Birkenblättern haben die Mädchen einen Sud gekocht, den sie sich gegenseitig ins Haar gießen. Der Boxer kommt um die Ecke gerannt und wedelt mit dem abgehackten Schwanz. Maja lässt alles fallen, stellt sich hin, hält die Hände hoch und macht ein angeekeltes Gesicht. »Wehe, du leckst mich ab!«

Der Pianist stellt Flaschen auf den Kühlschrank. »Ich

hab was von der Trankstelle mitgebracht.« Ich will nicht, dass er hier trinkt. Hier soll er keine Betäubung brauchen. Ich bin uncool, wenn ich das sage, also sage ich es nicht.

Er reicht den Mädchen die Teller durchs Küchenfenster nach draußen und wackelt mit dem Kopf. Es gäbe rohe Eier, sagt er, »süß-saure«, und meint damit mich. »Sehr witzig!«

Für Henriette erzählt er beim Essen Anekdoten, weil sie immer lacht. Seine Augen werden jung, wenn er sie ansieht. Ich liebe seinen Blick. Mich sieht er so nicht an. Zwischen den beiden gibt es eine Art Einverständnis, das mich ausschließt. Mein Misstrauen hat sich in mir eingenistet, seitdem Henriette nackt auf der Terrasse saß. Ich habe es verdrängt. Wieso habe ich nicht gemerkt, dass er sie so ansieht?

Abends fährt er zurück in die Stadt, und Maja fährt mit. Es wäre besser, Henriette würde auch mitfahren. Sie sollte jetzt ihre Sachen holen gehen und den beiden zum Tor hinterherlaufen. Stattdessen kaut sie an ihren Nägeln und sieht mich nicht an. Wir hören das Auto abfahren. Ich versuche, seinen Wein zu trinken. Ekelhaft. »Du kannst ihn übrigens haben«, sage ich. »Wen?«, fragt Henriette. »Tu nicht so! Als du hier letzten Sommer nackt mit ihm auf der Terrasse gesessen hast, war mir alles klar.« Henriettes Gesicht erstarrt. »Was?« Ihre Stimme wird schrill. »Ich wusste doch nicht, dass er kommt. Er hat sich einfach dazugesetzt!«, behauptet sie und zeigt Richtung Vorgarten. »Da stand er. Ich wollte doch nicht nackt aufstehen! Klar, ist mir das unangenehm gewesen, aber im Sitzen hab ich mich immer noch sicherer gefühlt, mit dem Buch im Schoß. Das ist ja wohl logisch, oder?«

»Wird dir schon gefallen haben!«, sage ich. Sie tut verständnislos und fuchtelt mit den Armen. »Du bist einfach mega bescheuert!« Henriette steht auf, wirft ihren Stuhl um und stampft zum Schuppen.

Bisher habe ich es vorgezogen, meine Töchter alles selbst herausfinden zu lassen und ihnen zum Leben so wenig Anleitung wie möglich zu geben. Entweder, sie merkt wirklich nicht, dass sie zu alt ist, um nackt herumzulaufen, oder sie benutzt ihre Naivität als Verführungsmethode. Sie benimmt sich mit sechzehn, als wäre sie elf.

Der Pianist ist schuld! Der Säufer. Ich bin schwach und ungerecht. Ich kann nicht anders. »Denkst du, ich durchschaue dich nicht, du Miststück?«, rufe ich ihr hinterher. Sie bleibt stehen und dreht sich um. An ihrem erschrockenen Gesicht sehe ich, wie fremd ich mir selbst bin. Meine Wut rennt in mir umher und lässt sich nicht wieder einfangen.

»Das ist ein Reflex, sich anzuziehen, wenn Besuch kommt! Verdammt!« Henriette lacht bitter und rüttelt an den zusammengestellten Fahrrädern.

»Seit wann das denn? Ich kann mich nicht erinnern, dass das hier je üblich gewesen ist.«

Sie schiebt ein Rad aus dem Schuppen und fährt ab. Ich schmeiße mein verfluchtes Weinglas gegen die Hauswand und überlege, wie ich mich in dem verfluchten See ertränken kann. Ich will mich verschwinden lassen, ohne dass meine Töchter meine verfluchte Leiche identifizieren müssen.

Ich misstraue Henriette, wie meine Mutter mir misstraut hat, damals. In ihrem Alter war ich längst erwachsen. Ich war mit elf schon erwachsen.

Als Kind lief ich an meiner Mutter vorbei wie an einer Schlange, wenn sie nackt und breitbeinig auf dem Steg in der Sonne lag. Ich sprang in den See, schwamm zum Betriebsferienlager am anderen Ufer, klaute mir ein Boot und blieb auf dem Wasser. Selbst wenn Besuch kam, blieben meine Eltern im Hochsommer nackt. Und selbst wenn es nur Onkel Anton war, fand ich es peinlich. »Tamarusch hat Angst, dass ihr jemand was wegguckt«, lachte meine Mutter, wenn ich mir vor dem Besuch etwas anzog. So versuchte ich, mich auf dem Grundstück nicht anzuziehen, und tat so, als sei es mir egal.

Oder ich fuhr mit dem Fahrrad auf den Wildpfaden über Kienäpfel holpernd in den Wald, lag im hohen Gras unter Kiefern und sah in die Baumkronen. Damals dachte ich, wenn meine Mutter sterben würde, wäre es mir egal. Bei einem Autounfall zum Beispiel. Ich wünschte es mir sogar.

Jetzt werde ich selbst verflucht von meiner Tochter. Ich habe etwas für immer kaputt gemacht.

Ich weiß, sie will ein Grund sein, der mich am Leben hält. Es würde nichts ändern, wenn sie das selbst wüsste. Im Moment weiß sie nur, dass ich ungerecht bin und scheiße.

Ich gehe in den Schuppen, sehe mich um. Eine kleine Steinplatte lehnt an der Holzwand. Eine zusammengerollte Wäscheleine hängt darüber. Sehe nur ich darin eine Aufforderung? Sagen die Dinge nur zu mir, dass sie meine Leiche am Grund des Sees halten könnten? Wir drei haben uns doch nicht zufällig gefunden, der Stein, die Leine und ich. Jemand muss es so arrangiert haben. Es ist, als würde Dascha nach mir rufen und mit tödlicher Gelassenheit ihre Arme nach mir ausbreiten. Eine Kälte schüttelt meine Schultern.

Ich brauche etwas Ablenkendes. Etwas Notwendiges, für die sehr nahe Zukunft. Den Holzhaufen könnte ich unter das Verandadach stapeln. Ich muss Dinge tun, die Folgen haben, damit ich weitermache. Ein paar Scheite lege ich in den Drahtkorb, trage ihn ins Haus und stelle ihn neben den Ofen, dann lasse ich mich in den Sessel fallen. Zu mehr fühle ich mich nicht imstande. Das muss reichen.

Oma Ilse sieht von der Kommode zu mir herüber. Jung und stark. Das silbergelatine Foto ist auf feste Pappe geklebt. Zum ersten Mal fällt mir auf, dass sie vor keinem echten Wintergarten steht, sondern vor einer gemalten Kulisse. Sie hat das schwarze Haar mit demselben Schwung zusammengebunden, mit dem auch der weite Kragen über ihrer Brust liegt. Alfred im Matrosenanzug, auf einen Hocker gestellt, die Hände artig gefaltet, sieht mit einem Auge an der Kamera vorbei und konzentriert sich aufs Stillhalten. Ilse dagegen ruht hinter dem Kind wie ein Standbild, als würde sie sich erst wieder rühren wollen, wenn Friedrich heil aus dem Krieg nach Hause käme. Ich erkenne mich in dem angriffslustigen Blick meines kleinen Vaters.

1918

Alfred will ein Held werden,

schrieb Ilse in ihrem Brief an die Front. Er hätte immerhin einen guten Stock, und schielen würde er als Mann bestimmt auch nicht mehr. Er fuchtelte mit diesem Stock und sah Ilse mit dem verrutschten Auge an: »Wenn ich groß bin, hau ich Papas Feinde alle um, und dann komm ich mit meinem Fliegzeug!« Alfred machte mit vorgestülpten Lippen brummende Motorgeräusche und flog in wilden Kurven durchs Zimmer. Das tröstete Ilse. Sie lachte ein bisschen.

Alfred schlief an Friedrichs Stelle neben Ilse. Sie hielt seine Hände, bis sie ihn eingeschlafen glaubte. Er schlief aber nicht ein, sondern hörte, wie schwer Ilse atmete, und fragte sich, ob sie krank war. Dann sah seine Mutter ihn an, mit großen dunklen Augen, drehte sich um, und manchmal weinte sie. Dann konnte auch er nicht schlafen.

Alfred langweilte sich auf der Seitenbühne, wenn Ilse mit ihrer Freundin im Theater für beurlaubte Soldaten auftrat. »Dich teure Halle grüß ich wieder«, sang Ilse, und Alfred verstand nicht, was der Text bedeuten sollte. Er hielt sich die Ohren zu und fand nur ihr Kleid schön.

Wenn Ilse nicht sang, dann wartete sie. Während Ilse wartete, lag Friedrich endlose Monate in Schützengräben und wartete auch. Vor einem Angriff durfte niemand etwas essen. Ein Bauchschuss war nur mit leerem Magen zu überleben. Friedrich bekam keinen ab.

Die Beerdigung der Kameraden wurde von feindlichem

Feuer unterbrochen. Auch der Feldpfarrer, der gerade von Mut und Heldentum gesprochen hatte, rannte in Deckung und musste nach dem Angriff gesucht werden. Zitternd saß er im Graben, wurde an beiden Armen herausgezogen und wieder vor den Gräbern aufgestellt. Er sprach mit wackliger Stimme weiter von der Tapferkeit, und die Soldaten versuchten, nicht zu lachen.

Der Krieg wollte zum größten Teil aus Ödnis bestehen. Friedrich unterrichtete inzwischen einen jungen Soldaten in Mathematik. Ein paar Wochen später lag der Soldat verwundet im Lazarett, bedankte sich bei Friedrich und starb. Er wollte keinen neuen Schüler. Das Rauchen, der Schnaps, die Erinnerungen an die Zeit vor dem Krieg wurden in der Untätigkeit bedeutungsvoll. Daran hielt Friedrich sich fest. In seinen Träumen sah er statt der erschossenen Kameraden Ilses Brüste, große Zigarren, Elsässer Birnenschnaps und seinen kleinen schielenden Sohn.

Alfred kam in die Schule. Auf dem Pausenhof erzählte er stolz, dass er später auch Regimentskommandeur werden wolle, wie sein Vater. »Mit dem Schielauge wirst du nicht mal Infanterist, Kleiner!«, sagten die großen Jungs. Über sein Auge sollte niemand lachen! Alfred lernte, auf den Händen zu laufen. Er wedelte dabei mit den Füßen und machte Grimassen. Wenn dann alle lachten, war es nicht wegen des Schielens. Alfred musste zuerst Faxenmacher werden, bevor er Held werden konnte. Das war sein Trick. Niemand durfte einen Helden auslachen.

Schließlich stand Friedrich im Flur, nahm die Mütze ab und war, fünfunddreißigjährig, ein Mann ohne Haare geworden. Alfred legte dem fremden Vater die Hand auf die Glatze. »Unterm Stahlhelm wachse kai Haar, Bübli!«, sagte der Vater und weinte. Alfred hatte nicht gewusst, dass ein Held weinen durfte.

Ilse weinte auch. Ihr magerer Mann sah dem ähnlicher, den sie damals beim Hirsch-Tag kennengelernt hatte. Weniger dem, der vier Jahre zuvor in den Krieg gezogen war. Er hatte wieder das hölzerne Gesicht. Die Wangen müde eingefallen, die Mundwinkel faltig. Nur die Augen waren lebendig.

Ilse sah Friedrich an, rang die Hände, weinte, lachte.

Ihr großes rundes Gesicht hatte die Magerkeit nicht schmaler gemacht. Nur deutlicher. Ilse wollte glücklich und dankbar sein. Jahrelang hatte sie sich den Mann lebendig zurückgewünscht. Unter der Geduld hatte sich die Trauer in ihr Bewusstsein gefressen und durfte jetzt herauskommen. Sie war glücklich und traurig zugleich. Friedrich stellte fest, seine verwirrte Frau hatte am Krieg auch einen Schaden genommen.

Alfred wollte alles wissen, und Friedrich machte dem Kind nichts vor. Er musste dem Sohn, der ihn neugierig anschielte, vom Krieg berichten, wie er eben war, weil der Sohn in dem Land groß werden musste, in dem es den Krieg gegeben hatte. Friedrich erzählte von Kameradschaft, von Ehre und Demut, vom entsetzlichen Töten, vom Hass auf den Feind und von dem erbärmlichen Haufen, der preußische Armee hieß. Er erzählte ihm von Männern, die nur noch Suppe schlürfen konnten, obwohl sie unverwundet waren. Sie hatten jahrelang die Zähne zusammengebissen vor Angst, und die Angst hatte ihnen die Kieferknochen zermahlen.

Alfred sah, mit seinem Stock war nicht viel zu gewinnen. Friedrich sagte, man müsse klug und mutig sein im Leben. Alle Helden seien klug und mutig.

Alfred fand, ein Held müsse außerdem der Stärkste und Schnellste sein und brauche sehr viele Anhänger. Anhänger ließen sich am leichtesten gewinnen mit Witzen und Unterhaltung. Und davon verstand er was.

Abends spazierte Friedrich mit Ilse durch den Rhododendronwald. Der Geruch nach nasser Erde und altem Laub erinnerte ihn an seine Kindheit. Er setzte sich auf einen umgelegten Stamm. Ein kleiner Junge, der an der Hand seiner Mutter vorbeiging, sah Friedrich mit ernsten Augen an. Friedrich sah sich selbst vorbeigehen. Er sah, wie stolz er als Kind einmal auf seinen kaiserlichen Namen gewesen war. Und er wusste, er musste etwas tun.

»Ich werd den Krupp verklage!«, sagte er zu Ilse. Dass Deutschland dem Feind Waffen geliefert hatte, wusste Friedrich. Dass Krupp den Stacheldraht hergestellt hatte, in dem die deutschen Soldaten in Frankreich umgekommen waren, konnte er beweisen.

»Den Prozess wirst du verlieren.« Ilse war entsetzt. »Ich werd demonschtriere, wie politische Konflikte immer Wirtschaftskonflikte sind und es dabii nit umd Mensche goht!« Friedrich wusste, er würde verlieren müssen, um recht zu behalten.

Ein Jahr später sollte er vor der Deutschen Friedensgesellschaft sagen: »Den Prozess hänni verlohre, de Glaube an die Humanität aber nit.«

Wenn Ilse ihrem Mann die Zeitung in den Unterricht brachte, musste etwas Außergewöhnliches passiert sein. Friedrich blieb hinter dem ausgebreiteten Blatt mitten im Klassenraum stehen. Die Kinder sahen an seiner steifen Haltung, dass etwas passiert sein musste. Normalerweise hatte Professor Hirsch eine Hand in der Hosentasche, in der anderen die Kreide und schlenderte beim Reden vor der Tafel auf und ab. Oder er lehnte sich mit dem Rücken gegen das Pult, die Hüfte leicht eingeknickt, einen Fuß über den anderen gelegt, und malte mit der Kreidehand große Gesten in die Luft. Für gute Antworten ging er ein wenig in die Knie, schwang den Arm, »Ja, sehr gut!«, und freute sich mehr als der Schüler.

Jetzt setzte er sich an sein Pult, an dem er sonst nie saß, und ließ einen Mathetest schreiben, obwohl keiner dran war. Die Kinder wussten, ihr Lehrer, der nie schlechte Laune hatte, meist so schnell redete und so schnell dachte, dass man kaum hinterherkam, war heute nicht in der Lage zu unterrichten.

Friedrich faltete die Zeitung zusammen. Über Politik wollte er im Unterricht nicht reden. Die Kinder sollten sich in den Naturwissenschaften auskennen und sich später selbst ein Bild machen.

Der einzige Schüler, mit dem er über Politik redete, war Alfred. Alfred war zehn Jahre alt und wollte am Abend vom Vater wissen, ob der ermordete Politiker zu den Guten oder zu den Bösen gehört habe. Obwohl Friedrich seine Worte nie vereinfachte, nie in Kindersprache mit Alfred redete, sagte er diesmal nur unwirsch, Walther Rathenau sei ein wichtiger Mann mit sehr guten Ideen gewesen. Alfred merkte, der Vater wusste selbst nicht genau, was von der Sache zu halten war. Friedrich ließ sich lieber Alfreds Hefte zeigen und erklärte ihm das Nötigste für die Schule. Wenn Friedrich etwas erklärte, war es nicht schwer zu begreifen. »Was dü nit verschtohsch, läsch halt blieebe.«

Der kleine Erwin saß dabei und wollte auch rechnen lernen. Friedrich hoffte, ihm die wissenschaftliche Begabung in die Gene gepflanzt zu haben. Alfred hatte sie jedenfalls nicht. Erwin war vier. Zwischen den Brüdern lag der Erste Weltkrieg, und mit dem zweiten Sohn wuchs auch ein neuer Friedrich heran. Ihm schien seit dem Krieg alles falsch, was er für richtig gehalten hatte. Am Abend saß er in seinem Ohrensessel und wusste nicht, wo er anfangen sollte, sich zu verändern. »Fang doch bei deinem Unterricht an«, schlug Ilse vor.

Friedrich stützte am nächsten Tag im Physikraum den Ellenbogen auf den Tisch, legte die Stirn in die Hand und schloss die Augen. Er stellte sich vor, wie elektrische Signale umherfuhren, sich umwandelten und immer eine Verbindung fanden. Die Schüler müssten die Elektrizität im Dunkeln sehen, sie müssten schwachen Strom anfassen, ihn hören und riechen können. Als er die Augen öffnete, sah er die alten Modelle in den Regalen und wusste, es konnte so nicht weitergehen. Er ging in den Stadtgarten und kam im Spazieren auf so einfache Ideen, dass er stehen blieb und sich theatralisch gegen die Stirn schlug. Er schrieb Aufgaben in sein Notizbuch, mit denen die Schüler selbst herausfinden konnten, wie die Elektrizität funktioniert. Am liebsten hätte er die neuen Unterrichtsmethoden sofort anwenden wollen.

Nachmittags ging er ins Wirtshaus, nahm die neuen Denkversuche mit und jagte Gedanken über Politik und Wirtschaft durch seinen bewegten Kopf. Es war, als hätte er sich selbst die Augen geöffnet. Er trat auf die Straße, und es war dieselbe Straße wie immer, nur war alles anders. Auf dem Heimweg redete er in Gedanken mit dem neuen Friedrich, dessen Gehirn sich mit seinem verwickelt hatte.

In den Schulferien reiste Friedrich für die Friedensgesellschaft durch Deutschland, hielt Vorträge gegen die Rüstungspolitik und erklärte dem erstaunten Publikum die internationalen Beziehungen der Waffenlieferanten.

1989

Wir haben in derselben Woche Geburtstag

Erst ich, dann Dascha. Ich werde achtunddreißig, sie sechsunddreißig. Ich backe drei Kuchen. Zwei für mich, einen für Dascha. Dascha sitzt auf der großen Terrasse vorm Haus und raucht. Sie sitzt nie auf der kleinen Terrasse, vor ihrem kleinen Bungalow, in dem sie mit Irmgard und ihrem Sohn übernachtet, sondern immer bei mir. Unter dem Nussbaum – am Wasser seien mehr Mücken als hier, behauptet sie. Sie hält den Arm über den Kopf, Richtung Küchenfenster. »Gib mal 'n Glas raus!« »Beweg dich selber!«, sage ich. Dascha kommt in die Küche, tritt ihre Zigarette auf dem Boden aus und kickt die Kippe hinter den Regalvorhang. Ich fege die Kippe fluchend wieder vor. »Sag mal, spinnst du?« Dascha versteht nicht, warum ich es für eine Provokation halte. Dascha hat noch nie diese Küche gefegt. Sie nimmt sich ein Glas, setzt sich wieder auf die Terrasse, raucht und trinkt Wein. Stundenlang bewegt sie sich nicht. Wenn Dascha etwas anfängt, kann sie damit nicht wieder aufhören. Seit sie raucht, trinkt sie, nimmt Tabletten und versucht, möglichst nichts weiter anzufangen, womit sie dann auch wieder nicht aufhören könnte.

Ich pflücke Äpfel, harke den Rasen, pflanze ein Kräuterbeet.

Die Kinder machen Sport auf der Wiese. Radschlagen, Brücke, Handstand. Dascha klatscht, lacht hell. Dann bewegt sie sich doch. Sie steht auf und schlägt Räder, macht

Brücke und Handstand mit einer elastischen Leichtigkeit, die zu ihrem massigen Körper nicht passen will. Sie zieht ihre Strumpfhose hoch, ihr Kleid runter, setzt sich zurück in den runden Korbsessel, raucht wieder und trinkt weiter Wein.

Aus dem Bungalow riecht es nach Bohnensuppe, die Irmgard kocht.

Ich rühre Apfelmus.

Und renne schreiend aus dem Haus.

Am ausgestreckten Arm, zwischen Daumen und Zeigefinger, eine baumelnde hellbraune Ratte, die versucht, an ihrem eigenen Schwanz hochzuklettern. Ich renne bis zum Steg. Die Kinder rennen mir hinterher. Im hohen Bogen werfe ich das Tier raus aufs Wasser und höre dann erst auf zu schreien. Wir starren auf die Wasseroberfläche. Der Rattenkopf schwimmt auf den Steg zu. Jetzt schreien die Kinder und rennen zurück zum Haus. »Was war das denn?«, fragt Dascha und lacht. »Eine Ratte?« Ich fauche sie an. »Nee, 'n Kamel!«

Das Tier war über den Tisch gelaufen. Packen? Oder nicht packen? Meine Hand hatte es getan. Das Handeln passiert mir vor dem Denken.

Alfred und Adele kommen nachmittags zum Kaffee und bringen Petit Fours mit. Es ist schwül. Wir stellen Plastestühle und einen Tisch ins flache Wasser. Irmgard steht auf dem Steg, die Fäuste in die Hüften gestemmt, und schüttelt den Kopf. »Wat macht ihr nu wieder?«

Wir essen den Kuchen im See. Daschas Sohn hockt auf der Treppe und hat Angst, die Ratte könnte zurückkommen. Angestrengt sucht er die Wasseroberfläche ab. Meine Mutter sitzt auf der Bank am Steg mit gestrecktem Rücken wie eine Gräfin und raucht mit Zigarettenspitze. »Was ham wir's schön, Kinder. Ham wir das verdient?«, sagt sie in die Ferne. »Jawohl! Das haben wir!«, entscheidet sie und kneift die Lippen zusammen. »Euer Großvater hat immer so viele Faxen gemacht. Einmal wär er fast ertrunken«, sagt sie in belehrendem Tonfall zu ihren Enkelkindern, »er kam mit letzter Kraft auf den Steg, und alle haben darüber gelacht, wie er sich auf dem Boden krümmte und nach Luft schnappte. Keiner hat gemerkt, wie ernst es war.«

Als ich aus dem Wasser komme, greift sie mit beiden Händen nach meinen Brüsten. »Na, haste immer noch so schöne Titten!« Ich schlage auf ihre Hände, dass es ihr wehtun muss. Wieder ist das Handeln vor dem Denken passiert. »Mach das nie mehr!«, zische ich durch die Zähne. Mein Herz rast. Adele sieht mich erschrocken an mit ihren kleinen wasserblauen Augen. An ihren Mundwinkeln ziehen sich scharfe Falten herab, als wären Unterlippe und Kinn das separate Teil eines Holzpuppenkopfes, das an ausgeleierten Gummibändern herunterhängt.

Meine Eltern fahren ab. Irmgard sagt in der Küche: »Mensch, kannst ja wenigstens mal uf Wiedersehn saren zu deiner Mutter. Wirst dich wohl überwinden können, he?« »Ach, Imda, dit verstehst de nicht.« Irmgard hält den Kopf schief, atmet durch den Mund, reibt Daumen und Zeigefinger aneinander, wie sie es tut, wenn sie nachdenkt. Ich sehe sie nicht an und weiß genau, sie betrachtet mich jetzt, als müsse sie eine komplizierte Denkaufgabe begreifen.

Der warme Wind dreht sich im Garten, zwirbelt die Blätter an den Sträuchern. Als abends das Gewitter losbricht, renne ich im Halbdunkel nackt durch den strömenden Regen. Das Wasser wabert wie flüssiges Blei unter dem düsteren Himmel, aus dem die Blitze hineinschießen. Ich kraule zur Mitte, lege mich auf den Rücken, schnappe nach Luft zwischen Regen und See, während mir die

Wellen über den Kopf toben. Ich schwimme dem Blitz hinterher und rudere mit den Armen, damit er mich findet. »Hier bin ich! Komm her, verdammt!« Ich schwimme gegen mein Leben.

Das Wasser wird zäh und will mich nach unten ziehen. Der hässliche Rattenkopf wird mit mir durch die Gischt geworfen. Mit Adeles Stimme lacht er mich jetzt aus für meine Ertränkungsidee und für den aufgeblasenen Einfall, dass die Elektrizität Lust haben könnte, mein lächerliches Dasein zu zerstören. Adeles Hände greifen unter Wasser nach meinem Körper. Ich höre meine Mutter lachen. Sie hält meine Füße fest. Ich versuche, mich frei zu strampeln. Es ist der Schlamm, der mich hält.

Meine Beine sind schwer geworden. Die Wellen haben mich zurück zum Ufer getragen, haben mich ausgespuckt, wollen mein Leben nicht haben. Ich greife mit beiden Händen in den Schlamm und krieche auf die schwarze Baumreihe zu. Im Dunkeln erkenne ich einen der Nachbarstege. Ich erhebe mich und bin nicht besiegt. Im flachen Wasser schleppe ich mich durch den Regen, der sich langsam beruhigt, wische mir Haare aus dem Gesicht und Tropfen von der Nase.

Irmgard schlägt in der Tür die Hände überm Kopf zusammen. »Du wirst noch umkomm!«, sagt sie mit klagender Stimme und hält mir ein Handtuch entgegen. Mein Übermut, mich mit den Elementen anzulegen, zittert in meinen erschöpften Knochen.

Nach den Sommerferien fahre ich nachmittags allein an den See. Die Katze ist weg. Sie frisst nachts ihren Napf leer und will nicht zurück in die Stadt. Ich stelle ihr kein Essen hin und sehe die Katze am nächsten Nachmittag beleidigt im Gebüsch sitzen. In der Wiese hockend erkläre ich ihr, dass ich arbeiten muss und zum Elternabend gehen und für die Mädchen da sein. Die Katze dreht gelangweilt den Kopf zur Seite und fängt an, ihre Pfote abzulecken.

Nach Stunden hat sie ein Einsehen, kommt heraus, streunt durch den Garten und lässt sich einfangen.

Meine Eltern sind in Masserberg oder in Paris oder sonstwo. Meine Schwester ist verrückt, und meine Männer habe ich verjagt. Mein Alltag ist mühsam und unübersichtlich. Ich fühle mich nicht gebraucht.

Außer von Dascha. Dascha braucht mich, seit sie auf der Welt ist. Dascha wird mich immer brauchen. Nur ist Dascha die Einzige, der ich nicht helfen kann. Dascha kann niemand helfen. Selbst der Westen könnte ihr nicht mehr helfen. Es ist zu spät. Jedem, der es laut sagen würde, dass es zu spät ist, Dascha zu retten, würde ich trotzdem ins Gesicht spucken dafür.

Dascha hat wieder eine akute Psychose. Sie sei nachts in den Ratskeller gegangen, sagt mein Vater am Telefon. Der Garderobier habe sie rausgeworfen, als sie nicht gehen wollte. Dann sei sie brüllend auf der Fahrbahn herumgelaufen, habe den Abschnittbevollmächtigten gebeten, ihr den Ratskeller aufzubrechen, und versprochen, dann Ruhe zu geben. Ich fahre ins Krankenhaus. Meine kleine Schwester liegt angeschnallt im Bett und hat die zwölfte Einheit Elektroschocks hinter sich. Dascha öffnet die Augen: »Haben sie dich gefoltert in Auschwitz?« Ich streiche ihr über die Stirn: »Nein, niemand hat mich gefoltert.« Dascha schließt die Augen und öffnet sie wieder. »Ist die Atombombe schon gefallen?« Ich schüttle den Kopf. »Nein, Dascha. Es wird keine Atombombe fallen.« Der Dialog wiederholt sich als Litanei, wie bei jedem Besuch.

Ich bin mir sicher, ich kann alles aushalten, was Dascha

nicht aushält. Ich schnalle ihr die Gurte vom Leib und ziehe sie an. Auf dem Gang stellt sich uns die Stationsschwester in den Weg und wehrt sich nicht, als ich sie wegschiebe. »Das ist MEINE Schwester, verfluchte Scheiße! Lasst sie in Ruhe mit eurem Gift! Und eurer Elektrofolterkacke!« Erst im Auto überlege ich, wohin ich mit ihr fahren will. Nur weg vom Krankenhaus. Dascha greift in mein Lenkrad und sagt: »Da! Fahr in die Mauer! Fahr bitte in die Mauer!« Ich halte es nicht aus und bringe sie zurück in die Klinik. Zurück unter ihre Anschnallgurte.

Vorm Krankenhaus sitze ich im Auto, schlage mit den Fäusten auf mein Lenkrad ein.

Ich bin die Einzige, die Dascha versteht. Weil wir zusammengehören. Weil Dascha ein Teil von mir ist. Tamascha oder Daschara, wie wir in Alfreds hektischer Zerstreutheit heißen.

Ich streiche in den Herbstferien das Haus am See gelb, die Balken blau. Ich pflanze Blumen, Büsche, Bäume. Das kann ich. Ich muss nicht denken, nur arbeiten und hoffen, damit irgendetwas besser zu machen. Und wenn es nur ein bisschen mehr Farbe in der Landschaft ist. Um die Kinder muss ich mich nirgends so wenig kümmern wie hier.

An manchen Tagen ist alles gut.

Dascha geht es besser. Nach dem 7. Oktober darf sie raus. Alle Verrückten dieser Stadt müssen am Nationalfeiertag auf ihrer Station bleiben. Am 1. Mai ist es dasselbe. Meine Eltern bringen sie mit Irmgard und dem Kind her. Sie hat sogar gute Laune. Aber auf Daschas Laune kann man sich nicht verlassen. Je länger die guten Phasen anhalten, desto länger werden die schlechten.

Henriette, Maja und Daschas Sohn spielen auf der Wiese ein ausgedachtes Theaterstück vor. Dascha sitzt auf der Terrasse, lacht mit ihrer klaren Plätscherstimme, lobt und küsst ihr Kind.

Danach verschwindet sie unbemerkt, wie jedes Mal, wenn sie eine Betäubung braucht. Ihr Sohn merkt es zuerst. »Mama hinegang?«, fragt er. Ich klappe mein Buch zu. »Ich fahr mal kurz weg.« Henriette soll Irmgard Bescheid geben. Barfuß steige ich ins Auto. Zu Onkel Anton ist es eine halbe Stunde zu Fuß auf der Landstraße. Dascha ist aber nicht auf der Landstraße. Sie muss getrampt sein.

Ich fahre zum Liepnitzsee. Dascha kommt gerade aus Antons Haus. Der ruft ihr hinterher: »Hör auf zu saufen, dann brauchst du auch keine Tabletten mehr.« Auf dem Rückweg soll ich an der Dorfkneipe anhalten. Dascha ist bleich und hält sich den Bauch. »Tut dir was weh?« Sie schüttelt den Kopf, aber ich sehe, sie kann kaum atmen. »Ich fahr dich ins Krankenhaus.« Sie schnallt den Gurt ab, öffnet die Tür. Ich bremse mit quietschenden Reifen, lasse sie aussteigen: »Wenn du saufen kannst, dann kannst du auch laufen!« Ich merke selbst, wie hilflos das klang, und sollte versuchen, nicht so wütend auf sie zu sein, aber es geht nicht.

Daschas Sohn kommt mir auf dem Sandweg entgegen. »Wo ist Mama?« »Geht spazieren«, sage ich. Der Junge weint.

Dascha kommt mit einer Flasche Schnaps in der Hand übers Feld gelaufen. Sie bleibt regungslos auf der Terrassenbank sitzen. Der Junge schläft in ihrem Schoß ein. Sie dreht den Kopf leicht nach hinten und flüstert Richtung Küchenfenster: »Tamara, kannst du Adele bitte anrufen? Soll mich abholen, ja?«

Dascha musste oft abgeholt werden, weil ihr Verstand sich in einer anderen Welt verirrt hatte und wir sie von unserer Welt aus nicht mehr verstehen konnten. Aber diesmal ist Daschas Bewusstsein ganz klar. Diesmal hat sie selbst um die Abholung gebeten. Irmgard bringt den schlafenden Jungen ins Bett. Maja und Henriette stehen im Tor, winken Adeles Auto hinterher und merken auch, dass mit diesem Abschied etwas nicht stimmt.

Ich räume den Garten auf, nach einem letzten bunten Fest, Daschas letztem Geburtstag. Sträucher beschneiden, Laub harken, Haus ausfegen. Warum konnte Dascha solche Dinge nicht tun? Warum konnte sie überhaupt nichts tun? Sie hätte doch nur irgendetwas tun müssen! Scheißegal, was!

Automatisch schiebe ich die Schubkarre wie im Schlafwandel über den Rasen. Mein Bewusstsein tastet sich im Hinterkopf langsam an den Tod heran. Mein Gehirn hat eine Schranke zugemacht zwischen Dascha und dem Tod. Damit ich nicht überfahren werde. Ich setze mich auf die niedrige Mauer. Seit Jahren bin ich auf Daschas Tod vorbereitet. Es hilft aber nichts.

Wie durch dichte Watte schleicht sich in mir der Mensch langsam an, der zu dem Tod gehört. Dascha trifft auf den Tod, und ich finde, sie gehören nicht zusammen. Dass Dascha und der Tod lange zusammengehörten, will ich immer noch nicht wahrhaben. Etwas ist total schiefgegangen.

Meine Faust hämmert auf die Steinkante: Sie – hat – so – verdammt – scheiße – gelitten!

Dascha war zu schwach. Sie konnte nicht kämpfen, konnte nicht leben.

Ich kann kämpfen, kann leiden, muss leben.

Während ich versuche, einen stehengebliebenen Motor wieder anzuwerfen, habe ich verpasst, wie aus Dascha ein Bild geworden ist, zusammengeschmolzen aus allen Bildern ihres Lebens. Meine Schwester rührt sich nicht mehr. Ihr Bild steht.

Am Grab halte ich meine Tasche vorm Brustkorb. Henriette liest Herbstgedichte. Meine Tasche springt rhythmisch auf und ab. Ich kann meine Lage nicht ändern, nur aushalten. Die Tasche benimmt sich wie ein durchgegangenes Pferd. Die Urne sagt mir nichts. Ich hatte gedacht, der Anblick würde mich erschrecken. Meine Schwester muss da drin sein, sonst wären hier nicht so viele Leute. Wie konnte sie so etwas Schreckliches tun? Dascha hatte letztendlich das schwerste Leben, weil sie es sich viel zu leicht machen wollte. Sie liebte jeden, der in ihrer Nähe war, sie schlief mit jedem, der es wollte, und verschenkte alles, was sie hatte. Es sollte jedem gut gehen in ihrer Gegenwart. Jetzt sind alle hier, ihretwegen, und es geht allen schlecht. Ihretwegen.

Ich drücke Daschas Sohn zu fest an mich, als wolle ich das Schluchzen des Kindes ersticken, weil es schrecklicher ist als mein eigenes. Das Kind war das Beste an Daschas Leben, und es ist das Schlimmste an ihrem Tod. Der Junge befreit sich. Ich gehe nach Hause wie alle anderen Lebenden.

Ich konzentriere mich auf meinen kleinsten Kreis. Meine Töchter, meine Wohnung, meine Arbeit, sonst nichts. Es ist, als würde ich mit Interesse beobachten, was mein Bewusstsein mit mir macht. Es wendet abwechselnd verschiedene Methoden an. Verdrängung, Verarbeitung, Ablenkung, Ergebenheit. Alles ist intensiver als sonst. Jedes Gefühl, jeder Gedanke, jedes Wort. Und manchmal ist der Zustand fast berauschend schön, wie ein frisches Verliebtsein in mich selbst.

Eine Freundin holt mich ab. Ich soll unter Leute. Im überfüllten Kinofoyer sitze ich rauchend auf dem Garderobentresen. Eine alte Schauspielerin brüllt: »Wo is der Rotwein?« Ihr Gesicht ist viel kleiner, als ich es von der Leinwand kenne. Die Haare totgefärbt, die Augen überschminkt und glasig. Die ganze Frau ist viel kleiner, als ich sie in Erinnerung habe.

Ich war noch ein Kind, sie war noch schön und saß an unserer Gartentafel neben meinem Vater. Er behauptete, ein Drehbuch für sie geschrieben zu haben. Sie lachte laut, warf meinem Vater ihr Haar über die Schulter, und ich bewunderte sie damals.

Jetzt leuchtet ihr Gesicht nicht mehr. »Warum kümmerst du dich eigentlich nicht um deine Mutter, he?« Sie zieht den Mann weg, der neben mir steht und wirft mir einen feindseligen Blick zu. »Komm, such mir mal 'ne neue Flasche!«

Später sitzt sie auf der Treppe. Alle müssen über ihre Beine steigen. Ihr Sohn hat den Kopf gegen das Treppengeländer gelehnt, sieht in den riesigen Kronleuchter und raucht. Sie jammert vor sich hin. »Ich bin dir doch scheißegal.« Er sieht zu ihr runter und sagt etwas Leises.

»Wer is'n der Typ?«, frage ich meine Freundin. »Pianist. Hat jahrelang in Dresden gelebt. Dann hat ihn niemand mehr engagiert, wegen Alkoholismus, nehm ich an.«

Ich stelle mir vor, wie er als kleiner Junge zu zart gewesen ist für seine grobe Mutter. »So findest du nie 'ne neue Frau, du Jammerlappen! Guck dich mal an. Du siehst doch beschissen aus!« Sie wird laut. »Das soll mein Sohn sein?«, fragt sie die umstehende Menge. Köpfe drehen sich zu ihr, drehen sich wieder zurück. »Gib dir mal 'n bisschen Mühe! Mann, du könntest so'n gut aussehender Mann sein, wenn du nicht so versoffen wärst! Hab ich dir nicht immer gesagt, du sollst nicht saufen?« Sie stößt ihn mit dem Fuß. »Hä? Das Leben is ’n harter Konkurrenzkampf, bei dem du nicht mithalten kannst, wenn du das nicht begreifst!« Sie tippt den Zeigefinger gegen ihre Stirn. Der Sohn lächelt, schüttelt den Kopf. »Show zu Ende?«, sagt er friedlich. »Kann ich gehen?« »Geh doch!« Sie schwenkt die Flasche in den Raum. »Wat glotzt ihr denn alle so? Noch nie ’ne abgenadelte Tanne gesehen?«

Er stellt sich neben mich an den Garderobentresen, hebt beide Arme mit übertriebener Beschwingtheit. »Nüchtern ist sie ein Lämmchen«, sagt er in unsere Runde und lacht, wie über ein kleines Kind. Die Mutter drängt sich durch die Stehenden, wischt sich die Augen. »Du bist der einzige Mann auf der Welt, den ich wirklich liebe!«, lallt sie leise, nimmt seine Hände, sieht ihn theatralisch an, als versuche sie, durch reine Willenskraft das Wort Liebe mit Tränen auf ihre faltigen Wangen zu schreiben. Sie lässt die Miene fallen wie eine Maske und seine Hände auch. »Bin besoffen. Geh nach Hause.«

Wir sehen ihr hinterher. »Tut mir leid«, murmelt sie. »Nee, tut mir nich leid. Doch, tut mir leid. Oder doch nich. Bisschen vielleicht. Ach, Scheiße! Gar nichts tut mir leid!« Er stöhnt erleichtert, als sie es geschafft hat, durch die Glastür auf die Straße zu wanken.

»Tamara«, sagt er langsam mit rollendem R. »Kämpferischer Name.«

»Zum Kämpfen bin ich leider im Moment nicht zu gebrauchen. Ich hab gerade meine Schwester beerdigt.« Er sieht mich an, als hätte er das schon gewusst. Dann lächelt er. »Ich kann im Moment nicht tut mir leid sagen.« Er nickt Richtung Glastür, hinter der seine Mutter verschwunden ist. »Das wäre jetzt albern.«

Er fragt, wie alt meine Schwester war und woran sie

gestorben ist. Zum ersten Mal rede ich über Dascha als Tote. Es ist leicht, weil es keine Rettungspläne mehr zu bedenken gibt. »Du musst aber auch die Dankbarkeit zulassen.« Woher weiß er von meiner Dankbarkeit? »Du bist doch froh, dass sie tot ist.« Ich sehe ihn entsetzt an. »Wie kann ich darüber froh sein?« »Glaub mir, du bist es.« Er streicht über meine Schulter.

Das Kino wird geschlossen. Ich gehe in der Traube meiner Freunde zu unseren Autos. Er winkt mir, als würden wir uns gleich wiedersehen, und verschwindet im Dunkeln auf dem Parkplatz.

An der Pankower Kirche lasse ich mich absetzen, gehe zu Fuß weiter, allein durch die nächtliche Stadt, in der es meine Schwester nicht mehr gibt. Sie sitzt jetzt nicht in ihrer Küche, sie betrinkt sich nicht, während nebenan ihr Kind schläft. Sie ist auch nicht in der Psychiatrie und versucht, sich umzubringen, während ich Kindertheater spiele. Sie muss nicht im Haus meiner Eltern bewacht werden, während ich Wäsche wasche, einkaufen gehe, Essen koche und sauber mache.

Sie hat mir ein neues Leben dagelassen. Ich kann ohne Sorge an sie denken. Ohne die Angst vor ihrem Tod.

Das Laub hat den ganzen Winter unterm Schnee gelegen und eine lederne Decke gebildet. Beim Harken denke ich an den Pianisten mit den klangvollen Augen und den zarten Händen.

Die Zigarette im Mundwinkel, hocke ich vor der Gartenbank und streiche in zackigen Zügen die Streben blau. Ich fühle mich wie sechzehn und bin nicht bereit, die enge Jeans und die Seidenbluse auszuziehen, um eine Bank zu lackieren.

Auf dem Weg ins Haus erinnert sich mein Körper an

den leichten, wiegenden Schritt. »Machen Sie Ihre Beine länger!«, hatte mein Dozent mal eine kleine dicke Schauspielstudentin angewiesen, als sie auf die Bühne trat. »Wie soll ich das machen?«, fragte die irritiert. »Stellen Sie sich vor, Sie hätten welche!«, sagte er, und da hatte sie welche. Ich konnte meine langen Beine kurz und schwer aussehen lassen, meinen dünnen Hals dick, meinen schmalen Hintern breit.

Ich kann sein, was ich sein will. Wann hab ich das vergessen? Mit zurückgestreckten Schultern, meine Brüste wie Trophäen vor mir hertragend, nehme ich mir vor, meinen stolzen Gang nie mehr abzulegen.

Den Pianisten treffe ich in der Möwe. Er kenne den Einlasser und brauche keine Reservierung, hat er am Telefon gesagt. Ich komme ein paar Minuten zu spät, setze mich ihm gegenüber an den Fenstertisch. »Wen hast du eigentlich nach meiner Nummer gefragt?« »Du stehst im Telefonbuch, Baby«, sagt er belustigt. »Und dein Nachname war zu erraten, nachdem du mir erzählt hast, dass dein Vater ein Drehbuch für meine Mutter geschrieben hat.« Er hebt den Zeigefinger. »Hat er übrigens wirklich. Schlimmer Propaganda-Mist. Wurde zum Glück nie verfilmt.«

Wir sind uns vertraut wie Geschwister, bestellen Nusskuchen und reden schlecht über unsere Eltern, reden lästernd über dieselben Freunde, reden gut über unsere Großeltern, als wären es auch dieselben. Wir wundern uns, wie wir einander übersehen konnten bisher.

Während er von seinem Großvater redet, fällt mir ein, wie Friedrich sich immer bewegte, bevor er anfing zu sprechen. Er hob das Kinn oder machte eine Geste mit der Hand. Vor impulsiven Äußerungen zuckte er kurz und schnell. Wenn er nachdachte, Zigarre rauchte oder Zeitung las, war er fast starr. Ilse saß dann ruhig neben ihm. Sie brauchte keine Zeitung, keine Zigarren, keine Impulse. Sie stellte überhaupt wenige Ansprüche an ihr Leben.

Erst jetzt sehe ich die Gemeinsamkeiten zwischen ihr und Dascha: die Singstimme und die Traurigkeit.

1932

Ilse war unglücklich

und weinte jeden Abend. Sie wisse nicht, warum, sagte sie. Es sei eine so große Traurigkeit in ihr, sie könne sich manchmal nicht helfen. »Dü musch singe, liebschte Elsi. Mach Musik, des wird der helfe.« Ilse schüttelte betrübt den Kopf. Zum Hirsch-Tag wollte sie nicht fahren, im Herbst 1932. Der Gedanke an die satte Familie lag auch Friedrich schwer im Magen. Dann dachte er aber an Ilses fröhliche Schwestern und dass sie Ilse aufheitern würden. Er seufzte und trommelte mit den Handflächen auf die Armlehne seines Sessels. »Was solls. Fahre mir zur bucklige Verwandtschaft.«

Alfred winkte seinen Eltern und der plattgedrückten Nase seines kleinen Bruders hinterm Zugfenster. Alfred blieb zu Hause. Er war neunzehn, rotblond gelockt mit braunen Augen und hoher Stirn. Der Mund war das bewegteste Element in seinem gebräunten Gesicht. Seine plappernden Lippen waren von erstaunlicher Zartheit. Alfreds geschwungener Mund bewegte sich, auch wenn er nicht sprach. Er konnte ihn nicht still halten.

Erwins auffälliges Aussehen hätte besser zu Alfreds übermütigem Wesen gepasst. Erwin hatte große Ohren und einen welligen Kaspermund. Die verschmitzten Augen mit buschigen Brauen kamen aus Friedrichs Familie. Sein stilles Wesen stand im Kontrast zu seinem außergewöhnlich offenen Gesicht.

Ilse sah den Bahnhof mit ihrem erwachsenen Sohn vorbeiziehen und hatte ein ungutes Gefühl.

Es war lebensmüde, sich bei einer Naziversammlung als Redner anzumelden.

Es war eine Mutprobe.

Bei der Anmeldung hatte Alfred einen falschen Namen angegeben und behauptet, er käme vom kommunistischen Studentenverband. Tatsächlich kam er vom Boxtraining und war noch kein Student.

Vorsichtshalber setzte er sich in die Nähe der Tür. »Deutschland soll sauber werden! Wir müssen endlich aufräumen, das Unkraut ausrotten und unser starkes reines Volk befreien! Das ist unsere deutsche Pflicht!« Der Saal jubelte. Alfred wurde schlecht. Seine Freunde hatten sich im Saal verteilt. »Buuhh«, rief einer. »Rotfront!«, rief ein zweiter. Alfred ging vor und trat ans Pult. »Ich stehe dem Satz – schlagt die Faschisten, wo ihr sie trefft – positiv gegenüber. Es ist damit gemeint, sie geistig zu schlagen.« Alfred duckte sich, als Eier und Tomaten auf das Rednerpult flogen, wie es üblich war bei Veranstaltungen, die Gastredner erlaubten. Seine Freunde jubelten. Die Schlägerei ging schneller los, als sie erwartet hatten. Die Polizei, die vor den Türen aufgestellt war, räumte den Saal.

Alfred und seine Freunde hatten ausgemacht, sich danach in einem nahe gelegenen Hof zu treffen, in dem sie schon als Kinder Räuber und Gendarm gespielt hatten. Aber sie wurden von den Nazis verfolgt und konnten einander im Hof nur kurz durchzählen. Acht Jungs. Alle da. Sie teilten sich auf, rannten durch die Gassen in verschiedene Richtungen, versteckten sich auf Dachböden. Vor Alfreds Haustür waren sie nur noch zu zweit. Die Jungs hoben die Fäuste: »Rotfront!«, und gingen auseinander. Im Hausflur legte sich Alfred erschöpft auf den Fußboden.

Sein Herz raste. Er sah durch das Fenster über der Tür in den Himmel und breitete die Arme aus.

Am Wochenende fuhr er mit seinen Freunden in der Breisacher Bahn zum Rhein. Die Zwanzigjährigen schaukelten an den Stangen, stiegen auf die Sitze, pfiffen aus den Zugfenstern Frauen hinterher. Im nächsten Moment konnten sie philosophieren oder theatralisch über Politik diskutieren, bis sich ihre Gedanken überschlugen, dann wieder Fratzen machen, wetten, wer im Handstand aus dem Zug pinkeln konnte, und sich von empörten Männern mit Hüten erklären lassen, dass sie in ihrem Alter gefälligst eine Verantwortung zu übernehmen hätten für die Gesellschaft, die sie gebildet habe. Ein Fahrgast erhob seinen Spazierstock, und die jungen Männer rannten lachend durch die Abteile. In Breisach wurden sie aus dem Zug geworfen. Erwachsen werden wollten sie um keinen Preis.

Friedrich durchblätterte währenddessen lustlos Satzung, verzierte Lobreden, Reiseberichte, Fotos, Zeichnungen und verschnörkelte Stammbäume. Wie jedes Jahr lag das dicke, in Leder gebundene Buch auf dem großen Tisch. *Der Hirschs Buch* war darauf in Gold graviert. Friedrichs Urgroßvater war hundert Jahre vor Friedrich geboren. Seine Söhne Aaron und Abraham hatten die Schwestern Vetter geheiratet. Die Vetters und die Hirschs verheirateten sich weiter untereinander, sodass dieselben Personen in beiden Linien vorkamen.

Worüber man nach dem Essen im Rauchsalon redete, wurde nicht ins Hirsch-Buch geschrieben. Friedrich interessierte es dieses Mal nicht, wer wessen Geschäft übernahm, wessen Ausbildung von der Familie finanziert werden sollte und wer sich abends nach dem großen Feuerwerk hinterm Haus küsste, um innerhalb der Familie zu heiraten.

Er rollte nervös sein leeres Schnapsglas auf der Tischdecke von einer Hand in die andere. Seine Brüder wollten nicht über Hitler reden, und als Friedrich über ihn reden wollte, lachten sie, nannten Hitler einen selbstherrlichen Trottel, der Deutschland vor der ganzen Welt lächerlich mache. Der würde sich von ganz alleine absägen, darum brauche man sich nicht zu sorgen. Er sei viel zu dumm für dieses Amt. Friedrich stand auf und wurde zum Lehrer. Hitler habe gerade alle Parteien verboten, der Judenhass würde sich bald wieder verschärfen, und es gäbe ausreichend undemokratische Machtinteressen, die hinter Hitler stünden, aber die Brüder schüttelten die Köpfe, fanden, Friedrich würde übertreiben und man dürfe sich keine Angst machen lassen. Ihr Geld und die Orden aus dem Ersten Weltkrieg waren ihre Schutzschilde.

»Eure verdammte bürgerliche Sorglosigkeit regt mi uff!«, rief Friedrich und verließ türknallend den Salon. Die Männer belächelten den untreuen Juden, wandten sich den Zigarren und Schnapsgläsern zu und blieben sorglos.

Im Salon wurde Ilse von den Schwestern bedrängt. Als Friedrich eintrat, wurde er auch bedrängt. »Bitte, überred sie!« Friedrichs Ärger über seine Brüder verflog zwischen den fröhlichen Frauen. Er kniete sich förmlich vor Ilse, küsste ihr die Hand, und bevor er den Mund aufmachen konnte, lachte Ilse. »Ja, ja, ist ja gut.« Die Frauen klatschten vor Begeisterung über den romantischen Moment. Friedrichs Schwester setzte sich an den Flügel, Ilse stellte sich daneben, und als sie die erste Strophe gesungen hatte, war das ganze Haus im Musikzimmer zusammengelaufen. Ilse war gut. Sie sang mit ihrer Seele. Sie machte ihren großen sinnlichen Mund weit auf, man konnte bis in ihr Herz sehen.

Alfred solle sich am besten für Jura einschreiben, hatten ihm die kommunistischen Studenten geraten, und Alfred dachte, durch die Verbindung zur Partei würde sein Leben endlich anfangen. Er hatte vor, das langweilige Studieren nebenbei zu erledigen, aber dann kam es andersrum. Die Jura-Vorlesungen waren sogar interessanter als Theatervorstellungen. In die Parteiversammlungen dagegen zog ihn nur eine dunkel gelockte Kommunistin, die allein am Rand saß, mit ernstem Gesicht, und Notizen machte. Alfred mochte den Schwung ihrer Waden.

Sie sollte ihn bemerken, entschied er und stand auf. Er fände es wichtiger, sagte Alfred, Naziversammlungen zu sabotieren, als kluge Diskussionen über den Kommunismus mit klugen Kommunisten zu führen. »Was soll denn das bringen? Wir müssen was tun und hier nicht rumsitzen und reden. Wir müssen raus auf die Straße!« Er sah die junge Frau abfällig lächeln. »Mit den Nazis prügeln? Danke! Das haben sie nicht verdient. Sie haben es verdient, für ihre Dummheit verachtet und ignoriert zu werden«, sagte sie gelassen. Alle klatschten.

Alfred setzte sich und beobachtete sie. In ihrem Gesicht war alles übertrieben. Als Porzellanpuppe wäre sie eine von den sehr teuren gewesen. Sie hatte große schwarze Augen mit zackigen Brauen, hohe Wangenkochen, verschnörkelte Lippen, und wenn sie sprach, wurde sie noch hübscher. Sie sah jüdisch aus. Alfred wollte sie lachen sehen.

Bei der nächsten Versammlung nahm er sich vor herauszufinden, welchen Namen sie auf die Anwesenheitsliste schreiben würde. Er musste sich nur hinter sie stellen, um direkt nach ihr an der Reihe zu sein. Aber sie drehte sich um, hielt Alfred den Stift hin, trat zur Seite und gab ihm den Vortritt. Ihr hochnäsiger Blick gefiel ihm. Während der Versammlung sah er nicht zu ihr. Selbst als er das

Gefühl hatte, sie beobachte ihn. Am Ende zog er im Gedränge neben der Tür unbemerkt die Liste unter dem Pult des Versammlungsführers hervor. *Esther Apfelbaum, Medizin*, hatte sie unter seinen Namen geschrieben. Im Foyer überlegte Alfred, ob sie sich absichtlich zwischen das zu dünne und das zu dicke Mädchen gestellt hatte. Esthers Hintern war genau dazwischen und genau richtig.

Sie bräuchte keinen Beschützer, sagte sie kühl über die Schulter, als Alfred ihr anbot, sie auf dem Heimweg zu begleiten. Er sprang ihr in den Weg und streckte die Hand aus. »Wenn ich Sie bis zur nächsten Ecke zum Lachen gebracht habe, darf ich Sie nach Hause bringen.« Alfred gewann die Wette, nachdem Esther eingeschlagen und mit seiner Grimasse vom platzenden Frosch nicht gerechnet hatte.

Am Abend saß er vor dem neuen Briefpapier mit seinem Adresskopf. *Liebe Esther*, mehr fiel ihm nicht ein. Er dachte an ihre schwarzen Augen und ihr kluges Gesicht. Er konnte schreiben. Aber nicht an Esther. Alles kam ihm dumm vor. Ein Brief wäre außerdem zu klein gewesen. Er musste etwas Großes tun, um sie zu beeindrucken. Den Briefbogen zerknüllte er, und zu Esthers Haus ging er an diesem Abend auch nicht. Er ging zu einem Freund. »Kommst du mit zur Klempnerei, Teer klauen?« Alfred schrieb in der Nacht mit Teerbuchstaben an die Wände der Universität *Studiengebühren abschaffen!* Es war Vollmond. Jemand ging mit seinem Hund spazieren und war ausgerechnet ein Polizist außer Dienst. Alfred musste am nächsten Tag zum Rektor.

Esther war trotzdem beeindruckt und ließ sich am Sonntag bei den Hirschs zum Essen einladen.

»Du häsch dich engagiert«, sagte Friedrich, »stehs durch, Bübli!« Esther staunte, dass Alfreds Vater die Straftat nicht verurteilte.

Nach dem Essen wurde auf dem Sportplatz der Grundstücksgenossenschaft mit Alfreds Freunden Federball gespielt. Als sie einen Ball gleichzeitig aufheben wollten, hielt Alfred sie in der Taille fest. »Soll ich dich als Kommunist verführen oder lieber als Mann?« Sie entwand sich seinen Händen, lief rückwärts, lachte und schlug den Ball auf. »Sieh zu, dass du beides zusammenbringst. Vielleicht kann ich dich dann ernst nehmen.« Alfred wollte von Esther unbedingt ernst genommen werden.

Er musste etwas noch Größeres tun.

Eines Nachts fiel es ihm ein. Am Morgen sagte er es der Familie. »Ich habe mich für die Parteischule in Moskau beworben.«

Clara Zetkin schrieb, sie sei zwar skeptisch und Alfred habe sicher keine wahre Vorstellung von der Parteischule, das könne sie seinem Brief entnehmen, aber die Chance wolle sie ihm nicht verwehren. Er sei als Gast zum Wintersemester eingeschrieben.

Aus Moskau würde er an Esther endlich gute Briefe schreiben können, das war klar. Von dort hätte er wirklich etwas zu erzählen. Esther würde seine Briefe immer wieder lesen und ihre Bücher dafür beiseitelegen und ihren Freundinnen davon erzählen. Keine ihrer Freundinnen würde je so interessante, kluge und ehrliche Briefe bekommen. Er würde für Esther schriftlich eine Wandlung durchmachen und zurückkommen als der Mann, von dem sie träumte.

Alfred konnte es kaum abwarten, den ersten Brief zu schreiben, und fing schon im Zug damit an. Im Winter schrieb er an Esther aus Moskau, er sei mit sechs anderen Studenten in einem kaputten Hotel ohne Fensterscheiben untergebracht und müsse sich nachts mit seinem gefrorenen Mantel zudecken. Trotzdem sei es wahnsinnig spannend. Er schrieb von seinem Unverständnis darüber, dass die Studenten sich für Veränderungen einsetzten, von denen erst die nachfolgenden Durchgänge Jahre später profitieren würden. Ihm sei dadurch klar geworden, dass er als verwöhntes Bourgeoisie-Söhnchen den Kommunismus in Wahrheit überhaupt nicht begriffen habe. Das Russische würde er schon bestens verstehen, schrieb er, gab im nächsten Satz die Lüge zu und schrieb, er sei an manchen Tagen der Verzweiflung nahe.

Esther schrieb aus Freiburg von Saalschlachten mit den Nazis in der Mensa und Schlägereien in den Gängen der Uni. Es würde täglich schlimmer. Das Innenministerium habe das Mitbringen von Waffen und Totschlägern in der Uni verboten und Wachposten aufgestellt. Aber die Nazis steckten Rasierklingen in die vorbereiteten Kerben ihrer Spazierstöcke.

Nachts konnte Alfred vor Kälte nicht schlafen. Er dachte an Esther. Sie wäre so beeindruckt, wenn sie nur wüsste, dass er vom russischen Geheimdienst angeworben worden war. Aber er durfte nichts sagen. Nicht mal, wenn er mit ihr verheiratet wäre.

Als er zurückkam, hatte er Esther trotzdem gewonnen.

1986

Ich brate Zwiebeln

und öffne das Küchenfenster neben dem Herd wegen des Qualms. Die Eisluft kriecht in meinen Nacken. Der süße Zwiebelduft vermischt sich mit dem Geruch nach Schnee. Es riecht schon die ganze Woche nach Schnee. Aber es schneit einfach nicht.

Ich will nicht immer in diesen wartenden Zustand verfallen, in dem ich auf nichts weiter warte als auf die Veränderung des Zustandes. Lieber will ich jetzt zusehen, wie in der Pfanne die roten Zwiebeln braten. Wie sie ihren Zustand verändern. Ich will den Geruch jetzt wahrnehmen, ohne ihn gleich als Erinnerung abzulegen.

Maja kommt in die Küche, erzählt mir was, setzt sich auf meinen Schoß. Ich umfasse die kleinen Handgelenke. An den hellen Schläfen sind die Adern zu sehen wie durch Pergament. Alles ist so leicht verletzbar. Ich habe das Gefühl, sie nicht richtig beschützen zu können, und merke, wie ich in der Angst untergehen könnte. Ihre offene Verletzbarkeit kommt mir selbst unverletzt schon schmerzhaft vor.

Im Radio wird durchgesagt, dass Brennholzstücke auf der F 96 liegen. Wie absurd würde die Information zum Beispiel im Indischen Radio klingen. Gleich kommt mir der Gedanke, dass meine Kinder in ein paar Jahren die Welt sehen wollen. Man wird sie nicht lassen. Vielleicht sollte ich versuchen, froh darüber zu sein? Ich drücke das Kind und küsse ihm den warmen Kopf.

Am Abend sitze ich rauchend am Küchenfenster. In der Nacht halte ich mein Dasein nicht aus und kann mir nicht vorstellen, dass sich das je wieder ändert.

Mein Leben kann so nicht weitergehen. Ich fühle mich eingesperrt in diesem kleinen Land wie in einem Käfig. Eingesperrt mit meinen Kindern, verlassen von deren Vätern, alleine in dieser Wohnung, weisungsgebunden im Theaterkäfig, überwacht bis in mein Privatleben.

Es fühlt sich an, als hätte ich zu lange auf mein Leben gewartet. Als hätte ich mich zu lange durchgebissen durch einen grauen Zustand, von dem ich dachte, er würde zu irgendeinem Glück führen. Ich habe den Faden verloren wie eine dauerbetriebene Maschine, die im Hochleistungsalltag kaputt gegangen ist. Meine Hoffnung hat sich aufgelöst, sie reicht nicht aus zum Weiterleben.

Ich gehe ins Bett, versuche einzuschlafen. Wenn ich Schluss mache, gibt es nur eine Möglichkeit: Ich muss meine Kinder auch umbringen. Vor Schreck über diesen Gedanken schwitzt mein panischer Körper das Bett nass. Aus dem wunden Gelände in meinem Brustkorb sticht etwas von innen gegen meine Schultern. Ich gehe ins Bad, überlege, ob die Tabletten für die Kinder und mich reichen würden. Ich will mich selber wachrütteln, diesen widerlichen Gedanken aus mir herausschütteln. Zwei schlucke ich, stecke die Schachtel zurück, gehe ins Bett, zünde mir eine Zigarette an.

Kurz falle ich in einen Halbschlaf und träume wieder von den vielen Türen. Diesmal haben sie Klinken und Schlüssellöcher, aber ich habe keinen Schlüssel. Im Aufwachen bin ich froh, keinen gehabt zu haben. Ich will nicht wissen, was hinter den Türen steckt.

Mit dem Sonnenaufgang fällt mir ein, was in meinem ersten Klassenraum, in dem ich saß und lesen konnte, über der Tafel stand: *Man kann das Rad der Geschichte weder aufhalten noch zurückdrehen. Man kann und muss furchtlos vorwärtsschreiten. – Lenin.*

Gut. Das ist einfach. Immer weiter! Die Stadt fängt an zu rauschen, der Himmel ist wieder da, die Welt ist nicht untergegangen.

Ich bin zwar eine defekte Maschine, aber ich arbeite noch. Niemand, außer mir, hört das Klappern und Rasseln in meinem Innern.

Ich kraule meinen Kindern die weichen Arme, zerre sie aus ihren warmen Decken, gebe Anweisungen, die meinem Gefühl widersprechen. Henriette pellt müde ihr Ei, lässt die Schalensplitter auf ihr Honigbrot fallen und isst beides nicht. Im Hausflur winke ich den Schultaschen hinterher, »Nimm Maja an die Hand, wenn ihr über die Straße geht«, werfe einen Kuss die Treppe runter und tue so, als würde ich es richtig finden, sie im Dunkeln raus auf die eisige, nasse Straße zu jagen. Ich bin eine kaputte Maschine, weil ich die Arbeit richtig mache, die ich falsch finde.

Hunger habe ich keinen, will nicht aus Pflicht frühstücken, die Maschine nicht mehr füttern. Aber dann esse ich doch ein Brot, na gut. Und noch eins. Erst der Schimmel im Marmeladenglas gibt mir die Erlaubnis aufzuhören.

Am offenen Küchenfenster zum Hof sitze ich im Korbstuhl, kreise meine verspannten Schultern, die Füße auf der Heizung, ein Buch im Schoß. Eine Hand im Ausschnitt hält meine warme Brust. Die andere meine Zigarette und die Buchseite. Ich lese die Sätze, höre ihnen aber nicht zu, sondern denke an den Türentraum.

Es klingelt. Ich überlege, ob es jemand sein kann, der mir jetzt helfen würde. Eins der Kinder würde helfen. Im

Gefühl habe ich es schon im Arm. Zumindest für einen sehr kurzen Moment wäre es schön. Zumindest so lange, bis das Kind wieder etwas von mir will. Aber die Kinder sind in der Schule. Mir wird schwindlig bei dem Gedanken an alles, was ich heute tun werde: ein fantasieloses Kinderstück proben, danach ein ebenso fantasieloses spielen, am Nachmittag die Kinder zwingen, ihre Hausaufgaben zu machen, Maja zum Handball bringen, Henriette überreden, Maja abzuholen, die Kinder um neun ins Bett befehligen. Dazwischen gibt es nichts, was mir Spaß machen wird. Was soll das alles? Ich will nicht mehr mitmachen.

Und vor der Tür steht die Nachbarin, die eine Reisetasche borgen will.

»Kaffee?« Die Nachbarin sieht zu, wie ich Wasser in die Kanne laufen lasse.

»Sag mal, was wiegst du eigentlich?« Ich zucke die Schultern und mache mich zwei Kilo schwerer. »So fünfzig?« »Bist du irre?«, sagt sie und sieht wirklich erschrocken aus. »Sind die Tabletten. Hat man einfach keinen Hunger. Helfen überhaupt nicht mehr. Aber ohne geht's auch nich.«

Es sind nicht die Tabletten. Es ist mein Leben. Ich kann meinen Körper nicht mehr ernähren in einem Leben, das ich nicht führen will.

»Geh nach Herzberge. Am besten gleich!« Wenn es nicht die Psychiatrie wäre, könnte es sich nach einer Herberge anhören, in der man herzlich erschöpfte Mütter aufnimmt. Dascha hat wochenlang in Herzberge gewohnt. Die braucht ja auch wirklich Hilfe. Ich bin gesund, habe einen Job und Kinder. Ein Auto, keinen Mann, der mich nervt. »Alles bestens«, sage ich und heule. Die Nachbarin streichelt meinen mageren Rücken.

Als ich nach der Nachmittagsvorstellung aus dem Theater komme, schiebt die Nachbarin meine Reisetasche aus ihrer Wohnungstür und schließt hinter sich ab. Ich halte die Hand auf. »Blumen gießen?« Sie lässt den Schlüssel am Zeigefinger baumeln. Als ich ihn nehmen will, schließt sie die Hand und zeigt auf mich mit dem Schlüsselfinger. »Nein! Du gehst in die Klinik.« »Ich habe jeden Tag Proben«, erkläre ich, »und Vorstellungen auch. Nachts muss ich Jacken nähen, wer soll denn so lange Geld verdienen und sich um die Kinder kümmern?« Während ich das sage, wird mir klar, die brave Prinzessin kann ich nicht spielen. Sinnlos, das zu proben.

Am nächsten Morgen konzentriere ich mich auf jeden Handgriff. Jedes Wort am Telefon muss entschieden klingen. Den Kraftakt muss ich schaffen. Den letzten Tag überstehen. Für die Kinder. Wofür sonst.

Mechanisch packe ich meine Sachen, räume die Wohnung auf, langsam und diesmal ohne Wut. Ich versuche, nur an das zu denken, was unmittelbar vor mir liegt. Unsortierte, ungeordnete, staubige Stellen kann ich nicht zurücklassen. Vor dem Kinderbuchregal kniend räume ich die Bücher aus, wische Staub, räume die Bücher wieder ein, halte den Struwwelpeter in den Händen. Mein Name steht auf der ersten Seite. Hineingekrakelt mit einem schlecht gespitzten rosa Buntstift. Der fliegende Robert war meine Lieblingsgeschichte. *Robert aber dachte: Nein! Das muss draußen herrlich sein! Seht, den Schirm erfasst der Wind. Und der Robert fliegt geschwind. Durch die Luft so hoch, so weit; niemand hört ihn, wenn er schreit. Wo der Wind ihn hingetragen, ja, das weiß kein Mensch zu sagen.* Ich fange wieder an zu weinen, bemitleide mich selbst, wie ein unschuldiges Tier, dem ein Leid zugefügt wurde. Ein Tier mit Flügeln, die so groß sind, dass es zu schwach ist, sie zu bewegen.

Am Nachmittag sage ich den Kindern, sie würden ab morgen bei den Großeltern wohnen. »Mama muss zur Kur.« Henriette weint lautlos. Maja tröstet sie. Ich weiß nicht, warum die Kleine stärker ist als die Große. Alles ist falsch.

Als ich die Kinder bei meinen Eltern abgebe, nehme ich im Bad den großen, in Gold gefassten Jadering aus der Schmuckkiste meiner Mutter und stecke ihn mir an. Den hatte ich vor Jahren als Glücksbringer zur Russischprüfung mitgenommen. Den brauche ich jetzt.

»Ich will eigentlich nur in Ruhe gelassen werden«, erkläre ich der Ärztin. »Keine Therapie, keine Analyse oder so'n Scheiß! Nur die Tabletten loswerden.« Da ich die Tabletten seit sechs Jahren nehme, bräuchte ich sechs Wochen Entzug, sagt die Ärztin. Ich bekomme ein Einzelzimmer. Es ist kahl und hässlich. Normal sei das nicht, ein Einzelzimmer zu bekommen, sagt die Ärztin. Es wurde von der Klinkleitung angeordnet. Vermutlich habe sich jemand für mich eingesetzt. Mein Vater muss angerufen haben.

Ich sitze auf dem Bett. Es ist seltsam, nichts tun zu müssen. Wieder habe ich dieses Gefühl, als würden winzige Eiskristalle über meine Handrücken rieseln. Ich streiche darüber, als könnte ich die Einbildung abwischen. Hätte ich der Ärztin davon erzählen sollen?

Morgens um sieben müsse ich mitgehen zum Schwimmen. Das sei die einzige Bedingung, sagt sie. Ich setze mich aufs Bett. Zum ersten Mal seit Jahren habe ich nichts zu tun. Der Brief, den ich an die Kinder schreibe, soll klingen, als wäre ich in einem langweiligen Urlaub. Tatsächlich fühle ich mich aber wie im Gefängnis. Das Essen ist schlecht, das Bett hart, der kahle Ausblick trostlos.

Henriette schreibt nach einer Woche zurück in das Krankenhaus Berlin-Lichtenberg, Herzbergstraße neunundsiebzig. »Find ich gut, dass du morgens schwimmen gehen musst. Das würdest du ja sonst nicht freiwillig machen!« Ich bin verblüfft über die altkluge Ratgeberin. Zum ersten Mal bekomme ich eine Ahnung davon, wie die Kinder irgendwann ohne mich klarkommen werden.

Tag und Nacht liege ich wach, starre an die Decke und warte. Es wundert mich, dass ich die Kinder nicht vermisse. Dieses Gefühl ist wie ausgeschaltet.

Im Duschraum stehe ich vorm Spiegel und versuche herauszufinden, wie es mir geht. Aber ich kann mich nicht erkennen. Nach dem Schwimmen gehe ich wieder ins Zimmer, lege mich bis zum Mittagessen ins Bett und starre auf das Himmelquadrat im Fenster.

Für die Nachmittage mache ich kleinstmögliche Pläne. Einmal um den zugefrorenen Teich. Hundert Meter. Das reicht. Morgen Fingernägel schneiden. Fußnägel übermorgen. Selbst das ist eine Überwindung. Ich will nichts hergeben von mir. Nicht mal meinen Körpergeruch beim Duschen. Als hätte ich Angst davor, mich aufzulösen, will ich alles behalten, alles bewahren, was mir beweist, dass ich noch lebe. Selbst das Gefühl der Eiskristalle auf meinen Handrücken, das mich beim Autofahren, beim Puppenspielen, beim Wäscheaufhängen verfolgt und irritiert, finde ich jetzt angenehm.

Nach fünf Wochen stehe ich nachts auf, gehe in die Küche und mache mir im Dunkeln ein Knäckebrot mit Marmelade. Danach noch eins und noch eins. Die Laterne scheint bläulich durch die Lamellen vorm Fenster und legt Lichtstreifen über den Tisch. Ich kann nicht aufhören zu essen, bis das Marmeladenglas leer ist. Die Nachtschwester schaltet das Licht an, steckt die Hände in ihren Kittel, lehnt sich in den Türrahmen. »Na, Frau Hirsch hat wohl ihren Lebenswillen wiederjefunden, wat?«

Am Abend vor der Entlassung vermisse ich meine Kinder endlich mit schmerzhafter Gewalt und überlege ernsthaft, aus dem zweiten Stock in das Gebüsch zu springen. Die Ärztin um den Stationsschlüssel zu bitten würde bedeuten, ihr das kindische Gefühl erklären zu müssen, das mir so gesund vorkommt. Sie würde darin meinen Widerwillen erkennen, mich in vorgegebene Abläufe zu fügen, und es womöglich nicht gesund finden. Sie würde nicht sehen, wie normal ich wieder bin, sondern mich zurück in mein Zimmer schicken. Dabei bin ich endlich aufgewacht!

Am Morgen muss ich auf die Waage und werde gelobt. »Na sehnse. Geht doch!« – drei Kilo zugenommen. Ich umarme alle Patienten der Station. Selbst die, mit denen ich kein Wort gewechselt habe, weil ich mich von ihrer Verrücktheit nicht anstecken lassen wollte. Jetzt gebe ich großzügig allen etwas ab von meiner Gesundheit. Die Ärztin sagt, die Euphorie sei normal bei der Entlassung und würde sich schnell wieder geben. Notfalls solle ich wiederkommen.

Ja, ja.

Mit den Kindern in den Armen rolle ich über die vereiste Wiese vorm Haus meiner Eltern.

Zu Hause hat die Nachbarin Rosen auf den Küchentisch gestellt. Ich stelle die Ananasdose aus meiner Manteltasche daneben. Ein Patient aus der Klinik hat sie mir für einen Zungenkuss geschenkt.

Der Klinikaufenthalt kommt mir fern und unwirklich vor wie ein Traum, in dem alle verrückt waren. Heute früh war ich selbst noch verrückt. Jetzt will ich alles richtig machen, will sorgfältig sein, überlegte Dinge tun, normal bleiben.

»Armer Ritter oder Toast Hawaii?«, rufe ich aus der Küche Richtung Bad. Die Kinder in der Wanne streiten diesmal nicht.

Als sie in Bademänteln Ananasbrote essen, unterm Tisch die nackten Beinen schlenkern, strahlen sie mich an, als würde ich bunt glitzern.

Zum Einschlafen lese ich den Struwwelpeter und verstehe, dass ich den Robert in mir erst fliegen lassen darf, wenn ich die Kinder großgekriegt habe. Ich küsse die Mädchen, mache das Licht aus und bin zufrieden mit mir.

Mein Bett schiebe ich unters Fenster. Wenn ich nicht einschlafen kann, sehe ich ab jetzt den Himmel. Warum bin ich nicht eher daraufgekommen? Nackt und geduscht liege ich unterm weit geöffneten Fenster und rauche. Im Nacken ist mein Haar nass, die Decke angenehm kühl auf meiner warmen Haut. Ein Stern sitzt über dem Dach des Hinterhauses, blinkt mich an und fragt mich, ob es so gut ist. Ja, so ist es schon ziemlich gut.

Auf meinem Nachttisch liegt Henriettes Poesiealbum. Ihr roter Füllfederhalter klemmt an einer leeren Seite. Zwischen Gekrakel mit leergemalten Filzstiften, hässlichen Aufklebern und Tintenklecksen stehen Sprüche in ungelenker Kinderschrift. *Willst du in die Ferne schweifen, sieh das Gute liegt so nah …* Blabla.

Ich schreibe: *Mein Schatz, ich liebe dich*, es klingt so, wie ich es jeden Nachmittag auf die Zettel am Kühlschrank schreibe. *Ihr Süßen, bitte gleich Milch kaufen gehen und dann Hausaufgaben machen. Bin um sechs zu Hause. Ich liebe euch.* Das wird dem rosa Kitschbüchlein nicht reichen. *mehr als mich selbst,* schreibe ich weiter und überlege, ob es Henriette irritieren wird. Könnte ich mich nur selbst so lieben, wie ich meine Kinder liebe, denke ich und werde schon wieder traurig, *und ich liebe mich sehr*, schreibe ich weiter. *Bleib, wie du bist. Tausend Küsse, deine Mama.*

Eingesperrte Tiere anzusehen kommt mir mittelalterlich vor. Aber ich will etwas Normales machen wie alle normalen Mütter. Einmal im Jahr in den Tierpark.

»Mama, da ist dein Lieblingstier!«, sagt Maja und zeigt auf den Abu Markub. Er hat dieselbe graublaue Farbe wie mein Parka. Seine viel zu großen Flügel hängen wie ein Mantel über seinem schmalen Rücken. Auf dürren Beinen stakst der Schuhschnabel in seinem Gehege durch das Gras, und ich bin ihm ähnlich in meiner engen Jeans. Probeweise flattere ich mit den Armen in meinen Jackentaschen. Er erkennt unsere Verwandtschaft nicht.

Der scharfe Riesenschnabel passt nicht zum zarten Körper, aber zu mir passt er irgendwie. Ich hätte gerne so einen. Er ist Waffe und Handtasche zugleich. Alles, was mir gefällt, würde ich in meinen großen Schnabel stecken. Störche oder Reiher mag ich auch. Die stehen allein irgendwo herum und tun so, als würde ihnen die Wiese oder der See gehören. Ich will auch eine Wiese haben, einen großen See und einen Wald.

»Das ist mein Ring!« Meine Mutter hält die Hand auf, als ich nachmittags mit den Kindern zu Kaffee und Kuchen komme. Ich ziehe den Jadering vom Finger. Sie legt ihn achtlos auf den Marmortisch im Flur. Irmgard wirft mir einen tadelnden Blick zu, nimmt den Ring und schaukelt ihren massigen Körper die Treppe rauf.

Auf dem Terrassentisch steht Linzer Torte.

Die Nachbarn kämpfen sich durch das Gebüsch und kommen winkend über die stoppelige Wiese. Meine Eltern sind nicht die Einzigen, die kein Interesse haben an ihrem Garten. Er wäre doppelt so groß, wenn jemand die Sträucher zurückschneiden würde. Die alten Widerstandskämpfer, die in der Nachkriegssiedlung nebeneinandergesetzt wurden, lassen ihre Gärten verwildern und stolpern lieber über das Gestrüpp. Die abgestorbenen Sträucher zu beschneiden, damit sie sich nicht ducken müssen, das fällt ihnen nicht ein.

Die Juden von nebenan haben Auschwitz überlebt, im Gegensatz zum Rest ihrer Familie. Alfred erzählt Kriegsgeschichten, wie immer, und ich kann ihm nicht mehr zuhören. Die Geschichten aus der Résistance, mit denen er nicht aufhören kann, sind allesamt spektakulär. Immer wurde mein Vater beinahe geschnappt, mit Taschen voller Flugblätter, beinahe von der Gestapo durchsucht, beinahe eingesperrt, und immer hat ihn, im letzten Moment, ein Zufall gerettet oder ein einflussreicher Freund oder eine gute Lüge.

Ich stöhne. »Deine Heldengeschichten kann doch kein Mensch mehr hören, Papa! Ich hätte gerne stinknormale Eltern gehabt.« Mein Vater ist für einen ungewohnten Moment still und sieht auf seine Gabel. »Du würdest nicht existieren, wenn du normale Eltern gehabt hättest. Die Kriegsgeschichten sind deshalb außergewöhnlich, weil es die Normalität gewesen ist, vergast zu werden. Am Leben geblieben ist man nur aufgrund verschiedener Wunder. Die normalen Eltern sind tot, begreifst du das nicht?«

Er reibt seine Stirn.

»Quatsch, ihr habt doch nur überlebt, weil ihr Geld hattet. Deshalb kümmert ihr euch auch nicht um eure Gärten. Ihr hattet eure Diener. Jetzt spielt ihr Kommunisten und könnt nicht mal Rasen mähen.« Alfred steht auf, sammelt das Besteck ein und fuchtelt damit herum. »Ich kann dir Dutzende Beispiele nennen von Juden, die ohne Geld überlebt haben, Beispiele von reichen Juden, die ermordet wurden, aber es hat keinen Sinn, mit dir zu diskutieren. Glaub doch, was du willst!« Er geht ins Haus und kommt rückwärts wieder raus. »Primo Levi hat den Widerstand überlebt, weil er im richtigen Moment Jude war, und das KZ, weil er im richtigen Moment krank wurde«, er geht wieder rein. Meine Mutter presst die Lippen zusammen, stößt Zigarettenrauch aus der Nase und sieht in die Ferne.

Der alte Nachbar schüttelt den Kopf über seinem Kuchenteller. »Wir haben uns im Kampf alle verändert. Und nicht zum Guten.«

Ich bringe Teller in die Küche und schiebe sie in das Abwaschwasser zwischen Irmchens grau gespülte Hände. Die Kinder klimpern oben auf dem Klavier.

Als ich die angelehnte Klotür öffne, sitzt da meine Mutter. »Bin fertig!«, sagt sie und schiebt das Klopapier zwischen ihre Schenkel. Ich schließe die Tür. Der Gedanke an die von ihrem Hintern angewärmte Klobrille ekelt mich. »Ich geh nach oben.« Henriette liegt auf den zusammengefalteten Bettdecken in der großen grünen Truhe am Treppenabsatz, und ich weiß, wie ich an solch langweiligen Nachmittagen als Kind selbst darin gelegen habe und durch die geöffneten Fenster die Erwachsenen auf der Terrasse unterm Glasdach reden hörte.

Das obere Bad meide ich, seit ich zu Hause ausgezogen bin. In der dunklen Nische davor habe ich immer noch das Gefühl, einer der hässlichen alten Männer könnte sich dahinter verstecken, mich einfangen und mir seine ekelhafte Alkoholzunge in den Mund stecken. Könnte ich in die Zeit zurückspringen, würde ich ihm mein Knie in die Eier rammen. Ich stelle mir vor, wie jemand meine Töchter begrapscht, spüre, wie mein Kiefer sich verkrampft, meine Fäuste sich ballen und wie ich ihm den Schädel einschlagen könnte. Im Badspiegel sehe ich mir in die Augen und beruhige mich: Niemand wird deine Töchter begrapschen!

Manchmal, wenn das Haus voll war, versteckte ich mich in Irmgards Zimmer, dem einzig sicheren Ort im Haus. Ich saß auf ihrer Bettkante, öffnete ihren Nähkasten, sah in alle Dosen und Schachteln und versuchte zu verstehen, wie die Dinge zu benutzen waren. Die Holzstäbe mit den mikroskopisch kleinen Klapphäkchen und die Seidengarne in verplombten Glaszylindern, die verzierten Fingerhüte und die Metallplättchen mit eingeprägten Köpfen und dem hauchzarten überkreuzten Draht, die Nähnadeln in zerstochenem Goldpapier. Unsere Strümpfe wurden damit gestopft, unsere Knöpfe angenäht und die eleganten Mäntel meiner Mutter repariert. Ich muss meine Knöpfe selber annähen. Ich muss zwei Rollen spielen, die nicht zusammenpassen. Die unabhängige Blondine und gleichzeitig die fürsorgliche Haushälterin.

Im Schlafzimmer probiere ich Adeles Parfümflacons und nehme ein gezuckertes Eukalyptushütchen aus dem Nachttisch. Ich weiß, es schmeckt nicht, aber ich muss es trotzdem essen. Seit meiner Kindheit haben die Hütchen hinter der Tag und Nacht verschlossenen Tür auf mich gewartet. Der Ring liegt wieder im Schmuckkästchen, obwohl Irmgard weiß, ich nehme ihn wieder heraus. Irmgards Ehrlichkeit ist stärker als ihr Verstand.

Ich stecke Henriette auf der Treppe zwei silberne Spangen ins Haar. »Die sind doch von Oma!«, flüstert Henriette. »Dit merkt die eh nich«, sage ich. Adele bemerkt aber den Jadering an meiner Hand und streckt den Arm aus. »Her damit.« Ich ziehe ihn ab: »Du trägst den überhaupt nicht!« Adele steckt sich den Ring an und schüttelt ihn kurz irritiert, als würde sie überlegen, ihn doch herzugeben. Er ist zu groß an ihrer knochigen, altersbefleckten Hand. »Der ist aus Tibet«, sagt sie entschieden, zieht das Kinn hoch und hält ihr Sherryglas wie einen Pokal. »Den bekommst du nicht!«

Als Kind hatte ich Angst vor dem Ring. Er ist immer noch wie ein drittes Auge, das sehen kann, was meine Mutter nicht sieht. Die silbernen Spangen zum Beispiel, in Henriettes Haar, die in dieselbe Kiste gehören wie der Ring. Meine Mutter hat ihn nicht verdient. Aber sie gibt ihre Macht nicht aus der Hand. So dumm ist sie nicht.

Ich lege mich im Arbeitszimmer auf die braune Couch, deren Bezug mich an die alten Cordhosen meines Vaters erinnert, und sehe in die winkenden Pappelwipfel. Meine Töchter sollen mich später nicht verachten, wie ich meine Mutter verachte, weil sie ihren Kindern nicht den Po abgewischt, sie nicht gefüttert und nicht vor zudringlichen alten Widerstandskämpfern beschützt hat, die der Meinung waren, grapschen zu dürfen und fremdzugehen und sich zu nehmen, was sie wollten, weil sie Helden waren und meine Mutter nur eine blöde Nazipfarrerstochter. Bemitleiden sollen meine Töchter mich auch nicht, wie ich Irmgard bemitleide, weil sie kein eigenes Leben hatte.

Ich bin müde und ziehe mir die grün karierte Wolldecke über die Füße. Wieder bin ich in dem Gang mit den vielen Türen. Die letzte steht offen und führt in einen hellen Raum. Der Abu Markub steht am Fenster, öffnet den Schnabel, und darin liegt mein Jadering. Er leuchtet grüngold. Ich will ihn nehmen, aber ein ebenso grün-goldenes Kabel führt am Ring hinab durch die Kehle des Vogels in den Boden.

Ich schrecke hoch. Die Kinder springen auf die Couch.

Als wir auf dem Heimweg über die Straße gehen, nimmt Henriette meine Hand und dreht sie um. »Warum hast du Omas Ring schon wieder weggenommen?« »Weil ich ihn brauche«, sage ich. Er hält mich am Boden, verkabelt mich mit der Erde, damit ich nicht wegfliege.

Bis auf den Ring gibt es nichts, was ich kriegen könnte von meiner Mutter. Esther hätte ich bestimmt keinen Schmuck gestohlen. Vor ihr hätte ich Respekt haben können wie vor Sophie. Sie hätte mich ernst genommen, sich dafür interessiert, wie es mir geht, was ich denke, hätte mir Fragen gestellt und sich Sorgen um mich gemacht. Sie hätte keine Haushälterin gebraucht, und sicher hätte sie auch die sabbernden alten Männer von ihren Töchtern ferngehalten. Dascha wäre nicht krank geworden. Jetzt wird mir wieder klar, dass Dascha wahrscheinlich deshalb krank ist und dass es mir schon mehrmals klar geworden ist. Ich habe es vergessen. Mein Gehirn verweigert diese Erkenntnis. Es stößt sie ab wie einen falsch gepolten Magneten.

Lieber stelle ich mir Esthers kluges Gesicht vor, das ich als Kind auf den sepiafarbenen Fotos betrachtete, nach Ähnlichkeiten suchte und überlegte, ob es nicht doch irgendwie sein könnte, dass Adele nicht unsere echte Mutter ist. Wenn ich Esthers Bild lange genug ansah, wurde sie mir ganz vertraut und fing an, mit mir zu sprechen. Sie nickte mir lustig zu und sagte: »Ja, du hast recht.«

1933

Esther hatte recht

Das Studieren war unmöglich geworden. Als Alfred aus Moskau zurückkam, hörte er das tierische Gebrüll: »Juden raus! Bolschewisten raus! Tod der Kommune!« Die Wachposten griffen nicht ein. Alfreds Brille wurde von Stiefeln zertreten, sein Gesicht von Fäusten geschlagen. Die Wachposten griffen nicht ein. Die Rasierklingen in den Stöcken der jungen Faschisten schnitten in Alfreds Fleisch. Die Wachposten griffen nicht ein.

Alfred fuhr mit Esther aufs Land. Sein neuer Sportwagen, den er zum zwanzigsten Geburtstag vom Vater bekommen hatte, sah aus wie eine blaue Zigarrenhülle auf drei Rädern, hatte keine Türen, keine Windschutzscheibe, kein Dach, keinen Rückwärtsgang und hieß »Stern von Frankreich«. Er hatte siebenhundert Reichsmark gekostet und durfte mit einem Motorradführerschein gefahren werden.

Am Breisacher Rheinufer knotete er Esther einen Grashalm um den Ringfinger, und sie sagte Ja.

Alfred rief einen Jubelschrei Richtung Himmel. Esther hob den Ringfinger. »Aber nur, wenn ich das Auto zurück in die Stadt fahren darf.«

In Freiburg setzte Alfred sich auf die Karosserie, winkte grinsend den glotzenden Passanten zu und schnitt Grimassen. Esther lenkte das Auto mit Schwung um die Kurven, und Alfred musste sich an ihr festhalten.

Eine jüdische Hochzeit sollte es nicht werden. An einem

Nachmittag im Freiburger Standesamt heirateten sie in Anwesenheit von Alfreds Bruder und Esthers Schwester als Trauzeugen, ohne Eltern, ohne weißes Kleid. Esther trug eine rote Nelke im Ausschnitt, Alfred eine am Revers.

Sie schmückten auch das geflügelte Darmont-Morgan-Symbol des Sterns von Frankreich mit Nelken und fuhren winkend nach Berlin. Es war Hochzeits- und Dienstreise zugleich. Bei der kommunistischen Studentengruppe in Berlin bekamen sie den ersten Parteiauftrag.

Siebenhundert Kilometer südwestlich von Freiburg sollten Alfred und Esther ein südfranzösisches Kinder-Sport-Ferienlager leiten. Sie sollten Sommerferien spielen mit Dauerlauf, Kugelstoßen, Tennis, Schwimmen, Tauziehen, Handball und dabei eine geheime Zwischenstation aufbauen, für deutsche Judenkinder, die nach Amerika gebracht werden sollten.

Als sie zurückfuhren, stand kurz vor Freiburg jemand auf der Fahrbahn. Im Näherkommen erkannten Alfred und Esther das Symbol des Reichsbanner-Bundes-Schwarz-Rot-Gold. Alfred hielt an. Der Fremde hatte Alfreds Koffer dabei, schnallte ihn von seinem Fahrrad ab und warf ihn misslaunig auf Alfreds Autogepäckträger. Er sei nur ein Freund des Mathematiklehrers, sagte er, und habe für Kommunisten nichts übrig. Er gab Alfred einen Umschlag, sah Esther argwöhnisch an, rollte den Wimpel in die Hosentasche, sagte Frei Heil und stieg auf sein Rad.

Es waren fünfzig Mark in dem Umschlag mit einem Zettel von Friedrich. Sie sollten auf keinen Fall nach Hause kommen.

Am sechzehnten März 1933 um sechs Uhr morgens war Friedrich vor seiner Haustür verhaftet worden. Wo Alfred und Esther Hirsch seien, wollte man beim Verhör wissen.

Dass sie in Berlin waren als Agitationsleiter der kommunistischen Studentengruppe Freiburgs, sagte Friedrich nicht. »In de Berge«, sagte er. »Hochziitsreis!«

Ilse lief währenddessen zum Rektor des Gymnasiums, der Rektor lief mit Ilse zum Ministerium. Auf der Wache klingelte am Nachmittag das Telefon. Der verhörende Polizeikommissar nahm Haltung an, als stünde er dem Ministerialrat gegenüber, nickte und sagte dreimal Jawohl.

Dass Friedrich am nächsten Tag den Abiturienten die Prüfung abnehmen musste, war der Grund für seine Freilassung, und Friedrich kam nachts in einem untypisch ruhelosen Zustand nach Hause. Als er morgens durch den viel zu warmen Frühlingsfreitag ging, fühlte er sich nicht ganz anwesend. Sein schönes Städtchen wirkte wie eine Filmkulisse. Beim Prüfen war er ungewohnt nachsichtig, und auf dem Rückweg kam er sich selbst vor wie der Geprüfte.

Friedrichs Freunde stellten sich lieber vor die Schaufenster, als ihn in der Öffentlichkeit zu grüßen. Friedrich ging vorbei und hielt es schwer aus ohne Freunde. Er überlegte, in die jüdische Gemeinde wieder einzutreten. In der Synagoge begegnete er einem wohlhabenden Familienvater. »Was soll uns schon passieren? Wir sind Juden!«, sagte der, lachte, wollte sich auf seine Anpassungsfähigkeit verlassen, zur Not nach Amerika gehen und zurückkommen, wenn alles vorbei wäre. Zu denen wollte Friedrich auch nicht gehören. Der Rabbiner verlangte ein rituelles Reinigungsbad. »Ich kumm jo aus politische Gründ! Nit weil ich vom Glaube überzeugt bin«, sagte Friedrich empört und wurde vom Rabbiner höflich nach Hause geschickt.

Abends sah Ilse ihren Mann still werden. Friedrich wollte nicht flüchten. Ilse wusste, es war wegen der Schüler.

Ihr Mann verfiel in eine ratlose Untätigkeit. Lebendig war er nur, solange er tagsüber Zahlen an die Tafel schrieb. Abends rauchte er Zigarre, trank einen Elsässer Birnenschnaps, morgens ging er wie immer mit Stock und Hut ins Gymnasium und wurde wieder verhaftet.

Der Glatzkopf mit Brille habe eine Schlägerei angefangen, behauptete jemand. Der verhörende Polizist aber war von der Sorte, die ein Gewissen hatte, und wusste, man wollte den Professor denunzieren. »Ich rat Ihnen, die Stadt zu verlassen, Herr Professor. Hier sind Sie nich mehr sicher.«

Als Friedrich heimkehrte, stand ein letzter Freund vor der Tür mit einer Kiste. Darin waren Friedrichs Schriften. Er könne sie nicht länger aufbewahren. Seine Frau sei dagegen. Es täte ihm leid, sagte er und ging. Am Abend vergaß Friedrich zum ersten Mal, seine Zigarre zu rauchen. Er legte sich den Stapel seiner Reden, Briefe, Notizen und gesammelten Zeitungsausschnitte in den Schoß und zog seinen Stuhl vor den Kamin. Während er ins Feuer sah, in dem sein Gedankengut verbrannte, dachte er an den Krieg, den er erlebt hatte. Er sah die Flammen seine Handschrift fressen, war mit den Gedanken aber weder in der Gegenwart noch in der Vergangenheit, sodass es ihm kaum leidtat, seine Arbeit zu Asche werden zu lassen. Er versuchte, in die Zukunft zu sehen, und die wollte nicht so werden, dass man darin leben konnte.

Am nächsten Tag wurde Friedrich zum Rektor bestellt. Der sagte dasselbe, was ihm auch der Polizist gesagt hatte. »Sehen Sie zu, dass Sie sich in Sicherheit bringen!« Friedrich schüttelte den Kopf, drehte sich um, wollte zurückgehen in den Klassenraum. »Herr Professor Hirsch, die Faschisten wollen Sie hinter Gittern sehen! Egal, wie. Es geht wohl nich anders mit Ihnen. Sie sind ab heute zwangspensioniert«, sagte der Rektor seufzend. Friedrich blieb in der Tür stehen. »Verstecken Sie sich erst mal im Schullandheim mit Frau und Kind«, schlug der Rektor vor. »Verstecken?«, sagte Friedrich.

Während Alfred und Esthers Ferienlager voll war, war das Ferienlager auf dem Schauinsland leer.

»Es ist mir unerklärlich, mit welcher Sorglosigkeit Sie mit dieser Saubande ständig auf diesen Berg steigen«, hatte der Rektor jedes Mal gesagt, wenn Friedrich mit seiner Schulklasse auf den Schauinsland gewandert war.

Friedrich hatte dann im Wald oder auf der Bergwiese unterrichtet. Bei Regen im Klassenraum des großen Fachwerkhauses, mit weit geöffneten Fenstern. Wenn der Regen vorbei war, ließ Friedrich die Schüler das Wasser vom Boden wischen. Als abends keine Ruhe war im Schlafsaal, ließ er die Saubande im Hemd auf dem kalten Gang antreten und stauchte sie im Offizierston zusammen, sodass es weiter keine Schwierigkeiten gab.

Aber jetzt war Erwin der einzige Schüler im Schullandheim. Er war zwölf und wurde vom Vater unterrichtet.

Im Stall trank er jeden Morgen die rohe warme Milch. Eier und Brot holte er vormittags vom Bauern am Fuß der Seilbahn. Friedrich und Ilse saßen am Tisch und dachten über Fluchtvarianten nach. Da stand Erwin in der Tür und sagte, er habe den Berg hinauf mit der Seilbahn fahren müssen, weil er nicht mehr laufen konnte. Erwin hatte noch nie gesagt, dass er nicht mehr laufen könne. Er konnte es wirklich nicht mehr.

Im Krankenhaus von Tauberbischofsheim kannte Friedrich einen Arzt. Erwins Knochentuberkulose war aus der warmen Kuhmilch gekommen.

1984

»Na, Herr Doktor?«,

sage ich zu einem jungen Mann mit Brille, der an der Landstraße steht. Er sieht mich verwundert an und steigt ein. »Kkennen wwir uns?« Ich ziehe eine Augenbraue hoch. »Seh ich doch aber, dass du 'n Doktor bist.« Er will zur Transitraststätte. Ich grinse. »Verstehe.« Er wird rot, schiebt seine Brille hoch. »Vovon dda aus ddann weiter«, stottert er und bleibt stumm, bis wir an der Raststätte angekommen sind. »Lasst euch nicht erwischen«, sage ich beim Aussteigen. Er nickt verschämt, versucht ein Lächeln, geht mit schnellen Schritten auf einen jungen Mann zu, der rauchend an einem westdeutschen Auto lehnt. »Wobei denn, Mama?«, fragt Henriette. »Verstehste noch nich.«

Ich überlege, ob ich den Stotterer beneide und lieber mit einem Mann verreisen würde als mit den Kindern. Ich will beides nicht. Am liebsten wäre ich allein.

In Adeles Felljacke, die ich ihr geklaut habe, finde ich eine D-Mark. Vor dem Geschäft, das den Zutritt nur für BRD-Bürger erlaubt, halte ich das Geldstück einem älteren Paar hin. In den LKW-Lärm brülle ich: »Könnt ihr meinen Kindern 'n Eis kaufen?« Die beiden sehen mich verständnislos an. »Ich hab den falschen Pass«, sage ich und zeige mit dem Kopf Richtung Eingang. Sie bringen uns zwei Eis am Stiel, ohne das Geldstück zu nehmen. »Das ist viel zu süß, Mama!« Maja verzieht das Gesicht, als müsste sie eine Zitrone essen. »Doch egal! Dafür is es bunt!«, sagt Henriette.

Regen strömt die Autoscheiben hinab. Die Mädchen synchronisieren die Scheibenwischer und spielen das übliche Theaterstück. Jede versucht, der anderen den Regen hinzuschieben.

»Scheiße«, ich fahre an den Rand. Ein Polizist kommt ans Fenster: »Warum sind wir denn unerlaubterweise zu schnell gefahren?« »Na, weil's bergab ging.« Der Polizist schüttelt den Kopf. Wasser tropft vom Schirm seiner Uniformmütze. »Sie werden doch wohl eine Bremse haben.« Er versucht, unter mein Lenkrad zu schielen, als würde er es tatsächlich bezweifeln. »Wir wollten mal ein bisschen Spaß haben. Sonst kann man doch mit der Pappkiste gar nicht zu schnell fahren!« »Das macht man aber nicht.« Meine Dialoge mit Polizisten sind einstudiert. »Mann nicht, ick schon!« Wie jeder Erziehungsbeauftragte hebt er den Finger. »Wenn das jeder machen würde.« Darauf sage ich wie üblich: »Macht ja nicht jeder.« Er stöhnt. Henriette lächelt ihn mit Rehaugen an.

Wir müssen warten.

»Werden wir wieder freigelassen?«, fragt Maja. »Wir werden jedes Mal wieder freigelassen«, sagt Henriette genervt. Meine Papiere in beiden Händen haltend, als wären sie mein Gewissen, kommt er zurück und fängt an, mich zu belehren, wie ich schon oft belehrt wurde, von Polizisten, von der Frau bei der Jugendfürsorge, vom Kinderarzt, von Erziehern, Lehrern, Vorgesetzten, Direktoren, Hausmeistern. Ständig wird mir erklärt, ich müsse ein gehorsames Vorbild sein. Weinerlich falle ich ihm ins Wort. »Darf ich bitte lieber Strafe bezahlen?« Maja macht ein wichtiges Gesicht. »Meine Mama hat noch nie einen Unfall angestellt.«

Hinter uns stauen sich die herausgezogenen Autos. Seufzend gibt er mir die Papiere wieder, tritt zurück und winkt uns weiter. »Ham wir gewonnen, Mama?« Ja, wir haben gewonnen.

An der Ostsee wohne ich mit den Kindern in einer spitzen Holzhütte. Die riecht muffig. Alles ist wie letztes Jahr. In den anderen spitzen Holzhütten dieselben Leute, das Gras verbrannt und zerlatscht.

Die Kinder rennen die Düne hoch. Dieses Gefühl, zum ersten Mal seit Langem das Meer wiederzusehen, war früher gewaltig. Jetzt ist es nur Erinnerung. Eine langweilige Kopie. Die echte Begeisterung ist weg. Aber ich will sie auch überhaupt nicht haben. Sie ist mir zu anstrengend.

Am Strand suchen die Kinder nach der Stelle, an der Hans ihnen letztes Jahr einen Trabi-Cabrio in Echtgröße aus Sand gebaut hat. Die Urlauber kamen tagelang aus den Nachbarorten, um sich darin gegenseitig zu fotografieren. Ich hatte Hans verboten, Geld dafür zu verlangen. Gleich werde ich wieder wütend und muss mir sagen, mein Leben ist einfacher ohne ihn und ohne die ständigen Befürchtungen, er würde eine Affäre anfangen oder sich mit Leuten anfreunden, die heimliche Geschäfte machen. Ein herumstehender Volkspolizist auf der Strandpromenade sieht aus, wie Hans in seiner Grenzsoldatenuniform aussah. Ich gebe ihm eine heiße Waffel und lecke meine Finger ab. »Haste och 'ne Waffel, arme Sau.« Irritiert sieht er mir hinterher.

Abends sitzen wir beim Pfarrer im Garten. Die Kinder nerven mich. Sie wollen ständig irgendetwas. »Jeht mir doch mal von der Socke, ihr Scheißhausfliegen!«

Henriette stampft auf der Wiese einen Kartoffelbovist platt und sagt, unter der Wiese würde eine Hexe wohnen, die Dampf ausstößt, wenn man sie ärgert. »Wie Mama?«, fragt Maja. »Viel schlimmer!«

Die Pfarrersfrau will mir ihre alten Blümchenkleider schenken. Ich sei so schön schlank und solle nicht immer Schwarz tragen. »Entweder nackich am Strand oder in hautengen Jeans und Stiefeln. Dazwischen gibt's bei Tamara nichts«, sagt der Pfarrer. Die Frau macht ein mitleidiges Gesicht und legt ihre Kleider zusammen.

Als wir abreisen wollen, ist der Trabireifen platt. Ich lasse die Taschen fallen, sehe mich um. Eine Hand in der eingeknickten Hüfte stelle ich mich vor eine Baustelle und pfeife auf zwei Fingern. »Wer mir in fünf Minuten den Reifen wechselt, kriegt 'n Kuss!« Die Kinder setzen sich auf die Taschen und sehen zu, wie ein Bauarbeiter den Trabi hochkurbelt.

»Danke, Süßer!« Die anderen pfeifen von oben, als er zum Kuss seine Hand auf meinen Hintern legt. Ich verachte ihn. Ich verachte alle Männer für ihre Gier. Ich verachte es, dass sie mich anfassen wollen, obwohl ich sie verachte.

Auf der Landstraße vermisse ich Hans. Irgendwas hat er an mir geliebt. Ich weiß nicht, was. Es war nicht nur mein Körper. Trotzdem bin ich nicht sicher, ob es etwas mit mir zu tun hatte.

Zur Ablenkung singe ich mit den Kindern das unendliche Tomatensalatlied.

Vor uns schlingert ein Moped. Der Fahrer weicht auf der Gegenfahrbahn einem hupenden Auto aus, bleibt am Straßenrand stehen, torkelt und versucht, wieder loszufahren. Ich halte an, steige aus. Als ich die Hand ausstrecke, schielt er mich betrunken an und legt seinen Schlüssel hinein. Ich werfe den Schlüssel auf meinen Beifahrersitz und fahre weiter. »Was machst du denn jetzt damit?«, fragt Henriette. »Wegschmeißen!« »Muss man das so machen, Mama?« Ich zucke die Schultern. »Keine Ahnung, was man muss. Ich mach das so.« »Mama, der steht da und guckt.« »Soll er gucken.« Scheiß Säufer. Soll er sich doch überfahren lassen. Soll er sich doch totsaufen.

Ich nehme eine junge Tramperin mit. Sie will nach Berlin und kommt mir bekannt vor. »Immanuelkirchstraße? Hausnummer?« »Einundzwanzig.« »Vorderhaus, erster Stock, links?« Sie sieht mich erstaunt an. Sie ist die Schwester einer Freundin. Wir unterhalten uns wie alte Freundinnen. Zwei Männer von der Stasi seien heut früh bei ihr gewesen, sagt sie. Die hätten ihr einen Schallplattenspieler versprochen, wenn sie über ihre Arbeitskollegen berichtet. Die wollen morgen wiederkommen. Da habe sie sich erst mal aus dem Staub gemacht. Mit ihrer Schwester in Berlin darüber am Telefon zu sprechen, habe sie sich nicht getraut. »Lass dir doch keine Angst machen! Sag den Pennern, du hättest jeden deiner Freunde um Rat gefragt. Die fänden alle, du wärst eine super Mitarbeiterin und du möchtest unbedingt gleich unterschreiben. Nur ein Auto, einen Fernseher und ein Gartenhaus bräuchtest du noch.« Das Mädchen lacht sich Tränen in die Augen. Sie hängt ihre nackten Füße aus dem Seitenfenster. Die Abendsonne macht alle Blätter gelb. Wir singen mit den Kindern »Hoch auf dem gelben Wagen«.

Als die Kinder im Bett sind, sitze ich auf dem Balkon und rauche. Ich will hier nicht sein. Ich dachte, ich will an der Ostsee sein, aber das will ich diesmal auch nicht. Ich weiß nicht mehr, wo ich sein will. Die Straßenbahn beleuchtet traurig die leeren Sitze in ihrem Inneren und wird in der Dunkelheit kleiner. Der Straßenbahn will ich nicht hinterhersehen, sondern lieber dem Reiher, der über den See fliegt. Ich will lieber auf der Stegtreppe sitzen. Der Reiher und der Nebel und die gespiegelten Baumreihen am anderen Ufer würden es sicher schaffen, mich jetzt zu beruhigen. Eher noch, als es die Ostsee geschafft hat.

Am Morgen stehen zwei Polizisten vor der Tür und zeigen mir ein Papier. Sie suchen einen Herrn Peer Ferdinand Papenfuß. Der sei hier polizeilich gemeldet, sagen sie. Ich tippe einem Polizisten mit dem Zeigefinger gegen die Brust, sehe ihm in die Augen und spüre, wie meine gespielte Wut real wird. »Den such ich auch! Sagen Sie mir Bescheid, wenn Sie ihn haben!« Ich schließe die Tür und bin wirklich wütend. Aber nicht auf den armen Peer, den kleinen Bruder meiner Freundin, der einfach zu labil ist für die Fahne. Ich bin wütend auf die ganze staatliche Bevormundung. Peer ist nicht gerissen genug, um sich ewig zu verstecken und ständig bei Freunden anzumelden, bei denen er nicht wohnt. Irgendwann werden sie ihn kriegen und einziehen und traumatisieren bei der NVA, wie so viele andere junge Männer. Wie gut, dass ich keine Söhne habe.

Auf dem Weg ins Theater bekomme ich Herzrasen. Ich will umdrehen und an den See fahren. Auf dem Parkplatz bleibe ich im Auto sitzen und vermeide den Blick in die großen Schaufenster, hinter denen die hässlichen Stabpuppen aus Kunststoff hängen und der Spielplan, auf dem mein Name steht. Ein Kollege winkt, lacht, klopft an meine Scheibe und öffnet die Autotür. »Mir ist schlecht«, jammere ich. Er zieht an meinem Arm. »Ach, Quatsch! Hopp, raus, Schätzchen! Ab an die Arbeit und Kinder glücklich machen! Da freuen wir uns doch drauf!« Er küsst meine Wange. Der Gedanke an die zweihundert Kinder, die ab morgen wieder jeden Tag in der Dunkelheit mit den Sitzen klappern, erdrückt mich. Während der Spielzeitbesprechung in der Intendanz redet der Kaderleiter vom Erziehungsauftrag. Er steht auf und schwenkt motivierend die Arme. »Wir machen Theater, um den Kindern die Werte der sozialistischen Gesellschaftsordnung zu vermitteln. Auch in der kommenden Spielzeit wieder!« Er geht albernerweise sogar ein wenig in die Knie. Nach den Ferien merke ich erst wieder, wie viel Kraft es mich täglich kostet, die Ideologie zu ignorieren, die mich sonst ersticken würde. Der Erziehungsauftrag ist mir scheißegal.

Wir proben mit zu leichten, unbeweglichen Puppen, die neuerdings aus Plaste und Dederon gebaut werden. Das Material sei effizienter als Holz und Baumwolle, sagt der Intendant, aber es macht uns keinen Spaß, Puppen zu führen, die wir nicht leiden können.

Nach der Arbeit einkaufen, Wäsche waschen, Wäsche schleudern, Staubsaugen, Essen kochen, abwaschen und nicht daran denken, dass es wieder jeden Tag so weitergeht. Zum Abendbrot kommt Dascha mit ihrem Sohn. Henriette zeigt einen roten Eintrag im Hausaufgabenheft. *Henriette erhält eine Verwarnung, weil sie heute, obwohl es mehrfach ausdrücklich untersagt worden war, das Klassenkaninchen beim Feueralarm in ihrem Pionierhemd versteckt und mit in den Hof genommen hat.*

»Diese widerliche Stasischlampe!« Ich werfe Dascha das Heft zu. »Da geh ich morgen hin und hau der paar aufs Maul!« Dascha zwinkert Henriette zu und schüttelt den Kopf. »Macht sie nicht, keine Angst. Gib mal 'n Blatt und 'n Stift. Wie heißt deine Lehrerin?« Während wir essen, schreibt sie einen langen Brief. Ich lese ihn halblaut vor. Der Brief ist sauber geschrieben und handelt vom instinktiven Grundbedürfnis, Tiere zu retten, und dass die Affekthandlung bei Kindern nicht zu unterdrücken sei und außerdem zeigen würde, wie ernst die Kinder den Alarm genommen hätten. Als Studentin des Marxismus-Leninismus und der Philosophie würde sie natürlich verstehen, warum ihrer Nichte eine Rüge erteilt würde. Das Kind habe den Fehler bereits eingesehen und Selbstkritik geübt. Von einer Verwarnung sei jedoch nachsichtigerweise dieses Mal bitte abzusehen.

»Mann, klingt ja wie von 'ner Anwältin!« Ich setze meine Unterschrift neben Daschas und klemme den Brief in Henriettes Heft.

»Kann die blöde Kuh froh sein, dass du so eine diplomatische Tante hast!«, sage ich.

Ich gebe Dascha mein Nusskuchenrezept, zeige ihr den Schnitt meines selbst genähten Kleides, erzähle ihr von einem Laden, in dem es fast immer Feinstrumpfhosen gibt, und behandle sie wie die Schwester, die ich gerne hätte. Aber Dascha wird sich kein Kleid nähen, wird keinen Nusskuchen backen und wird von keiner Verkäuferin eine Feinstrumpfhose unterm Ladentisch hervorgeholt bekommen. Ich tue nur so, als würde ich es ihr zutrauen.

Dascha weiß, ich habe keinen Alkohol in der Wohnung. Aber sie fragt beiläufig, wie nach einem Taschentuch. »Nein, es gibt nichts, und ich besorg dir auch nichts. Was soll dein Scheißspiel?«

Dascha sieht mich traurig an. »Das ist kein Spiel.« Sie steht auf und zieht sich an. »So zu tun, als würde ich nähen und backen, das ist ein Spiel.«

Ich räume den Tisch ab. Am Küchenfenster sehe ich Dascha über den Hof marschieren, kraftvoll und trotzdem weich und schwingend. Sie könnte Tänzerin sein. Sie könnte alles sein. Wenn sie nur so sein könnte, wie sie aussieht. Wenn sie nur ein wenig tun würde, von allem, was sie tun könnte.

»Wir fahren mit *Tiger Peter* nach Italien«, ruft mir eine Kollegin am Morgen strahlend entgegen, hopst im Foyer die Treppe runter und umarmt mich. Ich gehe in die Intendanz. »Wieso weiß ich nichts von unserem Gastspiel?« »Das ist nicht Ihr Gastspiel, Frau Hirsch. Ihre Rolle wird umbesetzt.« »Aber ich spiele die Hauptrolle, verdammte Kacke!« »Aber Sie bekommen kein Visum! Vielleicht denken Sie mal ein bisschen nach über Ihr aufmüpfiges Verhalten im Theater. Vielleicht bekommen Sie dann ja beim nächsten Gastspiel mal ein Visum.« Der Intendant grinst süffisant. Ich schlage die Tür mit Wucht zu. Er reißt sie hinter mir wieder auf. »Sie sollten sich zusammenreißen, Frau Hirsch, wenn Sie kein Disziplinarverfahren haben wollen!« »Leck mich!«, sage ich halblaut, knalle die nächste Tür und will mit dem Kopf in die Wand.

Henriette kommt am Nachmittag weinend nach Hause. Die Verwarnung hat sie nicht bekommen, sagt sie schluchzend. Aber das Klassenkaninchen wird weggegeben. »Dafür könnt ihr euch bei Henriette bedanken«, hat die Lehrerin gesagt.

Als die Kinder im Bett sind, rufe ich Alfred an. »Ich halt das nicht mehr aus in dem Scheißkäfig! Ihr fahrt durch die halbe Welt und lasst uns hier sitzen! Du musst dir jetzt was ausdenken, sonst nehm ich die Kinder und heirate uns rüber!« Mein Vater atmet am Telefon tief aus und sagt nichts. Ich weiß, wie er sich jetzt die Stirn reibt, und knalle den Hörer auf den Apparat.

Im Frühling bekommen Dascha und ich ein Visum. Wir dürfen nach Paris. Dascha weint vor Freude. Sie fällt Alfred um den Hals und küsst sein ganzes Gesicht ab. »Danke, danke, danke, Papachen!«

Sie kriegt es nicht mit, dass Papachen sich nicht freut.

Alfred hat vor der Parteileitung behauptet, seinen Töchtern die Stätten seines Wirkens als Widerstandskämpfer zeigen zu wollen.

Wir steigen in seinen gelben Volvo und winken den Kindern. Es kommt mir blöd vor, auf der Rückbank zu sitzen mit meiner Schwester, hinter unseren Eltern, so wie früher. Jeder auf seinem Platz. Vor allem kommt es mir blöd vor, die Kinder zu Hause zu lassen. Sie stehen winkend hinter der Heckscheibe barfuß auf dem warmen Asphalt, und Irmgard versucht, sie auf den Bürgersteig zu scheuchen.

Freiburg ist hübsch und bunt, sauber und todlangweilig. Alfred will ein paar Tage bleiben. »Ich vertrödel mein Visum nicht in deiner spießigen Rentnerstadt, Papa! Du hast uns Paris versprochen!«

In den Vororten von Paris fängt er dann tatsächlich an, von seiner Untergrundarbeit zu reden. »Du willst uns jetzt nicht im Ernst die Stätten deines Würgens zeigen!« Dascha sagt: »Wieso, is doch interessant!« Ich stöhne: »Halt an. Lass mich aussteigen!«

Das Leben in Paris sieht gar nicht ernst aus. Es sieht aus wie ein Fest. Auf einem Platz sehe ich Clowns Theater spielen. Ich sehe Mütter auf den Straßen lachen, mit Kindern an der Hand. Verdammt, meine Kinder sollten von mehr Farben umgeben sein und von viel mehr Spaß! Ich streune allein durch die bunte Stadt und würde am liebsten alles einpacken und mitnehmen. Ich muss aufhören, ständig an die Kinder zu denken. Alfred hat mir gesagt, welches Viertel ich meiden sollte. Ich frage mich dorthin durch. Es ist wunderbar, bunt, laut, froh.

Ins Hotel komme ich spätabends. Ich brauche Geld. »Warum hast du uns das nicht eher gezeigt? Warum sind meine Kinder nicht hier? Warum müssen die wie Geiseln zu Hause bleiben?«, brülle ich Alfred an, nehme mir einen Schein aus seinem Portemonnaie, werfe es in den Flur und schlage die Tür zu.

Ich lasse mich durch Paris treiben wie durch ein Theaterstück, setze mich auf Plätzen zu Menschen, die Musik machen. Ich verstehe kein Wort.

Ein Obdachloser liegt nachts im U-Bahnhof auf einer Bank, grunzt mit geschlossenen Augen wie ein gefährliches Tier. Seine Hand bewegt sich in der zu großen Hose und macht schmatzende Geräusche. Ich laufe schnell vorbei. Ständig sehe ich Bettler und Obdachlose auf den Straßen und unter Brücken. Wie würde ich das meinen Kindern erklären?

Mir fallen die Zettel ein, die das Bezirksamt zu Hause in meiner Straße an die Bäume genagelt hat: *Herrn Rößler ist bis auf Weiteres kein Alkohol auszuschenken.*

Der Beleuchter des Puppentheaters kam drei Tage lang nicht zur Arbeit, schlurfte am vierten Tag verkatert über die Bühne: »Nich mal verhungern lassense dich im Osten. Gleich hetzen sie dir die Fürsorge auf den Hals.«

In Paris darf jeder verhungern oder sich totsaufen. »Geht doch alle in die DDR!«, will ich den Clochards zurufen und stelle mir vor, wie sie mit ihren Bärten und schmutzigen Fingernägeln am Fließband des Bergmann-Borsig-Betriebs stehen, Rasierapparate herstellen und nach Feierabend in einer Pankower Eckkneipe Bier trinken und Buletten mit Mostrich essen.

Ein paar junge Leute stehen auf einer Brücke. Ich bitte um Feuer. Sie bieten mir Wein aus der Flasche an, fragen, wo ich herkäme, indem sie in den Himmel zeigen, ein Flugzeug nachmachen. Ich sage: »Berlin. Ostberlin. DDR«, zeige in den Himmel und schüttle den Kopf. Pantomimisch halte ich ein Lenkrad, drehe den Zündschlüssel, fahre einen stotternden Trabi, der absäuft, schnalle mich ab, steige aus, spiele vor, wie die Autotür abfällt. Die Szene aus dem Pantomime-Seminar sollte ich zur Prüfung nicht spielen. Sie hätte als kritisch verstanden werden können. Die jungen Pariser verstehen es nicht kritisch, sondern lachen, zeigen auf mein unsichtbares Auto. »Ah, la porte est cassée.« Wie cool es wäre, jetzt mit meinem Trabi durch Paris zu fahren.

Ein junges Paar nimmt mich mit in eine kleine Kellerwohnung. Leute kommen mit Weinflaschen, sitzen am Küchentisch, rauchen, trinken viel, gehen neue Weinflaschen holen. Ich schlafe mit einem schönen schwarzen Mann in Jeanslatzhose. Morgens lege ich einen Zettel mit einem Herz auf den verwüsteten Küchentisch und ziehe weiter. Ein Franzose, der Deutsch spricht, nimmt mich in einem Cabrio mit. Er zeigt mir ein riesiges Museum, einen wunderschönen Friedhof und die Tour Eiffel. Ich solle unterwegs immer einen Henkel meiner Handtasche um mein Handgelenk wickeln, sagt er. »Sonst dein Tasche ist weg.« Er lädt mich zum Essen ein. Auf dem Klo dürfe ich die Tür nicht abschließen und meine Tasche nicht an den Haken der Kabinenwand hängen, sondern solle sie auf den Schoß nehmen. »Sonst dein Tasche ist weg.« Beim Essen erzähle ich, wie ich meinen einflussreichen Vater erpresst habe, um nach Paris zu kommen, und wie die politische Überwachung im Freundeskreis funktioniert. Er findet es letztendlich egal, ob einem das Gehirn von der Konsumwirtschaft gewaschen würde oder von einer Diktatur. Er prostet mir zu. Man müsse seine Kinder überall auf der Welt zu selbstständig denkenden Menschen erziehen, was mein Vater ja offenbar getan habe. Er zeigt auf einen Clochard, der vor dem Café in einem Mülleimer wühlt. Als Kind sei ihm erzählt worden, sagt er, wenn man abends, ohne sich die Zähne zu putzen und ohne sich auszuziehen, ins Bett ginge, würde die Kleidung über Nacht anwachsen und die Zähne wären am Morgen schwarz. Das sei den Clochards passiert, und deshalb müssten sie auf den Straßen leben. So, wie diese Abschreckung bei ihm als Kind funktioniert habe, funktioniere sie für die ganze Gesellschaft. Wenn du nicht aufpasst, passiert dir das auch, ist ihre Botschaft.

In seinem Dachgeschoss lässt er mich mit Blick über Paris auf der Couch schlafen.

Ich könnte ihn vielleicht heiraten und mit den Kindern in Paris leben. Nur ist in Paris das bloße Existieren teuer und der Luxus billig. In der DDR ist es umgekehrt. Umgekehrt ist es für die Kinder richtiger. Das weiß ich. Ob es für mich richtiger ist, weiß ich nicht.

Als wir uns verabschieden, bin ich trauriger als er. Er streicht mir übers Haar. »Du wirst kommen bald mit Kindern in Paris. Isch bin sischer. Deine Grenze nischt hält mehr lange.« Ich soll ihm versprechen, mich in der Metro in den Mittelteil des Waggons zu setzen, zwischen die Türen. »Sonst dein Tasche ist weg.« Im Treppenhaus beugt er sich übers Geländer, hebt die Faust und ruft mir hinterher. »Geh zu dein Land und mach den Mauer kaputt!« Ich werfe ihm einen Kuss zu und weiß, er kann sich nicht vorstellen, dass er so etwas in einem Ostberliner Hausflur lieber nicht rufen sollte.

Am letzten Tag komme ich zum Essen ins Hotel. Alfred ist erleichtert. »Du lebst ja noch.« Als Dascha aus der Toilette kommt, ist ihre Tasche weg. »Macht nichts«, sagt sie, stützt die Hände in die Hüften und sieht sich im Restaurant um. »Ost-Schminkzeug, Ost-Zigaretten, Ost-Tampons. Wer klaut denn so was?« Jemand zeigt auf

Dascha und lacht laut. Sie hat versehentlich ihr halbes Kleid in ihre Strumpfhose über ihrem Hintern gestopft. Dascha dreht sich um, hält die Hände vor ihr lachendes Gesicht. Dann ordnet sie ihr Kleid vor allen Leuten, indem sie einen kleinen Tanz daraus macht. Jemand applaudiert, und Dascha verbeugt sich mit einem verführerischen Knicks. Ich liebe meine kleine Schwester in solchen Momenten.

Wir spazieren als deutsche Touristenfamilie durch die Straßen. Alfred redet ununterbrochen Französisch mit allen, sogar versehentlich mit uns, erklärt, gestikuliert, kauft für Dascha eine neue Tasche, und ich merke, er ist hier zu Hause. Nicht in Berlin.

Im Auto teile ich mit Dascha mein Schminkzeug und meine Zigaretten.

Alfred will uns unbedingt noch irgendeine Insel zeigen. Ich wache auf, weil Dascha so erschrocken einatmet, als wäre etwas Schlimmes passiert. Von Weitem sehe ich eine turmartige Stadt im Wasser liegen. »Mont-Saint-Michel«, sagt Alfred und zeigt darauf, als würden wir es nicht selbst sehen. Ich bleibe am Auto stehen, rauche, lasse die anderen vorgehen und will einen Moment alleine bleiben mit dem atlantischen Wind und dem Wasser und den Möwen. Wenn Friedrich von den Bergen im englischen Lake District schwärmt, verdrehen alle die Augen. Jetzt verstehe ich, dass ein Ozean etwas anderes ist als die Ostsee. Die Normandie verursacht größere Gefühle als die Mecklenburgische Seenplatte, und beim Blick auf den Horizont verstehe ich das Wichtigste im Leben: Sei gut zu deinen Kindern, sagt mir der majestätische Anblick, egal, ob du sie in Paris, New York oder Ostberlin großziehst, sei gut.

Ich bin von meiner Empfindung gerührt wie von einem kitschigen Hollywoodfilm.

Für Maja kaufe ich eine metallisch changierende Postkarte mit Harlekin. Für Henriette eine mit der paradiesischen Zeichnung einer Wiese. Es sei alles bunt und laut, schreibe ich, und dass ich in einem sprechenden Auto gesessen habe. Die Kellner in den Cafés sind so freundlich zu den Kindern, sie stellen sogar die Tabletts ab, um ihnen die Köpfe zu streicheln. Alle trinken den ganzen Tag Rotwein, und sogar die Kinder bekommen ein kleines Glas. Am liebsten würde ich einen der Straßenclowns mit nach Hause bringen, schreibe ich. Die Wahrheit ist das nicht.

Die Wahrheit ist, dass ich am liebsten meine Kinder herbringen würde. Das schreibe ich nicht.

Auf der Rückfahrt müssen wir auf einen langweiligen Berg bei Freiburg. Alles ist gefegt und gemäht. Nirgends gibt es einen See, nur wandernde Rentner mit hässlichen bunten Jacken, teuren Stiefeln und albernen Wanderstöcken. Sie sagen »Grüß Gott«. Alfred sagt »Salü«.

Er zeigt uns ein Haus aus dunklen Holzbalken. Darin habe er seine Ferien verbracht, als es noch ein Schullandheim war. Darin hätten Friedrich, Ilse und Erwin sich vor den Nazis versteckt, bevor Erwin krank wurde.

1938

Erwin konnte nicht mehr auf dem Berg leben,

sondern nur in der Nähe eines Krankenhauses. Also zogen sie nach Tauberbischofsheim, und Erwin musste im Gipsbett liegen.

Die Eltern spazierten abends zur Tauber. Ilse stützte die Ellenbogen auf die Brückenmauer und sah im Fluss die Wolken weit unten im Wasser schwimmen. Der ruhig dahinziehende Strom half ihrer besorgten Seele.

Ein Unbekannter mit Vollbart kam zielstrebig auf die beiden zu. Friedrich verstand nicht, warum Ilse tief Luft holte und die Hände vor den aufgerissenen Mund hielt. Der fremde Mann hatte die beiden gesucht. Er lüpfte höflich den Hut, blieb stehen und räusperte sich.

»Aber umarmen darfst mich hier nicht«, sagte er zu Ilse. Ihr Brustkorb fing an zu flattern. Sie konnte Alfred nicht ansehen und ließ die Tränen in die Tauber fallen.

Alfred wusste von Friedrichs Abendspaziergangsgewohnheit, und er wusste, dass es ihn zum Wasser zog.

Als es dunkel war, kam er mit ins Haus. In Tauberbischofsheim war Erwin zwar in guten Händen, aber die Familie war schlecht versteckt. »Transportunfähig für die nächsten Monate«, hatten die Ärzte gesagt. Alle saßen um Erwins Bettkante. Hund Lotti am Fußende.

»Dann musst du alleine auswandern«, sagte Alfred. Bei dem Gedanken wurde Friedrich übel. Mutter Ilse war auf Alfreds Seite. Erwin auch. Schließlich redeten sie zu dritt auf Friedrich ein, bis Lotti anfing zu bellen.

Friedrich wollte schlafen gehen und darüber nachdenken.

»Zeigst du mir deinen falschen Pass?«, fragte Erwin, betrachtete das Bild eines bärtigen Franzosen, der Alfred ähnlich sah, und hielt den Pass neben das Gesicht seines Bruders. »Hat sich im Wald erschossen«, sagte Alfred trocken. Erwin wollte auch wie Alfred und Esther im Pariser Untergrund Mikrofilme mit marxistischen Texten für die kommunistische Partei herstellen. Er wollte auch einen falschen Pass haben und vor allem einen Auftrag. Stattdessen hielt er mit seiner Krankheit die Familie im feindlich gewordenen Land gefangen. »Du hast doch einen Auftrag, und der ist schwer genug. Die Partei wird dich mit Schulabschluss brauchen, wenn du gesund bist! Du musst die Mittlere Reife machen, ohne dafür in die Schule gehen zu können.« Erwin beruhigte es, in Alfreds Plan vorzukommen.

In allen Briefen sollten ab sofort Decknamen verwendet werden, erklärte Alfred. Man solle denken, es ginge um doppelt so viele Personen. Erwin war der Kleine oder die Kleine, Friedrich war Herr Lamsch oder Lamm oder Freddie. Ilse: Lämmchen oder die Frau von Herrn Lamsch, Esther hieß Marie-Louise oder Hase, Alfred hieß der Sohn von Herrn Lamsch oder Hartmann.

Der Frühstückstisch wurde an Erwins Bett gestellt, und Friedrich versprach, bald allein auszureisen. Alfred schlug die Faust auf den Tisch. »Sofort, Vater, sofort!« Friedrich nickte betrübt.

Alfred griff in Erwins Oberarme. »Ab morgen machst Hanteltraining! Fünfmal am Tag. Sobald du an Krücken gehen kannst, kommt ihr mit einem Touristenvisum hinterher!« Alfred gab Ilse eine Adresse in Paris. Dorthin müsse sie gleich leere Karten schicken, wenn sie in Frankreich wären. Sentimentalität ließ Alfred beim Abschied nicht zu.

Zur Passbeantragung sollte Friedrich drei Lichtbilder mitbringen in die Adolf-Hitler-Straße 167, Zimmer 47, am 10. November 1938, um acht Uhr. Friedrich bekam den Pass nicht. Ilse wurde schwarz vor Augen, als ein Nachbar vor ihrer Tür stand, der die Deportation mitangesehen hatte. Sie fiel im Flur auf die Knie. Dann kämpfte sich etwas durch ihre Ohnmacht, und sie versuchte, mit den zitternden Beinen zu rennen. Vor der Adolf-Hitler-Straße waren die LKWs abgefahren. Eine fremde Frau redete auf Ilse ein. Die Männer würden sicher bald wieder entlassen, hatte jemand gesagt. Aber Ilse hörte nicht, was die Frau sagte, die an ihren Schultern rüttelte. In Ilses Kopf hatte sich alles zu einem Rauschen vermischt. Ihr Mann war auf dem Weg ins Konzentrationslager, ihr erster Sohn wurde gesucht, ihr zweiter Sohn blieb gehbehindert, und die sprechende Frau verschwamm vor ihrem Blick, als Ilse ohnmächtig in ihre Arme fiel. Zu Hause nahm sie ihre Kräfte zusammen, setzte sich an Friedrichs Schreibtisch und listete seine Offiziersorden und Verdienste auf. Sie wies ihre eigenen rein arischen Wurzeln nach, wie sie es als junges Mädchen im guten deutschen Blut-und-Boden-Ton gelernt hatte, und brachte den Brief zum Bezirksamt. Friedrich wurde währenddessen in Dachau in den Arsch getreten dafür, dass er behauptete, das Eiserne Kreuz bekommen zu haben. »Das hast du geklaut, Judensau!«

Mit Ilses Brief in der Hand lief Alfred in seinem Pariser Zimmer auf und ab, rieb sich die Stirn und fluchte. »Merde, merde, merde!« Esther saß auf dem Bett und weinte. »Du hast doch neulich diesen Minister kennengelernt.«

Alfred war mit dem Vater eines Sportschülers ins Gespräch gekommen. Sie hatten über den Jungen geredet, über Sport, über Politik, und der Minister hatte gemerkt, Alfred war mehr als ein Sportlehrer. Alfred fand die Visitenkarte in seiner Brieftasche und lief sofort los.

Ministre Marius Moutet saß am breiten Schreibtisch und sah hinauf zu seinen Aktenordnern. »Wie hieß dieser Nazi, den ich mal verteidigt habe?«, fragte er seine Frau, die in der Tür stand. Moutet stieg auf eine Bibliotheksleiter, zog Aktenordner aus dem Regal, blätterte, stellte sie zurück, zog andere heraus, blätterte. Wie heißen diese deutschen Märchenbrüder?, fragte Moutets Frau. »Grimm?«, sagte Alfred. »Friedrich Grimm!«, rief der Minister.

Er versprach, den deutschen Nazi um einen ausstehenden Gefallen zu bitten, und tatsächlich wurde Alfreds Vater ein paar Monate später aus Dachau entlassen, nachdem Grimm es angewiesen hatte.

Friedrichs Ankunft bei Ilse und Erwin in Tauberbischofsheim war gleichzeitig eine Abreise. Er war der Einzige, der wusste, in welche Hölle sein Vaterland sich verwandelte. Friedrich wollte raus aus diesem Vaterland, und zwar sofort.

Er schrieb auch nach Endingen an die Eltern: »Ihr müsse ruus!« Geld war da. Verbindungen auch. Aber die Endinger wollten gute Deutsche bleiben, wie sie es immer gewesen waren.

Friedrich ging wieder zum Bezirksamt und verlangte seinen alten Pass mit dem französischen Visum zurück, in dem kein J. stand für Jude. Der Beamte fand den alten Pass. Er holte den Stempel mit dem J. aus der Schublade, und Friedrich holte den Offizierston aus der Brust. »Wenn Sie s'Reich um e Jude ärmer mache wolle, lege se sellern verdammte Stempel weg!« Der Beamte hielt inne, sah sich den Pass an. »Sinn Sie e Hirsch von Rust? Sie henn doch immer so e schönes Feuerwerk gmacht jedis Jahr, gell? I bin au von Rust.«

Er ging raus und kam mit einem Vorgesetzten zurück. Friedrich sollte den neuen und den alten Pass behalten. Sobald er in Frankreich sei, sollte Ilse den alten Pass zurückbringen an einen verabredeten Platz in Günterstal. Einhundert Reichsmark seien beizulegen.

Erwin, der kein Volljude, und Ilse, die gar keine Jüdin war, bekämen dann ein Touristenvisum.

Ilse fuhr mit nach Paris. Während die beiden im Zug saßen, ließ die Gestapo der Familie Hirsch in Endingen eine Stunde Zeit zum Kofferpacken für die Deportation.

Am Gare du Nord verabschiedete Ilse sich am sechsten August 1939 von Friedrich, und die Trennung fiel beiden schwerer als damals, während des Ersten Weltkrieges, wenn Friedrich nach dem Urlaub zurück an die Front musste.

Alfred brachte den alten Vater zu Ministre Moutet. Friedrich weinte und sagte Sätze, die gar keine richtigen Sätze waren. Alfred hatte sich eine Begegnung vorgestellt zwischen zwei geistreichen und schnell denkenden Männern. Aber sein Vater, von dessen Friedensaktivismus er erzählt hatte, war nur schwach und elend. So war der Vater damals aus dem ersten Krieg nicht zurückgekommen.

Der Minister und seine Frau machten mitleidige Gesichter. Alfred hatte ihnen einen Helden vorstellen wollen und stattdessen ein Opfer mitgebracht. Friedrich beschrieb, wie wahllos Menschen gequält, erniedrigt, misshandelt und auf der Flucht erschossen worden waren. Er beschrieb, wie er selbst im zu kleinen Sträflingsanzug ohne Unterwäsche bei der Arbeit und beim stundenlangen Marschieren im Winter fast erfroren wäre, wie er in der Baracke monatelang auf dem Fußboden hatte schlafen müssen und wie die SS-Männer ihre Freude daran hatten, den Professor die Latrinen ausleeren zu lassen und ihm dabei den Kopf so lange in die überquellende Scheiße zu tauchen, bis er fast darin erstickt wäre. »Klugscheißer, Arschpauker, studierte Judensau!« Wie er seine Erinnerung an Kultur und Zivilisation hatte unterdrücken müssen, um sich auf das körperliche Überleben zu konzentrieren. Er erzählte von einem inhaftierten jüdischen Bankier, der sich mit den KZ-Aufsehern anfreunden und vollkommen einverstanden sein wollte mit dem Faschismus, wenn er sich nur nicht blöderweise ausgerechnet gegen ihn richten würde.

Alfred quälte sich beim Zuhören in seinem Sessel. Er hätte seine Raserei mit den Boxerfäusten an den Möbeln auslassen wollen. Die Bestien hatten seinen Vater kleingekriegt. Das war schlimmer, als hätten sie Alfred selbst kleingekriegt. Das Aquarium im Bücherregal beruhigte ihn irgendwann. Er sah hinein und fühlte sich wie ein Fisch, der unermüdlich nach dem Ausgang sucht. Der Minister gab zu, bisher nicht die Hälfte von dem geglaubt zu haben, was man über die Konzentrationslager erzählte. Jetzt sei er erschüttert. Er bat Friedrich, einen Bericht zu schreiben, den er dem Friedenskomitee übergeben wolle.

Alfred konnte nie mehr vergessen, was Friedrich an jenem Nachmittag erzählt hatte, und Friedrich konnte es nie mehr erzählen.

Über das KZ Dachau schrieb Friedrich mit Alfreds Schreibmaschine einen fünfunddreißig Seiten langen Bericht und endete mit den Worten: »Es würde viel zu lang dauern, sechs Millionen deutsche Juden aussiedeln zu lassen. Hitler hat nicht gesagt ›Juda verreise‹, sondern ›Juda verrecke‹!«

1982

Dascha ist angeschnallt

Ihr Gesicht ist leicht aufgedunsen, und sie sieht nicht aus wie dreißig, sondern wie ein pausbäckiger Teenager. Ich löse die Gurte von ihrem Bett. Sie sieht mir zu, als würde sie mich nicht kennen, setzt sich hin und fängt an, die Mullbinden von ihren Brüsten zu wickeln. Die herausfließende Milch versucht sie abzuwischen, betrachtet ihre Handflächen. Immer mehr Milch läuft über ihren Bauch. Verständnislos sieht sie mich an, denkt angestrengt nach und schüttelt den Kopf. »Du hast letzte Nacht 'n Baby bekommen. Einen Sohn. Er ist bei dir zu Hause. Bei deinem Mann und bei Imda.« Dascha schüttelt apathisch den Kopf. »Einen Sohn? Warum denn?« Sie sieht aus, als würde sie verzweifelt nach ihrem Verstand suchen, und hat diese flehenden Augen. Sie versteht mich nicht. Es ist egal, was ich jetzt sage. Ich nehme ihre Hände, lege sie auf meine Wangen. Sie tastet mein Gesicht ab. Sie ist meine Schwester. Wir müssen alles teilen. Ich fürchte, ihr die Hälfte von meinem Verstand abgeben zu müssen. Sie zieht ihn aus meinem Kopf und gibt mir dafür etwas von ihrem Wahnsinn. »Leg dich hin und schlaf noch ein bisschen. Alles wird gut.« Sie nickt erleichtert und dreht sich zur Wand.

Zu Hause sehe ich zu, wie meine Kinder Teewurststullen essen und Milch trinken. Henriette jammert. Ich soll die Brotrinde abschneiden, die könne sie mit ihrem Wackelzahn nicht kauen. Ich gebe ihr das scharfe Messer. »Mach selber!« Maja zetert auch, tritt wütend gegen das

Tischbein und zeigt auf die Milchflasche. »Du hast doch noch welche, verdammt.« Ich knalle das Glas auf ihr Brett, dass es überschwappt. Maja schüttelt heulend den Kopf und schleudert sich ihre Spuckefäden um die Ohren. »Du sollst die Flasche zuschrauben«, sagt Henriette kauend und zeigt darauf. Ich schraube die Flasche zu, Maja seufzt erschöpft, reibt sich die Augen rot und isst weiter.

Als ich die Kinder ins Bett bringe, habe ich das Gefühl, eins zu wenig ins Bett gebracht zu haben.

Im Wohnzimmer sitze ich auf dem grünen Ledersofa, das ich von den fünfhundert Mark gekauft habe, die mir Friedrich zu Majas Geburt gegeben hat. Ich zünde mir eine Zigarette an. Sophie Freud hat auf diesem Sofa gesessen, als sie in Berlin war, um meine Eltern zu besuchen. Sie stand abends vor meiner Tür und strahlte mit ihren großen weißen Zähnen. »Ich wollte einen Spaziergang machen. Bei deinen Eltern sitzt man ja nur rum«, sagte die österreichische Amerikanerin und legte ihre Hände auf meine Schultern. »Außerdem bist du immer so verschlossen, wenn deine Eltern danebensitzen.« Sie wäre die Einzige, mit der ich jetzt würde reden wollen. Sophie könnte sagen, was ich mir selbst sagen muss: Daschas Baby hat nämlich einen gesunden Vater, der sich gut kümmern wird. Dascha wird bestimmt klarkommen irgendwann, und ich bin doch nicht alleine schuld an allem. Nicht alleine, oder? Schreibe ich in meinem Brief an Sophie. Vielleicht war es falsch, Daschas Schwangerschaft geheim zu halten, bis die Psychiatrieärzte das Baby nicht wieder verhindern konnten, weil ich dachte, Dascha würde eine dritte Abtreibung nicht aushalten, dachte, ein Baby könnte eine Rettung sein. Aber vielleicht war alles falsch, und Dascha wird nie mehr gesund, und das Kind wird darunter leiden und keine Mutter haben und bestimmt auch eine Psychose kriegen.

Daschas Zustand würde sich nach der Entbindung massiv verschlechtern, haben die Ärzte gesagt, und ich habe ihnen kein Wort geglaubt. Kein einziges verdammtes Wort!

Lesen will ich meinen Brief nicht noch einmal, weil ich fürchte, er klingt, als hätte ein Kind an den Beichtvater geschrieben. In der Wohnung behalten will ich ihn auch nicht, weil ich fürchte, ihn zu zerreißen. Ich gehe runter zum Briefkasten und schicke ihn an Sophie wie an ein Orakel.

Als vier Wochen später ein Luftpostkuvert mit rotblauen Streifen aus Amerika ankommt, habe ich meinen Brief längst vergessen. Im Treppensteigen lese ich Sophies heilende Worte und vor der Wohnungstür den letzten Satz: »Babys bringen immer etwas Gutes. Du wirst sehen.«

Ich wünschte, Sophie wäre Erwins Frau geworden und würde nicht auf der anderen Erdhalbkugel leben.

Nach ein paar Monaten fängt Dascha tatsächlich an, mit Irmgards Hilfe langsam eine Mutter zu werden. Es funktioniert, wie ich es mir vorgestellt habe. Dascha freut sich über das Kind. Es tut ihr gut, und sie liebt es. Ich wusste doch, sie würde es lieben!

Ich liege im Klappstuhl am See und lese. Irmgard pellt mit dunkelgelben Fingern im Vorgarten Walnüsse aus den grünen Häuten. »Fass dat nich an, Kind, kriste jelbe Finger von.« Henriette sagt: »Warum darfst du gelbe Finger haben und ich nicht?« »Du setzt dich da hin und erzählst mir wat«, sagt Irmgard. »Haste schon een kleenen Freund?« Dieselbe Frage hat sie mir auch gestellt, als ich neun war, nach der Schule auf dem Stuhl neben dem Kühlschrank saß und ein Marmeladenbrot bekam.

Ein magerer weißhaariger Mann in Sporthose kommt

in den Vorgarten, ruft: »Hallo, Tamara«, und winkt. Müsste ich den kennen? Er geht wieder raus und schiebt ein großes weißes Brett durchs Tor. »Hilfst du mir mal?« Ich lege mein Buch weg. Vom Dach seines BMW schnallt er einen langen Mast. Vor Wochen hatte ich ihn bei einer Party kennengelernt, fällt mir jetzt ein, und ihm von meinem Seegrundstück erzählt. Da trug er einen teuren Leinenanzug. Jetzt trägt er das Brett, ich das Segel, Henriette das Schwert. Maja tappt verschlafen aus dem Pavillon und uns hinterher. Er würde ab und zu mal surfen kommen und das Brett dalassen, hatte er angetrunken behauptet, und ich hatte ihm nicht geglaubt. Was Westler auf Ostpartys behaupten, stimmt selten.

Ich hätte ihm eine scheuern wollen, als ich ihm meinen Beruf nannte und er daraufhin belustigt die Hände in der Luft drehte und blöd mit dem Kopf wackelte. »Kennst nur euer dilettantisches Augsburger Kasperletheater für Kleinkinder, wa? Da fangt ihr im Westen doch gleich an zu popeln und einzupinkeln, wenn ihr Puppentheater hört.« Menschen, die sich über alles wundern, machen mich wahnsinnig. »Ah, Marionettentheater?«, sagte er strahlend. Ich äffte ihn nach, aber er ließ nicht locker. »Was denn dann?« Ich stöhnte. »Herzchen, wenn du dir einen Mix vorstellen könntest aus Sprechtheater, Pantomime, Schattenspiel, Tanztheater, Marionettentheater, Zirkus, Varieté, Clownerie, Performance, Maskenspiel, Bunraku, Schwarzlichttheater und so weiter«, ich leierte meine Aufzählungen herunter, als müsste ich das täglich erklären, »wenn du dir Stabpuppen vorstellen könntest, Klappmaulpuppen, Handpuppen, Figuren, die zwei Meter groß sein können, von vier Leuten geführt werden, und welche, die auf einen kleinen Finger passen, welche, die keine Arme brauchen, welche, die keine Körper brauchen, welche, die gar keine

Figuren sind, selbst wenn du dir das alles vorstellen könntest, hättest du immer noch keine Ahnung, was Puppentheater ist.« Er hatte nur mit offenem Mund genickt, und ich wusste, er würde die allerblödeste Frage auch noch stellen. »Baut ihr die Puppen selber?« Ich jaulte, meine Freundin lachte. »Sei nicht so ungnädig, Tamara. Frag ihn doch mal, ob er seine Häuser selber baut, die er verscherbelt.«

Jetzt rollt er am Steg ein blau-rot-weißes Segel aus. Ich stelle mich nackt auf das Surfbrett, der Westler steht im See, reicht mir den Gabelbaum und redet ununterbrochen. Ich fahre los und tue so, als würde ich ihn nicht hören. »Po weiter raus, mehr in die Knie!«, ruft er mir hinterher. »Lässt sich nichts sagen, eure Mutter, was?«, sagt er zu den Kindern. Aus einer neuen Perspektive gleite ich über den See. Noch nie habe ich ihn in solcher Geschwindigkeit überquert. Am anderen Ufer drehe ich das Brett um und versuche zurückzufahren. Der Wind bläst aber nicht in mein Segel. Ich setze mich auf einen fremden Steg. Es ist niemand zu sehen, den ich nach einer Zigarette fragen könnte. Noch mal probiere ich, ein wenig Wind in das Segel zu kriegen, drehe es in alle Richtungen, versuche, damit zu wedeln, aber es ist nichts zu machen. Also durchquere ich das fremde Grundstück, klettere über den Zaun und laufe durch den Wald zur Landstraße.

Auf der Grasnarbe gehe ich den vorbeifahrenden Autos entgegen. Eines hupt. Der Westler winkt, hält an und hat Henriette auf dem Beifahrersitz. Ich beuge mich in sein Seitenfenster, nehme ihm die brennende Zigarette aus der Hand und gehe um das Auto herum. Henriette klettert auf die Rückbank. Der Westler grinst. »'Ne nackte Frau auf der Landstraße«, sagt er, »so was erlebt man nur bei euch im Osten.« Er sieht mich von der Seite an. »Soll ich mal 'n paar hübsche Bikinis von drüben mitbringen?« Aufgeblasener Affe, denke ich. »Nee, lass ma!« Ich winke ab. »Braucht kein Mensch.«

Als wir durch das Betriebsferienlager gehen, vorbei an Urlaubern, die auf bunten Campingstühlen sitzen, vorbei an grün gestrichenen Holzbaracken, runter zum Steg und uns eins der Tretboote losbinden, kann er es nicht fassen, dass wir von niemandem aufgehalten werden. Seine Begriffsstutzigkeit ärgert mich schon wieder. »Schätzchen, das ist Sozialismus. Hier is Eigentum scheißegal! Das werdet ihr Westler nie begreifen.« Ich zeige ihm das zerkratzte gelbe Schildchen auf der Holzstrebe der Sitzbank, mit der unlesbaren Inventarnummer. *Eigentum des Volkes.* Er will diskutieren. »Aber wenn jeder die Boote nehmen kann, sind die doch bald kaputt.« Ich stöhne. »Ja, logisch gehen die kaputt. Werden sie eben repariert, oder auch nicht. Na, und? Sind ja nich zum Angucken wie eure geleckten Angebersegelboote am Wannsee.« Er wackelt mit dem Kopf, als müsse er die ungewohnte Vorstellung schnell wieder abschütteln. Henriette fragt, was ein Angebersegelboot sei und warum man das ablecken müsse.

Ich drehe das Tretboot so, dass der Westler das Schild nicht sehen kann, das im Schilf steht. *Volkseigentum – Eigenmächtige Entnahme verboten.*

Als wir am Surfbrett ankommen, macht er einen Kopfsprung, richtet mit sehnigen braunen Armen mühelos den Mastbaum auf, gleitet im Zickzack übers Wasser, dreht das Segel herum wie eine aufgeblähte Flügelschwinge, hängt sich an den Gabelbaum, liegt fast im Wasser, schaufelt den Wind ins Segel, als würde er ihm gehören. Es ist aber mein Wind, mein See, es sind meine Wellen. Ich will das auch können.

Nach ein paar Wochen stehe ich wieder auf der wackeligen Dauerleihgabe und versuche, das Segel aus dem Wasser zu ziehen. Ohne die Zigarette aus der Hand zu legen, geht es nicht.

Der Westler war nicht mehr da, seit er das Brett gebracht hat. Ich bleibe im See stehen, sehe zum anderen Ufer und überlege, ob ich mir diesmal etwas anziehen sollte. Das weiße Segel mit dem roten Streifen senkt sich in das grünliche Wasser, und gezackte Schlingpflanzen winden sich um meine Beine. Die Kinder klettern auf der Treppe herum. Ich beuge mich mit dem letzten Rauchausblasen zum Steg, drücke die Zigarette in die Holzbohle und zünde eine neue an. »Halt mal.« Henriette nimmt den Filter zögernd zwischen Daumen und Zeigefinger und hält die Zigarette am ausgestreckten Arm. Der grüne Teich in dem ausgebeulten Segeltuch schwimmt langsam weg. Ich ziehe am Seil, stemme mich in Hockstellung gegen das Brett, kriege den Gabelbaum zu fassen und strecke die Hand aus. »Gib schnell her!« Ich stecke die Zigarette in den Mundwinkel und fahre langsam davon. Wie ein einsamer Reiher fliege ich tief über den See und lerne, den Wind zu kreuzen. Am hinteren Ende des Sees sind keine Stege mehr, keine Menschen, nur glitzerndes Wasser und die Schwarzerlen. Ich lege mich aufs Brett, sehe in den Himmel, der ein paar Wolken wie die Flügel einer zerfetzten Möwe über mir ausbreitet. Der Himmel sieht aus, als würde er mir etwas sagen wollen. Ich würde ihm alles glauben. Über die Unterseiten der Erlenblätter fliegen die Spiegelungen der kleinen Wellen mit eiliger Wichtigkeit, als müssten sie irgendwohin. Ich betrachte meine verschwommene Hand im Wasser, lasse sie sinken, bis sie grüngelb ist, und mir fällt ein, wie ich das an den Badenachmittagen meiner Kindheit beobachtet habe. Mit einem Schreck fürchte ich, alle Verpflichtungen vergessen zu haben. Ich fürchte, mich an nichts mehr erinnern zu können. Was war es noch, das ich in der Stadt tun musste, um meine Kinder endlich großzukriegen? Alles ist gelöscht, und ich bin mir nicht sicher, ob es mir je wieder einfallen wird.

»Und wer isch des?« Friedrich piekt meine Kinder mit seinem Stock, als wir fürs Familienfoto auf seiner Terrasse stehen. Ein Fotograf vom Neuen Deutschland ist da, weil Friedrich bald hundert wird. »Mensch, Opa! Die kleine Rothaarige, das ist Maja, und die Große mit den Locken Henriette.« »Ach«, sagt Friedrich. »Kumme, ihr kriege e Keks.« Seine Haushälterin hält den Kindern die große goldene Keksdose mit bunten Ornamenten hin, aus der ich auch als Kind meine Kekse bekommen habe.

Friedrich fragt, wie Henriette mit der Schule klarkäme. »Nicht in Mathe.« Opa wedelt mit der Hand und beugt sich runter. »Wenn dü des nit verschtohsch, wirsch Schuster. Isch au e ehrewerter Beruf. Schuh gibt's gnug, un Hammer un Nägel wirsch scho finde.« Henriette versteht seinen Dialekt nicht.

»Upa, wo sind denn die Katzen?« »Was sait's Kind?« Ich brülle in sein Hörrohr. »Wo die Katzen sind!« Er nimmt Henriette an seiner knochigen Hand und zeigt mit dem Krückstock die Stelle, an der er zwischen den Birken jeden Tag um eins die herumstreunenden Katzen füttert. »Die wisse gnau, wanns um eins isch. Die brauche dafür kai Uhr.« Er zeigt mit dem Stock in alle Richtungen. »Dann komme se unterm Zaun durch, ausm Gebüsch und von de Straß.« Er zeigt auf die Birkenstämme und auf seine Beine. »Die streiche als so um mei Bein un um die Bäum und um mei Stöckli, bis sie ebbis kriege.«

Beim Essen schiebt er die Erbsen auf den Gabelrücken. Die Kinder lachen.

Dascha wirft versehentlich ein Wasserglas um und sagt vor Schreck: »Oh, Opa, hol ma schnell ’n Lappen!« Alle lachen. Ich nicht. Ich weiß, es war kein Witz. Friedrich lacht auch nicht. Er hat es nicht gehört.

Opa lässt sich seinen Spazierstock bringen, mit der ausklappbaren Sitzfläche aus Leder. Wir müssen zum See.

Henriette geht vor mir her, mit den Händen auf dem Rücken.

»Manchmal bin ich mir nicht sicher, ob nicht doch dieser Tscheche ihr Vater ist.«

Dascha fragt: »Weiß sie, dass es nicht Hans ist?«

»Logisch, weiß sie das!«

Alfred ruft: »Na, kannst noch rennen, Bruder?« Erwin rennt durch den Wald mit den Kindern um die Wette und ist auf zwei Krücken und einem Bein so schnell wie sie. »Mein Gott, Kinder, guckt euch den Verrückten an!«, ruft Erwins Frau und klatscht. Meine Eltern lachen auch, haben junge Gesichter, als wäre ihnen gerade erst wieder eingefallen, dass sie den Krieg überlebt haben.

»Wer ist denn hier der Verrückte?«, sagt Erwin, als Friedrich am Ufer seine Sachen auszieht und in den kalten See steigt. »I hab die viele Bänk nit ufstelle lasse, dass mer da rumhockt, sondern um mei Stöckli a’z’lehne un mei Hos’ un Morgemantel abz’lege.«

Nackt ist er älter als angezogen. Er sieht aus wie ein Gerippe, das sich mit aufrechter Würde wie ein Mann bewegt. Unter Wasser hängt vielleicht ein jugendlicher Körper an seinem Kopf, den er nur dort haben kann. Als er herauskommt, ist er wieder neunundneunzig Jahre alt. Mein Vater schlägt das Wasser mit den Armen, als wollte er den ganzen See umrühren. »Nu auf! Gehe mer haim, der Mütter ins Nähkäschtli scheiße, was?«, ruft Friedrich meinem Vater zu, als der schnaufend und triefend aus dem See steigt, sich mit beiden Händen über den Kopf wischt, sich schüttelt wie ein Hund und ein paarmal nackt den Weg rauf- und runterrennt.

Es riecht nach Geranien und Staubsaugerluft. Irmgards Wohnzimmer ist vollgestellt mit dicken Polstermöbeln und einer Schrankwand. Die Kinder verkleiden sich mit Irmgards billigen Ketten aus pastellfarbenen Plastikkugeln. Maja ist glücklich, weil Hans mitgekommen ist. In letzter Zeit ist Hans selten zu Hause. Irmgard geht in die Küche. Unterm Tisch trete ich gegen Hans' Bein. »Bist du bescheuert?« Er habe einen Druckauftrag für das Geld, behauptet er gelassen. Unterschrieben vom Zauberer des Friedrichstadtpalastes. »Und du willst mir erzählen, dass der nicht besoffen war?« Hans schiebt die Unterlippe vor, wiegt den Kopf, zeigt auf die untere Kante des grünen Scheins. »Zau-ber-geld.« »Das kann Imda nicht le-sen!«, flüstere ich. »Soll sie ja auch nicht!«, flüstert Hans. Ich weiß nicht, womit ich ihm drohen soll. »Wehe, du druckst noch mehr davon!« Er winkt ab. »Ich hab eh das Dach gedeckt mit den ganzen Druckplatten.« »Wie bitte?«

Irmgard trägt eine Schüssel rein, legt einen Teller drauf, dreht beides um mit Schwung und stellt es auf den Tisch. Braune Karamellsoße fließt über weißen Pudding. Maja will den Finger reinstecken, Irmgard haut drauf. »Wirst du wohl!«

Irmgard weiß nicht, was sie von Hans' Geschenk halten soll. »Dat kann eck nicht annehm.« Hans hält ihre Hände. »Das kannst du jetzt einfach mal annehmen.« Sie lehnt die dicke Tüte mit den Zwanzig-Mark-Scheinen in ihrer Schrankwand gegen eine Blumenvase neben den Pralinen.

Als wir gehen wollen, steht der Malermeister Winnemond im Flur mit einer Flasche Wilthener Goldkrone und lacht zahnlos. Wenn der Winnemond da ist, benimmt Irmgard sich wie ein kleines Mädchen. Sie bekommt große Augen, lächelt und sagt nur noch Ja und Danke. Ich hole die Geldtüte aus dem Wohnzimmer. »Hier, davon streichst du ihr die Wohnung! Sind ja überall Wasserflecken!« Irmgard sagt Ja und strahlt. »Danke.«

Zu Hause sagt Hans, er müsse noch mal weg. Wenn er mich nicht nach dem Auto fragt, weiß ich, er wird heute Nacht nicht zurückkommen. Er kommt die ganze Woche nicht zurück. Stattdessen stehen am Sonntag zwei Polizisten vor der Tür. Es seien gefälschte TÜV-Scheine aufgetaucht. Auch Eintrittskarten und Akkreditierungen fürs Filmfest. Man müsse ja allen Hinweisen nachgehen. Ich tue erstaunt, nehme den Schlüssel zur Remise vom Haken, gehe mit den Polizisten runter in den Hinterhof. Wortlos schließe ich die Tür auf, bleibe im Eingang stehen und friere. Der Dickere duckt sich, kriecht die enge Treppe hoch zum Dachboden. Ich höre ihn rumpeln. Der andere sieht sich im unteren Raum um. »Was hat denn Ihr Mann hier gedruckt?« Ich zucke mit den Schultern. »Na, Kunst.« Er sieht mich verständnislos an. »Sonnenuntergänge und so?« Ich nicke langsam. »Genau! Sonnenuntergänge.« Er zieht einen Kupferstich aus der Presse. Eine Frau badet genüsslich in der Kanalisation. Das dreckige Wasser schlägt Blasen. Im Hintergrund nummerierte Tore mit weiteren Kanälen. Der Polizist runzelt die Stirn, legt das Blatt angeekelt zurück. Behäbig trottet der Dicke die Stufen wieder runter. »Allet nur Kunst.« Sie durchsuchen desinteresssiert die Schubladen. Wo er ist, wann er kommt, fragen sie nicht. Ich soll denken, sie hätten ihn längst. Ich weiß aber, sie kriegen ihn nicht. Ich kriege ihn ja selbst nicht. Sie fragen nicht, bedanken sich und gehen. Ich hätte die Wahrheit gesagt. »Keine Ahnung, wo er ist. Komme auch ohne ihn klar. Hätte ihn eh rausgeschmissen.«

Ich fahre alleine mit den Kindern nach Wandlitz.

Friedrich wird hundert. Er hält einen silbernen Trichter an sein Ohr, und alle müssen die Glückwünsche hineinrufen. »Was ist denn mit dem Hörgerät passiert?«, fragt Alfred. Die Haushälterin sagt in tadelndem Ton, Friedrich habe hineingebissen. Er habe gedacht, es sei eine Nuss. »Mensch, Vater, hätteste dir lieber doch ’ne Nuss ins Ohr gesteckt!« Friedrich hält sein Höhrrohr ans Ohr. »Hä?«

»Der lila Drachen ist auch da«, sage ich. Adele sieht mich böse an und erklärt Henriette: »Das ist die Frau von dem Chef unserer Regierung.« Sie macht ein bedeutungsvolles Gesicht und hebt den Zeigefinger. »Sie kümmert sich darum, dass alle Kinder anständig lernen.« Henriette zieht ängstlich den Kopf ein.

Frau Honecker hält Friedrichs Hand und beglückwünscht ihn durch den Trichter. Friedrich lacht laut. »Kei Orde mehr übrig, hä?«

Im Garten stehen Leute mit Kuchentellern herum. Maja zeigt auf die großen Brüste von der Tochter der Haushälterin, die herumgeht und Kaffee einschenkt. Maja greift nach dem Dekolleté, während ich mir Kaffee eingießen lasse. Meine Mutter lacht, nimmt Majas Hand und klatscht sie der Frau auf die Brüste. Ich ziehe Maja weg.

Später schlafen die Kinder in der Hollywoodschaukel ein. Ich trage sie ins Auto und Maja in Berlin die Treppen rauf. Ihr Kopf riecht nach erdiger Landluft und warmem Vanillepudding. Henriette fragt verschlafen: »Kann Papa mich nicht tragen?« »Pssst!« Maja soll das Wort Papa nicht hören. »Ach, ders ja nich da«, mault Henriette und latscht müde die Stufen rauf.

Am Sonntag zieht Maja das rosa Kleid mit Tüllrock an und setzt sich auf den Poller in der Toreinfahrt. »Maja will weiter auf Papa warten«, sagt Henriette, als sie abends vom Hof raufkommt.

Ich wünschte, Hans könnte sein beinebaumelndes Kind sehen, das sich für ihn hübsch gemacht hat, stundenlang alleine in der Auffahrt sitzt und auf ihn wartet. Wenigstens jeden Sonntag wollte er kommen. Aber er kommt nicht mal jeden zweiten.

Maja dreht sich zu mir um, hält den Kopf schief, mit heruntergezogenen Mundwinkeln, und sieht auf den Boden. Ich nehme sie an die Hand und sehe mich selbst als Kind auf meine Eltern warten. Wochen und Monate. Meine Kinder sollten nie auf ihre Eltern warten müssen. Wie gut, dass wenigstens Henriette keine Ahnung hat von ihrem Vater.

»Uropa hat sich den Oberschenkel gebrochen«, sage ich beim Abendbrot. »Warum denn?« »Er hat sich nicht richtig am Treppengeländer festgehalten.«

Ich bringe morgens die Kinder weg und fahre ins Krankenhaus. Friedrich sieht klein aus in dem großen weißen Bett. Überall an ihm hängen Kabel. Vom Eisbaden hat er in hundert Jahren keine Lungenentzündung bekommen. Aber vom Krankenhaus. Seine Lippen haben sich ohne das Gebiss nach innen gezogen, und sein Mund ist ein kleines schwarzes Loch. Es sieht anstrengend aus, ohne Lippen zu lächeln. Ich lege mich neben ihn und streiche über seine Finger. Friedrich lehnt langsam seinen kahlen, fleckigen Kopf an meinen und schließt die Augen.

»Soll ich jetzt den Strom ausmachen, Opa?« Er sieht mich an und hört mich nicht. Ich zeige auf die Maschine, an der die Kabel hängen. Dann überkreuze ich meine flachen Hände und mache eine Bewegung, als würde ich eine Tischdecke langsam glatt streichen. Friedrich lächelt und nickt. Ich nehme seine Hand, und er drückt schwach meine Finger zusammen, als käme ein Reststrom durch seine Sehnen gekrochen, für das letzte Signal. Neben dem Bett ziehe ich den Stecker aus der Wand, küsse ihm die Stirn, und sein faltiger Kopf kommt mir genauso schön vor wie die Köpfe meiner glatten Babys nach der Geburt. Ich lege meine Hand auf seine Brust: »Danke, dass ich dich kennen durfte, mein lieber Opa.«

Zur Beerdigung kommen mehr als hundert Menschen. Der Schuster hat in Wandlitz seinen Laden geschlossen, sagt er, um sich vom Professor zu verabschieden. Nur meine Eltern sind nicht da. Alfred musste nach Paris und konnte es leider nicht verschieben, erklärt Dascha den Verwandten und glaubt es wahrscheinlich wirklich. »Quatsch! Der hat sich verpisst, der feige Hund. Hat Angst vor Beerdigungen!«, sage ich. Man sieht mich pikiert an.

Henriette nimmt Maja an die Hand und beugt sich zu ihr runter. »Zu einer Beerdigung müssen immer so viele Leute kommen, wie der Tote alt geworden ist.« Maja hopst. »Jaaa! Wie beim Geburtstag!«

Alle stehen im Schatten neben der Kapelle in dunklen Gruppen und warten.

Ich nehme die Kinder an die Hand. »Wir gehen mal gucken, wo der Typ mit der Urne bleibt.« Der weiß gepuderte Urnenträger im langen Mantel versucht, besonders langsam die Hauptallee entlangzuschreiten, aber seine Füße verstehen davon nichts. »Warum hat der keine Blumen in seiner Vase, Mama?«

»Das ist keine Vase.« Ich stelle mich mit den Kindern an den Rand und lasse ihn vorbei. Maja beugt sich vor.

»Der kann aber nicht gut in der Mitte laufen.« »Pscht!« Ich gehe mit den Kindern langsam hinter ihm her. Der schwarze Mantel schwankt, riecht nach Schnaps, bleibt am Grab stehen.

»Mama, wo isn jetzt der Uopa?« Ich zeige auf die Urne. »Da drin.« Maja beugt sich vor, sieht sich die Urne an. »Aber da passt der doch gar nich rein!«

Ich ziehe Maja zurück und versuche, nicht zu lachen. »Wirklich der ganze Upa?« Umständlich kniet sich der schwarze Mann auf ein welliges Rechteck aus Kunstrasen, beugt sich über das Erdloch, stellt die Urne ungeschickt in den märkischen Sand und stützt sich auf ihr ab, um nicht hinterherzufallen.

»Da drin?« Hätte ich den Kindern vorher sagen sollen, dass Friedrich jetzt Asche ist? »Der ist da drin, ja, der ganze Upa! Und jetzt sei still!«

Die alten Leute lächeln verzückt, als Maja mit Schwung Sand auf die Urne schmeißt und sich die Hände am Rock abwischt.

Ich sehe ins Grab und überlege, ob man wirklich das ganze Leben rückwärts ablaufen sieht, bevor man stirbt. Ob der Tod genau dann eintritt, wenn die Rückschau mit der Geburt endet?

Hoffentlich habe ich den Strom nicht im falschen Moment ausgeschaltet und den Film beendet, bevor sein Jahrhundert ganz abgelaufen war.

1939

Wenn es um Friedrich ging, war Ilse zu allem fähig,

und in Ilses Leben ging es vor allem um Friedrich. Sie schrieb tagelang Briefe. Einen davon an die Quäker in Oxford. Sie suchten zum ersten August einen Mathematikprofessor, der jüdische Jungen unterrichten sollte. Ilse schickte Friedrichs Bewerbung nach Penrith.

Ein paar Wochen später sah Friedrich über dunkelblaue Seen und bemooste Berge mit weiten Himmeln darüber. Dass es Berge geben konnte, die ihm besser gefielen als der Schwarzwald, überraschte ihn. In der jahrtausendealten Natur des Lake District Nationalparks konnte er kurz vergessen, was ihm passiert war. Dem englischen Wind war Friedrichs bedrohte Familie egal und die ganze schreckliche Lage. Der wehte über den Rasen, wälzte sich auf dem Wasser, schob Wolken über die Berge. Während Friedrich dastand, beruhigte ihn das Gefühl, die Moose und Flechten würden auch ihn überwuchern, wenn er nur lange genug stehen bliebe. Sie würden ihn mitnehmen unter die Erde, ihn verwandeln und behalten.

Neben dem Gemeindehaus der Heilsarmee in der Hunter's Lane bezog Friedrich ein Zimmer in einem einstöckigen Haus aus rotem Sandstein. Die Haustür und die Fenster, von Bruchsandsteinen umrahmt, trugen schmucklose Reliefkronen.

Wegen der Bombenangriffe war die Royal Grammar School aus der Hafenstadt Newcastle nach Penrith umgezogen und hatte ihre Schüler in Gastfamilien untergebracht. Weil Friedrichs Schulweg kurz war, nahm er jeden Tag verschiedene Umwege, um die kleine Stadt kennenzulernen.

Als es Frühling wurde, wollte Friedrich nicht mehr im Klassenzimmer unterrichten. Die Schüler setzten sich mit ihren Schreibblöcken auf die Ruinenmauern des Penrith Castle, und Friedrich schrieb mit Kreide Formeln auf das Fundament. Er erklärte nicht, sondern stellte in badischem Englisch Fragen, aus denen sich die Antworten ermitteln ließen. Der Physikunterricht war kaum als Unterricht zu erkennen. Die Jungen durften nach der Stunde auf den Mauern herumklettern und herunterspringen. Friedrich stand still am Rand, sah über die weichen Wiesen, in denen Schafe standen und Lämmer mit ausgestreckten Beinen wie hingeworfen dazwischenlagen, voller Urvertrauen, obwohl die Welt so aus den Fugen war. Das Gras im Schwarzwald war von anderem Grün gewesen. Friedrich überfiel die Befürchtung, es möglicherweise nie wiederzusehen. Unvermittelt klatschte er in die Hände, rief alle zusammen und ging durch den Castle Park zur Schule zurück.

Bevor ein Test geschrieben wurde, öffnete Friedrich die Fenster und ließ die Schüler Gymnastikübungen machen. Die großen Bewegungen mit den Armen sollten den Brustkorb weit machen, das Bewusstsein öffnen, und das Hopsen auf der Stelle sollte die Anspannung lösen. Nachmittags ging er mit den Schülern schwimmen oder brachte ihnen Debattieren bei.

Er bekam Briefe von dankbaren Eltern: *Unser Sohn wurde von der Schulbehörde unverhofft für ein Stipendium vorgeschlagen wegen seiner außergewöhnlichen mathematischen Begabung, die er in Ihrem Unterricht erst ausgeprägt hat. Wir sind Ihnen zu tiefstem Dank verpflichtet!* Der Rektor freute sich über den engagierten Lehrer, der ihm ohne Hitler nicht zugefallen wäre.

Als zwei englische Polizisten in Friedrichs Unterricht kamen, wusste er gleich, ihre Höflichkeit hatte nichts zu bedeuten. Er schrieb seine Formel an der Tafel zu Ende, verabschiedete sich von den Schülern mit einer kleinen Verbeugung und wurde verhaftet. Wie die meisten Deutschen, die sich, egal, warum, in England aufhielten. Friedrich stieg in den schwarz-weißen Streifenwagen, winkte den Schülern, die an den Fenstern standen, bedankte sich beim Rektor, der ihm versicherte, selbst das, was nicht in seiner Macht stünde, zu tun, um ihn an die Schule zurückzuholen.

Friedrich wurde gemeinsam mit den Nazis in eine Zelle gesperrt und saß auch beim Essen zwischen ihnen. Die Lagerleitung ignorierte höflich den Unterschied zwischen Juden und Nazis und ließ die verschiedenen Deutschen aufeinander losgehen. Wir werden alle nach Deutschland geschickt, sagte man auf der Isle of Man. Das Glück hatte Friedrich verlassen. Wieder lief er morgens in der Kälte über einen neblig-grauen Hof und musste an Dachau denken.

Der Beamte der englischen Militärbehörde zweifelte an Mr Hirschs Verstand. Er wisse, was Krieg sei, sagte Friedrich, und er wolle wieder Soldat werden. Er sei ein deutscher Offizier gewesen, und wenn man ihn jetzt zurückschicken würde nach Deutschland, dann tot oder in der Uniform der englischen Armee. Solange Hitler an der Macht sei, würde er Deutschland nur in einer feindlichen Uniform betreten. Der Beamte sah Friedrich ungläubig an. »Sie wollen als Deutscher für England sterben?« »Sterbe will i nit, aber wenns nit andersch goht, sterb i wenigschtens gege Deutschland und nit im KZ«, sagte Friedrich mit einer Entschlossenheit, die ihm selbst missfiel.

Der Beamte hielt es für ausgeschlossen, dass Friedrich mit sechsundfünfzig Jahren noch tauglich war, aber Friedrich war bei bester Gesundheit, lief dreitausend Meter in zehn Minuten und bestand die Musterung. Im Militärlager lachte der General. »With all due respect, Professor, but you are too old. Teach our children arithmetic if you want to serve Britain!«, sagte er und wedelte seine Hand Richtung Tür. Friedrich hatte sich darauf eingerichtet, in den Krieg zu ziehen, spürte die Militärstiefel schon an den Füßen und hätte fast sagen wollen, es ginge ihm nicht darum, England zu dienen. Da begriff er, dass man ihn zurück nach Penrith schicken würde. Im Verbeugen sah er ein Schreiben mit dem Briefkopf der Royal Grammar School vor dem englischen General liegen, und er verließ die Behörde mit leichten Füßen, als hätte er die Stiefel darin stehen lassen.

Als Professor Hirsch den Klassenraum betrat, wurde er von den Schülern umringt, legte ihnen seine Hände auf die Köpfe, und da war es wieder, das Glück. Mitsamt der Berge und Gewässer. Die Jungs rannten zu den Fenstern und rissen sie auf. Friedrich war der einzige Lehrer, der sich nie hinters Pult begab. Er stellte sich mitten in den Raum. »Where were we?«

Während die Kinder rechneten, vermittelte er über alle einflussreichen Kontakte Visaanfragen für Freunde und Bekannte in die USA, nach Chile, Palästina und Australien. Er schrieb nach dem Unterricht bis nachts Briefe auf Englisch, Französisch, Deutsch, verwendete keine realen Namen, versandte sie über Deckadressen in der Schweiz und Portugal und verschickte Geld über die Quäker mit dem Absender: »Unbekannter Freund«. Ein Drittel aller Briefe kam nicht an oder zurück, wurde beschlagnahmt oder zensiert.

Seit der Inhaftierung musste Friedrich seine Wanderungen durch die Berge vom District Council genehmigen lassen. Donnerstags bekam er einen Stempel auf ein Formular, das er mitzuführen hatte, und ein Gläschen selbstgemachtes Ingwer-Orangen-Gelee von der Bearbeiterin, der es peinlich war, den Lehrer ihres Neffen wie einen Verbrecher behandeln zu müssen. Das Council würde sowieso auf seinem Weg liegen, behauptete er und bedankte sich. Am Freitag stieg er nach dem Unterricht in die Bahn, am Samstag schwamm er im Lake District durch den ersten eiskalten See und wanderte dann über die grünen Berge, an denen sich die drahtigen Flechten, Moose und Halme festkrallten mit ihren winzigen Zangenfüßen, um nicht davongeweht zu werden. Er ging über die gesättigten Wiesen, hätte sich vor Behaglichkeit selbst zu den Schafen ins Gras legen wollen und beinahe wieder an Gott glauben können.

Am Abend schob er im Youth Hostel seinen Mitgliedsausweis auf den Anmeldetresen, und als die Herbergsleiterin seinen Namen las, bat sie Friedrich, ihre Gäste nicht zu belästigen, für die es eine Zumutung sei, das Hotel mit einem Deutschen teilen zu müssen, zumal sie aus London vor den deutschen Bomben hierher geflüchtet seien. Friedrich wies mit dem Kinn in den überfüllten Speisesaal und sagte, er sei im Konzentrationslager gewesen, als ihre empfindlichen Gäste noch den kriegslüsternen Neville Chamberlain umjubelten. Die Frau versuchte, sich zu entschuldigen. Aber Friedrich hatte seinen Ausweis schon eingesteckt und das Hostel verlassen.

Eine junge Frau lief hinter ihm her und sagte auf Sächsisch: »Entschuldigen Sie, mein Name ist Irene Summer, ich habe Ihren Disput mitangehört.« Die Frau hatte kurze braune Locken und ein lustiges Gesicht. Sie hielt ihm die

Hand entgegen. »Ich bin ganz Ihrer Meinung, was Chamberlain betrifft.« Friedrich gefielen ihr fester Händedruck und ihr offener Blick. Irene gefielen Friedrichs kluge Augen. »Haben Sie etwas dagegen, wenn ich mein Gepäck holen gehe und mit Ihnen zur nächsten Herberge wandere?« Friedrich sah in die schwarzen Wolken, die sich über den Bergen ineinanderschoben. »Da werre mir wohl nass, Ms Summer.« Die junge Frau lachte und meinte, es würde ihr nichts ausmachen. Es regnete an den beiden vorbei. Auf dem Great Gable war das Hostel überbelegt. Man stellte zwei Klappliegen in eine Kammer. Friedrich und Irene lagen im Dunkeln zwischen Wischeimern und Besen. Draußen hörten sie jetzt den Regen, der sie beim Wandern verschont hatte. Sie fanden, außer der Leidenschaft fürs Schwimmen in offenen Gewässern, drei weitere Gemeinsamkeiten. Irene war Jüdin, sie war Sozialistin, und sie war Mitglied in der englischen Youth Hostels Association. Friedrich wanderte an den Wochenenden nicht mehr alleine durch die Berge.

Im Lake District saß Friedrich mit Irene auf einer bemoosten Mauer aus Feldsteinen, die eine Schafherde umgab. Irenes Schnürstiefelchen baumelten herab, und sie verbreitete eine kindisch gute Laune. Friedrich sah hinauf zum baumlosen Berg und überlegte, wie lange sie bis oben brauchen würden. Irene packte Butterbrote aus. Sie fand die Luft wunderbar, atmete tief und sagte mit Munterkeit, sie sei jetzt wieder im Leben angekommen. Friedrich sah sie fragend an.

»Meine Mutter und ich hatten beschlossen, uns umzubringen«, erzählte sie und kaute Brot. Je tragischer das Gesprächsthema war, umso freundlicher wurde Irenes Gesicht. Friedrich mochte ihr Lächeln, aber es verwirrte ihn meistens. Er hatte es für eine übertrieben angepasste englische Art gehalten, dass Irene sogar bei Verabschiedungen laut lachte. Jetzt verstand er ihre dauernde Heiterkeit. Sie war für Irene zu einem Trick geworden, um Dinge zu sagen, die ihr schwerfielen. Jetzt verstand er, dass Irene ihr ganzes Leben schwerfiel.

Während Friedrich auf der Isle of Man im Gefängnis gesessen hatte, wollten Irene und ihre Mutter lieber sterben, als nach Deutschland zurückgeschickt zu werden. Ein paar Tage, nachdem sie gemeinsam eine Tablettenüberdosis genommen hatten, war Irene in den Armen ihrer toten Mutter aufgewacht. Zu kraftlos für die Idee mit dem Küchenmesser. Der Schnaps, den sie noch fand, gab ihr nicht den ersehnten Rest. Bis heute kann sie sich nicht erklären, mit welchem Vorhaben sie sich auf die Straße geschleppt hatte. Noch nie hatte sie jemandem davon erzählt, der kein Staatsbeamter war. Als Strafe für ihren Selbstmordversuch wurde sie zum Tode verurteilt. Sie saß im Londoner Gefängnis, wartete auf die Hinrichtung und wollte noch lieber tot sein, als sie vorher schon hatte tot sein wollen. Verurteilt worden war sie zusätzlich für die Beihilfe zum Selbstmord ihrer Mutter. Sie musste die eigenartige Abfolge der Ereignisse immer wieder sortieren; zuerst hatte sie beschlossen zu sterben, als Flucht vor dem Unerträglichen, dabei hatte der Tod sie zurückgeschleudert, und ehe sie im Leben wieder landen konnte, war es noch unerträglicher geworden. Der stotternde King George aber begnadigte drei Monate später ausgerechnet Ms Summer, die nicht begnadigt werden wollte.

Friedrichs bestürzter Blick ließ Irenes Stimme wackeln. Sie konzentrierte sich auf die Worte, nicht auf ihre Gefühle, und gab sich Mühe, unbeirrt weiterzureden, als wären Angst und Trauer belanglos gewesen, als würde sie den spektakulären Teil der Geschichte zur guten Unterhaltung beitragen wollen. Sie erwähnte nur den Gedanken, schuld zu sein am Tod ihrer Mutter und eventuell am Tod eines Fremden, dem sie vielleicht eine Begnadigung weggeschnappt hatte. Irene konnte sich an Friedrichs bestürztem Blick nicht sattsehen. Es fühlte sich an, als würde sein Mitleid ihre brennende Wunde kühlen.

Seit ihrer Freilassung arbeite sie als Sekretärin der Zahnpastafabrik in Penrith, sagte sie lächelnd und mit vollem Mund.

Wieder umbringen durfte sie sich nicht. Indem sie doch nicht nach Deutschland ausgeliefert wurde, gab es den ursprünglichen Grund nicht mehr. Sie sagte es mit einem Schulterzucken, als würde sie von einer leichten Unpässlichkeit reden.

Sie lehnte den Kopf an Friedrichs Schulter und lachte. »Ich bin nur froh, dass ich noch lebe und dich kennenlernen durfte.«

Friedrich hatte von dem Fall im *Observer* gelesen. Es war zur selben Zeit, als er von der Militärbehörde selbst begnadigt worden war. Er strich ihr das Haar aus der Stirn, als sie weinte und sogar dabei zu lachen versuchte.

Friedrich hätte zufrieden sein können. Er schrieb an Alfred und Esther, es gebe an der Royal Grammar School glücklicherweise eine Handvoll linker Lehrer, und er schrieb von Irene Summer. Dass sie erst dreißig war, schrieb er nicht.

1979

Sophie Freud ist zu Besuch,

als ich mit Hans meine Eltern besuche. Hier kämen ständig berühmte Leute aus Amerika, Australien und China vorbei, sage ich zu Hans. Das sei normal. Hans schiebt die Unterlippe vor, macht ein beeindrucktes Gesicht und muss lachen. Ich bin beleidigt. Ich hab vor Hans nicht prahlen wollen.

Die Unterhaltskasse hat herausgefunden, dass Henriettes Vater schon seit fünf Jahren tot ist, erzähle ich am Kaffeetisch. »Unfall.« Dascha ist als Einzige darüber erschüttert. »Na, dann biste das Problem los«, sagt meine Mutter kauend.

Sophie hat ein gutmütiges Gesicht und fragt mich, was er für ein Mensch gewesen sei. »Ich hatte nicht genug Zeit, es herauszufinden.« Sie lächelt, nickt und sagt mit ihrem eigenartigen österreichisch-amerikanischen Slang: »Gehen wir einfach davon aus, dass er ein guter Mensch war.« Ihr bedeutungsvoller Blick will noch mehr von mir wissen. »Für dich war er sicher schon lange gestorben, oder?« Ich nicke nur und bekomme eine Gänsehaut, weil sie mein Geheimnis durchschaut. Du wusstest, dass er tot ist, sagen ihre Augen zu meinen Augen.

Ich frage mich, warum die alte Frau aus dem fremden Land mir so nahe ist, und ertappe mich wieder bei meinem alten Kindheitswunsch nach einer anderen Mutter. »Warum hast du dich eigentlich damals in Erwin verliebt?«, frage ich und kann mir die beiden nicht zusammen vorstellen. Sophie lacht und hebt die Hände. »Ach, er war ein zauberhafter, charmanter junger Mann. Wunderschön jüdisch und verschmitzt sah er aus mit seinen großen Ohren. Ich fand ihn sogar interessanter als deinen Vater. Erwin war klug und zurückhaltend, nicht aufbrausend wie der Alfred und wahnsinnig aufmerksam. Ich hab ihn sehr geliebt. Weißt du, er ist durch das Leben mit Schmerzen irgendwann ein bisschen misslaunig geworden. Das zermürbt jeden früher oder später. Da kannst du nichts machen.«

Im Sommer fängt Hans an, am See einen Schuppen zu bauen. Ein Pick-up bringt gutes Holz, gute Steinplatten und zwei Handwerker. »Und wer soll dit bezahlen?«, rufe ich ihnen hinterher, während sie Steine durch den Garten schleppen. »Is allet schon bezahlt. Vom Professor am Liepnitzsee.« Ich bringe den Männern Kaffee, setze mich mit Zigarette auf die Terrasse. So wollte ich es haben.

Das prächtige Dresdner Schloss, in dem Friedrich und Ilse damals ein paar Jahre gewohnt haben, müsste hier am See stehen. Dann wäre mein Leben perfekt.

Dascha kommt in die Küche und verjagt meinen Traum. Ich weiß, sie sucht nach Wein. Sie weiß, ich kaufe nie Wein. Sie sucht trotzdem. Nachdenklich steht sie am Küchentisch und versucht, Henriette geistesabwesend kleine Marmeladenbrotquadrate in den Mund zu stecken. Warum werde ich immer sauer auf Dascha, wenn sie mir leidtut?

Henriette hört auf zu kauen und sieht zu, wie ich ein nacktes Huhn über den Rand des Kochtopfes halte. Das Huhn will nicht in die Suppe, sondern steckt ein Bein zwischen die Zwiebeln und Pimentkugeln, die von dem blubbernden Wasser herumgewirbelt werden. »Neiiin, iß will da niß rein, daß iß viel zu heiß!«, jammert das Huhn. »Na gut, ich schütte dir kaltes Wasser dazu.« Ich tue, als würde ich mich wegdrehen und gebe dem Huhn einen hinterhältigen Schubs. »Oh, Verzeihung«, entschuldige ich mich und rühre mit dem Löffel im Topf. »Blblblblbl«, sagt das Huhn. Henriette zeigt mit klebrigen Fingern zum Herd und will anfangen zu weinen. »Hach, iß das eine ßöne warme Badewanne, ßoo ßön warm.« Henriette schluchzt kurz verwirrt, lacht und isst ein Marmeladenquadrat. Dascha lacht ihr schönes Gluckerlachen. Wie ein Kind ist sie glücklich über die kleinste Alberei, dankbar für jede Bespaßung. Aber ihren Hunger nach Betäubung vergisst sie doch immer nur für wenige Minuten.

Unsere Eltern kommen zum Baden mit Onkel Anton und seinen beiden Frauen. Anton bräunt sich, Alfred macht am Steggeländer Turnübungen und für Henriette das Gesicht vom platzenden Frosch.

Dascha liegt auf der Decke und sagt, sie habe Angst vor der Operation nächste Woche. Das Überbein an ihrem Handgelenk soll herausgeschnitten werden. Anton liegt neben ihr und befühlt den Arm, ohne ihn anzusehen. Er kniet sich hin und schlägt Daschas Handgelenk auf die Stegbohlen. Sie schreit. Anton sagt: »Brauchste nicht hingehen zu deiner OP«, legt sich auf den Bauch und sonnt sich weiter. Dascha heult lachend oder lacht heulend und hält ihr Handgelenk. Ich hätte Anton eine reingehauen, wenn er das mit mir gemacht hätte. Dascha lässt alles mit sich machen.

Im Winter kommt Hans mit in den Skiurlaub.

Links und rechts ragen hohe weiße Wände auf. Hans zieht Henriette auf dem Schlitten durch die Schneegassen von Masserberg. Der Anblick macht mich glücklich. Letztes Jahr musste ich den Schlitten mit dem Kind allein durch den Ort ziehen, den Rodelberg rauf und den

Rennsteig entlang. Wäre Ronald dabei gewesen, hätte er vermutlich lieber geistreiche Gespräche mit fremden Hotelgästen geführt, als den Schlitten zu ziehen. Über eines seiner drei Lieblingsthemen konnte er mit jedem reden. Landwirtschaft, Literatur, autarke Lebensmodelle. Er war zu vernünftig für eine Schneeballschlacht und zu gebildet, um sich auf das primitive Niveau des Kindes einzulassen. Er hätte dem Mädchen die Bildung geben können, für die ich mich nie ausreichend interessiert habe. Ich hatte einen gebildeten Vater, sie sollte auch einen haben. Aber im Moment braucht sie keine Bildung, sondern nur jemanden, der ihren blöden Schlitten zieht. Mit Hans geht alles, was mit Ronald nicht gegangen wäre. Ronald konnte mir erklären, wie man im Wald Feuer macht, Baumrinde isst, Wasser filtert, wie man aus einem Labyrinth herausfindet, wieso die DDR bald pleite sein wird, dass die kleinen Entwicklungsphasen den großen entsprechen, warum er das Trägheitsgesetz für die Weltformel hält und warum es Blödsinn ist, sich an seine Vergangenheit zu erinnern, um sie nicht zu wiederholen. Sie würde sich nämlich trotzdem wiederholen. Er konnte mir die Welt so erklären, dass ich sie interessant fand. Interessanter jedenfalls als Alfreds Welterklärungen.

Egal. Scheiß auf die Bildung! Ronald ist tot. Und wenn Henriette wirklich seine Tochter ist, hat sie bestimmt was geerbt von seiner Bildung.

Die Spitze auf dem Turm des Kurhauses ist zu sehen. Henriette steigt vom Schlitten, ihr roter Anzug raschelt bei jedem Schritt. »Opa!«, ruft sie und rennt Alfreds gelbem Volvo hinterher. Der rotbraune Wartburg von Friedrichs Fahrer rollt auch über den knirschenden Schnee. »Upa«, sagt Henriette und zeigt auf das Auto. Daraus steckt Friedrich seinen Stock. Ich drücke meine Wange an sein knochiges Gesicht und stütze ihn unterm Ellenbogen. Er klopft mir auf die Schulter, hakt sich ein, steigt wacklig über kleine Schneehaufen, und sein Fahrer hält uns geduldig die gläserne Eingangstür auf. Die Rezeptionsdame legt ihr überdrüssiges Gesicht ab, zieht ihr Jäckchen zurecht und lächelt, als würde ich einen König hereinführen. Hinter uns schreitet meine Mutter im hellbraunen Fellmantel in die Lobby. Ihre Stiefelabsätze knallen durch die Halle. Wie kann sie einfach an dem Kind vorbeigehen und die Glastür hinter sich zufallen lassen? Irmgard trägt mit Alfred die Taschen und hält dabei noch für Henriette die Tür auf.

Im Speisesaal gibt es Livemusik. Henriette lässt ihre Kakaotasse fallen, und ein Splitter springt gegen ihr Kinn. Sie weint. Sie muss lernen, dass ich nicht der einzige Mensch auf der Welt bin, der ihr helfen kann. Soll sich jemand anderes um sie kümmern. Ein Kellner geht vorbei und trägt ein riesiges Tablett mit einem kleinen toten Schwein, in dem Spieße mit Gemüse stecken. Mein Vater hebt Henriette hoch, damit sie das Schwein anfassen kann, weil es Glück bringt. Henriette berührt die gebackene Schweinehaut vorsichtig mit dem Zeigefinger. Alfred wirft das Kind siebenmal in die Luft. »Jetzt hast du sieben Jahre Glück!« Henriette quietscht schluchzend.

Nach dem Essen winken wir Friedrich durchs Fenster. Henriette zeigt auf den abfahrenden Wartburg. »Upa hin?« »Der Uropa is nur zum Bezahlen mitgekommen«, sage ich laut. Es macht mir Spaß, die Verhältnisse vor den fremden Gästen laut mitzuteilen.

Wo das Kind seine Bildung herbekommen soll, muss ich mir noch überlegen. Von mir wird sie lernen, die Dinge beim Namen zu nennen.

Henriette fängt an, zwischen den Tischen herumzulaufen. »Hallo, meine Muschi ist weg, meine Muschi ist weg, hallo!« Hans lacht über die pikierten Gesichter der Hotelgäste. Ronald hätte nicht gelacht. Ich fühle mich von Hans gerettet vor einem zu ernsten Leben.

Hans und ich vögeln die halbe Nacht. Wir sind beide begeistert von meinen schönen Brüsten. Sein Kopf und sein Schwanz sind sich einig, wollen beide dasselbe. Das beruhigt mich. Ronalds Kopf wollte etwas anderes als sein Schwanz. Wenn sein Kopf funktionierte, dann funktionierte sein Schwanz nicht. Andersherum war es genauso.

Sein Kopf war mir lieber.

Danach stehe ich rauchend am Fenster. Die Nachtluft weht kalt zwischen meine nassen Schenkel. Hans hat in der Bar eine Flasche Schnaps geklaut und eine Flasche Apfelsaft. Wir wickeln uns in die Decken und blödeln herum. Er kippt meinen Apfelsaft in seinen Schnaps. Ständig fällt mir ein, was mit Ronald nicht gegangen wäre. Rauchen im Bett zum Beispiel. Blödes Zeug reden auch nicht. Schnaps klauen sowieso nicht.

Morgens komme ich mit Hans in den Speisesaal. Henriette sitzt auf Irmgards Schoß und lässt sich Kartoffeln in den Mund schieben. »So, wir ham letzte Nacht noch 'n Kind jemacht«, sage ich und bespucke die weiße Tischdecke. »Scheiße! Was ist das denn? Ick dachte, dit is Kaffee!« Alle lachen. »Ochsenschwanzsuppe«, sagt mein Vater. »Du dachtest ja auch, ist Frühstück. Is aber Mittag.«

Hans hat versprochen, richtig arbeiten zu gehen. Er freut sich über meinen Bauch und auf sein Baby. Ich solle nicht rauchen diesmal. Als ich Henriette im Bauch hatte, wollte nur die Jugendfürsorgerin, dass ich nicht rauche. Aber der Jugendfürsorgerin konnte es wurscht sein. Die machte ihren Job.

Hans fängt in der Druckerei an. Freitags hole ich ihn um vier ab. Er steht vorm Werktor, und wir fahren zum See. Es ist friedlich. Hans kocht, Henriette schaukelt, ich grabe im Garten. Am Sonntagnachmittag packen die Nachbarn ihre Taschen, fegen die Terrasse, winken über den Gartenzaun und steigen in ihren Wartburg. Hans und ich wollen uns nicht einreihen in die Trabi-Wartburg-Lada-Kolonnen der Berliner Familien, die ihre Wochenenden in Lauben, Bungalows und Wohnwagen verbringen, am Sonntagnachmittag ihre Taschen packen, ihre Terrassen fegen, um neunzehn Uhr zu Hause Abendbrot essen, die Kinder ins Bett bringen, sich vor ihre Fernseher setzen und am Montag um sieben zur Arbeit gehen.

Am Montagmorgen um sechs sind die Straßen leer und die Wiesen voller Nebel. Der nasse Waldgeruch erinnert mich an die Sommer, in denen ich mit meinem Moped morgens in die Stadt zur Schule fuhr.

Müde und stumm sitzen wir im Trabi, und ich bin mir nicht sicher, ob es trostloser ist, sich den allgemeinen Abläufen zu fügen oder sich ihnen zu entziehen, nur um sich ein kleines Gefühl von Individualität in unseren Alltag zu zaubern. Wir gehören doch dazu, weil es nicht anders geht, weil uns sonst niemand in Ruhe ließe.

Ich setze Hans vor der Druckerei ab und fürchte, dieses geregelte Leben wird er nicht lange aushalten. Es fällt ihm schwerer als mir.

Am Nachmittag parke ich wieder vorm Werktor, obwohl wir es nicht so abgemacht haben. Morgen ist der 1. Mai, das wird ihm ja wohl auch eingefallen sein, ich will zurück zum See. Mit Henriette an der Hand gehe ich in die Werkhalle. »Hans? Arbeitet hier keener!« Niemand kennt seinen Namen. Man sieht uns mitleidig an. Ich komme mir bescheuert vor mit dem fassungslosen Gesicht und dem Bauch und dem Kind. »Na, der kann wat erleben«, flüstert einer hinter mir. Sie werden über mich lachen, wenn ich weg bin.

Ich bleibe im geparkten Auto sitzen. Henriette zählt die Blumen auf ihrem Rock. Bestimmt wird es sich aufklären. Heulend sitze ich in der Küche meiner Nachbarin. »Da klärt sich nichts auf, Tamara. Das ist aufgeklärt!«

»Aber ich will diese Rolle nicht! Ich will keine Belogene sein! Ich will nicht wissen, womit er sein Geld verdient. Ich werd ihn nicht mehr abholen und ihn nicht fragen, wo er war.« *Verlogener Idiot!*, schreibe ich auf einen Zettel und fahre mit Henriette zum See. Nachts höre ich den letzten Zug an der Schranke pfeifen. Ich sehe auf die Uhr. Durch den Wald bräuchte er zwanzig Minuten. Er soll nicht kommen. Er soll es nicht wagen. Er soll mich nicht strickend und verheult im Sessel sitzen sehen.

Hans steht in der Küche wie ein Junge, mit einem Strauß roter Nelken. Er hockt sich vor meinen Sessel und hält mir die Nelken hin. Ich nehme sie nicht. »Hast du die geklaut?« »Nee, selber gebastelt aus Marzipan mit Anchovipaste.« Er isst eine Nelke. »Ich liebe dich doch, Schnucki«, sagt er mit dem Mund voller Blütenblätter, und ich muss lachen.

Wir liegen in der Glasveranda. Der Mond scheint in unser Bett. Auf einen Arm gestützt sieht Hans mich aus der Dunkelheit an und streichelt mein Gesicht. Seine glatte Schulter leuchtet blau wie Stahl. Ich mag es, wenn er mein Gesicht streichelt, weil es mir so uneigennützig vorkommt. Es fühlt sich nach echter Liebe an. Er hätte in der Druckerei zu wenig Geld verdient, ich soll mir keine Sorgen machen, er habe genügend Kontakte und würde bald richtig gute Aufträge bekommen.

Ich will nichts wissen von seinen Kontakten. »Die sind

doch alle kriminell!« Deshalb brauche man ja die richtigen Kontakte, sagt Hans, und nicht die falschen. Dann könne einem keiner was anhaben. Ronald hat auch ständig von seinen Kontakten geredet. Die waren berühmt oder adlig oder reich und konnten ihm angeblich verfallene Schlösser in der Uckermark vermitteln und einen Kredit geben. Kennenlernen wollte ich die genauso wenig.

Aber dass er mich liebt, hat Ronald nie gesagt.

Ich kraule Hans' Bart. »Im Knast besuche ich dich nicht, du nelkenfressender Staatsfeind.«

Henriettes Erzieherin sieht mich am nächsten Tag vorwurfsvoll an, nimmt das Kind an die Hand, zieht es in den Gruppenraum. »Na, wo hat denn die Mama mit dir gestern die große Maiparade angeguckt? Wolltest wohl gar nicht mit uns feiern? Hm? Wir hatten so schöne bunte Luftballons und Fähnchen und ganz viele rote Nelken.« Henriette kaut an ihren Fingern und sieht die Erzieherin verständnislos an. »Mein Papa hat unsere Nelken alle aufgegessen.«

Die Inspizientin, Frau Saupe, ruft morgens an und sagt vorwurfsvoll in breitem Sächsisch: »Hiers Saupe, Frau Hirsch, s is Praube!« Ich muss bei den Umbesetzungsproben herumsitzen, obwohl ich nicht gebraucht werde. Also hocke ich mich in die letzte Reihe, schleiche mich später raus, fahre nach Hause und höre schon aus dem Treppenhaus das Telefon in meiner Küche klingeln. »Tut mir leid, ich halte es im Theater einfach nicht aus, ohne zu rauchen!« Die Saupe seufzt. »Sie müssen doch mal irgendwann erwachsen werden, Frau Hirsch!«

Ich lasse mich krankschreiben bis zur Entbindung.

Die Nachbarin massiert meinen Rücken. Ich stütze mich auf den Kühlschrank und fluche. Sie macht mir vor, wie ich atmen soll. »Weiß ich selber«, stöhne ich. Henriette rollt sich in den Vorhang ein, der vor der Küchentür hängt. »Geh ins Bett!«, brülle ich.

Im Krankenhaus werde ich ständig beim Rauchen erwischt. Ich soll im Zimmer bleiben, darf nicht mehr raus. Also rauche ich auf dem Klo, weil ich den Krankenhausgeruch nicht ertrage, und winke Hans, der im Hof steht und nicht raufdarf. Ich stelle mich auf dieselbe Quälerei ein wie bei Henriettes Geburt, aber die Entbindung geht schnell. Hans darf raufkommen. Unsere Tochter sieht aus wie er. Helene soll sie heißen. Sie macht ein Geräusch, das sich anhört wie *Maja*. Versehentlich schreibe ich auf das Formular *Maja*. Helene kritzle ich dahinter. Diesmal werde ich beim Rauchen auf dem Klo von drei keifenden Schwestern attackiert. Ich soll sofort meine Tasche packen und mich abholen lassen. Ein Glück.

Henriette darf den Wagen durch den Park schieben. Wir setzen uns auf eine Bank. Henriette baumelt mit den Beinen und zeigt auf den Boden. »Kannst du Luft sehen, Mama?« Hans sagt, Luft könne man nicht sehen. Ich mag es nicht, wenn jemand sagt: Man kann nicht, man macht nicht, man darf nicht. »Wie sieht denn die Luft aus?«, frage ich und versuche zu verstehen, was sie versucht zu sagen. Sie erzählt von einem Kocher, auf dem Hans an der Ostsee Nudeln gekocht hat. »Sie meint das Gas«, sagt Hans. »Und so was siehst du hier?« Henriette nickt. Sie zeigt mit den Armen Berge, wie Ballons, die um die Bank steigen.

Henriette würde sich das ausdenken, sagt Hans. »Wieso? Kann doch sein. Kinder sehen vielleicht mehr als Erwachsene. Die doofen Wissenschaftler sollten mal die Kinder fragen. Die vertrauen ihren Wahrnehmungen noch!« Wahrscheinlich bin ich selbst zu grob für meine empfindsame Tochter. Hat sie das Sensible von Ronald? Ich muss mich um Henriettes Bildung kümmern und ihr Bücher besorgen.

»Müssen wir das Baby zurückgeben?«, fragt Henriette. Hans lacht. »Kann schon mal passieren. Ich wurde ja als Baby auch gleich wieder zurückgegeben …« Ich stoße ihn an und streichle Henriette den Kopf. »Quatsch!«

Maja ist wie eine Droge. Das Glück fließt zwischen Hans und mir hin und her wie Strom. Hans ist ein richtiger Vater. Er windelt Maja, badet sie, trägt sie durch die Wohnung, bis sie schläft. Weihnachten feiern wir als richtige Familie. Hans macht Gänsebraten, ich schmücke unseren ersten eigenen Weihnachtsbaum und zünde Kerzen an, wie meine Mutter es gerne gemacht hätte und nie durfte. »Ich kann euer Besinnlichkeitsgedusel nicht ertragen«, sagte mein Vater und schaltete das Licht an, wenn Adele mit uns bei Kerzenschein Weihnachtslieder singen wollte.

Hans kommt sogar mit zu meinen Eltern. Irmgard wickelt wieder einen dieser hässlichen Wandteller aus und bedankt sich artig bei Alfred. An ihren zuckenden Mundwinkeln sehe ich, dass ihr diese Teller jedes Mal eine Sorge aufladen. Sie wird wieder den Winnemond bitten müssen, in ihrer kleinen Buchholzer Küche auf die Leiter zu steigen, um den neuen Teller ganz oben anzunageln.

Im Frühling beleuchtet die Sonne meinen grauschwarzen Balkon. Man kann nicht mal die Unterarme auf die Brüstung stützen. Wenn ich die Balkontür tagsüber offen lasse, ist das Zimmer am Abend blau versmogt, sodass die Kinder im Wohnzimmer schlafen müssen.

In einem Wutanfall schütte ich einen Wassereimer auf

dem Balkon aus und fange an zu schrubben. Ich kippe einen weiteren über die Brüstung und bürste den Dreck runter. Die schwarze Brühe schütte ich vier Stockwerke hinunter, zurück auf die Straße, wo der Dreck hergekommen ist. Ein Autofahrer, der beim Aussteigen bespritzt wird, hebt drohend die Faust. Ich brülle in den Straßenlärm: »Euer Dreck vergiftet meine Kinder!« Nach sechs Eimern ist der Balkon sauber, ich stelle einen Korbstuhl raus und rauche.

Als die Sonne hinter der Fassade verschwindet, fahre ich mit den Kindern zum Fest an der Panke. Im Trabi die Hauptstraße runter bis Pankow-Kirche. Auf der Rathauskreuzung steht Dascha verwirrt neben ihrem Trabi. Alles fährt hupend um sie herum. »Wat macht die denn da?« Ich steige aus. Meine Schwester winkt fröhlich, zeigt auf ihr Auto: »Kaaapuuutt!« Ich hole zwei Männer vom Bürgersteig, lasse sie Daschas Trabi in eine Toreinfahrt schieben. Dascha erzählt den Kindern durchs Fenster von einem See, an dem sie gewesen sei, der einen lustigen Namen habe. Sie steht auf der Fahrbahn und bemerkt die hupenden Autos nicht. »Scharmützelsee«, ruft sie und lacht ihr klares Gluckerlachen. »Mützeleee!«, lacht Maja und klatscht.

Ich nehme Dascha mit zum Fest. In der Eisschlange sieht sie sich erschrocken in der Menge um: »Sind die ganzen Menschen jetzt meinetwegen hier?« Ich sehe Dascha an, wie ich meine Kinder ansehe, wenn sie versehentlich etwas Wertvolles kaputt gemacht haben. Ich kann nicht begreifen, wo plötzlich ihre wirre Panik herkommt. Dascha muss ihr Gehirn kaputt gemacht haben. »Die sind meinetwegen hier, oder?« Ein junger Mann dreht sich zu uns um, macht ein abfällig belustigtes Gesicht, und ich will ihm eine reinhauen dafür.

Dascha sieht mich an mit ihrem unerreichbar fernen

Blick. Sie scheint selbst zu merken, dass etwas nicht stimmt mit ihr. »Ich will nicht wieder in die Klinik!« Wir gehen zurück zum Auto und fahren zu meinen Eltern.

Adele sitzt auf dem Sofa mit einer Flasche Rotwein und gibt Dascha ein Glas. »Hört wenigstens auf zu saufen, verdammte Scheiße!« Meine Mutter sieht mich nicht an, sondern sagt in ihr Weinglas: »Was haben denn solche Menschen sonst.« Ich schnaube: »Ich weiß nich, was du immer mit solche Menschen meinst, Mama! Was soll denn das sein? Solche Menschen!«

Ich knalle die Tür und fahre nach Hause. »Was hat denn Dascha?«, fragt Henriette im Auto. »Die is bisschen krank im Kopf.«

Ein paar Tage später ist Dascha in der Klinik, und mein Balkon ist wieder schwarz.

Meine Mutter ruft an. Dascha ist schwanger. Es wurde gestern in der Klinik festgestellt. Ob ich sie zur Abtreibung begleiten könne, fragt sie. Alfred müsse zu einem Kongress. »Ja, immer wenn's 'n Problem gibt, packt ihr eure Koffer!« Ich lege auf.

Henriette bringe ich zu Irmgard. »Bin am Nachmittag zurück.«

Als ich ins Krankenhaus komme, wird Dascha an den Wehentropf gelegt. »Was? Wieso das denn?« Meine Schwester hält sich an meiner Hand fest und bettelt. »Bitte, bitte, bleib hier!« Der Arzt sagt, dass Dascha im fünften Monat sei. »Was?« In Gedanken schreie ich meine Eltern an und Dascha und den Arzt. »Dann ist es von deinem Mann?« »Von wem denn sonst?«, fragt Dascha.

Ich gehe Wasser holen. »Sie hat einen Mann?«, fragt mich der Arzt draußen auf dem Gang. »Ja, nur leider ist der seit vier Monaten in der Welt unterwegs.« Ich rufe

Irmgard an. »Ich komme heut nicht mehr. Nein, gibt keine Probleme. Bleib bisschen länger bei ihr.«

Ich bringe ihr Wasser, erzähle Geschichten und schlafe im Sitzen, Daschas Hände haltend mit dem Kopf auf ihrem Bett und werde wach, wenn sie sich wieder krümmt. Ich sehe ihr Gesicht, fühle den Schmerz genau und würde ihn ihr gerne abnehmen. »Die verträgt doch keine Schmerzen!«, jammere ich im Schwesternzimmer und bettle um eine Betäubung, als würde ich sie selbst brauchen. Die Krankenschwestern haben kein Erbarmen. »Das hat bisher jede aushalten müssen.« Als müsse Dascha bestraft werden. Nicht mal beruhigende Worte fallen mir ein. Ich höre die Schwestern miteinander reden vor der Tür: »Hoffentlich is dit tot.« Ich finde die Schwestern barbarisch. Als es so weit ist, hoffe ich auch, dass es tot ist. Es ist blau, bewegt sich nicht und wird in einer Plastefolie weggetragen.

Dascha wird zurückgebracht in die Psychiatrie und bekommt ein Schlafmittel. Ich fahre endlich nach Hause. Die Straßen sind leer. Nachts schrecke ich hoch. Im Traum habe ich in einem Auschwitz-Leichenberg nach meiner Schwester gesucht und das blaue Baby gefunden. Ich will nicht wieder einschlafen, stehe auf, nehme die nasse Wäsche aus der Schleuder und gehe mit dem vollen Korb auf den Dachboden. Henriettes Strümpfe haben Löcher. Ich bin eine schlechte Mutter. Ein Sonnenstrahl bricht durch die Ritzen an der kaputten Dachluke.

Ich musste zusehen, wie ein Kind aus einem Leib gerissen wurde, weil man es nicht leben lassen wollte, und weiß nicht, mit wem ich darüber reden kann. Ich muss reden.

Aber nicht mit meiner Mutter. In ihrer verbissenen Abgeklärtheit würde sie mir einen ihrer Abfertigungssätze hinwerfen. »Ja, nu lass gut sein.«

Ich wünschte, ich hätte eine Mutter, die es sich schwerer macht. Eine, die echtes Bedauern empfinden könnte und wüsste, wie es sich anfühlt, ein ungeborenes Kind zu verlieren.

1940

Esther sollte ein paar Tage im Bett bleiben

Die Blutung würde bald aufhören, hatte die alte Frau gesagt und die Geldscheine eingesteckt. Alfred fühlte sich schuldig. Ein paar Wochen zuvor war es einfach zu spät gewesen, als Esther schon auf seinen Rücken klopfte, »Rausziehen!«, und sie hatten gehofft, es wäre nichts passiert. Es war aber passiert. Jetzt lag Alfred neben ihr, sprach beruhigend in ihr Ohr, während Esther versuchte, die Abdrücke ihrer Fingernägel auf Alfreds Unterarm wegzureiben wie Flecken aus einem guten Stoff.

Alfred strich Esther das schweißnasse Haar aus der Stirn. »Nach dem Krieg machen wir Kinder«, er küsste ihr erschöpftes Gesicht, »so viele wir wollen.«

»Pardon, Monsieur?«, sagte ein fremder Mann auf der Straße und zeigte Alfred einen Zettel. Unter der Adresse eines Cafés stand: *Treffen mit Gaston um einundzwanzig Uhr*. Darauf hatte Alfred gewartet. Gaston war der Chef der russischen Geheimorganisation »Nationalkomitee Freies Deutschland«, die zur französischen Résistance gehörte. Alfred zeigte die Straße runter und tat, als würde er einen Weg erklären, »à droite, à gauche, en face«, der Fremde bedankte sich, steckte den Zettel ein und ging weiter.

Alfred war aufgeregt, wie damals, als er zum kommunistischen Studentenverband gegangen war und gedacht hatte, er würde jetzt endlich den Menschen begegnen, die wüssten, was richtig und falsch ist, gut und schlecht, klug und unklug, während Friedrich immer voller Zweifel gewesen war und Alfred nie eindeutige Antworten geben wollte.

Gaston war hager, mit tief liegenden Augen, die hinter Alfreds Stirn sehen wollten. Er war ein paar Jahre älter, und er hieß nicht Gaston. Alfred sollte nicht Alfred heißen. Gaston sah ihn taxierend an, sagte ruhig: »Bei uns heißt du Rogér«, und gab ihm die Hand mit leichtem Druck. Alfred hatte sich den Chef eifriger vorgestellt. Nicht so entspannt. Während Gaston aufzählte, mit wem die Organisation momentan in Kontakt stand, drehte er eine dünne Zigarette und wischte mit ein paar langsamen Bewegungen Tabakkrümel von der billigen Hose. Alfred wackelte unterm Tisch ungeduldig mit dem Fuß, bis Gaston endlich erklärte, was sein Auftrag war. Rogér sollte das tun, was Alfred am liebsten tat. Flugblätter schreiben und Artikel für die illegale Zeitung. Alfred hatte die überzeugenden Sätze schon im Kopf. – *Hitler will den Kommunismus bekämpfen, um den Großindustriellen zu dienen. – Die Sowjetunion, der Arbeiter- und Bauernstaat, ist euer Freund! – Desertieren und auf russischer Seite gegen Hitler kämpfen! Für unsere Kinder, für den Frieden, für unsere Zukunft.* – Gaston machte eine gelassene Handbewegung mit der kalten Zigarette im Mundwinkel. »Deine Flugblätter sollen Anstöße sein. Keine Manifeste!« Seine Sätze folgten einer Melodie, die aus einem Gespräch übers Angeln hätte stammen können. »Wir dürfen den Überläufern keine großen Hoffnungen machen.« Sagte er, hielt die Zigarette zwischen Daumen und Zeigefinger wie ein Soldat und spuckte einen Tabakfaden aus. »Das wäre gefährlich für alle. Was meinst du, warum die zu uns kommen? Die wollen Rache und sind zu allem bereit.« Gaston sprach mit ruhiger Intensität und sah Alfred an. Seine Pupillen schienen durchsichtig wie hellblaue Glasmurmeln. »Einer der übergelaufenen Soldaten verteilt jetzt Flugblätter wie sein Bruder, dem man dafür die Augen ausgestochen und ihn dann gehängt hat.« Gaston nickte bedeutsam, als wäre er selbst imstande, grausame Entscheidungen zu treffen, wenn es notwendig würde. »Denk selbst drüber nach, warum du für uns arbeitest, Rogér.« Alfred protestierte: »Mein Motor läuft, seit sich damals die Studenten meiner Uni in Wahnsinnige verwandelt haben!« Alfred konnte die Anglermelodie nicht mitsprechen und wäre am liebsten aufgesprungen. »Das war lange, bevor mein Vater nach Dachau kam!« Ihm war, als säße er mit Gaston in einem Boot und würde einen riesigen Fisch vorbeischwimmen sehen, den er nicht fangen durfte. Er versuchte, seine aufgeregte Stimme zu dämpfen, und hatte das Gefühl, sich selbst zu würgen. »Die Überzeugung muss doch aus dem Menschenverstand kommen, nicht aus privaten Gründen!« Alfred tippte sich hart gegen den Kopf.

Zu Hause stellte Alfred seine Schreibmaschine auf Gummistöpsel und bettete sie in Sägemehl. Er hätte es am liebsten ins Firmament gravieren wollen. *Proletarier aller Länder, vereinigt euch!* Stattdessen konnte er nur tagsüber leise tippen und nachts heimlich ein paar Buchstaben, nicht größer als er selbst, mit Teer an Kasernenwände schreiben. »DÉSERTEZ«. Die Teerbuchstaben fraßen sich hartnäckig durch jeden neuen Anstrich.

Esther war auch zu Gaston bestellt und Yvette genannt worden. »Yvette«, sagte Alfred abfällig. »Affektierter Name.« Sie sollte ab sofort als Sekretärin für ihn arbeiten.

Alfreds Schielauge hatte sich geradeaus gerichtet, und Esther weinte deshalb. Endlich konnte er Pilot werden. Als

Freiwilliger bei der Französischen Armee. Er träumte davon, einen deutschen Angriffsplan zu verhindern, woanders hinzufliegen, die Bomben direkt über der Reichskanzlei fallen zu lassen, etwas Außergewöhnliches zu tun, sich zu opfern notfalls.

Zum ersten Mal vom Boden abzuheben war ein Gefühl, als würde er für diesen Moment aus seinem bisherigen Leben herausgehoben, in ein anderes, klareres Leben, in dem sich alle Wahrheiten endlich zeigen würden, und die wichtigsten Erkenntnisse schienen seinem berauschten Bewusstsein zum Greifen nah. Er spürte die Kraft der Maschine und gleichzeitig die Leichtigkeit der Atmosphäre. Das bedeutete es also zu fliegen. Es war das Privileg, einen Überblick zu bekommen, die Prioritäten zu klären.

Alfred befürchtete, er würde sich an das orgastische Startgefühl mit der Zeit gewöhnen, wenn er die MS 406 mit dem Steuerknüppel zwischen den Knien hochzog. Aber es stellte sich jedes Mal wieder ein. »Das ist wie beim Sex«, sagte einer der älteren Piloten. »Solange dein Kopf mitmacht, wird's nie langweilig.«

Alfred bestand das Pilotenexamen für Motormaschinen mit Auszeichnung.

An Esther schrieb er, es sei gut, die Verhältnisse aus allen Perspektiven zu begreifen. Aus der Luft, von der Straße und vom Untergrund aus. Er schrieb nicht, dass er nicht als ausgebildeter Pilot, sondern als nicht ausgebildeter Infanterist eingesetzt wurde.

In Penrith bekam Friedrich einen Brief von der Front.

Du kannst deinen sympathischen Bekannten erzählen, dass der Sohn von Herrn Lamsch allerhand erlebt hat. So ist er zum Beispiel in die vorderste Linie gesandt worden, allein mit einem

Gewehr bewaffnet gegen Tanks, Flugzeuge und Grabenmörser, da ist dieses Werkzeug – zumal er es ohne Unterstützung von Handgranaten hatte verwenden müssen – besonders dann völlig unzureichend, wenn man von ihm aus halb fertigen Schützengräben Gebrauch machen soll, in deren Rücken der normalerweise von vorn zu erwartende Feind dann schließlich wirklich aufzutauchen geruht. Er ist ohne jede Nachricht von den Seinen und in dieser Zeit der Verzweiflung nahe gewesen. Er hat auch einen Benzinwagen gefahren, der ungefähr fünfundzwanzigmal von teilweise waghalsig tieffliegenden Flugzeugen aus unter Bomben oder Maschinengewehrbeschuss genommen worden war. Als bekanntem Schnellläufer war es ihm jedoch gelungen, dem rollenden Vulkan rechtzeitig ins schützende Dickicht oder in hilfsbereite Raine zu entfliehen.

Alfred hatte Soldaten sterben und abgerissene Körperteile herumliegen sehen. Aber was ihn nicht mehr schlafen ließ, war der junge Mann, der ihn aus dem Gebüsch angesehen hatte, als wüsste er selbst nicht, ob er ein Mensch oder ein Tier war. Alfred hatte das Gefühl, in die Augen eines angeschossenen Jagdwilds zu sehen, das nichts verstand vom Krieg. Es verstand, dass es starb und versuchte, den Schmerz auszuhalten.

Alfred war zum Pinkeln in den Wald gegangen, hatte sich hinuntergebeugt zu dem fremden Mann, der sich im Gebüsch auf seine Arme zu stützen versuchte. Eine Kanone donnerte. Der Verletzte zuckte nicht, hörte Alfreds Stimme nicht, sah ihn nur an, mit leerem Blick. Alfred spürte, es steckte kein menschlicher Verstand mehr hinter den Pupillen. Er hatte gehört, wenn in einem Kopf Blut ausliefe, würde es aus den Augen treten. Aus Angst vor diesem Anblick rannte er weg, wie vom Tod gejagt. Tage später fürchtete Alfred, der Mann würde ihn für immer so ansehen. Wochen später war er nicht mehr sicher, ob es sich um einen Mann oder um ein Wildtier gehandelt hatte. Er entschied sich für das Wild.

Am Ende der Militäreinsätze schrieb er an Friedrich auf Französisch: *Ich bin physisch und moralisch gesund und hoffe dasselbe von dir. Ich habe Vertrauen und bin ganz ruhig, trotz der Menge an Scheußlichkeiten, die ich während der letzten Wochen erlebt habe. Vielleicht sehen wir uns bald. Sei sehr, sehr klug und denke an die Möglichkeit, zu Julius zu gehen. Ich bin ganz sicher, dass das Gute siegen wird, denn andernfalls müssten wir uns ja irgendwann selbst als Verbrecher fühlen vor unseren Kindern. Ich versuche jetzt, Esther, Mama und Erwin zu finden.*

Ilse und Erwin waren mit einem Touristenvisum nach Südfrankreich gekommen und in verschiedenen Lagern interniert. Erwin lief an zwei Krücken und arbeitete als Buchhalter in einem Arbeitscamp am Stadtrand von Mende, Ilse bei der Mütterhilfsorganisation.

In Paris hatte die Gestapo Alfred und Esthers Wohnung geplündert. Esther war von einem Informanten gewarnt worden und nicht zu Hause. Sie wohnte bei Gaston, als Alfred im Sommer 1940, nach der französischen Niederlage, von der Front zurückkehrte.

Esther hatte ihren Pullover halb angezogen und öffnete die Tür. Ihre Augenringe waren tiefer, und ihre Schultern noch dünner geworden. Sie strahlte eine verwahrloste Eleganz aus. So kannte Alfred sie noch nicht. Esther umarmte und küsste ihn. »Bin ich froh, dich lebendig wiederzusehen!« Sie war weniger überschwänglich, als Alfred erwartet hatte. Er hatte gedacht, sie würde wieder weinen, und er konnte es nicht leiden, wenn sie weinte. Nur jetzt hätte er nichts dagegen gehabt.

Gaston kochte Fleisch und Kartoffeln. Als Alfred beim Essen von seinem Einsatz als Benzintankwagenfahrer erzählte, wurde Gaston wütend. »Und was hat's der Bewegung genützt, dass du dein Leben aufs Spiel gesetzt hast? Dein Piloten-Ego hilft niemandem.«

Alfred schnitt sein Fleisch klein und aß, so langsam er konnte. »Ihr müsst heute noch weg aus Paris. Ihr werdet beide gesucht«, sagte Gaston fast beiläufig und legte Alfreds falsche Identitätskarte auf den Tisch. Alfred spürte, wie sein erschöpfter Körper augenblicklich zusammensackte und sich weigern wollte aufzustehen. »Ich muss ein paar Stunden schlafen«, sagte er und ließ sich auf Gastons Sofa fallen. Esther schmiegte sich an seinen Rücken. Mit ihrem Atem im Nacken schlief Alfred so tief wie seit Langem nicht.

Er träumte von Hitler, der im Lake District an einem See stand und Zigarre rauchte. Ein blondes Mädchen aus Alfreds Sportklasse zog an Hitlers Ärmel und wollte mit ihm King Kong spielen. Hitler legte sich auf den Rücken, das Mädchen streichelte Hitlers haarigen Bauch und kuschelte sich an ihn.

Zwei französische Polizisten stellten sich daneben und diskutierten, ob Hitler wegen Kindesmissbrauch verhaftet werden könne. Zur Aufklärung des Sachverhaltes führten Hitler und das Mädchen die Szene noch einmal vor, wobei Hitler das Mädchen spielte. Alle kamen gemeinsam zu dem Schluss, dass Hitler unschuldig war.

Alfred fuhr hoch, riss die Augen weit auf und brauchte einen Moment, um zu begreifen, wo er war. Er massierte sein Gesicht, schüttelte den Kopf und ärgerte sich über seinen unsinnigen Traum.

Esther streichelte schläfrig seinen Rücken und gähnte. »Wir müssen in einer Stunde zum Zug.« Alfred verwandelte sich vom freiwilligen ausländischen Soldaten wieder zurück in einen unauffälligen Franzosen. Zum Abschied küsste Esther Gaston auf den Mund. Alfred überlegte, ob es ihm half, dass Gaston Yvette zu ihr sagte. Die Frau, die ein Verhältnis mit seinem Genossen hatte, war nicht seine Frau, sondern eine falsche Identität im Dienst. Als Rogér durfte er nicht eifersüchtig sein, und als Rogér spürte er auch keinen Groll gegen Gaston, der ebenfalls in einer falschen Haut steckte. Gaston und Esther waren ihm wichtig, und er beschloss, dass er zu erschöpft war, um echte Eifersucht aufzubringen.

Er fuhr mit Esther nach Mende, um Mutter Ilse und Erwin zu finden.

Im Postamt Penrith lag zwischen Friedrichs Briefen eine Karte aus Mende. Darauf vier Unterschriften: Ilse, Erwin, Alfred, Esther. Mehr nicht. Die Postbeamtin hatte sich hinterm Schalter nur kurz umgedreht, da war Friedrich verschwunden. Weil jemand nicht so schnell verschwinden konnte, der eben noch dagestanden hatte, lehnte die Postfrau sich über den Tresen. Friedrich lag ohnmächtig auf dem Boden. Inzwischen ein halber Engländer geworden, stand er wieder auf, klopfte den Anzug ab, entschuldigte sich höflich und verließ das Gebäude. Die Erleichterung schien seinen Kreislauf überfordert zu haben. So etwas war ihm noch nie passiert.

Erwin durfte das Arbeitslager an den Sonntagen verlassen und unterrichtete Französisch für Deutsche in einem Verein. Seine siebzehnjährige Wiener Privatschülerin hatte schöne schwarze Augen, schwarze Augenbrauen wie

Halbkreise und schwarzes Haar wie krause Wolle. Erwin mochte ihren großen Mund, der ständig lachte und außerordentlich gleichmäßige Zähne zeigte. Ihre Augen wurden beim Lachen klein und lustig. »Mon nom est Sophie Freud. Je viens d'Autriche«, übte sie. Sophie war von ihrem Großvater Sigmund bei einer französischen Tante versteckt worden und wartete auf ihre Mutter und auf ihr Visum für Amerika.

Erwin zeichnete ein Schiff, schrieb *navire* und erklärte Sophie auf Französisch, er würde auch auf ein Amerika-Visum warten, schrieb *j'attends, vous attendez, nous attendons*. Er zeichnete eine Strichmännleinfamilie und sagte, er wolle mit seiner *mère* zu dem *frère* seines *père*, der schon in Amerika sei. Wenn Sophie die Worte verstand, rief sie fröhlich: »Mutter, Bruder, Vater!«

Sophie durfte sich, wie Erwin, nur sonntags selbstständig bewegen. Sie durfte zum Sprachunterricht und zum Jugendverein, mit dem sie Radtouren in die Weinberge unternehmen sollte. Doch da Erwin nicht Rad fahren konnte, wollte Sophie ohne ihn nicht mit. Er schenkte ihr einen kleinen Schlüsselring, den sie seitdem am Ringfinger trug.

Erwin nahm die Verlobte mit zu seinem großen Bruder. Der sei Sportlehrer, sagte Erwin, und würde mit seiner Frau am Stadtrand von Mende einen kleinen Gemüsegarten bestellen. Da könne man etwas zu essen bekommen. Esther gab Sophie zur dünnen Kohlsuppe ein Ei. »Wir haben übrigens eine gemeinsame Verwandtschaft«, sagte Esther, stellte Sophie ein Glas Milch hin und setzte sich neben sie. Teile ihrer beiden Familien waren schon in Amerika und hatten sich miteinander verheiratet. Alfred entschied, Sophie müsse als Esthers Verwandte und Erwins Verlobte eingeweiht werden. Während Alfred von der Untergrundarbeit redete, hatte Sophie das Gefühl, in einen

Tunnel gezogen zu werden, aus dem sie alleine nicht wieder hinausfinden würde. Sie sah sich um, als müssten hinter den Fenstern die Nazispione hocken, und gleichzeitig war sie beeindruckt von dem schönen Agentenpaar. Das Gefühl, verfolgt zu sein, schien die Hirschs weniger zu belasten als Sophie. »Man darf nie den Eindruck hinterlassen, sich verstecken zu wollen«, erklärte Alfred. Sophie machte ein ungläubiges Gesicht. »Wir verdrängen die Angst«, ergänzte Esther, und Sophie verstand, dass die Verdrängung half, um in der Illegalität zu leben, und die kommunistische Ideologie, um mit der Angst zu leben, und die Liebe half gegen die Einsamkeit. Von ihrer eigenen Furchtsamkeit wollte sie sich nichts anmerken lassen und sagte, sie wolle später auch eine Ehe mit gemeinsamem Ziel führen, wie die Curies zum Beispiel. Sie wollte einen Mann, mit dem sie zusammenarbeiten könne. Woran, wusste sie noch nicht. Erwin gefiel der Plan, und im Gegensatz zu seiner zukünftigen Frau wusste er, woran er arbeiten wollte. Er wollte Physik studieren und seine Forschungen in den Dienst des Kommunismus stellen. Mit der Physik hatte Sophie nichts am Hut, eher mit Psychoanalyse, wie der Großvater. Erwin entschied, dass sie in unterschiedlichen Berufen gemeinsam am Kommunismus arbeiten könnten. Sophie dachte, für die Psychoanalyse müsse man unpolitisch sein. Erwin fand aber, als Mensch dürfe man auf keinen Fall unpolitisch sein, und er war sicher, Sophie würde der Kommunismus schon gefallen, wenn sie ihn erst einmal kennenlernte.

Zum Parteiauftrag gehörte es, den Nachbarn ein sorgloses Leben vorzuspielen. Alfred spielte Federball mit Sophie auf der Straße vorm Haus. Er hob ihr den Ball auf, hielt ihre Taille und drückte sie an sich. »Soll ich dich als Kommunist verführen oder lieber als Mann?« Im Gegensatz zu Esther hatte Sophie darauf keine schlagfertige Antwort. Sie ahnte nur, sie sollte sich nicht verführen lassen. Alfred streichelte ihre Hüfte, schob sein Knie zwischen ihre Beine, fing an, von freier Liebe zu reden. Die höhere Tochter wusste nicht mehr, wo ihr der Kopf stand. Sie befürchtete, Alfred wollte sie nicht für sich, sondern für die Partei gewinnen, und vor allem ihr Name wäre von Wert. Sophie löste sich aus seinen Armen und lief ins Haus. Sie wünschte, sie wäre den Hirschs nie begegnet.

Am nächsten Wochenende kam sie nicht mehr. Erwin zeigte Alfred ihren Brief. *Es ist vorbei, ich liebe dich nicht mehr*, hatte Sophie geschrieben. Alfred klatschte dem kleinen Bruder das Papier über die braunen Locken. »Mensch, das hat sie doch nicht freiwillig geschrieben.« Er drückte ihm den Brief unter die Nase. »Da sind Tränen drauf.« Erwin hielt den Brief gegen die Fensterscheibe und wusste nicht, ob er darüber noch betrübter sein sollte. »Wahre Liebe bedeutet, jederzeit bereit zu sein, einander für die Revolution ziehen zu lassen«, sagte Alfred wie ein Priester und rieb seinem Bruder die Schulter. »Wir werden sie schon wiederfinden nach dem Krieg! Versprochen.« Aber Erwin war unglücklich, und weil Esther sah, dass er weinen wollte, umarmte sie ihn, und Erwin weinte.

Dass Sophie und ihre Mutter das Ausreisevisum für Amerika bekommen hatten, erfuhr Erwin im Jugendverein. Sophie in Sicherheit zu wissen heilte seine Trauer, und Alfreds kommunistisches Gebet über die wahre Liebe der Revolutionäre half auch.

Alfred und Esther bekamen Post. Es war eine Ansichtskarte von der Tour Eiffel: *Liebe Yvette, lieber Rogér, ich freue mich, dass ihr bald wieder nach Paris kommen wollt. Ich weiß schon gar nicht mehr, wie ihr jetzt ausseht. Für die erste Zeit könnt ihr ein Zimmer in Saint-Cloud beziehen. Ich bin mit der freundlichen Vermieterin bekannt.*

Alfred und Esther verstanden: Gaston konnte ihnen eine neue Identität verschaffen, und sie würden dafür ihr Aussehen verändern müssen. Noch in derselben Nacht half Alfred dabei, Esthers Haar platinblond zu färben. Esther schor Alfred die blonden Locken so kurz wie möglich. Er ließ sich einen Schnurr- und einen Ziegenbart stehen und färbte ihn mit brauner Schuhcreme. Während Esther ihre Locken aufwickelte, küsste Alfred ihren Nacken, streichelte ihre Brüste. Esther schob seine Hände von ihrem Körper.

Sie hatte in der Nacht von einer Entbindung geträumt und eine Tochter in den Armen gehalten, der die schwarzen Locken am Kopf klebten. Sie hatte Alfreds geschwungenen Mund. Beim Aufwachen spürte sie einen Stein in ihrem Bauch. Als sie nachrechnete, wurde ihr klar, dass der Zeitpunkt übereingestimmt hätte. Seit der Abtreibung hatte Esther beim Sex mit Alfred das Gefühl, sie schliefen nicht mehr miteinander, sondern jeder mit sich selbst. Das Niegeborene hatte etwas Unteilbares in Esthers Körper hinterlassen, das erst mit dieser Nacht langsam aus ihr herausgewachsen war. Der Sex hätte Alfred gegen die Anspannung helfen können, Esther nicht. Auf dem Bett lag nur noch die kahle Matratze.

Von Mende nahmen sie den frühesten Zug. Erleichtert, niemandem begegnet zu sein, ließen sie sich in die Sitze fallen. Erst als die Sonne aufgegangen war, konnten sie einander richtig ansehen. »Sie sind wohl eine echte Parisienne, Madame. Sie sehen ja ausgesprochen modern aus.« Esther musste lachen. »Pardon, Monsieur, das kann ich von Ihnen nicht behaupten. Sie sehen aus wie Ihr eigener Großvater.« Esther kraulte seinen Ziegenbart. »Na ja, Männer von der alten Schule haben wenigstens noch Manieren.« Alfred küsste Esther schlabberig nass mit langer Zunge. »Jaa, ganz hervorragende Manieren …« Esther schubste ihn weg und wischte sich den Mund ab. »Igitt, du riechst nach Schuhcreme!«

Es war eine kleine weiße Villa, vor der Esther und Alfred in Saint-Cloud stehen blieben. »Elle est très beau«, sagte Esther. Ein Deutscher in Naziuniform trat aus dem Haus. »Très belle!«, sagte Alfred leise und höhnisch. Die Vermieterin führte sie in das kleine möblierte Zimmer mit Küche, und auf dem Tisch lag Post, die Gaston abgegeben hatte. Es war ein Brief von Friedrich darunter, und Esther musste ihn vorlesen, weil Alfred die Schrift zu klein war.

Obwohl er von der Monogamie nichts hielt, wollte Alfred von Irene Summer nichts hören, und Esther gefiel es, dass Alfred zwar von freier Liebe redete, nur nicht von Ms Summer. Den Brief in der Hand, ließ sie ihren Arm über Alfreds Schulter hängen. »Wenn es deine Eltern betrifft, scheint's dir an Toleranz zu mangeln, mon trésor«, und küsste ihm die Stirn. Alfred wurde unwirsch. »Quatsch, das ist ein rein platonisches Verhältnis!« Esther sah ihn mit gespielter Wichtigkeit an, nickte grinsend und wusste, Alfred konnte es nicht ertragen, wenn sie sich über ihn lustig machte. Der Einzige, der sich über Alfred lustig machen durfte, war er selbst. Wenn Alfred wütend war, verließ er das Zimmer. Aber diesmal blieb er vor der Tür stehen, unschlüssig, mit hängenden Schultern, drehte sich um, wollte etwas sagen und wusste nicht, was. Esther wusste es. »Ich liebe dich über alles«, sagte sie und umarmte ihn.

1975

Tausend Mark für einen männlichen Urenkel

hat Friedrich versprochen. Phillips kleine Tochter läuft umher, wird eingefangen und gefüttert. Ich stelle mir vor, wie Ronald unser Kind gefüttert hätte. »Hoffentlich kriegt der Großvater von dir seinen Urenkel«, sagt Phillip.

»Scheiß auf das Geld!«, sage ich. »Mir ist ein Mädchen lieber!«

Auf dem Rückweg nach Pankow lasse ich das Fruchtwasser ins Autopolster fließen und halte an. Mit ausgebreiteten Beinen beuge ich mich vor und stütze mich auf das Lenkrad. Es ist, als hätte ich plötzlich einen schweren Feldstein im Bauch. Ich fühle mich so bewohnt von einer fremden Gewalt, die mir etwas sagen will. Ich soll in ihn hineinatmen, sagt der Stein, und will sofort von allem etwas abhaben, von meiner Luft, meinem Blut, meinem Leben. Dascha könnte solche Schmerzen unmöglich aushalten, wenn sie je ein Kind bekommt.

Im Krankenhaus rufe ich zu Hause an. Aber Alfred wird von der Stationsschwester nicht reingelassen. Er soll in ein paar Stunden wiederkommen, dabei würde ich ihn jetzt doch gerne umarmen. Oder seine Hand halten. Aber die Tür ist zu. Die Schwester bringt mir einen kleinen Gedichtband. »Hat Ihr Mann für Sie abgegeben.« »Is mein Vater«, brülle ich. Vor Schmerzen würde ich Alfred seine blöden Gedichte am liebsten um die Ohren hauen. Ich schreie, fluche, atme in den Stein, weil nur er mir helfen kann, dass es aufhört. Ich muss gut zu ihm sein, sonst bringt er mich um. Auf Knien möchte ich ihn anbetteln, dass er mich am Leben lässt. »Da ist das Köpfchen. Sieht aus wie ein Mädchen«, sagt irgendwer. »Is mir scheißegal!«, jammere ich, während der Stein in meinem Unterleib explodiert. Ich bin wütend auf alle. Am meisten auf Ronald. Er ist schuld, und er ist nicht mehr da. Dann hört der Schmerz schlagartig auf, und ich bin frei. Der Stein hat sich in ein winziges Gesicht verwandelt. Die kleine Nase saugt Luft ein, der zierliche Brustkorb bewegt sich. Hat es mich leben lassen, oder habe ich es leben lassen? Schwarze Locken kleben am Kopf. Der kleine Mund ist geschwungen wie Alfreds. Die Augen öffnen sich ein bisschen. »Anne? Ist dir das Neonlicht zu hell?« Es macht die Augen wieder zu. »Nein. Anne heißt du nicht.«

Alfred winkt durch die Scheibe. Ich tue, als würde ich schlafen. Die Schwester holt das Kind, überreicht es ihm lächelnd, nickt aufmunternd, gratuliert ihm womöglich, als hätte er etwas Großartiges geleistet. Dabei ist er nur der Großvater. Der Vater hat mich nämlich im Stich gelassen. Interessiert das überhaupt jemanden? Ich heule und weiß nicht, warum. Alfred soll mein Kind nicht halten, er soll keine Tränen von seiner Wange wischen, er soll kein Recht darauf haben, gerührt zu sein. Ich hab das Kind getragen und diese entsetzliche Quälerei ausgehalten. Niemand sonst.

Ich muss mich zusammenreißen. Ronald kann nichts dafür, Alfred kann nichts dafür, niemand kann was dafür.

Ein Tablett wird mir über den Schoß geschoben. Matschiger Kohl, trockene Kartoffeln, zäher Kassler. »Ihr Mann kommt morgen wieder«, sagt die Schwester streng. »Mein Vater!«

Ich müsse noch zum Blutabnehmen und die Formulare bis heute Nachmittag ausfüllen und das Glas Milch austrinken und die Tabletten nehmen und die Stilleinlagen verwenden, und schwarze BHs seien hier überhaupt nicht erlaubt, nur weiße, ob ich das nicht wüsste. Niemand gratuliert mir. Man gibt mir nur Anweisungen, schiebt mich herum, damit ich mich widerstandslos abfertigen und mir keine Sonderwünsche einfallen lasse. Der Name des Krankenhauses ist dick und schwarz quer über das Babyhemdchen gestempelt, als hätten sie am liebsten gleich den kleinen Brustkorb damit beschriftet.

Die Gedichte schenke ich der einzigen freundlichen Schwester.

»Wollen Sie den Vater nicht einbeziehen in die Namensänderung?«, fragt sie. »Das Kind hat überhaupt keinen Vater, verdammt!«

Auf der Station heißen alle Babys Anne, Anna, Anja, Antje. Todlangweilig. Ich will keine Anne. Ich will eine Henriette.

Nach einer Woche holt Alfred mich ab. »Ihr Mann ist da.« Ich gebe es auf zu protestieren und ziehe mir meine Schuhe ohne den Bauch wieder problemlos an. Stolz trägt Alfred das Babykörbchen ins Haus. Adele hält ihre Zigarette hinterm Rücken und piekt meiner Tochter ihren Zeigefinger in den Bauch: »Na, du Hosenscheißerle!« Alfred gurgelt ihr alberne Tiergeräusche ins Ohr. Daschas Lachen klingelt wie ein metallenes Windspiel. Sie küsst den kleinen Kopf. Meine Schwester ist der unglücklichste Mensch, den ich kenne, und hat das glücklichste Lachen. Sie sollte auch ein Kind haben. Ich lege ihr Henriette in die Arme. Irmgard hält feierlich einen ordentlich zusammengelegten Stapel selbst gehäkelter Mützchen, Jäckchen und Strampler in den Händen. Alles strahlend weiß mit Streublumen. Sie legt den Kopf schief, lächelt, und ihr Kinn zuckt.

Dascha fragt, ob es sehr wehgetan habe. »Wenn mir einer 'ne Pistole in die Hand gegeben hätte, hätt' ich mich sofort erschossen!« Sie sieht mich erschrocken an. Ich werde sauer, wenn sie alles glaubt, was ich sage.

Ob es nicht ein seltsames Gefühl sei, den Bauch nicht mehr zu haben, fragt sie, zieht mein Hemd hoch und betastet interessiert den kleinen geschrumpften Beutel, der von einem dunklen Steifen bis zum Nabel gezeichnet ist. »Nee. Seltsam ist es, so'n Kind zu haben.«

Meine Mutter geht rauchend durchs Wohnzimmer. Sie beugt sich über meine Schulter und betrachtet den saugenden Kopf an meiner Brust. »Am Anfang sind wir so süß, und später werden wir so mies!«

Ich hasse es, wenn meine Mutter solche flachen Sätze sagt, die mir nicht mehr aus dem Kopf gehen.

Der Hund ist weg. Erst nach zwei Wochen fällt es mir auf. Ausgerechnet Dascha musste seine überfahrenen Reste finden. Wahrscheinlich ist sie die Einzige gewesen, die nach ihm gesucht hat. »Wodkaaa! Wodkaaaa!« Dascha hat nie daran gedacht, dass man sie jedes Mal für eine verrückte Alkoholikerin halten musste, wenn sie durch die Schönholzer Heide lief und nach dem Hund suchte.

»Hier, Opa. Wieder keen Junge.« Ich lege Friedrich das Baby in den Arm und gehe rauchen. Als ich zurückkomme, sitzt er noch immer bewegungslos im Sessel und betrachtet den schlafenden Kopf. Das Kind sieht aus wie eine eingepuppte Raupe. Die Haut wie Wachs, als wäre es noch gar nicht geboren. Wahrscheinlich spürt Friedrich die Tränen nicht über seine Wangen laufen. Er wischt sie nicht weg.

Fünfhundert Mark will er mir geben, sagt er, damit wir unsere Wohnung einrichten können. Ich küsse ihm die Glatze.

Meine Mutter steht am Abend im Mantel in der Tür und sagt, das Kind würde eh nur schlafen und könne schließlich auch ein paar Stunden allein gelassen werden. Ich solle keine Glucke sein.

Ich steige mit den anderen ins Auto. Im Theater setze ich mich ins Parkett und stehe wieder auf: »Interessiert mich doch überhaupt nich, euer Scheißtheater.« Die Frauen lachen mich aus. »Melodramatisch!«, sagt Adele, »Tamara immer mit ihren Gefühlchen.«

In der Straßenbahn wird mir klar, dass meine Mutter sich vor vierundzwanzig Jahren für mich genauso notdürftig interessiert hat wie heute für ihr Enkelkind. Es sticht in meiner Brust. Adele wollte ihren Job schon damals nicht machen. Sie hat die Zähne zusammengebissen, sich geweigert, um ihr Leben zu kämpfen, und dabei heimlich an ihren Gott geglaubt. Lass mich leben oder sterben, wird sie gedacht und das Schicksal, eine liebende Mutter werden zu müssen, ausgetrickst haben.

Ein junger Mann, der mir gegenübersitzt, starrt irritiert auf meine Brüste. Auf der hellgrauen Seide haben sich zwei nasse Flecken gebildet. Milchige Streifen ziehen sich langsam herab. Ich grinse ihn an, als wäre ich stolz darauf.

Im Haus ist es still. Ich gehe die Treppe rauf, ziehe den Vorhang des Stubenwagens zurück, und da liegt mein Glück, die Fäustchen erhoben links und rechts neben den Ohren. Es atmet kaum spürbar. Ich setze mich in den Sessel. Hätte eine beherzte Hebamme damals Adeles Hand genommen und mit ihr Brumm-Übungen gemacht wie meine Sprecherziehungslehrerin in der Schauspielschule, hätte Adele vielleicht auch brüllen können. Vielleicht wäre dadurch etwas anders geworden.

Der Stubenwagen wackelt. In der bläulichen Dunkelheit suchen zwei wache schwarze Augen nach meinem

Gesicht. Ich lege mir das Kind an die Brust. Wie konnte ich mich überreden lassen, ins Theater zu gehen? Als ich höre, wie die Haustür aufgeschlossen wird, richtet sich mein Groll vor allem gegen Adele.

Im Sommer darauf bin ich allein am See.

Ich lackiere mir die Fußnägel. Henriette liegt neben mir in der Wiese und lutscht an ihren Fingern. Es fängt an zu regnen. Ich nehme das Kind und gehe ins Haus. In einer Truhe finde ich alte blaue Seidenvorhänge, breite sie über den Boden und erfinde nach Augenmaß den Schnitt für ein Kleid. Beim Rattern der Nähmaschine schläft Henriette immer ein. Nach dem Regen gehe ich barfuß den Sandweg hinunter und ziehe Henriette im Bollerwagen hinterher. Ich klopfe bei Frau Lou, die macht aber nicht auf. Bei Frau Kreisel setze ich mich auf die Terrasse, bekomme Kaffee und Butterkuchen. Henriette liegt währenddessen auf dem Rücken und besabbert eine riesige Walnuss. Frau Kreisel bewundert meinen flachen Bauch und sagt, ich sähe aus, als hätte ich nie ein Kind bekommen. »Liegt an meinem sechsten Finger«, sage ich und halte meine Zigarette hoch. Frau Kreisel schüttelt den Kopf. »Schlechte Angewohnheit, Schätzchen.« Als sie vorsichtig nach dem Vater fragt, zucke ich die Schultern. »Keine Ahnung«, und es kommt mir schon vor, als wüsste ich es tatsächlich nicht. »Tja, Männer. Sind sie weg, muss man durchhalten, sind sie da, muss man sie aushalten«, sagt sie mitleidig. Sie schenkt uns ein hellblaues Plastekörbchen mit Walnüssen darin. Auf dem Rückweg wird der Bollerwagen von einer kleinen grauen Staubwolke verfolgt.

Ich will keinen Mann aushalten. Es ist mir lieber, dass er weg ist. Am See setze ich mich auf die Stegtreppe, Henriette eine Stufe tiefer zwischen meine Beine. Ich wasche von unseren Zehen die schwarzen Staubränder, und Henriette stampft die sauberen Füße in das grüne Seewasser. Alles, was ich brauche, habe ich. Vor allem meine Ruhe. Trotzdem fehlt etwas Wichtiges.

Bei Sonnenaufgang wache ich von einem schrecklichen Keuchen auf. Ich fahre hoch und sehe nach Henriette. Sie schläft und atmet ruhig. Barfuß gehe ich über die nasse Wiese. Das Geräusch wird fiepend, leise kreischend, unerträglich und kommt vom Kiefernstamm. Hinter dem Baum windet sich ein Eichhörnchen am Boden, springt herum, bleibt wieder liegen. Das weiße Bauchfell ist aufgerissen und blutig. Ich hole einen dicken Ast von der Feuerstelle. Mit drei kräftigen Schlägen, dass der Boden bebt, ist es erledigt. Ich schiebe das tote Tier mit der Schaufel auf den Komposthaufen. Soll es holen kommen, wer es angebissen hat. Frierend krieche ich wieder unter die Decke und schlafe ein.

Als ich ein paar Stunden später auf der Terrasse sitze und Henriettes Leberwurststullen in kleine Quadrate schneide, kommt es mir vor, als hätte ich das verletzte Eichhörnchen im Traum erschlagen und bin dabei selbst ein Tier gewesen. Hab ich das wirklich getan?

Ich habe schon einmal mit einem Knüppel zugeschlagen, ohne nachzudenken.

Das war vor sieben Jahren, beim Trampen. Seit mindestens sechs Jahren habe ich daran nicht mehr gedacht und will es auch jetzt nicht tun.

Als ich die Frühstücksreste zum Kompost bringe und von Weitem das starre rote Fell sehe, drehe ich um und werfe die Reste ins Gebüsch. Plötzlich blitzt kurz dieses Bild vor mir auf. Ich bleibe stehen. Mein Gehirn hat damals offenbar ein Foto gemacht, in der Sekunde, nachdem ich den dicken Mann umgehauen hatte. Ich sehe ihn, sehe das Auto, sehe die Bäume, sehe den Knüppel neben ihm liegen und spüre keine Erschütterung. »Na, weil du gekämpft hast«, sagte damals ein Kollege, als ich damit prahlte, trotzdem weiter trampen zu wollen. »Ich lass mir doch von so 'nem Schwein keinen Schaden anhängen!«

Hoffentlich wird das Eichhörnchen bald vom Fuchs geholt.

Im Herbst ziehe ich wieder in die Stadt. Morgens stelle ich das Kind auf den Küchentisch, ziehe es an, flechte ihm zwei Zöpfe. In der Kinderkrippe setze ich es dann aufs Schuhregal und ziehe es wieder aus. Wie jeden Morgen winkt es mir in Stumpfhose hinterher, durch die Glastür. Eine Erzieherin nimmt das Kind an die Hand und geht mit ihm in den Gruppenraum, während es sich stolpernd nach mir umsieht. Heute habe ich keine Vormittagsvorstellung und komme schon nach dem Mittagsschlaf zurück. »Hejette abeholt«, rufen die anderen Kinder. Henriette wundert sich nicht. Ihre Stumpfhose hängt in den Kniekehlen. Die überschwängliche Verabschiedung der Krippenerzieherinnen irritiert sie nicht. Ich gehe mit Henriette an der Hand ein paar Straßen weiter. Wir spielen »Alles ummefalln« und steigen umständlich über imaginäre Baumstämme und Laternenmasten, die quer über dem Bürgersteig liegen. Henriette wundert sich nicht, in einen fremden Kindergarten gebracht, in der Garderobe ausgezogen und bei einer fremden Erzieherin abgegeben zu werden. »Jetzt darfst du bei den großen Kindern bleiben.« Ich habe mir zu viele Sorgen gemacht. Die Erzieherinnen fanden meine Idee albern, das Kind mittags von der Krippe in den neuen Kindergarten zu bringen. Ich solle nicht so ein Brimborium machen. Lieber kurz und schmerzlos. Als ich die Treppe runtergehe, drehe ich mich um, obwohl ich es mir verboten habe. Mit aufgerissenem Mund und Entsetzen in den Augen schreit Henriette hinter der beschlagenen Scheibe. Die Handflächen links und rechts ans Glas gepresst. Ihr verzweifeltes Gesicht lässt sich während der Fahrt zum Theater nicht verscheuchen.

Über dem Eingang steht: *Staatliches Puppentheater Berlin.* Daneben ein schwarzer und ein weißer Kopf, auf schwarzem und weißem Untergrund, einem Yin- und Yang-Zeichen gleich. Als ich ein Kind war, stand über dem Eingang noch *Kino Atlas*. Jetzt ist das alte Filmtheater umgebaut. Die Schulklassen und Kindergartengruppen stehen in Zweierreihen vorm Eingang, strömen plappernd durchs Foyer über die breite Treppe und setzen sich zappelnd auf zweihundert rote Klappsitze. Sie verstummen ein bisschen beim ersten Gong, ein bisschen mehr beim zweiten und schließlich ganz, als es mit dem dritten Gong dunkel wird. Hinter der Bühne schiebe ich meine Puppe ins Scheinwerferlicht und sehe schemenhaft die halb offenen Münder der Kindergesichter in der Dunkelheit. Um halb zwölf ist der Saal wieder leer. Nachmittags machen wir dasselbe wieder.

Zwischen den Vorstellungen steige ich im Aufenthaltsraum aus dem Fenster, gehe auf den Dächern der Hinterhofgaragen zum S-Bahnhof Greifswalder Straße, setze mich an die Dachkante und lehne mich gegen die sonnenwarme Hauswand. Der Bahnsteig ist auf derselben Höhe, die Gleise dazwischen. Schadenfroh grinse ich rüber zu den Wartenden. Die Sonne scheint auf mich und nicht auf den Bahnhof. Alles ist so, wie ich es haben wollte. Ich werde ernst genommen in meinem Beruf, bin umgeben von modernster Bühnentechnik, spiele mit hochwertigen Puppen von ausgebildeten Puppenbauern, arbeite mit Regisseuren und Dramaturgen. Ich bin eine von sechzehn staatlich ausgebildeten Puppenspielern. Eine von sechzig Mitarbeitern.

Nur der Erziehungsauftrag ist der scheiß Haken an diesem Beruf. Lustlos blättere ich im neuen Stück. Ein kleiner Tiger kommt im Alleingang nicht weiter. Als er sich dem Kollektiv anschließt, Selbstkritik übt und verspricht, fleißig zu arbeiten, wird alles gut. So ein blöder Müll.

Ich klettere zurück in den Aufenthaltsraum, werfe das Textbuch auf den Tisch: »Immer schön den Kindern unsere Moral in die Köppe leiern. Scheiß Instrumentalisierungskacke! Scheiß Propagandagaukelei! Mann, ich will Theater machen und keine Gehirnwäsche!« Niemand antwortet.

Bei der Konzeptionsbesprechung werde ich mit der dämlichen Prinzessin besetzt. »Ich wollte die Hexe spielen, verdammt! Soll das jetzt wieder 'ne Erziehungsmaßnahme sein, oder was?« »Das können Sie sehen, wie Sie möchten, Frau Hirsch. Wir denken uns schon etwas bei der Besetzung«, sagt der Intendant.

Vor der Nachmittagsvorstellung sitze ich auf der Heizung im Durchgang zum Hof und verstecke meine Zigarette in der hohlen Hand, als der Intendant vorbeigeht. »Flegeln Sie sich zu Hause auch so rüpelhaft auf Ihre Heizkörper, Frau Hirsch?« »Ja, aber nackich!« Nach der Vorstellung liegt ein Brief in meinem Spind. »Verwarnung wegen nichtsozialistischen Verhaltens«, lese ich laut. »Leck mich.« Ich knülle das Papier in den Mülleimer. Meine Kollegin sieht mich erschrocken an. »Ich lass mich doch nicht wie'n Kleinkind behandeln!«

Offenbar bin ich in einem System groß geworden, das mit dem Erwachsenwerden seiner Kinder nicht gerechnet hat. »Entweder scheißen oder runter vom Top!«, hat einer der Beleuchter nach der letzten Parteikadersitzung hinter der Bühne leise zu mir gesagt. Ich hatte erst später verstanden, dass ich als Bonzentochter tun muss, was ich mir als Bonzentochter leisten kann: die Scheiße auf den Tisch legen. Stellvertretend für alle, die es sich nicht leisten können. Aber gegen die Bevormundung komme ich alleine nicht an.

Um halb fünf ist es dunkel. Henriette will nicht »Alle Bäume umefalln« spielen. Sie geht in braven kleinen Schritten traurig neben mir her. Irgendwann wird sie anfangen, sich zu wundern.

Im Ratskeller ist Livemusik. Die Nachbarin lässt ihre Wohnungstür offen, solange ich weg bin, und ich meine auch. Ihre Kinder rennen begeistert durch die langen Korridore von meinem Balkon am Vorderhaus durch den ganzen Seitenflügel bis zu ihrem Balkon am Hinterhaus. »Henriette wacht nachts eh nicht auf«, sage ich und betrachte mich in ihrem großen Flurspiegel. Vom Küchentisch sieht meine Nachbarin mir zu. »Du bist umwerfend schön, weißt du das? Du solltest einen Mann haben, der dich auf Händen trägt!« »Mir würde schon einer reichen, der mir die Kohlen hochträgt.«

Vorm Ratskeller ist eine Schlange. Ich werde als Letzte reingelassen. Der Rest hinter mir solle nächsten Samstag wiederkommen, sagt der Einlasser. Im Durchgang bleibe ich stehen und komme im Gedränge nicht weiter. Ein Langhaariger mit Bart, in enger Jeans und halb offenem Hemd sieht mich an und will an mir vorbei. Ich bleibe mit verschränkten Armen stehen. »Soll ich Platz machen, oder trägst du mich weg?« Er lacht, kratzt sich verlegen am Kopf. »Wird wahrscheinlich problematisch, pinkeln zu gehen, während ich dich trage.«

Wir reden und rauchen und gehen durch den Schlosspark, als der Ratskeller geschlossen wird. Unter Hans' streichelnden Händen fühle ich mich umwerfend schön. »Morgen um eins hier an der Brücke«, sage ich und gehe.

Ich schließe leise die Wohnungstür der Nachbarin, setze mich ans Fenster und rauche, während hinter den Garagen im Hof die Sonne aufgeht.

Hans sieht auch bei Tageslicht gut aus. Er nimmt Henriette auf seine breiten Schultern und trägt sie durch den Park. Abends vor meiner Haustür küsst er mich mit unheimlich weichen Lippen und geht, ohne zu erwarten, dass ich ihn mit hochnehme. Es kribbelt in meinem Bauch, als ich die Treppe raufgehe, und es kribbelt auch am nächsten Tag, als ich an seinen Kuss denke.

Am Wochenende packe ich das Kind ins Auto, hole Hans bei seinen Großeltern ab und fahre meinen Freunden hinterher Richtung Ostsee. Hans erzählt, er wolle einen Nachtclub aufmachen. Wir reden über Klamotten. Es ist angenehm, nichts Kluges sagen zu müssen. Das Leben ist leicht. Im Moment reicht es, ein Kind zu haben, verliebt zu sein und mich der Hitze zu ergeben.

Als wir im Hotel ankommen, fällt mir ein, wie unglücklich ich mit Ronald und Dascha war, am Meer, als mir nichts gefallen hat.

Wir laufen durch den Ort. Ich liebe Hans' ruhigen, wiegenden Gang, seine gerade Haltung, während er Henriette trägt. Ich liebe es, wie er mich ansieht. »Weißt du, mit dir hab ich das Gefühl, so zu sein, wie ich wirklich sein will.« Gleich ist es mir peinlich, so etwas Sentimentales gesagt zu haben.

Aber Hans küsst mich. »Find ich gut, wie du bist.«

»Ich trage keine braunen Schuhe«, sagt Hans, als ich ihm im Schaufenster welche zeige, die fast aussehen könnten wie Alfreds Clarks. »Warum nicht?« Er schiebt die Unterlippe vor. »Erzähl ich dir irgendwann.«

Am Strand baut er für Henriette eine Sandburg. Abends am Lagerfeuer mit meinen Freunden erzählt er vom Wehrdienst als Grenzsoldat. »Wir standen am Elbufer und sollten auf Flüchtende schießen, in die Knie, das hatten wir gelernt. Schwimmenden Köpfen konnte man aber schwer in die Knie schießen. Wir haben immer erst ins Wasser gefeuert, wenn die Köpfe drüben angekommen waren. Einmal musste ich die Kleider von denen selbst am Ufer vergraben, um keinen Ärger zu kriegen. Und ein andermal hab ich ein Paar mit ihrer gelben Kinderbadewanne wieder nach Hause geschickt und gesagt, sie sollen sich gefälligst 'ne schwarze Wanne besorgen.« Alle lachen. Nur ich kann nicht lachen, sondern muss an Ronald denken, der noch leben würde, wenn alle Grenzer so wären wie Hans.

Er erzählt, wie er am Herrentag tausend Mark verdient hat. »Ich kannte einen Tierpfleger, im Winterquartier vom Zirkus Berolina. Wir haben uns ein Zebra an die Leine genommen und sind damit von einer Randbezirkskneipe zur nächsten. Ich ging zuerst rein, *Passt auf Leute, wenn ihr fleißig wettet, kommt hier gleich ein wildes afrikanisches Steppenzebra durch die Kneipe gerannt!*, hab die Einsätze notiert, mit meinem Kumpel das Tier durch die Kneipe geführt, die Wetteinnahmen kassiert, und dann sind wir weiter. Das Zebra hieß Jens. Auf dem Rückweg ins Winterquartier war's schon fast hell. Und weil wir fast nüchtern waren, konnten wir dem Abschnittsbevollmächtigten halbwegs glaubhaft erzählen, der arme Jens hätte von den Besuchern des Winterquartiers gestern zu viel Zucker bekommen und einen nächtlichen Verdauungsspaziergang machen müssen. Der ABV hatte wohl jemanden vom gestreiften Pferd am Schanktisch erzählen hören und sich auf die Suche nach uns gemacht. Er guckte skeptisch, aber dann hat er Jens auf den Rücken geklopft und 'n guten Heimweg gewünscht.«

Als ich mit Hans in der Hotelbadewanne sitze, das Kind in der Mitte, und sein Schwanz unbeteiligt im warmen Wasser schwimmt, erleichtert mich der Anblick. Mit meinem Vater hätte ich als Kind nicht in einer Wanne sitzen wollen.

Im Hotelbett frage ich Hans nach seinem Problem mit braunen Schuhen. Er liegt auf dem Rücken, die Hände hinterm Kopf, sieht zur Decke und atmet lange aus. Sein Pflegevater habe ihn als Kind bestraft, indem er ihn in den Keller zerrte, seine alte Naziuniform anzog, ihn über eine Werkbank legte und mit dem Gürtel schlug. Hans sah dabei nur die entsetzlichen braunen Schuhe. »Wofür hat er dich denn bestraft?«, frage ich. »Alles Mögliche«, sagt Hans. »Zum Beispiel für meinen Aufsatz über den 1. Mai. Ich hab geschrieben, ein NVA-Soldat hätte mich auf den Festwagen gehoben und ich durfte die große rote Fahne über alle Köpfe schwenken. Dafür hab ich erst 'ne Eins bekommen und dann einen Tadel. Meine Pflegemutter kam mit dem Aufsatz, den ich ihr stolz gezeigt hab, in die Schule, um zu petzen: Das hat der Junge sich schon wieder alles ausgedacht.

Dass ich stundenlang in der Menge stehen musste, nichts sehen konnte und gelangweilt mein rotes Papierfähnchen zusammengerollt hab, konnte ich ja schlecht in meinem Aufsatz schreiben. Ich wusste ja nicht, was die hören wollten.« »Und deine Pflegemutter hat nicht mitbekommen, was der Pflegevater mit dir im Keller gemacht hat?« Hans schüttelt den Kopf. »Das wollte die gar nicht wissen.«

Am Sonntagabend schließe ich die Wohnungstür auf, und Hans ist begeistert von meiner großen Wohnung.

Als wir im Bett liegen, zeigt Hans zur Decke. »Den Stuck mach ich hellgrün, die Wände helllila, und an die Decke kommt 'n großer hellblauer Kreis.«

»Ich will keinen grünen Stuck und keine lila Wände. Ich will es lieber so, wie es in Dresden bei meinem Opa war. Spiegel mit Goldrahmen, alte Stehlampen mit Fransen, Teppiche mit Ornamenten und Möbel mit bestickten Samtpolstern.«

»Spiegel mit Goldrahmen an lila Wänden wär doch toll«, sagt Hans.

»Mal bunte Bilder. Aber bemal nicht meine Wände!«

Am nächsten Nachmittag steht Hans mit Brettern und Latten vor der Tür.

»Ich bau dir erst mal 'n paar Regale.« Er trägt das Holz an mir vorbei, den Flur entlang. »Du solltest doch deine Sachen holen.« Hans zeigt auf einen Beutel, der hinter ihm an den Brettern baumelt. »Hab ich.«

Im Beutel sind zwei Jeans, ein paar T-Shirts, Hemden, Turnschuhe, Unterwäsche und eine kleine Kupferplatte. Ich halte sie schräg gegen das Licht. »Vorsicht«, sagt Hans. Mit der Fingerkuppe fahre ich über die filigrane Gravur. Es ist die Kupferstichplatte für einen Zwanzig-Mark-Schein. Hans nimmt sie mir aus der Hand. Seine Finger sind viel kräftiger als Ronalds. Ich bin gerührt über diese feine Begabung, die ich seinen Händen gar nicht zugetraut hätte.

»Mit solchen Händen darf man doch keine Regale bauen.« Hans lacht und küsst mich.

»Kannst mir ja helfen.«

Er mischt Wasser mit Zitronensaftkonzentrat und Zucker und trinkt es aus der Blumenvase, weil ihm meine Gläser zu klein sind. Ronald wäre viel zu kultiviert gewesen, um aus einer Blumenvase zu trinken.

Wir holen Henriette vom Kindergarten ab. Hans trägt sie auf den Schultern. Ich gehe hinter ihm, und mir fällt ein, wie ich selbst mit kurzen Beinen auf Alfreds Schultern saß. Ich hielt meinem Vater die Augen zu und lachte, wenn er dann wankend in Schlängellinien ging und so tat, als würde er gegen die Laternenstangen und Zaunpfeiler stoßen. Als ich in Henriettes Alter war, hatte Alfred eine halbe Glatze und war zehn Jahre älter als Hans. Vor der Haustür stellt er meine Tochter ab, und auf der Treppe nimmt sie seine Hand und sagt »Papa«.

Ich überlege, was Hans gemacht hätte, wäre er damals jung gewesen, als mein Vater jung war. Vielleicht wäre er ohne den Bart und die langen Locken in der Hitlerjugend gelandet. Hans interessiert sich nicht für Politik. Ein überzeugter Nazi hätte genauso wenig aus ihm werden können wie ein überzeugter Widerstandskämpfer. Vielleicht hätte er im Reichsbund für Leibesübungen das Handballtraining genauso aufgegeben, wie er es vor Kurzem beim TSC aufgegeben hat. Hans ist kein Kämpfer. Nicht wie mein Vater. Aber Ausweispapiere für Juden zu fälschen, das hätte ihn sicher begeistern können. Ich nehme mir vor, Hans nicht mehr mit meinem Vater zu vergleichen.

1944

Gaston hatte gefälschte Identitätskarten besorgt

Alfred und Esther zogen in eine Gartenlaube bei Lyon.

Sie zerknitterten ihre nicht registrierten Identitätskarten, wobei sie darauf achteten, dass sie lesbar blieben. Sie seien versehentlich mitgewaschen worden, sagten sie, und die Bearbeiterin der Lyoner Polizeipräfektur stellte neue Karten aus, die sie in der Kartei eintrug. Als registriertes französisches Ehepaar fühlten sie sich auf dem Rückweg wie neu verheiratet.

Über das Feld vorm Wald kam ein Mann auf die Laube zu, und seine zackigen Schritte sahen nach schlechter Laune aus. Alfred war beruhigt. Schlechte Laune war ungefährlich. »Das ist einer vom NKFD«, sagte Esther. »Der kommt bestimmt wegen des Boxturniers.«

»Das mit dem Boxen ist vorbei, Rogér!«, schimpfte der Mann und schlug die Tür hinter sich zu. »Stell dir vor, du brabbelst deutsch, wenn du wieder k.o. gehst.« Esther strich ihm übers Haar wie einem Kind und sah ihn mitleidig an. »Oooch, armer starker Boxer!« Alfred schob ihre Hand weg. »Ich hab nicht deutsch gebrabbelt.«

Der Mann setzte sich und nahm die Mütze ab. Für ein geheimes Treffen würde ein französisches Paar gebraucht, sagte er. Alfred bekäme eine andere Frau für den Auftrag. Falsche Paare seien sicherer als echte. Außerdem dürfe Esther nicht so lange weg, weil Gaston zu viele wichtige Informationen in ihrem Kopf abgelegt hatte. Es sollte Geld übergeben werden und eine Adressliste.

»Da sind wir endlich ein legales Ehepaar, und schon bekommst du eine Geliebte zugeteilt«, sagte Esther. »Na, das gehört ja wohl auch zu einem legalen Ehepaar!«, fand Alfred.

Esther deutete eine Nackenschelle an. Alfred hielt ihr Handgelenk fest und küsste sie. »Ja, mon trésor, zieh bitte noch mal diese wunderbare Schnute.«

Mit einer blondierten Jüdin fuhr er nach Lyon. In ihren Schuhen, unter den Sohlen, trugen sie Geld und Pergamentseiten. Esther hatte darauf in winziger Schrift mit dokumentenechter Tinte die Adressen von kooperierenden Kommunisten geschrieben.

Nachts im Hotel hörte Alfred deutsche Stiefel auf der Treppe. Er ging zur Tür, schloss sie leise auf und schlich wieder ins Bett. Die Tür flog gegen die Wand, das Licht wurde angeschaltet. Alfred und seine falsche Frau hatten MP-Läufe im Gesicht. »Ausweise raus!« Alfred faselte wirr und französisch, tat erschrocken, voller Angst, und suchte seine Brille. Die SS-Männer sahen in die Schubladen, sahen auf die Papiere, hoben die Bettdecken hoch. »Denkste, Terroristen pennen mit offenen Türen?«, sagte der eine und warf die Ausweise auf das Bett. Der andere nickte Alfred zu, zeigte auf die Frau und befahl: »Weitermachen!« Lachend verließen die Männer das Zimmer. Eine Weile lagen beide still da. »Du hast uns gerettet«, flüsterte ihm seine Übergangsgattin ins Ohr. Sie legte Alfreds Hand auf ihre Brust. Der Sex löste den Schreck aus ihren Gliedern. Am nächsten Tag verabschiedeten sich die beiden Kollegen am Bahnhof mit Handschlag.

Alfred musste Flugblätter nach Paris bringen. Er stieg am Gare de Lyon aus dem Zug und hatte das Gefühl, den gefährlichsten Teil der Reise überstanden zu haben. Auf dem Vorplatz blieb er stehen, atmete die Pariser Großstadtluft und fühlte sich zu Hause. In Les Halles war der Bahnsteig voller Menschen, die ihre Hälse reckten und zu sehen versuchten, was an den Ausgängen los war. Alfred bekam Herzrasen. Gestapomänner standen an der Bahnsteigkante, und die gepressten Flugblätterpakete in seinen Manteltaschen wurden bleischwer. Unmöglich, das Paket unbemerkt auf die Gleise zu werfen. Er versuchte, sich zum Mülleimer durchzudrängen. In der Menge wurde er mitgezogen wie in einer Viehherde. Es würden willkürlich Taschen durchsucht, sagte vor ihm jemand auf der Treppe. Alfred sah sich um, schob sich die Finger in den Nacken. Seine Füße fühlten sich an wie Ziegel, seine Knie wie Teig. Er sah sich die Menschen an. Er musste ruhig werden, ausatmen, sich auf seine Beine konzentrieren, die Panik hinunterschlucken, Vertrauen haben. Ihm würde etwas Rettendes einfallen. Ihm war jedes Mal etwas Rettendes eingefallen. Jemand würde ihm helfen. In der Menge sah er eine elegante junge Französin mit jüdischem Profil und hatte eine Idee. Er winkte ihr, tat, als würde er sie kennen und drängte sich durch. Ob sie ihm bitte ihren Schirm und ihre weißen Handschuhe für einen Moment borgen könne, er würde mit den Nazis nur einen kleinen Scherz machen wollen. Es sei ganz ungefährlich. Die Frau sah Alfred misstrauisch an. Für Komplimente und Erklärungen war jetzt keine Zeit. »Ein lebenswichtiger Scherz«, fügte er hinzu. Alfred zog die Handschuhe an, spannte am oberen Treppenabsatz den spitzenbesetzten Schirm auf, wackelte mit dem Hintern, flirtete in hell affektiertem Französisch mit den Schäferhunden wie mit Schoßhündchen. Die Gestapomänner klatschten sich lachend auf die Schenkel: »Guckt euch die schwule Franzosensau an!« Alfred tat, als würden ihm die Uniformen imponieren. Die

Nazis verstanden kein Wort. Einer zog seine Pistole, richtete sie auf Alfreds Hintern und lachte, während Alfred schnell wegstöckelte.

Gaston konnte über die Geschichte nicht lachen.

Am Wochenende war Alfred allein in der Villa. Er stand am Fenster, wartete seit Stunden auf Esther und fragte sich, ob sie wohl noch mit Gaston schlief. Er hatte sich an den Gedanken gewöhnt, nur wenn Esther zur verabredeten Zeit nicht nach Hause kam, dann fraß sich die Eifersucht in seine Brust, und er musste sich irgendwie ablenken.

Erst nach einer Weile erkannte er Gaston, der im billigen Mantel auf der anderen Straßenseite zum dritten Mal vorbeiging und ihn grüßte. Alfred hätte ebenso erleichtert sein können, Esther zu sehen. Wenn Gaston alleine war, dann konnte Esther nicht bei ihm sein. Aber Gaston war noch nie zu ihm gekommen, weil grundsätzlich verabredet war, es nur im Notfall zu tun. Scheiße!, dachte Alfred, versuchte, ruhig zu bleiben, und ging durch den Hintereingang raus. Sein Atem flackerte, und die Panik wollte seinen Körper mit Gewalt überfallen. Er konzentrierte sich auf die Gehwegplatten. Wie ein Kleinkind bemühte er sich, sein Bewusstsein auf das zu richten, was direkt vor seinen Augen lag: Gehwegplatten.

Er traf Gaston am nächsten Bahnhof. »Ist deine Frau zu Hause?« Alfred wurde heiß und kalt. Sie sei zu zwei Verabredungen nicht gekommen, sagte Gaston und gab Alfred ein Paket mit zwei Beefsteaks. »Du wartest hier auf sie. Wenn sie im letzten Zug nicht drin ist, gehst du auf keinen Fall zurück nach Hause. Viel Glück«, sagte er und ging. Alfred wartete bis zum Abend, lief hin und her und versuchte, sich nicht vorzustellen, wie man Esther folterte. Der letzte Zug fuhr ein, und der letzte aussteigende Fahrgast fiel Alfred in die Arme. Esther erzählte ihm, wie sie stundenlang von der Gestapo auf einem Bahnhof festgehalten worden war und schließlich in einem Aufruhr hatte flüchten können. Über ihre Einsätze durfte sie nicht mit Alfred reden. Es war wichtig, nur so viel voneinander zu wissen wie unbedingt nötig. Alfred konnte an dem Abend keine Beefsteaks essen und Esther auch nicht. Beim Einschlafen hielt er ihre Hände, wie Mutter Ilse seine Kinderhände gehalten hatte, damals, als Friedrich im ersten Krieg gewesen war.

Im Januar 1945 hatte Alfred keine Zeit mehr, Briefe an seine Familie zu schreiben. Esther schrieb für ihn an Ilse und Erwin, die zu Ilses Schwester nach Berlin gegangen waren. Erwin war, dank des Nationalkomitees Freies Deutschland, kein ausgebürgerter, gehbehinderter deutscher Jude, sondern ein Franzose mit Fremdarbeitervisum, der durch eine Sondervereinbarung für körperlich Versehrte bei der AEG arbeiten durfte. Lieber hätte Esther ihrer eigenen Mutter geschrieben, doch die letzte Adresse war das KZ Buchenwald gewesen. Esther hatte keine Mutter mehr und wusste es noch nicht.

Alfred schrieb jetzt keine Flugblätter mehr, sondern Zeitungsartikel. Die kommunistischen Aufrufe durfte er ohne Sägemehl und Gummistöpsel in die Maschine hämmern. Im Radiosender Paris berichtete er mittwochs und samstags um zweiundzwanzig Uhr dreißig als Sprecher des NKFD vom französischen Widerstand. Wenn er nach der Sendung nach Hause kam, fiel er auf die Matratze und spürte seinen Körper kaum. Am Morgen kam es ihm vor, als würde er aus einer Narkose erwachen. Alles, bis auf seinen Verstand, fühlte sich an wie betäubt, aber seine Gliedmaßen schienen noch zu funktionieren, und er stand auf.

Esther hatte ihm zwei Briefe auf den Schreibtisch gelegt, aber Alfred konnte die Buchstaben nicht unterscheiden. Mit dem Sonnenlicht wurde es nicht besser. Ungeduldig sah er nach seiner schlafenden Frau. Er kniff die Augen zusammen, presste das Blatt gegen die Fensterscheibe, entzifferte mühsam Friedrichs Handschrift und erriet die Worte, bis seine Sehnerven vor Anstrengung schmerzten: *Ihr solltet euch ein wenig zurückhalten mit dem Kräfteverbrauch, weil vieles sich in ein paar Wochen erledigt haben wird und es sinnvoller wäre, die Energien gut einzuteilen für das unermessliche Chaos, das nach dem Krieg herrschen wird. Ich will euch in euren Bestrebungen nicht entmutigen, doch die eigentlichen Schwierigkeiten werden erst nach Kriegsende beginnen.*

Alfred hatte keine Kraft, um seine Kräfte einzuteilen, verdrängte die Erschöpfung und machte weiter. Er zog ein Blatt in die Schreibmaschine. Die Buchstaben waren zu klein. Er schob die Maschine beiseite und schrieb mit der Hand. Es passten nur zehn Zeilen auf ein Blatt. Seine Schrift war zu groß. *Liebes Väterlein, Esther hat an allen Fingern und Zehen offene Frostbeulen. Sie ist ein zäher Kerl und arbeitet unermüdlich für Gaston. Bitte habe weiterhin unbegrenztes Vertrauen und lasse dich durch nichts und niemanden davon abbringen. Du musst deine Fähigkeiten voll und ganz in den Dienst unserer Sache stellen! Kannst du nicht irgendwie Radio Paris empfangen?*

Alfred musste den Vater auf seiner Seite wissen. Der Kommunismus würde nach dem Krieg Leute wie Friedrich dringend brauchen.

Dann lief Alfred mit einem Brief aus Russland im Zimmer auf und ab, den er auch nicht lesen konnte. »Die verdammten Buchstaben sind viel zu klein!« Esther stöhnte und streckte den Arm aus dem Bett. In dem Brief stand, was Gaston angekündigt hatte. Es konnte jetzt endlich losgehen mit der Propaganda. Alle sollten erfahren, was die Résistance geleistet hatte und was jetzt passieren musste, weil so ein Krieg niemals mehr passieren durfte und man auch nach dem Krieg niemals aufhören durfte, die Nazis zu bekämpfen. Alfred hielt es nicht mehr aus, sich in allem zurückzuhalten. Beim Schreiben, beim Agitieren, beim Sex, beim Essen. Sein Leben konnte nicht mehr aus Geißelung bestehen, es musste aus ihm herausbrechen und platzen. Er sah auf die verschneite Straße und riss das Fenster auf. »Mensch, ihr Affen, wollt ihr euch wieder schwanzlos ergeben? Seht ihr denn gar nichts?« Esther stand hinter ihm. »Die wollen einfach nur ihr normales Leben wiederhaben.« Esther hatte Tränen in den Augen. »Alfred, du bist hier der einzige Affe, der wirklich nichts mehr sieht. Die Buchstaben sind nicht zu klein.« Alfred lehnte sich an die Wand, rutschte zu Boden, hielt seine Stirn in beiden Händen und schluchzte. Er war zu schwach geworden, um zu platzen. Die Geißelung hatte seinen Körper betäubt, seine Augen getrübt, aber sein Geist war voller Ungeduld. Esther sah Alfred zum ersten Mal weinen.

Ihr Mann konnte keine Treppenstufen mehr erkennen, lief gegen Glastüren und Laternen, stolperte über Bordsteinkanten und wehrte Esthers Arm ab. »Ich bin doch nicht blind!«

Friedrich versuchte in England, Radio Paris zu empfangen. Während Alfred redete, saß Friedrich am Apparat und hörte doch nur das kämpferische Rauschen.

1974

Dipl. Pupp. Tamara Hirsch

steht auf meinem Zertifikat. *Staatlich anerkannter Puppenspieler der Deutschen Demokratischen Republik.*

Wir bekommen vom Fachbereichsleiter verschlossene Umschläge überreicht, reißen sie mit zitternden Händen auf. Einer springt in die Luft, »Dresden!«, ruft er und umarmt mich. »Puppentheater Magdeburg«, sage ich ratlos.

Meine Freundin weint in der S-Bahn. Sie will nicht nach Senftenberg. Ich krame in meiner Handtasche, suche nach einem Taschentuch, finde meine Pille und überlege, wie lange ich vergessen habe, sie zu nehmen.

In Ronalds sauberem Gartenhaus auf dem dreckigen Hinterhof fühle ich mich wohl zwischen den kulturvollen Gegenständen, den Antiquitäten, den kleinen Bildchen, den besonderen Büchern und Schallplatten. Meine Schätze, die ich von Friedrich habe, würden viel besser in Ronalds kleine Höhle passen als zwischen die geschmacklosen Möbel meiner Eltern.

Ich finde ein Kochbuch und mache Kartoffelsuppe. Als Ronald nach Hause kommt, habe ich den Ofen geheizt, das Bett bezogen, den Tisch auf der Terrasse gedeckt und stehe in der Tür mit dem baumelnden Küchenhandtuch an meiner Jeans. Ronald setzt sich auf das rote Sofa, nimmt ein kleines rotes Schulheft aus dem Regal, *Tamara – Pro und Contra 1974*, und macht einen Eintrag. Soll er denken, er könne mich beziehungstauglicher machen. Soll er denken, ich wäre tatsächlich imstande, Hausarbeiten aus Pflichtbewusstsein zu erledigen. Ändern wird er mich doch nicht.

Ronald legt das Heft zurück ins Regal. Ich nehme es wieder heraus. Unter der Spalte Pro steht bis heute: *Tamara hat Griebenschmalz gemacht.* Unter Contra steht: *Tamara hat im Wagen geraucht. Tamara hat den Frittiertopf explodieren lassen, Tamara hat sich mit meiner Bartschere die Fußnägel geschnitten.*

Er erzählt, wie er als Kind zwischen jüngerem und älterem Bruder jeden Abend vor Vaters Schreibtisch stand, der wie ein dunkler Felsen vor ihm aufragte, während seine Kinderfrau alle Straftaten verriet. Der Vater notierte die Anzahl der erhaltenen Stockschläge. »Stockschläge? Wohin denn?« »Auf die Hände meistens.« Ich nehme seine Hand, streichle über die zarten Finger. »Is ja grauenhaft!« Er tut mir leid, und ich liebe ihn, wenn er mir leidtut. Er riecht so gut, dass ich ihn ablecken will. »Weißt du, ich würde dich sogar lieben, wenn du jetzt hier mitten auf die Terrasse kacken würdest.« Ronald macht ein angeekeltes Gesicht. »Wieso sollte ich das tun?« Ich muss lachen. »Sollst du ja nicht!«

Beim Essen sagt er: »Magdeburg ist doch in Ordnung«, und lächelt aufmunternd. »An den spielfreien Tagen kannst du ja nach Berlin kommen. Oder ich komm dich mal in Magdeburg besuchen.« Er sieht auf seinen Teller. »Weißt du, ich bin wirklich gerne mit dir zusammen, nur lieben kann ich einfach nicht. Es liegt nicht an dir. Es liegt an mir. Mach dir keine Sorgen, ich mag dich trotzdem sehr. Es reicht ja, wenn du mich liebst.«

Er tut, als würde er meinen taxierenden Blick nicht merken. Oder vielleicht merkt er ihn wirklich nicht. Im Bett liege ich an seiner Brust, höre sein Herz und denke, was geht mich sein Herz an? Was hat es mit mir zu tun, ob es schlägt oder nicht?

»Sie sind ja jetzt unsere einzige Studierte hier«, sagt der Magdeburger Intendant. »Können Sie sich vorstellen, auch Regie zu führen?« Ich wiege den Kopf, und es wird nur ein halbes Nicken daraus. Ich denke daran, wie ich beim Praktikum in Zwickau von desinteressierten Laien umgeben war, die man aus anderen Sparten zur Puppenbühne versetzt hatte, und ich weiß, es wird jetzt wieder so sein.

»Sie sind schwanger, oder?« »Nee!«, sage ich und lache. Ich sage noch mal »Nee nee« und merke, wie unsicher es klingt. Er zeigt langsam auf meine Nase. »Ich seh so was nämlich in den Augen!«

Als ich die Treppe runtergehe, denke ich an das Maisfeld hinter meiner neuen Magdeburger Wohnung, in dem ich vorhin gehockt habe, weil ich nicht aufhören konnte, die kleinen Kolben zu essen. Deshalb bin ich zu spät ins Theater gekommen. Ich kann mich nicht erinnern, jemals einen solchen Hunger gehabt zu haben.

Am äußersten Rand der Stadt steige ich die vier Treppen rauf zu meiner einsamen kleinen Dachkammer mit Ausguss im Zimmer und Gasherd. Ich setze mich auf die Bettkante und sehe mich in dem hässlichen Raum um. Hier will ich nicht mit einem Baby leben.

Im Buchladen finde ich eine Postkarte von Gustav Klimt mit einer schwangeren Rothaarigen. Auf die Rückseite schreibe ich meinen Namen, überstemple ihn mit einem Lippenstiftkuss. Während ich Ronalds Adresse auf die Karte schreibe, fällt mir das Gastspiel in Prag ein, als wir kurz vor der Diplomverleihung standen und alle Mädchen aus meinem Jahrgang in einer übermütigen Stimmung beschlossen hatten, einen Tschechen mit ins

Zimmer zu nehmen. Meiner hieß Jarek, Jurek, Jaschek? Er würde sich an meinen Namen auch nicht erinnern.

Auf dem Heimweg durch den dünnen Regen sehe ich hinter einem Fenster ein Paar mit eingedrückten Gesichtern an einem Kneipentisch. Zum ersten Mal bezweifle ich, dass ich mit solchen Menschen in solch dumpfen Zuständen tatsächlich nichts zu tun habe. Ronald wollte kein Baby. Jedenfalls nicht jetzt. Oder nicht mit mir? Ich bin nicht, wie er mich haben will.

Am Sonntag klopft jemand an die Kammertür. Ich liege im Sessel mit Kaffeetasse und Zigarette. »Is offen.« Die Frau von der Jugendfürsorge sieht sich um und macht ein schockiertes Gesicht. »Und hier soll das arme Kindchen groß werden?«

Sie fragt, wo der Vater sei und ob ich denn niemanden hätte, der meine Kohlen die vier Treppen hochtragen würde. Ich beschließe, es zu genießen, von ihr für ein »asoziales Element« gehalten zu werden. Dass ich vor der Entbindung erst mal ins Haus meiner Eltern zurückziehen werde, sage ich nicht. Sie setzt sich auf meine Bettkante, schreibt Notizen in ein Formular und deutet mit ihrem Kugelschreiber auf meine Zigarette. Ich solle dringend aufhören zu rauchen, Kaffee sei auch schlecht. Ob ich etwa Alkohol trinke? Sie hält misstrauisch den Kopf schief und tut so, als würde sie mich schon lange kennen. Als würde sie alle Schwangeren kennen. Aber mich kennt sie nicht. Sie hat keine Ahnung.

Nächsten Monat käme sie wieder, sagt sie und gibt mir einen Zettel mit der Adresse der Jugendfürsorge Magdeburg. Ich solle in ihr Büro kommen, wenn ich ein Problem hätte. Aber schon die Vorstellung, wie hässlich und armselig ihr Büro vermutlich aussieht, ist für mich ein Problem.

Ronald antwortet mir nicht. Ich rufe einen Freund an und schicke ihn zu Ronalds Gartenhaus.

»Das Kind ist bei uns kein Hindernis, das weißt du ja«, hat der Intendant gesagt, als ich mich bei ihm schwanger melden musste. »Denk darüber nach.«

Am Elbufer denke ich nach, und wenn die Häuser auf der anderen Seite des Flusses bunt wären, würde ich anders darüber denken. Aber die Häuser sind grau und machen mich unglücklich. Wem soll ich das erklären? Ich will kein belangloses Märchentheater mit einfallslosen Handpuppen für die Kinder dieser langweiligen Stadt spielen. Und erst recht nicht mit einem Ensemble, bestehend aus einem Tänzer mit kaputten Füßen, einer alternden Souffleuse, die es nie zur Schauspielerin geschafft hat, einem jungen Geiger, dem die Hände zittern, einer schüchternen Schauspielertochter, die den Mund nicht aufkriegt, und mir. Was soll ich mit diesem verkrüppelten Haufen?

Ich suche nach Gründen, die sachlich klingen könnten, führe in Gedanken ein Gespräch mit dem Intendanten und fürchte mich vor seiner Begeisterung für anspruchsvolle neue Stücke mit unkonventionellen Puppen. Er würde mir das glatt ermöglichen wollen.

Vielleicht bin ich froh darüber, dass mir Magdeburg zu grau ist und mir ein Kind im Bauch steckt und mir klar ist, wie viel Arbeit es wäre, hier gutes Puppentheater zu machen. Möglicherweise würde es ja gar nicht so gut werden, weil ich es gar nicht so gut könnte, wie ich gerne würde.

Ich gehe den gewohnten Weg zum Dom. Der ist zwar düster und gruselig, aber die erhabene gotische Kultiviertheit fühlt sich heilsam an gegen die Einsamkeit. Ein hässlicher steinerner Hund mit aufgerissenem Maul glotzt mich an. Ich frage mich, warum die Wasserspeier, die aus der Fassade springen, so böse Gesichter haben. Mein Kind könnte das irgendwann fragen. Na, weil das Böse draußen bleiben soll, denke ich, als hätte der fiese Hundekopf es mir zugeflüstert. Oder habe ich die Frage als Kind meinem Vater einmal gestellt, vor einer anderen Kathedrale, und seine Antwort bis jetzt vergessen? Die Grimassenköpfe sehen mich an, als wüssten sie, wie viele Kinder diese Frage schon gestellt haben in den letzten siebenhundertachtzig Jahren.

Im Innenhof setze ich mich zwischen die Säulen unter einen Bogen. Von der Sonne ist das Gestein angewärmt. Ich lehne mich an das schwarze Mauerwerk, das kein Ruß geschwärzt hat, sondern die Ewigkeit. Das Hässliche ist draußen geblieben. Ich fühle mich befreit, kann hier drinnen besser nachdenken als da draußen. Die Pracht löst in mir keinen Respekt aus, keine Ehrfurcht, nur Wohlbefinden.

Die Religionen haben die Menschheit verblödet, sagte Alfred, wenn Adele sich im Urlaub eine Kirche ansehen wollte. Aber hier scheint sich kein heiliger Geist die Mühe machen zu wollen, mich zu verblöden.

Eine Frau schiebt einen roten Kinderwagen durch den Säulengang und sieht irgendwie beleidigt aus. Ich würde meinen Kinderwagen mit Stolz schieben! Wahrscheinlich würde es in Magdeburg aber niemanden interessieren, wie ich meinen Wagen schiebe. Wahrscheinlich interessiert sich hier jeder nur für sein Mittagessen.

Ich habe aufgehört, Ronalds Freund jeden Abend anzurufen. Er geht nie ans Telefon. Seit ein paar Tagen habe ich es einfach vergessen wie eine lästige Pflicht. Der Gedanke, das Kind alleine großzuziehen, gefällt mir. Möglicherweise will ich gar nicht mehr, dass Ronald sich meldet, weil meine Liebe zu ihm einfach auf das Kind übergesprungen ist und nicht ausreichen würde für zwei Menschen.

Als ich am Wochenende mit dem Zug nach Berlin fahre, sehe ich aus dem Fenster und will nicht mehr an die Zukunft denken.

Die Felder sind gepflügt, die Bäume gelb. Pappelblätter vom letzten Jahr haben beim Vermodern eine bleierne Farbe angenommen, liegen auf den Wiesen und dazwischen immer wieder leuchtend gelbe Kugelfrüchte. Wie die wohl schmecken müssen, dass kein Tier sie essen will? Um einen ledrigen Teppich aus Buchenlaub liegen haarige Grasbeulen. Ich stelle mir vor, mit meinem Kind alleine im Wald zu leben, an einem See. Wie schön es wäre, wenn mir das reichen könnte.

Dascha ist alleine im Haus. Sie fasst meinen Bauch an, gluckst und lächelt lieblich. Zum ersten Mal finde ich ihre Rührseligkeit in Ordnung.

»Du interessierst dich doch überhaupt nicht für Marximus-Lenimus. Is ja todlangweilig!«

Dascha wiegt den Kopf. »Geht so.«

»Du studierst das für Papa!«

Sie zuckt die Schultern.

»Na und.«

»Aber das ist doch dein Leben, Mann!«

»Ich versuche, nützlich zu sein.«

Daschas Freund kommt im FDJ-Hemd, um sie mit seinem Trabi abzuholen. Es gibt eine politische Diskussionsrunde im Haus der Jungen Talente. Danach sei Musik im Oktoberclub, sagt er. Na gut, ich komme mit. Eigentlich wollte ich Ronald suchen. Aber ich bin mir nicht sicher, ob ich ihn finden will, und verschiebe es.

Die Diskussion ist langweilig. Ich bleibe in der Tür stehen. Dascha sitzt zwischen den Studenten auf dem Fußboden. Sie steht auf und stampft mit dem Fuß: »Ich bin aber für den Frieden!«, und setzt sich wieder hin. Alle haben sich zu ihr umgedreht und warten, ob sie noch etwas sagt. Einige verdrehen die Augen, halten Dascha vielleicht für verrückt. Niemand versteht meine Schwester. Nur ich. »Sie ist für den Frieden, ihr langweiligen Streber!«, würde ich gerne in den Raum rufen. Ich weiß, wie klug Dascha in Wahrheit ist. Warum sie es nicht zeigen will, ist mir unbegreiflich.

Als Kind hat sie für Schokolade meine Mathehausaufgaben gemacht und meine Hausaufsätze geschrieben, obwohl ich zwei Klassen weiter war. Mit ihrer Glockenstimme könnte sie Sängerin werden. Die Musik muss sie aus Ilses Blut haben. Und schön ist sie bis in die Zehenspitzen. Schöner, als es Adele in ihrem Alter war.

An der Schauspielschule würde man das alles sehen, und sie könnte doch genauso glücklich sein, wie ich es war.

»Du sollst nur zum Vorsprechen gehen! Ich helf dir. Kannst dich ja immer noch dagegen entscheiden. Mann, du kannst singen, du kannst tanzen, du kannst Gefühle zeigen, du verstehst, was Theater bedeutet. Was willst du denn nur mit den ganzen staatstreuen Strebern?« Dascha zuckt wieder die Schultern. »Ich kann's ja versuchen«, sagt sie mutlos, und ich hoffe auf ein Wunder.

Abends sitze ich auf dem Stuhl neben dem Kühlschrank, die nackten Füße im Geschirrregal, trinke aus einer kalten Milchflasche und rede mit Irmgards Rücken am Spülbecken wie damals als Kind.

Irmgard findet, ich müsse geheiratet werden mit dem Baby im Bauch. »Wozu soll ich jemanden heiraten, der mich nicht liebt und kein Kind mit mir will?«, sage ich mehr zur Milchflasche als zu Irmgard. »Ach, dat fügt sich allet, wenn de den erst mal wiederjefunden hast. Wart's nur ab. Der wird schon auftauchen. Geht doch keiner nich verloren hier.«

Am Sonntag fahre ich zu Ronalds Gartenhaus und sehe schon von Weitem, dass es leer ist. Obwohl ich es erwartet habe, sticht mir beim Anblick der geplünderten Idylle ein tiefer Schreck in den Bauch. Die Tür steht offen. Ein alter Mann fegt von drinnen Staub auf die Terrasse, bleibt irritiert stehen, als er mich sieht, dreht sich um und fegt ungeschickt weiter. »Hallo?«, sage ich und gehe die Stufen rauf. Er sieht mich entgeistert an, als würde er einen Überfall erwarten. »Wo ist denn Ronald?« Der Alte fegt mir den Dreck entgegen. Er würde hier nur das Gartenhaus für die Mieter wieder in Ordnung bringen, das der Ronald okkupiert habe. Weiter wisse er nichts. Ich soll mal bei Romberg klingeln, erster Stock links, sagt er und zeigt auf die Tür zum Seitenflügel. Romberg lehnt mit einer Bierflasche im Türrahmen und lässt mich im Flur stehen. Er ist in Ronalds Alter, Mitte zwanzig, und betrachtet mich taxierend von oben bis unten, bleibt an meinem Bauch hängen und grinst. »Den bist du erst mal los, fürcht ich!« Romberg wackelt beim Sprechen mit dem Kopf. Er deutet mit dem Daumen Richtung Hof. »Hat sich hier ein hübsches Nest gebastelt, dabei sollte das 'n Atelier sein.« Bei dem Wort *Atelier* zieht er abfällig die Mundwinkel herunter. »Hat immer von seinem Landleben mit eigenen Feldern gefaselt. Da hätte ihm jede LPG 'n schönen Vogel gezeigt. Letzte Woche kam ein Kumpel, hat sein Zeug ausgeräumt und gemeint, Ronald ist im Westen. War mir klar, dass der abhaut. Mehr kann ich dir nicht sagen.«

Wie sich meine Liebe zu Ronald angefühlt hat, weiß

ich noch. Sie war so groß, sie kann nicht verschwunden sein. Aber jetzt ist es, als würde mein Kind die ganze Liebe in meinem Körper festhalten und nicht mehr herauslassen. Ich will an Ronald nicht mehr denken, gehe an seinem Haus vorbei, an seinem Briefkasten, ohne den Kopf zu drehen, ohne nachzusehen, ob meine Karte noch darin liegt. Ich sehe mit Scheuklappen geradeaus, um mich nicht an meine Gefühle für ihn erinnern zu müssen.

In Magdeburg spiele ich primitives Märchentheater, wohne in meiner primitiven Dachkammer und versuche, weniger zu rauchen.

Im Theater gibt mir der Pförtner einen Brief. Er ist nicht von Ronald. Er ist von dem Freund, den ich gebeten hatte, nach ihm zu sehen. *Liebe Tamara, es tut mir sehr leid, dir das schreiben zu müssen. Ronald ist auf der Flucht in den Westen angeschossen worden und vor ein paar Tagen in einem Westberliner Krankenhaus gestorben.*

Ich falte das Papier zusammen, werfe es in den Mülleimer und sehe mir den Probenplan an. Vormittagsvorstellung bis zehn, Konzeptionsprobe bis eins, Nachmittagsvorstellung bis vier. Ich muss mich umziehen, die Kollegen grüßen, draußen rauchen, spielen, rauchen, Mittagessen, proben, rauchen, Kaffee trinken, umziehen, spielen, rauchen, nach Hause gehen.

Abends im Bett fällt mir der Brief wieder ein, und es ist, als müsste ich ihn aus einem schwarzen Loch holen, in dem ich ihn vergessen wollte.

Ich bin erstaunt über diese seltsame Fähigkeit. Der Brief ist in einem Teil meines Bewusstseins abgelegt, in dem es keine Emotionen gibt, die ich ihm zuordnen könnte. Er ist eine Information. Weiter nichts. Mir kommt das Wort Halbwaise in den Sinn. Ein schlechtes Wort. Alleinerziehende aber ist ein gutes Wort. Ich werde staatlichen Unterhalt bekommen. Gemeinsam mit meinem Bauch beschließe ich, dass der Vater im Westen ist. Das werden wir behaupten.

Im Winter packe ich meinen Koffer und trage ihn zusammen mit meinem großen Bauch zum Bahnhof. Der Abschied von Magdeburg ist grau, nass und kalt. Nicht mal Schnee gibt es in dieser bepissten Stadt!

Dascha hat sich nicht zur Vorauswahl an der Schauspielschule angemeldet. Wir fahren trotzdem hin. Die Sekretärin kennt mich und setzt ihren Namen ausnahmsweise in eine Lücke auf der Liste. In der Kantine, im Foyer auf dem Fußboden und auf der Treppe sitzen Jugendliche. Alle sind aufgeregt. Dascha nicht. Sie benimmt sich wie eine Zuschauerin. »Hast du dir überlegt, was du singst? Hast du ein Gedicht vorbereitet? Und du musst denen sagen, was du zur Prüfung spielen willst. Erzähl denen irgendwas. Du gehst gerne ins Theater, singst und tanzt, ach, sei einfach, wie du bist, ganz natürlich, ja?« Dascha nickt. Sie wird aufgerufen. Ich bin aufgeregt. Nach einer halben Stunde kommt sie genauso unaufgeregt raus, wie sie reingegangen ist.

»Und?« Dascha zuckt die Schultern. »Waren alle nett.« Sie will den Gretchenmonolog vorbereiten. »Oh Gott, wie öde! Mann, den spielt hier jede Zweite vor. Da fangen die an zu gähnen!« Dascha besteht darauf.

Nach zwei Wochen kommt ein Brief. Sie ist eingeladen zur Zugangsprüfung. Ihrem Freund gefalle die Idee nicht, sagt sie. Es sei nicht das Richtige. Ich sage, er habe überhaupt keine Ahnung, was richtig für sie sei, und sie müsse es schließlich selber wissen!

Dascha sagt die Prüfung ab.

»Die Schauspielschule hat angerufen«, sagt Alfred beim Abendbrot und klingt nicht begeistert. »Sie würden dich ausnahmsweise ohne Prüfung aufnehmen. Dein Auftreten bei der Vorauswahl war ausreichend«, fügt er mit skeptischem Blick hinzu, als würde er ihr unterstellen, sich vor den Professoren nackt ausgezogen und auf dem Tisch getanzt zu haben. »Ich hab gesagt, du überlegst es dir«, sagt Alfred. Ich umarme Dascha, küsse ihren Kopf, »Mann, siehste! Ich hab dir gesagt, das ist richtig für dich!« Adele fuchtelt mit ihrer Gabel. »Na, Dascha kann schon was bissel Intelligenteres werden als 'ne olle kleine Theaterhure! Euer Vater hat sich den Arsch aufgerissen für euch, da kann wohl wenigstens eine was Anständiges werden!« Dascha piekt in ihr Essen und sagt, sie wolle lieber keine Schauspielerin werden.

Ich schleudere mein Besteck über den Tisch. »Ich will nicht mehr zu dieser kranken Familie gehören«, und schlage von außen die Esszimmertür zu.

Im Flur bleibe ich vor dem Spiegel stehen. Ich stelle mir vor, meine Schwester würde bei einem Unfall ihr Gedächtnis verlieren. Ich rette sie im letzten Moment und gebe ihr einfach eine neue Identität, befreie sie von der bescheuerten Familie und gebe ihr einen neuen Namen. Die Haustür scheppert, als ich sie zuschlage, und die angebrochene Glasscheibe klirrt.

1945

Gaston öffnete die Tür

Obwohl Esther sonst von außen durch die zerbrochene Scheibe an die Klinke griff, hatte sie diesmal geklingelt. Sie musste lachen, als Gaston ihr förmlich die Hand hinhielt und sagte: »Otto.« »Esther«, sagte Esther. Gaston blickte sie an, als hätte er sie seit vielen Jahren nicht gesehen. »Darf ich bei Yvette bleiben?« Es war seltsam, Gaston deutsch sprechen zu hören. Sein hessischer Dialekt machte ihn gewöhnlich. Doch Esther wollte keine Yvette mehr sein. »Nein, Otto«, sagte sie streng, »ich bin Esther. Esther Hirsch.«

Sie dachte, die Männer hätten einander viel zu erzählen, jetzt, wo sie offen über alles reden durften. Esther wollte zum Beispiel mit Gaston, der Otto hieß, über die Einsätze reden, wollte wissen, was er gewusst und ihr nicht gesagt hatte, und ihm erzählen, was sie gewusst und ihm nicht hatte sagen dürfen. Es war für Esther das Qualvollste gewesen, schweigen zu müssen. Qualvoller als die Angst. Alfred sagte: »Jetzt mach mal dein hübsches Plappermaul zu, mon trésor, und lass uns überlegen, wie's weitergehen muss.« Die Männer wollten sich mit dem Vergangenen nicht mehr beschäftigen.

Esther wurde vom NKFD als Paris-Korrespondentin eingesetzt und musste erst einmal alleine in Paris bleiben. Alfred und Otto klauten einen Nazi-Ford und wollten nach Berlin.

Als die Männer weg waren, nahm Esther Stift und Papier und schrieb die Informationen auf, die Gaston in ihrem Kopf abgelegt hatte, weil sie sonst nirgends aufbewahrt werden durften. Jetzt war das alles unnütz. Sie schrieb die ganze Nacht, räumte ihr Gehirn auf, und am Morgen steckte sie die beschriebenen Seiten ins Feuer. Sie konnte anfangen, die erfundene Vergangenheit zu vergessen, und sich an ihre wahre Vergangenheit erinnern. Jetzt hatte sie nur noch einen Namen. Den schrieb sie auf ein neues, sauberes Blatt. Darunter ihr Geburtsdatum. Geboren in … Esther sah aus dem Fenster in die Frühlingssonne und schrieb: *Paris*. Ihr Geburtsdatum strich sie durch und schrieb *8. Mai 1945*. Sie musste raus auf die Straße und hatte Hunger auf ein neues Leben.

Alfred und Otto hatten sich in der amerikanischen Militärbehörde Paris von Major Cassady einen Brief ausstellen lassen, in dem stand, sie seien Mitglieder der französischen Résistance gewesen und müssten von allen US-amerikanischen Behörden auf ihrem Weg nach Berlin unterstützt werden.

Alfred saß nur bei Tageslicht am Steuer, und sobald eine Stadt in Sicht war, nahm Otto die Hände aus dem Nacken und sagte: »Lass mich mal wieder bisschen fahren.« So hatte er es Esther versprechen müssen. In Heppenheim waren Geld und Benzin alle. Alfred und Otto zeigten den amerikanischen Besatzern ihren Brief und wurden in einer Villa untergebracht, vor der die amerikanische Flagge wehte. So blind kann der nicht sein, dachte Otto, als Alfred in der dunklen Heppenheimer Kneipe das hübscheste Mädchen mit an den Tisch brachte.

Sie teilten sich die Heppenheimerin und es war nichts dabei, weil sie es mit Esther genauso gemacht hatten.

Von den beschlagnahmten Autos bekamen sie einen Opel samt Anhänger mit Benzinkanistern, Motoröl, Corned Beef, Schmalz, Trockenbrot, Milchpulver und Schokolade. Den Ford ließen sie da und fuhren nach Köln. Herr Adenauer solle bitte beim Neubeginn daran denken, allen Widerstandskämpfern und KZ-Überlebenden ein herausragendes Mitspracherecht einzuräumen, denn sie hätten sich nicht aus Spaß den Arsch aufgerissen. Konrad Adenauer gab Alfred die Hand und sagte: »Aber, meine Herrn, isch bitt Sie, wir wisse ja alle janz jenau den großen Anteil der Kommunisten am Widerstand jejen die Nazis zu schätzen. Wir verjesen dat nischt, dat müsse Sie mir jlauben.« Er streckte seine Hand aus: »Ich wünsch Ihnen alles Jute in der Heimat. Lassen Sie mir Ihre Adresse da. Jrüß Sie Gott, meine Herrn.«

In Berlin fuhren sie zu Wilhelm Pieck. Alfred und Otto zerrten zu zweit den schweren Seesack voller Briefe die Treppe rauf, den sie aus der Pariser Parteizentrale mitgebracht hatten. Der Sack war gehütet worden wie ein Schatz und verlor seinen Wert mit jedem verstrichenen Tag, an dem die Informationen, die in den Briefen standen, älter wurden. Drei Briefe der Honeckers an ihren Sohn Erich waren auch darunter.

Alfred zitierte zum Abschied Adenauers kölsches Schwade, imitierte seine Gestik, und die drei Männer lachten, bis daraus ein Weinen wurde. Sie lagen einander in den Armen und erlaubten sich das Weinen, weil sie dachten, es wäre vor Glück. Stattdessen war es die Trauer über das lange Unglück.

Bei Erwin und Ilse wurde auch geweint, und während Alfred seinen kleinen Bruder umarmte, glaubte er, über seine Schulter Sophie Freud im dunklen Flur stehen zu sehen. Das Mädchen trat näher und war nicht Sophie, sondern Erwins Frau. Sie gab Alfred die Hand. Ihr Blick war voller Energie, ohne das zweifelnd Fragende, das in Sophies Augen gelegen hatte. Sie kannten einander von der AEG. Man hatte ihr in der Werksleitung Fotos von nackten Frauen gezeigt, die eine Straße entlanggetrieben worden waren und Schilder getragen hatten: *Ich bin eine Judenhure.* Da Erwin ihr verboten hatte, sich Angst machen zu lassen, erzählte sie ihm lieber nichts von der Warnung, die auch ihm gelten musste.

Bis zum Kriegsende trafen sie einander heimlich, und am dreißigsten Mai neunzehnhundertfünfundvierzig war ihre Trauung, die erste Nachkriegshochzeit im Pankower Rathaus. Den Gästen hatten sie einen Umweg erklärt, damit sie nicht am Bahnhof vorbeikamen, an dem die Passanten von Russen für Bauarbeiten eingeteilt wurden. Man bekam ein paar Kohlen dafür, und vielleicht wären den Trauzeugen die Kohlen wichtiger gewesen als die Hochzeit. Erwins Frau schrieb mit ordentlicher Handschrift an Friedrich nach England: *Bitte nimm mich so freundlich in deiner Familie auf, wie du mir von deinen Söhnen und deiner Frau beschrieben wurdest.*

Erwins Frau konnte Mutter Ilse besser beruhigen als Erwin selbst. Aber wenn Ilse stundenlang schluchzend durch die Wohnung lief und nicht wusste, wohin mit ihrer Sehnsucht, wenn sie sich bog auf dem Küchenstuhl oder tagelang am Fenster saß, ohne zu sprechen und zu essen, wusste Erwins Frau ihr auch nicht zu helfen. Ilse wollte ihr Dasein keinen Tag länger aushalten ohne Friedrich und quälte sich in ihrem Zustand mehr, als sie sich den ganzen Krieg über gequält hatte.

Alfred versuchte es mit derselben sinnlosen Methode

wie Erwin. Er setzte die Mutter in den Sessel, nahm ihre Hände und malte ihr den schönsten Kommunismus aus, in dem sie bald mit Friedrich leben würde. Als Alfred sechs gewesen war, hatte das funktioniert. Jetzt war er dreißig Jahre älter, und es funktionierte nicht mehr.

Ilse schüttelte den Kopf: »Junge, ich hab doch nichts am Hut mit eurem Kommunismus.«

Für Friedrich würde sie bestimmt eine Kommunistin werden, dachte Alfred. Nur war leider Friedrich auch keiner, und das waren zwei Dinge, die Alfred ändern musste.

Alfred schrieb selbst einen Brief an »Papachen«. Ilses Zustand beschrieb er darin lieber nicht. *Erwin hat eine entzückende Frau geheiratet. Komm sie dir bald anschauen! Du weißt, dass Mutter einverstanden ist mit deiner Rückkehr und auch selbst bleiben will. Esther ist jetzt auch wieder bei uns. Das Leben hier ist hart, aber unerhört spannend! Komm schnell rübergeschwommen und sieh dir an, was die Russen mit ihrem Sektor anstellen!*

Alfreds Brief schaffte den unergründlichen Postweg nach Newcastle, wohin die Royal Grammar School nach Kriegsende zurückgezogen war. Alfred musste dem Brief seine Eigenschaft aufgestempelt haben, die er schon als Kind gehabt hatte, überall durchzuschlüpfen, nie erwischt zu werden, sich sichtbar oder unsichtbar zu machen, wie es gerade passte. Er sei eben ein Sonntagskind, sagte Ilse, während ihr Brief verschwand wie all ihre Briefe zuvor.

Alfred kannte seinen Vater, und ihm wurde etwas klar. »Der Vater will nicht weg von den Schülern«, sagte er, und Ilse nickte betrübt. Die Schüler konnte sie nicht aufwiegen.

In Berlin gab es noch keine Schüler. »Er braucht eine Aufgabe, die viel größer ist als die jetzige.« Das war Alfreds

Plan, und er schrieb an Friedrich: *Du wirst SOFORT eine wichtige Stellung in der Zentralen Erziehungs- und Schulaufbauverwaltung bekommen!*

Ilses nächster Brief kam wieder nicht an, Alfreds Brief aber doch, und sein Plan schien zu funktionieren. Friedrich schrieb zurück: *Wir müssen den falschen faschistischen Gemeinschaftssinn aus den jungen Menschen wieder herausbekommen und versuchen, das zu erreichen, was die Religion nicht geschafft hat. Nämlich, dass die Jugend ein Verantwortungsbewusstsein für die Gesellschaft entwickelt. Es muss eine individualistische Erziehung angestrebt werden. Erst die Erfahrung wird uns lehren, was tatsächlich zu tun ist.*

Wenn Friedrich an den Wochenenden nach Penrith fuhr, um Irene zu sehen, redete er von dem neuen Schulsystem, das er entwickeln wollte. Er sagte, man müsse sich für fortschrittliche Schulen ein Beispiel nehmen am Bauhausgedanken. Die strengen Grenzen zwischen Naturwissenschaft, Geisteswissenschaft, Technik, Handwerk und Kunst müssten dringend abgeschafft werden.

In Alfreds dritte Post nach England steckte Ilse endlich ihren eigenen Brief mit hinein. Friedrich öffnete ihn drei Wochen später. Es war dasselbe Datum im August, an dem Friedrich und Ilse sich sechs Jahre vorher am Gare du Nord zum letzten Mal gesehen hatten. *Du hast gewiss deine Pflichten wieder vollauf erfüllt, mein Lieber, wie immer im Leben …* Aus Ilses Brief las Friedrich, dass sie ihm die Sache mit Irene Summer verzieh, und Friedrich schrieb: *Meine liebe, tapfere Elsi, seit Jahren warte ich auf den Tag, an dem ich wieder einen Brief von dir, meine Liebe, erhalten würde. Mit Worten kann ich dir nicht beschreiben, was dieser Brief für mich bedeutet. Ich bin dir so dankbar für dein Ein-*

verständnis, die wenigen Jahre, die mir noch zur produktiven Arbeit zur Verfügung stehen, an deiner Seite und bei den Kindern verbringen zu dürfen.

Friedrich hatte in fünf Jahren keine einzige Unterrichtsstunde ausfallen lassen. Niemand wollte ihn gehen lassen, und er wusste, er würde ein großes Loch hinterlassen. Er versprach dem Rektor, die Schule erst zu verlassen, wenn ein Nachfolger gefunden und von ihm gründlich eingearbeitet worden wäre. Im Januar neunzehnhundertsechsundvierzig verabschiedete die Schule den Exillehrer feierlich, und am selben Tag wurde ihm von der Bewegung Free German Movement mitgeteilt, das Britische Innenministerium könne für die dreihundert zivilen Rückkehrer keinen Schiffsraum zur Verfügung stellen.

Irene besorgte eine Mitfahrgelegenheit nach London. Ohne Friedrich wollte sie auch nicht in England bleiben. In London wurden sie von einer Behörde zur nächsten geschickt, Friedrich bekam monatelang seine Papiere nicht und fing an, heimgekehrte Offiziere an einem Londoner College zu unterrichten. Die Weigerung des Alliierten Kontrollrats in Berlin, den deutschen Lehrer nach Hause zu lassen, beleidigte Friedrichs Menschenwürde nicht zum letzten Mal für diesen Krieg.

Friedrich ging mit Irene abends zur Themse, und es hätte schön sein können, dass die Platanen kugelige Knospen trugen, aber Friedrich war nur noch körperlich in England. Sie redeten nicht, obwohl sie immer so viel geredet hatten. Der Aufschub machte beide unglücklich, weil sie nicht anfangen durften zu zweifeln. Friedrich überlegte, ob er Irene erklären musste, wie es ihm ging, aber jeder Ansatz einer Erklärung kam ihm vor, als würde er versuchen, den Krieg zu erklären. Den Krieg konnte niemand erklären.

Irene schien ihm die Ratlosigkeit anzusehen, und bis auf den Versuch, verständnisvoll zu lächeln, fiel ihr auch nichts ein.

Wieder war es notwendig, dass man sich für Friedrich einsetzte. Ein Minister der Labour Party war ein Bekannter eines Bekannten und bewirkte nach einem halben Jahr Friedrichs Ausreisegenehmigung.

Irene ließ man in die Schweiz fahren zu den letzten lebenden Teilen ihrer Familie. Ob und wann sie sich wiedersehen würden, war unklar. Briefe wollten sie einander schreiben und zusammenreißen wollten sie sich schließlich auch. Neu anfangen gegen den Kummer. Ablenken und zusammenreißen. Das hatten sie längst gelernt.

Auf dem Militärtransportschiff war Friedrich der einzige Zivilist.

An der deutschen Grenze wurde der Professor zum Verhör aus der Warteschlange sortiert und in eine Zelle geführt. Friedrichs Berufung an eine Charlottenburger Hochschule, die Ilse ihm besorgt hatte, half nicht. Während der Zugfahrt hatte er Steine schleppende, halbverhungerte Kinder und Jugendliche auf den Straßen gesehen und gedacht, die gehörten doch alle so schnell wie möglich in anständige Schulen. Die passende Hochschulreform trug er im Gepäck.

Friedrich hielt sich für einen Sozialdemokraten. »Und warum wurden Sie dann 1932 aus der SPD ausgeschlossen?«, fragte der verhörende Polizist. Friedrich erklärte, die SPD sei damals der Meinung gewesen, er könne nicht gleichzeitig Mitglied in der Deutschen Friedensgesellschaft sein. Er sei aber schon seit 1903 Mitglied in der Friedensgesellschaft und die SPD sei nämlich in Wahrheit beleidigt gewesen wegen eines Artikels, in dem Friedrich sich über die Genehmigung eines Panzerkreuzers empört hatte. Aber der Beamte wollte nichts wissen von Beleidigungen und fragte, ob er tatsächlich vorhabe, an der Charlottenburger Hochschule zu arbeiten. Friedrich wusste nicht, was man von ihm hören wollte. Nein, er wolle nach Freiburg an seine alte Uni. Das schien aber auch die falsche Antwort zu sein. Endlich verstand Friedrich, dass man ihn im Amerikanischen Sektor nicht haben wollte. Er hätte es längst verstehen müssen. Als Friedensaktivist war er immer bemüht gewesen, die großen Zusammenhänge zu begreifen, und jetzt hatte er nicht einmal begriffen, dass der Krieg vorbei war. Die Nazis waren keine Feinde der westlichen Besatzungsmacht mehr. Die Feinde waren jetzt wieder die Kommunisten. Er sei kein Kommunist, beteuerte Friedrich geistesgegenwärtig, aber es hatte keinen Sinn, das zu beteuern. Man glaubte ihm kein Wort. Seine Familie lebe ja sowieso schon im russischen Sektor, sagte Friedrich resigniert, und er würde sich dort auch langfristig ansiedeln, behauptete er, obwohl er das eigentlich nicht wollte. »Für den Rest Ihres Lebens?«, fragte der Beamte. Friedrich wackelte mit dem Kopf. Er musste es versprechen und das Versprechen unterschreiben und durfte passieren.

Wehmütig dachte er an seinen geliebten Schwarzwald. In Berlin fragte er sich durch die zertrümmerte Stadt, lief einen halben Tag mit Gepäck auf dem Rücken von Schöneberg bis Pankow durch Ruinen und Steinberge. Niemand achtete auf ihn. Er fragte Menschen nach dem Weg, und sie sprachen nur das Nötigste, als müssten sie sich die Worte vom Munde absparen. Friedrich sah die verletzte Gesellschaft ebenso in Schutt und Asche liegen wie die Stadt. Missmutige Gesichter gingen an ihm vorbei, und selbst in Kindergesichtern lagen die Augen vergrämter alter Leute. Ein Wunder, wie diese Menschen überhaupt miteinander arbeiten konnten, dachte Friedrich. Zwei Stunden saß er auf der Treppe vor der Wohnungstür. Als Ilse die Stufen hinaufkam, sah sie kaum ein halbes Bein von dem ganzen Mann und wusste sofort, wer es war. Es wurde an dem Tag bei den Hirschs mehr geweint als in der Wohnung mit den zwei hungrigen Säuglingen oben drüber.

Ilse war mit Friedrichs Rückkehr schlagartig geheilt. Friedrich erfuhr nichts von ihrer Verzweiflung, und alle vermieden darüber jede Andeutung. Energisch fing sie an, zu Hause für Ordnung zu sorgen. Draußen auf der Straße organisierte sie den Wiederaufbau und war nicht mehr die zurückhaltende Hausfrau, die Friedrich sechseinhalb Jahre zuvor verlassen hatte. Sie hatte außerdem nichts dagegen, dass Friedrich Briefe an Ms Summer schrieb, und auch nicht, dass er oft von ihr sprach.

1972

Wir kochen in der Gemeinschaftsküche

Alles, was wir zusammen machen, wird Theater. Alles, was wir anfassen, wird Puppe. »Der Unterricht beginnt um dreizehn Uhr und nicht um dreizehn Uhr drei!«, artikuliere ich scharf wie die Sprecherziehungslehrerin und klingle die Gabel gegen den Wasserhahn. »Sie sind zu spät im Spülbecken zum Abwasch erschienen! Zur Strafe müssen Sie sich heute in der Spree waschen!« Ich werfe einen Alulöffel aus dem Fenster über die Promenade ins Wasser. Am Esstisch spielt jemand den Pfefferstreuer. Jemand anderes wickelt ein Serviettenbrautkleid um eine Salatgurke, heiratet den Pfefferstreuer und entbindet ein Stück Bambina-Schokolade. Das Wasserglas ist ein tiefer Brunnen. Ein kleiner verbogener Löffel sitzt als Amme auf dem Rand, singt ein trauriges Lied und stillt das Schokoladenbaby. Es fällt in den Brunnen, der Löffel guckt hinterher, fängt an zu zittern, klappert vor Angst gegen das Glas, versucht, über den Tisch zu rennen, wird von der geifernden Muttergurke verfolgt, stolpert, kriecht jammernd in die Tischschublade.

Am nächsten Tag albern wir im Szenenstudium weiter. »Ich weiß, manchmal ist es frustrierend«, sagt der Dozent. Seine eigene Rede dirigierend, schwenkt er den Arm und stakst langbeinig über die Bühne. »Die Situationskomik, die uns so leichtfällt, muss bei der Stückentwicklung in disziplinierte Absprachen umgewandelt werden.« Wir sitzen an der Bühnenkante. Die Hand meines Kommilitonen fängt an in seiner Hosentaschen zu zappeln wie ein verirrter Hamster. Er schlägt mit der anderen Hand drauf. »Denn nur, wenn wir unseren übermütigen Geist kombinieren mit Beherrschung und Ordnung, kann Brauchbares daraus entstehen.« Die Hosentasche bewegt sich wieder wie ein pochendes kleines Herz. Mein Kommilitone macht leise fiepende Jammergeräusche. »Das dionysische Element muss mit dem apollinischen in Einklang gebracht werden«, doziert der Lehrer. Mein Kommilitone gibt seiner Hosentasche einen Klaps mit einem unterdrückten Aua. Ich muss lachen. Der Dozent sieht mich mahnend an und hebt den Zeigefinger: »Ekstatischer Rausch, gepaart mit wissenschaftlicher Erkenntnis.« Aus der Hosentasche neben mir kämpft sich mit leisem Schnaufen ein Weinkorken hervor, wird von der anderen Hand geschnappt und mit genüsslich erleichtertem Stöhnen in die hintere Hosentasche geschoben. Wir müssen beide lachen und werden auf die Bühne gerufen, um die erste Szene zu spielen.

Etwas Seltsames passiert mit mir. Disziplin. Allein das Wort habe ich in zehn Schuljahren zutiefst verachtet. Aber beim Proben kommt es mir vor, als hätte ich mich danach gesehnt.

Nach dem Unterricht gehen wir ins Berliner Ensemble. Es fühlt sich erwachsen an, meinen Studentenausweis für Theaterschaffende durch die Kassenluke zu schieben und nicht mehr sagen zu müssen: »Eine Steuerfreikarte für Hirsch, bitte.« Jedes Mal habe ich das Gefühl gehabt, aus der Schlange angeglotzt zu werden, als würden sich alle fragen, als wessen Geliebte ich die Steuerkarte bekam. Darum muss ich meinen Vater jetzt nicht mehr bitten. Wir bekommen sogar kostenlose Programmhefte. »Zement?

Klingt ja richtig lustig!« Meine Freundin haut mir auf den Hinterkopf. »Hör auf zu maulen!«

Es geht um Bürgerkrieg, Hunger, eingeschlagene Schädel, Maschinen, um ein Zementwerk und um ein Paar, das nicht weiß, wie Kommunisten sich eigentlich lieben. Die Hauptrolle heißt Dascha und ist eine Kämpferin, die versehentlich ihr Kind im Heim verhungern lässt. Ich versuche, nicht hinzuhören, weil es mir die Kehle zuschnürt, aber es wird in pathetischen Versen gesprochen, die sich in mein Hirn schlängeln, ob ich will oder nicht, während ich mich bemühe, an etwas anderes zu denken. An meine Schwester zum Beispiel, die das nicht sehen, sondern spielen sollte. Es zu spielen könnte nämlich aus ihr eine Frau machen, die mit ihrem Leben klarkommt, weil sie gebraucht wird.

In der Kantine zerreden die anderen das Stück, dabei hat niemand etwas zu sagen, was nicht der Text schon gesagt hätte.

Ich gehe zum Bühnenarbeitertisch, setze mich neben einen Riesen in Lederjacke, den ich als Sohn von Alfreds Freunden kenne. Er dreht eine Zigarette. Ich nehme sie ihm aus der Hand. »Hast du Feuer?« Als hätte ich ihm den Löffel für seine Suppe weggenommen, sieht er mich kindisch an, und mir fällt ein, wie wir heimlich geraucht und uns geküsst haben als Jugendliche, im Gebüsch an Alfreds Geburtstag. Er hatte sich damals schon hinunterbeugen müssen zu mir, obwohl er ein Jahr jünger ist. Bühnenarbeiter wollte er damals nicht werden. Eher Musiker. Es gefällt mir, wie er von oben mit schiefem Kopf auf mich runtersieht. Ich verschränke meine Arme, dass sich meine Brüste so weit wie möglich in seiner Blickrichtung zusammenschieben. Die hatte ich damals noch nicht. Er ist spürbar irritiert, wirft versehentlich sein Wasserglas um, und ein Rinnsal fließt über den Tisch auf mich zu. Ich will baden fahren. Sofort. »Hast du ein Motorrad?«

Seine Lederjacke halte ich umklammert und bediene von hinten die Blinker, um ihm den Weg zu zeigen. Als er den Motor am Feldrand ausschaltet, wird es unheimlich still und dunkel. Ich taste mich vor zum Apfelbaum neben der Einfahrt und ziehe den verrosteten Schlüssel aus dem hohlen Stamm.

Wir schwimmen raus auf den See, der so schwarz ist wie der Himmel, und als ich ihn an der Hand zum Steg zurückführe, stößt er sich an der Treppe den Zeh. Auf dem Dachboden gibt es kein Licht. Er stößt sich am Balken den Kopf. Wir schieben zwei Matratzen unter das kleine Fenster. Der Sex ist mühsam. Unsere Körper passen nicht zusammen. Sein Unterkörper ist zu breit, und meine Knie erreichen die Matratze nicht, als ich auf ihm sitze. Es entsteht keine Bewegung. Ich zünde mir eine Zigarette an und drehe mich auf ihm um. So ist es besser. Statt des Dachbodenraums mit Spinnen auf grauer Auslegeware umhüllt mich nur die nackte Leere. Ich weiß nicht, ob ich mich geschützt oder gefangen fühle von der Dunkelheit. Sie löst sich auf in bunte Felder wie Nordlichter, die um mich herumschwimmen. Dunkle Tücher bilden beulige Formen wie unter Wasser, dann scheint der Schatten eines Baumes durch eine Nebelwand, und lange weiße Wurzeln kriechen auf mich zu. Ich kann nicht mehr unterscheiden, ob wir wirklich alle Bewegungen in Zeitlupe ausführen oder ob sich die Zeit verzerrt hat. Die Unendlichkeit ist mein Partner und verlangt nach keinem Höhepunkt. Dann wird die Erdverankerung, die in mir steckt, weich, nass und schrumpft. Ich schnipse die Kippe aus dem Fenster, lasse mich auf die Seite fallen. Als er sich hinkniet, eine

Zigarette dreht und sein Kopf für einen Moment von der Streichholzflamme beleuchtet ist, nehme ich ihm die Zigarette aus der Hand. Der Riese ist wie ein Bruder, vollkommen vertraut und irgendwie egal.

Am Morgen schwimme ich allein im See. Als ich zurückkomme, sitzt er mit hängenden Schultern rauchend auf der Terrasse und sieht verloren aus. Ich will ihn nicht mehr hier haben. Es ist mein See, mein Garten, mein Dachboden, meine Kindheit. Gestern fand ich seine Unbeholfenheit noch süß und wollte mit ihm heute auf der Wiese rumliegen, baden gehen, Feuer machen.

Dass er mir jetzt so verwandt vorkommt, muss an dem Theaterstück liegen, das über Nacht in mir gearbeitet hat. Es fühlt sich an wie Inzest, ihn als Mann zu betrachten. Seine Eltern hätten auch ein VVN-Grundstück an einem anderen See, sagt er. In der Vereinigung der Verfolgten des Naziregimes schieben sie sich gegenseitig die Wassergrundstücke zu. Es kommt mir vor, als hätte man uns mit dem Versprechen in die Welt gesetzt, das Recht auf ein eigenes Dasein zu haben, und würde es nun nicht mehr einlösen wollen, sondern auch noch Verständnis erwarten für die Kälte in unseren Eltern. Dankbar sollen wir sein für ihr Überleben. Ihre Vernachlässigung an uns sollen wir akzeptieren und den Kampf übernehmen, den sie uns als einzige Daseinsberechtigung verkaufen. Wir sollen ihre Schulden tragen, und wir sollen denken, es gäbe keinen anderen Weg. Je älter wir werden, desto provisorischer werden aber ihre Kulissen, desto deutlicher die Fehler in allem. Erklärungen gibt es nur in der Kunst, und unsere Gefühle sind außerhalb der Bühnen und der Bücher nicht zur Verarbeitung freigegeben. Damit sollen wir leben und nicht nach Fluchtwegen in andere Welten suchen, sondern den Auftrag unserer Eltern weiterführen, obwohl die

Gründe in ihren Knochen stecken. Nicht in unseren. Der Riese würde nicken und es genauso sehen. Das weiß ich. Das sehe ich in seinen Augen, als würde ich mich darin spiegeln. Meine Ansichten will ich aber von ihm nicht bestätigt haben. Ich weiß, es ist ungerecht und falsch, ihn nicht kennenlernen zu wollen. Aber lieber will ich jemanden kennenlernen, der alles ganz anders sieht als wir.

Mit seinem Motorrad darf ich den Sandweg einmal rauf und runter. Holpernd wirft sich die Maschine von einem Loch ins nächste. Ich stelle mir vor, auf die leere Landstraße abzubiegen und mich von der Geschwindigkeit überholen zu lassen, während die stachligen märkischen Kiefern mit ihren orangeroten Stämmen in meinen Augenwinkeln zusammenschmelzen. Es wäre nur ein kleiner Schlenker. Als ich an der Abzweigung zur Straße vorbeifahre, spüre ich den Impuls schon in den Schultern.

Da steht der Nachbar mit bis zur Brust hochgezogener Trainingshose vor mir, hebt drohend die Faust und sieht so albern aus, dass ich lachen muss. Winkend fahre ich einen Bogen um ihn herum und drehe eine letzte Runde bis zur Wendeschleife.

Warum wir in den Theaterkantinen rumhängen würden, fragt einer der Schauspielstudenten. Er kenne einen Club, der viel cooler sei und sogar bis Mitternacht geöffnet. Der Club ist eine Wohnung in einem halb leeren Prenzlauerberger Hinterhaus.

»Ich suche jemanden für meinen Landwirtschafts-Fragebogen«, sagt ein langhaariger Blonder und setzt sich zu mir. »Brauch ich fürs Studium. Machst du mit?« Er ist groß, schlaksig, hat klare grüne Augen und feine Hände. Mir gefällt sein goldener Füllfederhalter mit der gravierten Spitze. Dass ich seine Fragen mit größtmöglicher Albernheit beantworte, stört ihn nicht. Er nimmt meine Hand, sieht mir bedeutungsvoll in die Augen und sagt mit eindringlicher Wahrsagerstimme: »Deine ausgeprägte Naturverbundenheit kann ich zweifelsfrei feststellen, aber dein Leistungswille ist leider vollkommen unterentwickelt.« Er verkneift sich mühsam das Lachen: »Ich muss dir leider mitteilen, dass du für die sozialistische Landwirtschaft nicht zu gebrauchen bist.« Ich mache ein enttäuschtes Gesicht. »Ach herrje, wie bedauerlich.« Er begutachtet mein Handgelenk und lehnt sich zurück. »Zu dünn für den Tagebau, zu hübsch für den Schweinestall, zu aufsässig fürs Sekretariat. Ich fürchte, mit dir ist nichts anzufangen.«

Ronald ist lustig. Nicht so schwerfällig wie der Riese. Im dritten Hinterhof steht sein hellblaues Gartenhaus. »Willkommen in meinem Wohnexperiment.« Ich lege mich auf ein rotes Samtsofa. Die DDR ist hier nicht angekommen. Er muss sie ausgesperrt haben. Er scheint aus einer vollkommen anderen Welt zu stammen, die weit entfernt ist von Kampf und Sozialismus. »Mann! Ich bin total verliebt in dein Häuschen!« Zumindest das Sofa sei offenbar auch in mich verliebt, sagt er. Noch nie habe jemand darauf so gut ausgesehen. Wenn mein Vater solche Sätze zu Frauen sagte, fand ich es albern und peinlich. Bei Ronald ist es charmant.

Er setzt sich zu mir, tippt auf mein Knie. »Ich hab dich angefasst.« Mit beiden Händen nehme ich seinen Kopf. »Jetzt bin ich dran«, und küsse ihn.

Der Sex funktioniert nicht richtig, ist aber angenehm. Seine Nähe auch.

Weil ich drinnen nicht rauchen darf, setze ich mich auf seine Terrasse und wickle mich in eine Wolldecke. Die Wohnhäuser, die das Häuschen umzingeln wie aufdringliche Felsen, nennt er Erniedrigungsarchitektur und sagt, er werde niemals in einer Wohnung leben, sondern nach seinem Landwirtschaftsstudium ein großes Haus auf dem Land kaufen, Gemüse und Getreide anbauen und autonom leben. »Warum? Ist doch prima hier.« Er winkt ab. »Hier gucken mir alle auf den Teller.« Er wolle Schriftsteller werden und würde manchmal kleine Hofgeschichten schreiben, die er von seiner Terrasse aus beobachten könne. »Soll ich dir eine vorlesen?« Die Geschichte handelt von einem Hund, der im Hausflur vor Verzweiflung ohnmächtig wird, weil er zwei unterschiedliche Befehle gleichzeitig bekommt. Die Besitzer hören einander nicht, weil beide taub sind. Der Hund aber nicht. Stolz liest er mir auch seine Sammlung nichtssagender Worte vor, aus denen er eine Rede schreiben will, »allenfalls, hingegen, gleichwohl, gewissermaßen, mithin, sozusagen, nichtsdestoweniger, quasi …«. Ich halte mir stöhnend die Ohren zu und verdrehe die Augen. Im Schein einer dicken Kerze sehe ich mir seine Fotoserie an. Gartenlaubenrückwände, Friedhofsmauern, Fabrikfassaden, Hofmauern. Er erklärt mir, wie man aus den Details Krimis erfinden kann. Ich bin beeindruckt, wie er so viele Ideen aus seinem Kopf holen kann. Er zeigt mir ein silberbeschlagenes Kästchen. Der Korallenring sei ein Erbstück von seiner reichen Tante. Angeblich habe er einer peruanischen Prinzessin gehört. Die Münze sei aus einem Land, das es nicht mehr gebe, der vertrocknete Pilz soll halluzinierend wirken und trägt den spiegelverkehrt eingeprägten Schriftzug einer Jeansmarke, weil sich jemand draufgesetzt habe, als er noch frisch gewesen sei. Schließlich merke ich, wie er mir die Zigarette aus der Hand nimmt, mich zudeckt, und ich schlafe ein.

In den Sommersemesterferien fahren wir an die Ostsee. Ronald fühlt sich wohl zwischen Dascha und mir, links und rechts am Strand. Auf dem Weg zum Hafen zeigt Dascha auf die weißen Blumen am Weg und sagt, sie wäre gerne eine Blume. Sie wolle nicht so groß sein, dass alle Tiere sich vor ihr fürchten müssten. Ich verdrehe die Augen über Daschas verkitschte Anwandlung. Ronald findet, Dascha ist eine Blumenelfe. Er breitet die Arme aus und macht vor, wie sie über die Wiese schwebt. Dascha lacht, und Ronald freut sich über Daschas Lachen. Er macht ständig Witze, und Dascha lacht jedes Mal. Ich nicht. Wir setzen uns auf einen Anlegesteg, Schenkel an Schenkel, die Füße im Wasser. »Hast du Gänsehaut?« Ronald vergleicht unsere Beine mit beiden Händen. »Nee, ich hab einfach nur 'ne robuste Lederhaut! Nich so'n Babyfellchen wie Dascha.«

Ich gehe alleine ins Strandcafé mit meinem Buch. Jemand könnte sich zu mir setzen und sagen, er würde auch gerne Canetti lesen. Ich könnte mit einem anderen Mann raufgehen zur Steilküste. Aber hier ist kein anderer Mann, und wenn ich mir einen vorstelle, sieht er aus wie Ronald. An der Steilküste stoße ich Steinchen vor mir her und versuche, mir etwas anderes vorzustellen als Dascha und Ronald alleine im Zimmer unserer Pension. Vielleicht funktioniert der Sex mit Dascha besser als mit mir? Ich werde ihr nicht sagen, dass es mit Ronald anders ist als sonst. Ronald wird sehen, was er davon hat. Ich mache es nämlich genauso, wenn ich will. Leider will ich es nicht genauso machen. Aber das werde ich ihm nicht auf die Nase binden.

Auf der Überfahrt mit dem zu kleinen Fährschiff sehe ich aus dem Fenster und habe das Gefühl, es ist Ronald egal, ob ich beleidigt bin. Die Räder der zu vielen Urlauber verhaken sich. Der fluchende Fährmann nimmt sie ungeschickt auseinander. Ich sage, er soll mein Rad nicht anfassen. »Du machst jetzt mal 'n Mund zu, Mädel!«, sagt der. Ich stemme die Hand, in der ich die Zigarette nicht halte, in die Hüfte und sage: »Ich bin eine Dame, Sie Arschloch!«

Ronald lacht. Auf dem Weg zum Bahnhof sieht er mich verliebt von der Seite an. Er würde nie Arschloch sagen. Er ist viel zu wohlerzogen. Im Zugabteil setzt er sich neben mich, nicht neben Dascha. Ich habe mir sein Interesse zurückerobert.

Ich verstehe, dass seine Liebe zu mir aus meiner Überheblichkeit entstehen könnte, so wie die Liebe meines Vaters zu meiner Mutter aus ihrer Ohrfeige entstanden ist.

1946

Alfred war blind

Als Esther in Berlin ankam, beantragte sie bei der Partei eine Kur für Alfred.

In Bad Elster sah er aber nur die verschwommenen Umrisse des renaissancepalastähnlichen Kurhauses mit filigranen Wandelgängen, herrschaftlicher Parkanlage und Badehaus. Er sah große Farbflächen, die durch sein Blickfeld schwammen, und erkannte Fenster, Türen und Bäume. Die Räume, die Flure und die Schwestern waren weiß und wohlriechend. Alfred sah von der Terrasse schemenhaft den Himmel, den Rasen, die Büsche und auf der Allee drei weiße Frauen. Die rechte war Schwester Adele. Er erkannte ihren Gang, den zierlichen Körper mit dunklem Haar und im Näherkommen ihr rauchig tiefes Lachen, das nicht zu ihrer Zartheit passte. Er wollte wissen, wie sie roch, konnte aber erst mal nur herausfinden, dass sie die Verlobte des Chefarztes war.

Als sie mit einem Tablett das Zimmer der Patienten Hirsch und Grünstein betrat, nahm Alfred das Gesicht der Pfarrerstochter in die Hände und küsste sie auf den Mund. Schwester Adele bat daraufhin den Patienten höflich, das Tablett zu halten und gab Alfred eine Ohrfeige. Die war nicht sanft und mädchenhaft. Sie nahm ihm das Tablett wieder ab, und Alfred war hingerissen.

Er konnte nichts anfangen mit Frauen, die es pikiert ignorierten, wenn er seine Hand auf den Sitz legte, kurz bevor sie sich neben ihn setzten. Er mochte Frauen nicht, die beleidigt waren oder erschrocken. Er mochte Frauen, die ihn ohrfeigten. Adele ließ sich nicht erschrecken. Beeindrucken ließ sie sich auch nicht. Wenn Alfred zum Speisesaal auf den Händen lief, lächelte sie spöttisch und verschränkte die Arme, während alle anderen klatschten. Adele gefiel allerdings das Interesse des Patienten, der ihr hübsches Gesicht nicht sehen konnte. Nachts tastete Alfred sich durch den Garten und traf die Chefarztverlobte heimlich im Pavillon.

Grünstein, mit dem er das Zimmer teilte, war noch wach, als Alfred sich ins Bett schlich. »Dass du blind bist«, sagte er, »das glaubt dir doch keine Sau, du scheinheiliger Casanova! Das ist hier mit Abstand die hübscheste Schwester!« Alfred sagte, sie sei auch die mit Abstand wohlriechendste Schwester. Nach süßer Milch und Mandeln.

Auf der Rückreise fand Alfred in seiner Jackentasche ein Foto von Adele in Schwesterntracht und ließ sich von Grünstein vorlesen: *Zur Erinnerung an die wunderschönen, leider allzu kurzen, aber unvergesslichen Stunden.*

Alfred sah aus dem Fenster und testete seine wiederkehrende Sehkraft. Er zeigte auf jedes Auto, das zu sehen war. Mercedes, Opel, BMW, VW Käfer.

In Berlin bekam Alfred als Journalist von der *Täglichen Rundschau* ein Auto und einen Fahrer, genannt Erbse.

Mit großer Handschrift schrieb er nachts an seinem Roman: »Wo Deutschland lag«. Esther wohnte im Internat der Parteihochschule. Sie holte sich am Wochenende Alfreds Blätterstapel und tippte nachts seine Schrift ab, die niemand lesen konnte außer ihr.

Als Esther unerwartet nach Hause kam, sah Erwins Frau, wie aus Alfreds Fenster kichernde Mädchen stiegen und über die Garagendächer kletterten.

Erwins Frau liebte die kluge Jüdin. Aber Alfred konnte mit der Esther, die alles miterlebt hatte, was er vergessen wollte, nicht mehr leben.

In Bad Elster musste Adele morgens mit der Mutter Oberin alleine im geschlossenen Kutschenwagen nach Plauen fahren.

Als die Oberin anfing, schwer zu atmen, saß Adele steif auf der Bank. Adele solle nicht so verbockt sein, fand die Oberin. Schließlich sei sie immer wohlwollend mit ihr. Es sei außerdem möglich, dass der Chefarzt erfahren könne, wie verdorben Adele sei. Er könne erfahren, wie sie nachts heimlich Patienten verführte und außerdem Geld gestohlen habe. Es wäre schnell aus mit ihrer Verlobung. »Ich hab kein Geld gestohlen!« Adele war aufgestanden und in dem rumpelnden Wagen zurück auf die Bank gefallen. Die Oberin lächelte und fand, Adele habe ja dann keinen Grund, so widerspenstig zu sein. Sie solle das Kleid ausziehen, damit sie die Reinheit ihrer Unterwäsche überprüfen könne, sagte die Oberin streng und erklärte ihr, wie gut sie es habe, so hübsch zu sein. Viele Mädchen hätten es sehr schwer, gut behandelt zu werden. Sie könne froh sein mit ihrer Aussicht auf ein gutes Leben. Adele schloss die Augen und überlegte, die Wagentür aufzureißen, um sich hinausfallen zu lassen, während ihre Brüste geknetet und abgeleckt wurden. Sie wusste, dass die Oberin jetzt nicht mehr aufzuhalten war, sah durch den schmalen Spalt in der Gardine nach draußen über die Wiesen und versuchte, ihren Körper nicht zu spüren und alle Sinne auszuschalten. Den Atem der Oberin wollte sie nicht riechen, ihre Hände nicht auf den Schenkeln spüren und ihr Stöhnen nicht hören. Während die Oberin vor der Bank zwischen Adeles Beinen kniete, schloss Adele die Augen und stellte sich vor, wie sie als Kind auf dem Friedhof neben dem Pfarrhaus auf dem Rand des steinernen Wasserbeckens gesessen hatte und mit den nackten Fußsohlen über die glitschigen grünen Algen gerutscht war, die an den Innenwänden unter der Wasseroberfläche wuchsen.

Die Oberin war immer in Plauderlaune, wenn sie mit Adele fertig war, und erzählte ihrer Schülerin, die sich ihr Kleid wieder anzog, wie sie den Patienten im Krieg das Leben gerettet habe mit einem Zaubertrank aus Rotwein, Eigelb und Zucker. Adele kannte die Geschichte. Die Patienten seien davon erstaunlich schnell gesund geworden. Nur sie habe gewusst, wo die Zutaten zu besorgen waren, und bekäme immer noch Dankesbriefe dafür.

In Plauen kaufte sie für Adele Nüsse.

Bevor es angefangen hatte, dass Adele sich auf dem Weg nach Plauen ausziehen musste, war ihr die Oberin sympathisch gewesen. Anfangs war sie wie eine Mutter, die Adele lieber gehabt hätte als ihre eigene.

Mit acht Jahren hatte Adele im Schlafzimmer tagsüber ein Rumpeln gehört. Da hing ihre Mutter vom Deckenbalken. Adele stellte den Stuhl hin, der unter den baumelnden Füßen lag, kletterte am Fußende des Bettes auf den hohen Rand und nahm der Mutter den Strick vom Hals. Sie redete darüber mit niemandem. Und sprach auch mit ihrer Mutter kein Wort mehr seitdem. Für Adele war sie gestorben.

Für den Bund Deutscher Mädchen hatte ihr die Arbeit im Diakonissenheim keine Zeit gelassen. Der BDM schloss sie unehrenhaft aus, weil sie nicht regelmäßig erschienen war. Als sie deshalb weinte, hatte die Oberin sie getröstet wie ein Kind, auf den Schoß genommen und ihr Haar gestreichelt.

Die engste Vertraute der Oberin kam anfangs jeden

Morgen in Adeles Kammer, um zu überwachen, dass die Mädchen sich korrekt ankleideten. Sie klemmte die Hauben fest und band die Schürzen so eng, dass Adele kaum Luft bekam. Sie müsse auch überwachen, ob die Unterwäsche sauber sei, behauptete sie, und Adele musste sich wieder ausziehen, während ihre Zimmerschwester schon gehen durfte. Die alte Schwester roch an Adeles Hemd, zog es ihr über den Kopf, atmete nahe in Adeles Nacken, fuhr ihr über die Hüfte und streichelte ihre Brüste. Sie lachte, als Adele sich erschrocken umdrehte. »Hab dich doch nicht so. Denkst wohl, du wärst was Besonderes«, sagte die Alte und zog ihr mit ruppigen Bewegungen die Strümpfe an. »Du kannst es auch grob haben, wenn du es nicht zart willst!« Adele hatte unter Tränen der Oberin davon berichtet. Die Oberin hatte böse gelacht und ihr das Knie getätschelt. »Das hättest du wohl gerne, Adelchen!« Seitdem war die Oberin streng mit ihr und kam selbst sporadisch, um das Ankleiden zu überwachen.

Adele hatte keinen Wecker. Sie prägte sich ein, wann sie aufwachen wollte, indem sie sechsmal gegen die Türschwelle trat und dabei laut mitzählte. Sie zog mit jedem Tritt ihre innere Uhr auf, wurde pünktlich wach und war schon angekleidet, bevor die Oberin kam.

Es gab Patienten, die nach Schwester Adele schrien und sich wehrten, wenn sie von einer anderen eine Spritze bekommen sollten. Adele machte ihre Arbeit gut. Mindestens so gut wie die Oberin.

Beim Bombenalarm trug sie die Typhuskranken die Treppen hinunter in den Keller und danach alle wieder hinauf. Nur das Gebrüll der entbindenden Frauen machte sie aggressiv. Sie nahm sich vor, keinen Ton von sich zu geben, wenn sie selbst Kinder gebären würde. Niemals würde sie die ganze Station stundenlang wach halten mit ihrem Geschrei, nur um die Quälerei danach gleich wieder zu vergessen. Wegen eines verschrumpelten Säuglings würde sie nicht zerzaust grinsend daliegen, als wäre nichts gewesen.

Am Abend teilte Adele auf der Bettkante mit ihrer Zimmerschwester die Nüsse, die ihr die Oberin in Plauen gekauft hatte, und wusste plötzlich, dass sie auch der Oberarzt nicht aus ihrem dienenden Leben befreien würde. Sie musste es selbst tun. Adele stand auf und packte im Dunkeln ihren kleinen Koffer. »Bist du verrückt?«, zischte die Zimmerschwester. Sie fand es bescheuert, jetzt abzuhauen, wo sie die besten Aussichten auf ein sicheres Leben als Chefarztehefrau hatte. Adele sagte nicht, dass die Oberin damit gedroht hatte, ihr Leben zu zerstören. Adeles Leben war schon zerstört. »Gib mir den Koffer, wenn ich draußen bin«, sagte sie zur weinenden Freundin, kletterte aus dem Fenster und dachte nicht mehr länger darüber nach, was in Bad Elster aus ihr hätte werden können.

Adele lief mit gesenktem Kopf und schnellen Schritten vor dem Kurhaus über die Straße in den Wald. Die halbe Sommernacht lief sie an den Bahnschienen entlang der Weißen Elster bis Adorf und ließ alles hinter sich; die Oberin, die Kranken, die Bombennächte und den Chefarzt, für den sie keine echte Zuneigung empfinden konnte, obwohl sie es gerne so gewollt hätte.

Als am Morgen ihr Fehlen bemerkt wurde, lag Adele hinter Plauen im Gras, hielt ihren Blick an dem Mercedesstern auf der Kühlerhaube fest wie an einem Anker, während der Fahrer des LKW auf ihr lag und schnaufte wie ein Tier. Sie wiederholte den Satz wie ein Gebet: »Bin in Berlin. Geht mir sehr gut.« Es hatte keinen Sinn, sich zu wehren. Es hatte nur Sinn, am Leben zu bleiben. »Bin in Berlin. Geht mir sehr gut«, würde sie gleich an ihre große Schwester telegrafieren. Sie hatte gelernt, ihr Bewusstsein vom Körper zu trennen. Von ihren vier Brüdern waren drei im Krieg gefallen. Die Erinnerungen an ihren Lieblingsbruder hob Adele sich für später auf, wenn es nicht mehr wehtun würde, an ihn zu denken. Jetzt versuchte sie, an nichts zu denken.

In verschiedenen Autos kam Adele durch mehrere Besatzungszonen, begegnete Leuten, die ebenfalls unterwegs waren, und ließ sich von niemandem mehr anfassen.

Bin in Berlin. Geht mir sehr gut, schrieb sie auf dem Postamt in Wannsee. An Alfred telegrafierte sie die Adresse der Unterkunft, die sie nur für eine Nacht bezahlen konnte.

Alfred schickte gleich Erbse los, seine neue Frau abzuholen. An Esther schrieb er einen Brief in die Parteihochschule. Esther konnte es nicht fassen. Sie fühlte sich abgestreift wie eine vorübergehende Geliebte. Alfred hatte einen anderen Plan gemacht. *Hast du die Todesangstmomente, die Monate, in denen wir dachten, einander nie wiederzusehen, einfach vergessen? Unseren Kampf? Unser Versprechen? Unseren Traum?*, schrieb Esther. Alfred schrieb darauf nichts. Von der Vergangenheit wollte er sich die Heldengeschichten merken, wie er oft im letzten Moment entwischt war, wie er die Gestapo an der Nase herumgeführt, wie er junge Frauen verführt hatte, um sich mit ihnen zu tarnen. Esther merkte sich auch die Schmerzen. Seit der Abtreibung in Paris wurde sie nicht mehr schwanger.

1971

»Die machen jetzt Puppentheater
an der Schauspielschule

Papa hat beim Ministerium angerufen«, sagt Dascha, als ich nach Hause komme. »Die eröffnen deine Abteilung.«

Ich renne ins Arbeitszimmer und falle Alfred um den Hals. »Dankedankedanke, Papa!«

»Bleibste jetzt hier?«, fragt Dascha beim Abendbrot. Ich lehne mich zurück, halte ein Lenkrad in der Luft und brumme ein tiefes Motorgeräusch. »Ich darf in Zwickau den Tourneelaster fahren.« Dascha versteht nichts. »Mann, so leicht komm ich nie mehr an 'n Führerschein!«

Ich fahre nach Plauen und muss mich in den Kurven hinstellen, um über der Motorhaube die Straße zu sehen. Meine Mutter wollte in Plauen nicht aussteigen, als wir im letzten gemeinsamen Urlaub durchfuhren. Sie hasst diese Stadt.

In der Hitze kommt mir alles unwirklich vor. Ich sehe die Straße flimmern, fühle mich wie in einem amerikanischen Film. Ich stelle mir vor, einen Zirkuslaster zu fahren. Hinten drin einen Haufen starker Männer, die auf mein Kommando das Zelt aufbauen. Abends wäre ich die Hauptattraktion in der Manege, und alle wären heimlich in mich verliebt. Ich würde niemanden hineinlassen in meinen Wohnwagen. Nur den schönen stummen Jungen, der am Waldrand abends für mich Flöte spielt.

Unsere letzte Station ist Masserberg. Das kenne ich.

Hier war ich als Kind mit meinen Eltern im Urlaub. Hier mussten sie ständig herfahren, weil das Kurhaus so aussah wie das, in dem sie sich kennengelernt hatten und wohin sie nicht mehr fahren konnten, weil es hundert Kilometer weiter hinter der Grenze in Westdeutschland lag. Jetzt spiele ich hier Schneewittchen für die Kinder in der Augenklinik. Die steht neben dem alten Kurhaus. Darin habe ich als Kind mit Dascha auch schon Schneewittchen gespielt, während die Eltern mit ihren Freunden wandern waren. Dascha war Schneewittchen und lag auf dem Kanapee in der Bibliothek, wie tot die Hände über der Brust gefaltet. Ich war der Prinz und alle Zwerge.

Die Vorstellung im Kultursaal der Augenklinik ist ungewöhnlich still. Ein paar Kinder haben ein zugeklebtes Brillenglas mit Teddys und Enten darauf. Andere werden an der Hand geführt. Sie sitzen mit offenen Mündern und hören zu.

Nach der Vorstellung gehe ich rüber zum Kurhaus. Wie damals empfangen mich die Geister meiner Kindheit mit dem Geruch des nassen Nadelwaldes, mit dem Geruch nach Kaffee und Streuselkuchen unten im Wirtschaftstrakt, dem Geruch nach alten Vorhängen und schweren Holzmöbeln im Speisesaal.

Ich gehe durch die stillen Gänge in die leere Eingangshalle mit den bleiverglasten Jugendstilfenstern. In der Garderobe haben Uniformjacken von Nazioffizieren gehangen. Im Salon tanzte man durch Zigarrenqualm. Später feierten hier die DDR-Funktionäre zusammen mit meinen Eltern, mit Erwin und seiner Frau. Sie kamen aus dem Wald und ließen sich bedienen mit Kaffee, Streuselkuchen, Thüringer Kräuterschnaps und frischer Bettwäsche.

Abends wurde getanzt. Ich war ausgeschlossen, wenn die Erwachsenen einen Kreis bildeten um meine Mutter, die sich in der Mitte drehte. Manchmal hielt sie beim Tanzen einer fremden Frau die Brüste und griff ihr an den Hintern. Die anderen klatschten dann. Ich lag auf dem Treppenabsatz, sah hinunter in den Saal und versuchte, mir vorzustellen, wie das historische Jugendstilhotel aussah, bevor man die neuen Möbel wie Fremdkörper hineingestellt hatte. Meine Eltern kamen mir vor wie diese Möbel. Sie gehörten hier auch nicht hin, sondern in ein modernes Hotel mit Rauputz, Auslegeware und hässlichen Glastischen wie im Schriftstellerclub.

Ich beneidete als Kind meine Freundin, die beim Frühstück auf dem Schoß ihrer Mutter saß. Dabei hätte ich auf dem Schoß meiner Mutter gar nicht sitzen wollen. Und Irmchens Schoß gehörte Dascha. Da wollte ich auch nicht sitzen. Alfred war zu nervös, hantierte immer herum beim Essen. Auf seinem Schoß war kein Platz.

Im Wald erzählte Alfred uns Geschichten von bunten Vögeln mit Schnäbeln wie Chilischoten, die in Erdhöhlen mit den Maulwürfen zusammenlebten und kugelrunde Eier legten, die zur Tarnung aussähen wie Tennisbälle.

Das Abendlicht fällt durch die hohen Fensterbögen mit den gerüschten Tüllgardinen und den rotsamtenen darüber. Es fällt auf die schweren alten Teppiche und schließlich auf meine Füße. Ich lege mich auf dem obersten Treppenabsatz der großen Freitreppe mit dem rot-orange-braunen Teppichmuster auf den Bauch, dort, wo ich als Kind gelegen habe, und stecke den Kopf durch das Geländer. Die verzierte Holzvertäfelung passt überhaupt nicht zu dem Teppichmuster, und die Jugendstilfenster passen nicht zu dem geblümten Wachstuch auf dem Garderobentisch. Dass hier nichts zusammenpasst, hat mich schon als Kind gestört. Da war das Haus in den Sommern voll. Jetzt ist der

Saal leer und erscheint mir trotzdem unruhig, als würden sich die geballten Vergangenheiten gegenseitig überlagern und miteinander kämpfen.

Der Frühstückssaal liegt im Ostflügel. Dort setze ich mich in den Erker, in dem ich damals zum Frühstück mit den Eltern gesessen habe und nichts essen wollte.

Jeden Winkel des Hauses kenne ich. Als Kind bin ich durch alle Kammern gestromert, wusste, wann die Alte Mittagsschlaf hält, sodass man unbemerkt in die Küche konnte.

Ich gehe in den Wirtschaftstrakt. Die Hotelbesitzerin ist winzig geworden. Ich habe sie als furchterregende Hexe in Erinnerung, mit Damenbart und zu wenig Zähnen. Sie sieht aus wie ein Mann. Ihr dichtes weißes Kraushaar wie eine Mütze. Unter Hitler sei das Hotel am besten gelaufen, sagte sie damals. Seltsamerweise durfte sie das sagen und wurde von meinem Vater behandelt, als stünde sie unter Denkmalschutz.

An Alfred könne sie sich gut erinnern, sagt sie, hebt den Zeigefinger, »Casanova!«, und schüttelt abfällig den Kopf. Friedrich habe sie kennengelernt, »Gentleman!«. Und die kleinen Mädchen. »Die eine hat den Mund nicht aufgekriegt, die andere nicht zu.« Ich lächle und tue, als wäre ich die Stille gewesen. Ob ich hier übernachten wolle, fragt mich die Alte. Ich würde gerne, aber ich habe mein Zimmer nebenan in der Augenklinik. »Was? Zu viert in einem Zimmer? Ist ja grässlich! Nimmst dir 'n Schlüssel, Madam. Bleibst hier, wenn du willst.« Sie dreht sich um, geht zurück in ihre Küche, bewegt die alten Knochen schlurfend durch die Dunkelheit ihrer knarrenden Flure.

Ich nehme mir einen Schlüssel vom Brett neben der Wendeltreppe zum Personaltrakt. Von dem Servierwagen, der im Flur steht, nehme ich eine gravierte silberne Gabel, ein Messer, einen Löffel, schiebe das Besteck in meinen Ärmel und gehe die Treppe rauf.

Über dem Ort zieht sich ein mitternächtlicher Lichtstreifen durch den Himmel.

Im weichen Bett unter der Federdecke komme ich mir zwischen den hoch aufragenden Holzwänden an Kopf- und Fußende versunken vor wie in einer Höhle. Die Dunkelheit liegt schwer über mir, und beim Einschlafen glaube ich, mich keinen Zentimeter bewegen zu können. Steinblöcke und Tannenstämme drohen mich im Traum zu überrollen. Ich laufe Dascha hinterher, sie ist wieder ein kleines Kind, und sie muss ein Tablett mit Maronen tragen. Die Maronen rollen links und rechts herunter. »Halt das nicht so schief, verdammt noch mal!«, schimpfe ich und sammle sie hinter ihr auf. Aber der Boden ist bedeckt mit Kastanien. Ich kann sie von den Maronen nicht unterscheiden und nehme einfach die schönsten. Dascha jammert: »Das sind die Falschen!« Gerade will ich sagen, es wäre egal, beiße mir aber auf die Zunge und versuche, so zu tun, als wüsste ich genau, welche die Richtigen sind. Dascha sieht mich vertrauensvoll an. Irmgard steht in der Tür einer Garage, hebt den Zeigefinger und sagt: »Wenn nur eine Kastanie darunter ist, dann wird die ganze Suppe giftig!« Irmgard schenkt große dampfende Kellen brauner Maronensuppe aus. Dascha isst sie gierig, und ich fange an zu beten, weil ich mir jetzt sicher bin, dass die Suppe giftig ist. Dann liegt Dascha tot auf dem Kanapee der Kurhausbibliothek, und ich bin schuld. Als ich aufschrecke, rast mein Herz.

Der Frühstückssaal mit den goldseidenen Tapeten liegt im Ostflügel. Er ist leer. Niemand außer mir hat heute hier übernachtet. Im Wirtschaftsraum hinter der Küche sind die Waschbecken so groß wie Sitzbadewannen. Alles ist still. Im Stehen trinke ich Wasser aus einem Bierkrug, hole mir Brötchen und Schinkenwürste aus der Speisekammer und lege mich in der Bibliothek auf das Sofa. Ich spiegele mich in der riesigen Fensterscheibe.

Mir fällt ein, was ich als Kind hier gespielt habe. Ich war eine verloren gegangene, einfältige Prinzessin, die keine Eltern mehr hatte, tagsüber in der Küche arbeiten musste und nachts heimlich in der Bibliothek schlief. Dascha und ich sperrten uns manchmal in einer unbewohnten Suite ein, ließen uns von den Eltern suchen und tauchten ab in Geschichten, die wir uns aus der verstaubten Luft saugten, aus den Ecken, den Schränken, den Abstellkammern, den großen Sälen, und konnten uns darin verlieren, tagelang.

Hinter der Augenklinik haben meine Kollegen unsere Theaterkoffer in den Laster gepackt. »Mann! Wir haben dich überall gesucht!« Ich mache ein Geheimnis daraus, wo ich über Nacht gewesen bin. »Hättest ja mal Bescheid sagen können.«

Bis zum Mittagessen wollen die anderen noch bleiben. »In dem hässlichen Krankenhaus halt ich's aber nicht aus so lange.« Ein Kollege kommt mit zur Wiese am Waldrand. Barfuß laufe ich über die pieksigen Sandwege. »Du warst in dem Bonzenschuppen, oder?« Er zeigt auf das Kurhaus. »Als normaler Mensch darf man doch da gar keinen Urlaub machen. Erst haben sich die Nazis da wohlgefühlt, jetzt das SED-Senilbüro.«

Theatralisch lässt er den Arm mit einer ausladenden Geste über die Aussicht schweifen. »Und hier haben damals die Faschisten auf der Wiese gelegen, genauso wie wir jetzt, und hatten denselben Blick ins Tal«, sagt er, als wäre es ein Theatertext. Er legt die Hände auf den Rücken. »Das war die Sorte von Menschen, die grausam waren gegen die Fremden. Danach haben Kommunisten hier gesessen. Das ist die Sorte von Menschen, die grausam sind gegen die Eigenen. Da weiß man nicht, was schlimmer ist.«

»Ich hab dich vermisst«, sagt Dascha nach den Sommerferien. Im Vorbeigehen drücke ich sie und renne die Treppe runter. »Muss in die Hochschule.«

Dreizehn Bewerber treffen sich in der Kantine der Schauspielschule, und es ist schnell klar, dass wir die gleichen Vorstellungen haben von gutem Puppentheater. »Spejbl und Hurvinek? Ja, super!« »Puppsenburger Augenkiste? Nein, entsetzlich!« Wir stürmen das Rektorat: »Wir brauchen Lehrer! Richtige Puppenspieler!« Der Rektor zuckt die Schultern. »Sucht euch welche.« Ich drehe mich um: »Lasst uns nach Prag fahren!« Alle sind begeistert.

Drei Wochen später kommen wir mit dem Nachtzug in Prag an. Die Stadt ist am Morgen leer, die Moldau vernebelt. Die Theaterakademie ist noch zu. Wir kaufen tschechische Hörnchen und setzen uns damit auf die Karlsbrücke. Händler kommen mit Klappstühlen und Schmuckpaletten, alten Brillengestellen und Uhren. Ich stelle mir vor, in Prag zu bleiben, hier zu studieren, Tschechisch zu lernen, einen Tschechen zu heiraten. Wir gehen durch kleine Gassen wieder zur DAMU, Divadelní fakulta Akademie múzických umění v Praze.

Der Lehrer des Fachbereichs Marionettentheater ist jünger, als wir erwartet haben. Als er die Treppe raufkommt, sitzen wir vor seinem Büro auf dem Fußboden. »Tach. Wir sind die neue Puppentruppe. Wir kommen aus Berlin und brauchen 'n juten Lehrer.« Er lacht verlegen und schließt die Tür auf. »Hab davon gehört.« Er sei damals aus demselben Grund nach Prag gekommen, aus dem wir jetzt hier seien, sagt er. Er wollte ein guter Puppenspieler werden. »Und? Sind Sie jetzt so weit? Werden Sie unser Fachrichtungsleiter?« Er lacht, wiegt den Kopf. »Na ja, könnte sein, dass es langsam Zeit wird für 'ne neue Aufgabe.«

Wir johlen und applaudieren.

Er nimmt uns mit zu den tschechischen Studenten. Die Probebühne ist mit uns überfüllt. Statt der Toiletten finde ich den Marionettenfundus.

Der Geruch setzt sich vor allem aus Staub und Holz zusammen. Dazu Farbe, Latex, Gummimilch, Textilien und Metall. Hunderte Marionetten, Stabpuppen, Klappmaulfiguren und Handpuppen hängen an Gittern bis unter die Decke. Die Puppen sehen aus wie Kunstwerke im Gegensatz zu den dilettantischen Marionetten, die ich am Theater in Zwickau spielen musste. Während ich ihnen den Rücken kehre und die schweren Moltonvorhänge öffne, habe ich das Gefühl, die Puppen werden hinter mir geblendet und halten sich die hölzernen Hände vors Gesicht. Ich gehe durch die Reihen, und sie drehen mir von oben ihre Köpfe hinterher. Es sind anmutige, traurige, witzige und hässliche darunter. Zu manchen fallen mir Lehrerinnen ein. Ich begegne meinem lieben Hausmeister vom Kindergarten und einem gruseligen Nachbarn. Hier hängen sie nebeneinander und kannten sich doch nicht. Ich fühle mich unheimlich beobachtet. Einige Puppen hängen in besonders unbequemen Positionen, haben Halterungsgurte unter den Nasen oder am Hals. Ich ziehe am Zipfel einer geblümten Schürze. Die alte Frau dreht sich langsam zu mir um und sieht mich streng an mit ihren hölzernen Tränensäcken, als wollte sie sagen: Du gehörst hier nicht her. Eine feine Dame und ein armer Bauernjunge hängen nah beieinander. Ich schiebe sie zusammen, damit die hölzernen Münder sich treffen, und mache ein Schmatzgeräusch. An den vollgehängten Wänden überall Szenen und Geschichten. Eine Mädchenpuppe sieht verächtlich auf ihre identische Schwester herab, die nur einen Arm hat. Eine Gans schlägt ihren Flügel einem brutalen Bauerngesicht um die Ohren. Ein Geist lacht über eine Gruppe junger Arbeiter. Eine elegante Frau im engen roten Kleid sieht hochnäsig an einem Mädchen in Schürze vorbei. Eine friedliche, dicke, tote Frau lehnt ihren schweren Holzkopf an den weichen Wollpullover eines erschrockenen Mannes. Sebevražda steht auf dem Schild, das auf seiner Stirn klebt. Drei nackte Frauen hängen allein in einer Ecke und reden über die anderen. Aus einer Kiste glotzen mich Monsterköpfe an, deren Gummimilch alt und verschrumpelt ist wie mumifizierte Haut. Als Kind war ich erschrocken, wenn nach einer Aufführung im Kindertheater hinter der Bühne die Prinzessin mit dem bösen Ritter zusammensaß. Sie rauchten, und er hatte seine Hand auf ihrem Bein.

Alle Geschichten sind heillos vermischt. Jeder redet mit jedem. Wie ein Tosen höre ich das Geschwatze und Gelache, als wäre Pause in der Theaterkantine. Der Mörder trinkt ein Bier mit dem Polizisten, alle sind in ihrer Rolle, aber niemand führt die Regie. Die Puppen warten, bis jemand kommt, sie vom Haken nimmt und sprechen lässt.

Ein grünes Mädchen und einen blauen Jungen nehme ich herunter, stelle sie auf einen Koffer und lasse sie flirten. Ich würde sie gerne so gut spielen können, dass man mich hinter ihnen vergisst. So gut, dass ich mich selbst vergesse.

In Berlin muss ich Geld verdienen und jobbe abends im Theater am Einlass. Wenn die Vorstellung angefangen hat, kann ich gehen, und immer steht dieser verschüchterte Techniker am Bühnenausgang und will mich nach Hause bringen. Er ist so brav und zurückhaltend, dass ich mir kaum seinen Namen merken kann. »Wie heißt du noch mal?« Seitdem sagt er jedes Mal: »Hi, ich bin René, kann ich dich 'n Stück begleiten?« »Nee, lass ma«, sage ich und gehe lieber mit meiner Kollegin. Wir lachen. Ich glaube, irgendwann werd ich ihn aber doch mitnehmen.

Zu Hause sitzt Dascha auf der Treppe und sieht mich an mit ihrem Hundeblick. »Mann, wat drückst du dich denn ständig vor meinem Zimmer rum! Ick muss für dit Prüfungsvorspiel üben!« Ich knalle meine Tür zu und mache sie wieder auf: »Na, los. Komm rein, setz dich und halt die Klappe.«

Ich binde mir ein Papphaus ans Handgelenk und stecke zwei Tischtennisbälle auf meine Zeigefinger. Einer der beiden Ballköpfe hat einen roten Mund, und ich stecke ihn von hinten durchs Pappfenster. Der andere hat eine Zigarette im Mundwinkel und spielt Luftgitarre. Das Mädchen soll dem Jungen die Tür aufmachen, aber sie will nicht. Der Junge singt das Lied vom Machandelboom. Es handelt von der bösen Stiefmutter, die das Brüderlein ermordet hat, vom belogenen Vater, der den Sohn in der Suppe essen musste, und von der Schwester, die das Brüderlein wieder lebendig macht, indem sie seine Knochen ausgräbt. Das Mädchen am Fenster ist letztendlich gerührt, weint und lässt den Jungen ein.

Dascha klatscht und lacht und will es noch mal sehen.

Als ich vorm Schlafengehen ein drittes Mal probe, gibt es zwei Tamaras in mir. Eine kleine und eine große. Es ist nicht so, dass die große der kleinen das Märchen vorspielt, sondern andersrum.

In der Nacht träume ich vom Apfelbaum. »Nur auf Äste mit grünen Blättern steigen!«, sage ich zu Dascha, die mir hinterherklettert. Trotzdem setzt sie sich auf den einzigen toten Ast. Unter dem Baum kniet meine Mutter, gräbt die Skelette ihrer drei toten Brüder aus und weiß nicht, welcher Knochen zu wem gehört. Resigniert lässt sie die Gebeine liegen, steigt zu meinem Vater in ein gelbes Cabrio und fährt weg.

1949

Adele fühlte sich dumm

Sie saß auf dem Bett, in dem vorher die kluge Esther mit Alfred geschlafen hatte. Adele sah sich die Fotos ihrer drei toten Brüder an. Esther hat sicher keine Naziverwandten gehabt. Es war dumm, wütend zu sein auf die Brüder, die so stolz dastanden in ihren braunen Uniformen. Es war dumm, wütend zu sein auf Alfred und sich seinetwegen nicht zu trauen, die Bilder mit den Brüdern einzurahmen und auf den Nachttisch zu stellen. Es war dumm, um die toten Geschwister zu trauern, jetzt, wo sie Alfred hatte. Sie versteckte die Bilder unterm Schrank und wollte nicht mehr an sie denken.

Dafür war Erwins Frau wütend auf den Schwager, der die gebildete Widerstandskämpferin gegen eine dreizehn Jahre jüngere Krankenschwester eingetauscht hatte, der man den Jungmädelbund noch ansah. Esther hatte an Erwins Frau geschrieben, sie würde bald einen Generalmajor-Piloten heiraten. Es war, als wollte Esther mit ihrer neuen Ehe Alfreds alten Pilotentraum verspotten.

Friedrich aber klopfte dem Sohn die Schulter, tätschelte Adele die Wange und verstand: Der Junge konnte jetzt keine Kämpferin mehr gebrauchen.

In der großen Wohnung bewegte Adele sich nur, wenn Alfred zu Hause war. War er es nicht, saß sie in dem kleinen gemeinsamen Zimmer, in dem vor ihr Esther mit Alfred gelebt hatte.

Sie hätte Alfred lieber für sich alleine haben wollen, wie in Bad Elster, wo es keine Verwandten gab, der Tagesablauf geregelt gewesen war und Alfred nicht wegkonnte. Adele betete heimlich, dass die Verwandten zurück nach Freiburg ziehen würden. Alfred würde im russischen Sektor bleiben. Das war klar.

Sie dachte, sich den Platz neben Alfred verdienen zu können, indem sie ihm ganze Bücherregale vorlas. Aber sie konnte es nicht so gut wie Esther. »Du musst auch versuchen zu verstehen, was du da liest, Adelchen. Wegen der Betonung!« »Versteh ich doch, bin ja nicht von gestern!« »Lies halt ein bisschen langsamer.« Wenn Alfred anfing zu schnarchen, rüttelte sie an ihm. »Siehst du, das kommt davon, wenn ich langsamer lese!« »Entschuldige, mein Lelchen«, er rieb sich die Augen, »du liest wunderbar, tut mir leid.« Adele legte das Buch weg und schmiegte sich an Alfreds Schulter. »Deine Familie hält mich eh für ungebildet und dumm. Und deine Redaktösen bei der Zeitung auch.« »Du bist ja auch ungebildet. Aber dumm bist du nicht! Du bist hübsch, sympathisch und selbstbewusst. Mit deiner Natürlichkeit kannst du die ganzen verklemmten Weiber in die Tasche stecken.« Alfred schwenkte den Arm, als würden die verklemmten Weiber vor ihm stehen. »Also, manchmal denk ich, du hast überhaupt keine Ahnung von Frauen. Was denkst du denn, wie die mich ignorieren, wenn ich denen zeige, dass ich ihre blöde Bildung nicht nötig habe!« Alfred stützte sich auf den Ellenbogen und sah Adele in die Augen. »Also, wenn hier jemand keine Ahnung von Frauen hat, dann bin das sicher nicht ich. Und Bildung, mein Lelchen, hast du sehr wohl nötig! Das kriegen wir hin. Bis dahin lass dich beneiden von den Damen, die nicht anständig gevögelt werden. Zumindest nicht so anständig wie du.« Adele lachte und ließ sich von Alfred den Rock hochschieben. Er versprach ihr ein eigenes Haus ohne seine Familie, stattdessen mit Garten. »Dann bin ich die glücklichste Frau der Welt«, stöhnte Adele.

Ihre Verunsicherung zu tarnen, das hatte sie gelernt. Adele versuchte, so vorzulesen, als verstünde sie es. Dass ihr fast vierzigjähriger Mann jede Nacht in sein Bett pinkelte, verunsicherte Adele nicht. Sie wusste es seit der Kur und stellte ihm einen Eimer hin. Das Bett blieb trocken. Alfred war erstaunt über die einfache Lösung, und Adele beschloss, alles hinter sich zu lassen. Ihre Nazifamilie und den verfluchten Krieg. Sie erzählte niemandem, dass sie eine Woche lang ihre Hand nicht gewaschen hatte, nachdem sie bei einer Parade von Hitler geschüttelt worden war.

Alfred kaufte Adele Mäntel und Stiefel. Für Alfred wollte sie alles leichtnehmen und dankbar sein für das neue Leben und dafür, dass niemand nach dem alten fragte. Sie konnte eine Meinung ehrlich vertreten, und man hatte den Eindruck, es sei ihre eigene. Dabei war es immer Alfreds.

1969

So kannste nich auf der Straße jehn,

sagt Irmgard, als ich mir über dem Topf mit kochendem Wasser die Haare toupiere. »Imda, das heißt auf DIE Straße!« Ich werfe mein gedämpftes Haar in den Nacken. »Und wieder den janzen Zucker alle jemacht.« Ihre Stimme leiert träge. »Mensch, Mädel, dat muss ja kleben inne Haare, dat kriste ja nich mehr raus.« Ich gieße das Zuckerwasser in den Ausguss. »Na und?« Im Flur durchsuche ich Adeles Manteltaschen und finde nur Tabakkrümel. In Jeansjacke mache ich vorm Spiegel eine Drehung und halte eine imaginäre Zigarette. »Oben hui, unten pfui«, ruft Irmgard mir aus dem Küchenfenster hinterher.

Vor dem Park stehen die Jungs und rauchen. Jemand hat ein Kofferradio dabei. Keiner will mitkommen in den Konsum am Rathaus. »Mann, einer muss aber mitkomm, sonst funktioniert's nich!« Ich gehe alleine und habe Glück. Die Verkäuferin kramt hinten im Laden, und ich klaue problemlos zwei Schachteln vom Tresen. Den Jungs werfe ich eine Packung zu. »Da! Kloppt euch, ihr Feiglinge.«

Es ist mir zu langweilig, im Kulturbund Briefe zu beschriften und zu frankieren, und ich fange an, das alte Haus zu durchsuchen, wie ich als Kind Friedrichs Dresdner Schloss durchsucht habe. Ich fühle mich wie Dornröschen, als ich die Treppen hinaufsteige bis unters Dach und folge dem Geruch nach staubigem Papier, Holz und vielleicht alten Leim-Ausdünstungen oder Druckerfarben und finde die riesige Bibliothek. Mit den Fingerspitzen fahre ich über die ledernen Buchrücken und die eingeprägten Goldverzierungen und rede mit den beiden aus der Zeit gefallenen Bibliothekaren über das Kantinenessen, über Fernsehsendungen, über das Wetter und über alles, was zu profan ist, um darüber mit meinen Eltern zu reden. »Dummes Geschwätz«, würde meine Mutter sagen. Ich soll den Vater nicht belästigen, wenn ich ihm nur erzählen will, dass meine Freundin richtige amerikanische Parkas nähen kann, dass ich drei Schwerter-zu-Pflugscharen-Anstecker bekommen habe für ein Beatles-Poster, dass wir Lederreste aus einer Schuhfabrik bekommen haben und daraus Schmuck machen wollen, dass mein bester Kumpel sich die Schulter gebrochen hat, weil er mit dem Fahrrad über die Lieferrampe hinterm Lebensmittelladen gerast ist, wo man am Ende ein ganzes Stück fliegt, wenn man richtig Schwung holt.

Schriftsteller kommen zum Kolloquium. Eine junge Kollegin steht am Eingang und sammelt Signaturen in ihre Bücher. Ich habe *Der geteilte Himmel* in der Tasche. Aber es kommt mir blöd vor, brav und ehrfürchtig um ein Autogramm zu bitten. Als Christa Wolf im Foyer steht und streng aussieht im Gespräch mit den alten Männern, die ich von zu Hause kenne, verstecke ich das Buch wieder unter meiner Jacke. Lieber sammle ich mir vom Buffet zusammen, was ich tragen kann. Schusterjungen mit Griebenschmalz, Buletten, saure Gurken, und bringe alles hoch in die Bibliothek. Ich lecke meine Finger ab, setze mich auf den Ausleihtresen, packe das Essen aus und lege mein Buch daneben. »Tolles Buch!«, sagt der eine. »Kluge Frau«, sagt der andere und nimmt eine Bulette. »Die verarbeitet unsere Geschichte so, dass man sich 'ne eigene Meinung bilden kann.« Sogar über Bücher kann ich mich mit den beiden Alten besser unterhalten als mit meinem Schriftstellervater.

Alfred sieht es ein. Es hat keinen Sinn mit mir beim Kulturbund. Wir fahren in die dunkle Wohnung einer komischen alten Frau. »Du möchtest also Puppenspielerin werden?« Ich zucke mit den Schultern. Die verschrobene Gauklerin tut, als wäre sie eine Zauberin und beherrsche eine geheime Kunst. Ihre Püppchen sind alt und abgenutzt wie sie selbst. Ich sitze gelangweilt auf einem Hocker und sehe aus dem Fenster, während die dürre Hexe plappert und ihre Lebensgeschichte erzählt. Zum Abschied bekomme ich einen kleinen Bauchladen geschenkt, aus dem man zwei Figuren von unten führen kann. Widerwillig bedanke ich mich. Im Treppenhaus fangen meine Puppen einen Dialog miteinander an:

»Aaach, Herr Hirsch, wiisense daaaaamals, mit meinem eeeersten Mann, da hab ich am Theater in Kleinpupsdorf im Schwaaaanensee getanzt ...«

»Na, ein Glück, dass die Zeiten vorbei sind, wo man solche Schreckschrauben auf die Bühne gelassen hat, hahaha!«

»Huhuhu, ach, Herr Hirsch. Ich muuuste doch damals wegen meiner vielen Waaarzen und wegen der Ganzkörperschuuppenflechten mit dem Puuuuppentheater anfangen, was hätt ich den maaachen sollen?«

»Na, hätten Sie ja in der zwölften Reihe beim Rundfunkballett weitertanzen können, hahaha ...« Mein Vater grinst.

Alfred schickt mich zur staatlichen Bühnenvermittlung, um ein Praktikum zu beantragen.

»Ich will an das Puppentheater, das am weitesten weg

ist von Berlin«, sage ich der Vermittlerin, und sie wandert mit dem Zeigefinger durch das Bühnenverzeichnis, hält am Ende der Seite an und sagt: »Zwickau.«

Mit einem kleinen Koffer stehe ich am Bahnhof Alexanderplatz. Leute steigen aus dem Zug, »Zurückbleim«, sagt der Schaffner, ohne »Einsteigen« gesagt zu haben. Ich drängle mich durch und zerre schnell meinen Koffer in den Waggon. »ZURÜCKBLEIM!«, brüllt der Schaffner. Die Räder schlagen auf den Schienen einen metallenen Rhythmus, der sich weiter hinten als dumpfe Antwort wiederholt. Als der Zug die Stadt verlässt, stecke ich den Kopf aus dem Fenster, und es ist, als würde der Fahrtwind eine Enge von meiner Seele wehen. Rauchend bleibe ich im Gang stehen und verfolge den Fluss, der sich an der Bahnlinie entlang durch die kahlen Wiesen schlängelt. Er taucht unter dem Zug durch, und die Leute auf der anderen Seite haben den Fluss. Hinter einem Haus steht ein kleines, vertrocknetes Maisfeld im kalten Wind. Ich fahre vorbei und werde nie erfahren, warum es niemand abgeerntet hat. Zwei Schwäne sitzen in einem Kohlfeld und würden in einen russischen Märchenfilm passen. Der Zug hält an einem geziegelten Bahnhäuschen, jemand hebt ein Fahrrad in die Luft, jemand streckt Arme aus dem Zug. Die alten Schwellen zwischen den Schienen sehen verbrannt aus. Mir fällt der Kindheitsmoment ein, als der Abstand zu kurz geworden war für meine Schrittlänge. Wir waren vom Seegrundstück durch den Wald zur Bahnhofskneipe gegangen, in der Hoffnung, es gäbe Eis. Es gab fast nie welches. Immer nur Zitronenlimonade. Wir gingen also ohne Eis zurück, und Daschas Schrittlänge passte noch genau zwischen die Schwellen.

Ich wäre jetzt gerne die Einzige im Zug, und die Landschaft würde sich für mich allein so prächtig ausbreiten.

Ein Glücksgefühl kribbelt durch meinen Bauch. Ewig könnte ich so weiterfahren durch die ganze DDR und am liebsten noch viel weiter. In Zwickau ist das Land allerdings zu Ende, und ich trage meinen Koffer ins Hotel Merkur. Die Stadt ist verrußt, trist, kalt. Im Hotelzimmer gibt es ein Fenster zum düsteren Schacht im betonierten Innenhof. Als ich mich hinauslehne, kommt es mir vor, als hätte ich die neu gewonnene Freiheit gerade versehentlich in den Schacht fallen lassen.

Schwarzer Ruß liegt auf dem Fensterbrett. Die Wirtin bringt Bettwäsche. »Pass do off! Mache disch ni dreggsch! Die Fensderbredder kannsde morgens abwischn, obends is die Braukohle sowieso wieder droff!«, sagt sie und schiebt dabei den Unterkiefer vor, als müsse sie etwas Ekliges kauen.

Abends sitze ich allein in der Bar mit einem Glas Zitronenlimonade. Die Wirtin bringt zwei jungen Männern Bier und deutet mit dem Kinn zu mir rüber. Die Männer nehmen ihre Biergläser, stehen auf und fragen mich mit osteuropäischem Akzent, ob sie sich setzen dürfen.

Ich mag den Akzent. Sie seien Fernstudenten aus Ungarn, sagen sie. Später losen sie um mich mit Streichhölzern. Ich kann mich nicht entscheiden und nehme beide mit in mein Zimmer. Ich mache alles mit, tue so, als würde ich es auch wollen und bin froh, als sie fertig sind. Am Morgen müssen sie zum Zug.

In Unterwäsche vor dem Hotelzimmerspiegel beschließe ich, mir den grauen Kleinstadtalltag selbst bunt zu machen. Einen geschwungenen Lidstrich male ich über meine Wimpern, stecke mein Haar hoch, ziehe zwei blonde Strähnen heraus, die links und rechts an der Stirn hinabfallen. Im olivgrünen Rock, mit hohen Stiefeln und in Adeles weißem Lammfellmantel aus Tibet, um den ich einen breiten Ledergürtel geschlungen habe, gehe ich durch die Zwickauer Straßen. Das graue Wetter wird klar, und als ich mich zum Theater durchgefragt habe, scheint die Sonne.

Selbst die Kinder und die schwarzen Gastarbeiter bellen mir den Bergbaugruß »Glückauf« entgegen. Ich höre nur »Auuuf« und sage »Tach«.

Das Puppentheaterensemble besteht aus ausrangierten Schauspielern, Tänzern, Sängern und einer Souffleuse.

Es gibt keine großen Ansprüche an Schneewittchen, Dornröschen und Aschenputtel. Ich soll die Prinzessin spielen, aber die Probe ist genauso langweilig wie die Stadt.

Nach ein paar Tagen bekomme ich vom Betriebsbüro eine kleine möblierte Erdgeschosswohnung zugewiesen. Zum ersten Mal muss ich einkaufen, Essen kochen, Wäsche waschen, Geschirr spülen und habe es mir nicht so aufwendig vorgestellt. Ich hatte gedacht, man könnte es nebenbei erledigen und bin sauer, so viel Freizeit dafür zu verbrauchen. Ich weiß nur nicht, auf wen eigentlich.

Das Bett schiebe ich mir unter das Fenster zur Straße. Einer der jungen Schauspieler schwingt sich abends auf dem Heimweg kopfüber leicht betrunken vom Bürgersteig behutsam durch mein Fenster und landet im Mantel auf meiner Bettdecke. Ich schlafe mit ihm, und es ist gut gegen die Einsamkeit. Mehr aber nicht. Er hat Kinder und ist verheiratet, wie alle im Theater.

An den spielfreien Tagen fahre ich nach Berlin. Es ist weit nach Hause, aber genauso hatte ich es gewollt.

Zurück nach Zwickau muss ich trampen. Der Zug fährt so, dass ich in Leipzig übernachten müsste. Zur Vorstellung von *Schneeweißchen und Rosenrot* würde ich es mit dem Zug nicht mehr rechtzeitig schaffen. Also fahre ich mit der S-Bahn bis Schönefeld, stelle mich an die Straße und halte frierend den Daumen hoch.

Ein dicker Ladafahrer nimmt mich mit. In seinem Auto ist es stickig. Kurz hinter Schönefeld fährt er in den Wald. Er hält mir den rechten Arm hinterm Nacken fest und zerrt an mir. Es tut weh. Der Dicke schnauft, und es ist, als würde er nicht merken, dass ich ein lebendiger Mensch bin. Den Zugriff auf meinen Körper kenne ich, nur die Gewaltanwendung kenne ich nicht. Unter dem Schmerz kann ich nicht richtig denken. Als er an meinem Reißverschluss fummelt, bäumt sich ein konkreter Gedanke auf. Mein neuer Hosenanzug! Er ist aus hellbraunem Veloursamt. Die Hosenbeine mit großem Schlag. Alfred hat ihn mir aus Paris mitgebracht. Dass er in den nächsten Sekunden kaputtgehen wird, löst in mir dieselbe Wut aus wie damals als Kind im Dresdner Schloss, als ich mit Dascha Friedrichs Schätze teilen sollte.

Ich versuche, den Schmerz zu ignorieren. Als hätte ich einen lange zurechtgelegten Rettungsplan, sage ich wie zu einem alten Kumpel, es würde so nicht gehen. »Dit is zu eng hier im Auto, und mein Hosenanzug krieg ich auch nich so leicht aus.« Ich greife mit der freien Hand nach der Decke auf der Rückbank und sage: »Komm, wir gehen nach hinten und machen's richtig!« Er nimmt mir die Handtasche weg und lässt mich aussteigen. Als ich mit dem schmerzenden Arm die Autotür öffne, den Fuß auf den Waldboden setze, spüre ich das Urvertrauen in meine Fähigkeit, fremde Dinge zu tun. Direkt neben dem Auto liegt ein schwerer kurzer Ast. Den verstecke ich unter der Decke, und jetzt legt sich eine tiefe Ruhe über mich. Während ich um das Auto herumgehe, steigt der Dicke mühsam aus, dreht sich um, und ich weiß, jetzt kommt der Moment, in dem ich sehr schnell sein muss. Ich hole aus und schlage mit einer Kraft, die ich noch nie aufgebracht habe, in die Mitte seiner Stirn. Ein Schrei hallt durch den Wald. Sein Hinterkopf schlägt auf die Eckkante der Autotür, der Mann sackt wie ein Pudding zusammen und bleibt mit einem Stöhnen der Länge nach vor meinen Füßen liegen. Es ist still. Sein Schrei klingt mir noch in den Ohren und kommt mir im Nachhall so seltsam vertraut vor. Es war gar nicht seiner, sondern meiner. Er muss sich selbstständig aus meiner Brust gelöst haben. Wie einstudiert hole ich meine Handtasche aus dem Auto, bringe meine Kleidung in Ordnung, sehe im Seitenspiegel nach meiner Frisur, schließe das Auto ab, stecke den Schlüssel ein, gehe zurück zur Straße. Eine Frau nimmt mich mit, fährt mich zur Polizeidienststelle Zossen. Die Polizisten fahren mit mir zurück zum Waldstück, das jetzt Tatort heißt. Der Mann liegt so, wie ich ihn umgehauen habe, im frostigen Laub. Sein Gesicht ist nicht mehr rot, sondern weiß wie Kalk. Die halb offenen Augen starren ins Leere, und seine Nase sieht schief aus. »Lebt der noch?«, und der Polizist sagt: »Na sicher!«, als hätte ich einen Scherz gemacht, und schiebt mich weg. Man würde sich bei mir melden, sagt er und bringt mich zur S-Bahn. »Sie müssen in Berlin bleiben. Wir brauchen Sie in den nächsten Tagen noch mal.« Ich muss es dem Polizisten versprechen. Erst in der Bahn beginnen meine Knie zu zittern. Ich könnte hier als Vergewaltigte sitzen. Stattdessen sitze ich hier vielleicht als Mörderin.

Während ich es meinen Eltern erzähle, ballen sich Alfreds Hände zu Fäusten. Er reibt seine Stirn und sieht aus, als hätte er Kopfschmerzen. Meine Mutter faselt von Schutzengeln und sieht nicht mich an, sondern Alfred.

Am Abend liege ich, wie schon die Nacht zuvor, in meinem Kinderzimmer und müsste doch eigentlich in meiner Zwickauer Wohnung liegen. Ich höre das Schreibmaschinentippen meines Vaters unten im Arbeitszimmer. Es klingt, als würde eine Motte immer wieder gegen das Fenster fliegen.

Der Moment spielt sich noch einmal vor mir ab: Der Dicke will dem Knüppel ausweichen, wirft den Kopf nach hinten, hebt die Hände, und der Knüppel trifft seine Stirn. Das Bild gehört jetzt zu meinem Leben.

»Ich will nicht hierbleiben.« Meine Mutter sagt beim Frühstück kalt, es sei mir polizeilich nicht erlaubt, die Stadt zu verlassen. »Quatsch. Ich bring dich nachher zum Zug«, sagt Alfred. »Sollen die zu mir kommen, wenn sie was wollen.« Sofort ist meine Mutter auf seiner Seite und tut, als sähe sie das genauso. »Jawoll«, sagt sie und nickt.

Als ich am Bahnhof in Zwickau ankomme und durch die verrußten Straßen zu meiner Wohnung laufe, bleibt ein Kind stehen, zeigt auf mich und ruft: »Gugge, Muddic, do is wieder die Vorrickte aus Berlin!« Ich lächele und fühle mich nicht mehr so fremd. Als ich durch den Park gehe, knallen meine Absätze auf dem gefrorenen Schlamm wie auf steinernem Untergrund, anstatt schmatzend einzusinken wie letzte Woche noch.

Im Theater ist Schneeweißchen und Rosenrot ausgefallen, weil ich als Schneeweißchen gefehlt habe. Nach der Vormittagsprobe erzähle ich in der Kantine, was mir passiert ist. »Na ja, selbst wenn der wirklich hinüber ist, hast du bestimmt die nächste Tramperin vor ihm gerettet«, sagt einer der alten Schauspieler und legt mir die Hand auf den Rücken. Ich fühle mich im Theater von den Kollegen besser verstanden als zu Hause von meinen Eltern.

Auf dem Weg zur Probebühne will sich etwas in mir zusammenziehen. Eine junge Regieassistentin mit verschwommenem Gesicht kommt mir entgegen. So darf man doch nicht herumlaufen, mit krummem Rücken und eingefallenen Schultern! Ich darf es nicht zulassen, das innerliche Zusammenziehen. Am Kopf zieht mich eine Schnur in den Himmel wie eine Marionette. Auf der Bühne spucke ich meinen Kaugummi in den Papierkorb und nehme meine Puppe. Es ist die Prinzessin, wie immer. Der Froschkönig wird geprobt, und ich halte die Marionette ins Bühnenbild. Von oben sehe ich in den Brunnen, in dem die Prinzessin ihre Kindheit verloren hat, und ich sehe die drohende Vergewaltigung in der Handlung und die ganze Brutalität. »Deinen Schmuck und deine goldene Krone will ich nicht«, sagt der Frosch. »Ich muss pinkeln«, sage ich und hänge meine Prinzessin an die Blendenrückwand, dass sie über dem Brunnen schaukelt, gehe in die Garderobe und muss kotzen. Vor dem Spiegel bringe ich meine Schminke wieder in Ordnung. Wenn ich keine bösen Hexen spielen darf, will ich wenigstens der dusseligen Prinzessin einen echten Charakter geben. Meine Froschprinzessin soll eine stolze und eigensinnige Figur werden. Schrecklich verwöhnt und hochnäsig dazu.

Bei der Premiere habe ich das Gefühl, mit meiner Marionette zu verschmelzen. Ich spüre, wie sich innere Vorgänge darstellen lassen und wie ich Pausen einsetzen muss, um die Haltung wirken zu lassen. Die Kollegen loben mich nach der Vorstellung. Es gibt aber niemanden hier, der mir zeigen kann, wie sich eine Marionette richtig führen lässt. In Zwickau werde ich nicht weiterkommen.

Wir müssen es irgendwie hinkriegen, dass man Puppenspiel studieren kann, schreibe ich an Alfred. *Es muss irgendwo Leute geben, die das richtig können!*

Mein Vater wird sich etwas einfallen lassen. Ich bin stolz darauf, ihn wie einen Agenten zu beauftragen, etwas

Produktives in Bewegung zu setzen. Er muss es tun, das weiß ich. Er kann gar nicht anders.

Der dicke Mann im Lada taucht in meinem Traum auf. Ich werde davon wach. Es ist kein Angsttraum, ich kann nur nicht mehr einschlafen. Wenn ich nah ans Fenster rutsche, kann ich in den Zwickauer Himmel sehen. Gegenüber lässt sich der Schornsteinrauch von dem feinen Schnee auf das Dach hinabdrücken. Das Gefühl, den fremden Mann umgebracht zu haben, kann ich nicht abschütteln. Ich beschließe, mir das starke Gefühl zu merken, nicht den Schreck.

Was soll mir noch passieren, jetzt, wo ich weiß, wozu ich fähig bin?

Als ich am Wochenende in Berlin meinen Freunden von dem Ladafahrer erzähle, hört es sich schon an wie eine von Alfreds Agentengeschichten aus Frankreich.

Ob die Polizei noch einmal da war, frage ich so beiläufig wie möglich. »Papa hat das geregelt. Mach dir keine Gedanken«, sagt meine Mutter, als ginge es mich nichts an.

1950

Erwin war zur Kur gefahren und im Gefängnis gelandet

Friedrich erwartete eigentlich einen Brief von der Freiburger Uni. Er hatte sofort zugesagt, als er gebeten worden war, sich wieder einstellen zu lassen.

Aber statt eines Briefes von der Uni kam einer von der Offenburger Justizvollzugsanstalt.

Erwin soll aus einem Freiburger Weinkeller zwei Fässer gestohlen haben. Es waren noch sieben weitere Straftaten aufgelistet, die allesamt unmöglich auf zwei Krücken zu verüben waren. Zu den Tatzeiten war Erwin außerdem im Kurhaus gewesen. Friedrich glaubte an ein Missverständnis, Alfred nicht. »Das machen die mit Leuten, die sie für Spione halten.« Erwin war kein Spion. Nachts wälzte Alfred sich im Bett, schlief schlecht und träumte wieder von Hitler. Hitler ging durch Nürnberg mit einem kleinen Mülleimer, den er gerade in einen öffentlichen Papierkorb ausleeren wollte, als ein Polizist ebenfalls seinen Müll in den Papierkorb kippte. Hitler sagte: »Ich kann ja nicht einfach hier in Nürnberg meinen Müll ausleeren.« Der Polizist hielt Hitler freundlich am Arm, »Aber Sie dürfen doch Ihren Müll ausleeren, wo Sie möchten«, nahm ihm den Eimer aus der Hand und leerte ihn aus. »Vielleicht ist es doch besser, ich nehme Sie mit«, sagte der Polizist. Hitler ließ sich bereitwillig abführen und in ein dunkles Gefängnis voller jüdischer Kinder sperren. Ein einarmiges Mädchen kletterte an den riesigen Fenstergittern hoch. Hitler kletterte hinterher, konnte es aber nicht einfangen.

Das Mädchen fiel auf den Steinboden und war tot. Hitler hob das Mädchen hoch, trug es eine Treppe rauf, legte es aufs Gefängnisdach und küsste es.

»Verdammt!«, rief Alfred und saß im Bett. »Adelchen! Die wollen gar nicht den Erwin. Die wollen mich!« Adele gähnte. »Wieso dich?« Alfred rieb sich das Gesicht mit beiden Händen und stöhnte. »Ich hab doch die vielen Artikel geschrieben und das Vichy-Regime immer wieder als antisemitische Faschisten bezeichnet!« Adele drehte sich im Bett um. »Na, dann fahr da bloß nicht auch noch hin.« Alfred stand auf und zog sich an. »Natürlich fahr ich da hin!« Adele setzte sich ruckartig auf, schaltete das Licht an, schlug die flachen Hände auf die Bettdecke und rief wütend: »Du hast deinen Vater aus dem KZ geholt, du wirst ja wohl deinen Bruder aus einem westdeutschen Gefängnis holen können!« Alfred sah sie überrascht an und hatte mit ihrer Entrüstung nicht gerechnet. Adele zog das Kinn hoch, streckte den Rücken gerade und zeigte mit dem Finger auf Alfred. »Du aktivierst jetzt deine französischen Kontakte, informierst dich über den Freiburger Bürgermeister und schickst deinen Vater dorthin. Das werden sie nicht wagen, den einzusperren!« Alfred zog die Augenbrauen hoch. »An dir ist eine Agentin verloren gegangen, Baby. Dich hätten wir gebrauchen können.«

Also fuhr Friedrich nach Freiburg. Nachdem er für Erwin einen Anwalt besorgt hatte, ging er zur Uni. »Es ist mir unangenehm, Herr Professor Hirsch«, sagte der Direktor, nachdem er sich verhalten über das Wiedersehen gefreut hatte. »Ich würd Sie ja liebend gerne einstellen, aber ich darf es nicht. Sie und Ihre Söhne haben wohl ein Aufenthaltsverbot für die französische Besatzungszone.« Der Direktor zuckte mit den Schultern, zeigte Friedrich seine leeren Handflächen. Friedrich schüttelte den Kopf.

»Des isch doch Sippehaft!« Zum zweiten Mal schickte ihn diese Uni weg. Verletzt schlurfte er durch seine alten Flure, verletzt lief er durch seine alte Heimatstadt. Damals hatte er den Hut für jeden zweiten Passanten gelüpft. Als er jetzt durch die Straßen ging, traf er niemanden. Friedrichs Freunde liefen nicht mehr durch die Straßen. Er ging zum Friedhof und schüttelte vor jedem zweiten Grab den Kopf.

Beim Wandern durch den Schwarzwald traf er immerhin einen lebenden Bekannten. Der hatte es sich bequem gemacht und wollte nicht vom Krieg reden, lieber vom Wetter. Friedrich fühlte sich nicht zu Hause in seinem schwungvollen Dialekt. Er sehnte sich nach dem Lake District, nach den Seen und Bergen und nach seinen englischen Schülern.

Als er aber einen bekannten Geruch wahrnahm nach nassem Waldboden und Rhododendron, setzte er sich auf einen großen Stein, auf dem er mit Ilse damals gesessen hatte, und ließ sich in seine Jugend vor den Kriegen zurücktreiben.

Vor seiner Pupille hing ihm ein bunter Strahlenschleier in den Wimpern. Warme Luft stieg von seinem Körper auf und breitete sich in Blasen aus. Er hielt den Atem an und erinnerte sich daran, als Kind die Luft gesehen zu haben. Damals hatte er nur dem kleinen Bruder davon zu erzählen versucht, weiter keinem. Er sah ins Nichts, und dann sah er es. Das Nichts, wie es ihn umgab und seine Körperwärme davontrug. Sein Ärger über die Uni, seine Sorge um Erwin relativierten sich. Die Zeit fühlte sich unendlich an. Sein Leben stand still.

Zwei laut schwatzende Frauen schoben ihre Räder durch den Wald. Als sie nicht mehr zu hören waren, stand Friedrich auf, klopfte das Moos von seiner Hose und ging weiter am Bach entlang.

Während ihm ein Kienapfel auf den Kopf fiel, brach dicht hinter ihm ein dicker Ast herunter und donnerte auf den Weg. Friedrich brauchte einen Moment, bis ihm der Zusammenhang klar wurde. Er stand wie angewurzelt auf dem weichen Waldboden, rieb seinen Kopf, starrte hinunter auf den Ast, sah hinauf in die Wipfel. Offenbar hatte er das Hören vergessen und sich zu sehr auf das Sehen beschränkt. Er war aufgewacht aus dem kurzen Stillstand, sein Leben ging weiter, und er wusste jetzt: Der Schwarzwald wollte ihn nicht mehr haben.

In der Stadt war es dunkel, und im Dunkeln sah Friedrich keine Luft. Sein Schatten unter den Gaslaternen zog sich vor ihm in die Länge, wurde blasser, verschwamm auf den Gehwegplatten. Seitlich schob sich ein neuer Schatten an ihm vorbei, scharf umrissen diesmal, dunkelschwarz, überholte ihn, zog sich lang, löste sich auf und erneuerte sich von hinten. Die Dunkelheit befreite Friedrich ein wenig von der bedrückenden Fremdheit. Er musste die Stadt nicht sehen, nur ihre Schatten. Die Stadt und die Menschen kamen ihm kantig und kalt vor, die Luft aber war rund und weich.

Die Stadt, in der er einmal beliebt gewesen war, hatte ihn ausgespuckt, und sein Wald hatte ihn sogar erschlagen wollen.

In Berlin sah Alfred den großen runden Bauch von Erwins Frau. Schließlich diktierte er Adele einen Artikel für die *Tägliche Rundschau*, in dem er demütig seine Dankbarkeit unterbrachte für die Unterstützung der französischen Regierung, die im Widerstandskampf gegen den Faschismus eine unentbehrliche Hilfe gewesen sei. Es war absurd, dass Alfred jetzt einknicken musste, obwohl das Schlimmste überstanden war. Er wusste: Wer einmal einknickt, der knickt wieder ein. Das durfte nicht mehr passieren. Dafür wollte er sorgen.

Adele tippte den Artikel dreimal ab, machte beim zweiten Mal keine Rechtschreibfehler und beim dritten Mal keine Tippfehler mehr.

Alfred schickte die Zeitungsausgabe mit seinem Artikel nach Paris zu einem Bauunternehmer und Gasfabrikanten, der Verbindungen zur Regierung hatte. Der Mann hatte die Résistance unterstützt und gesagt: Ich arbeite immer für beide Seiten. Egal, ob im Krieg oder Frieden. Man wisse nie, wie's ausgeht. Alfred hatte ihn dafür verachtet und sich vorgenommen, ihm das zu sagen, wenn der Krieg erst einmal vorbei wäre. Stattdessen musste er jetzt die französische Nachkriegsregierung darum anbetteln, seinen Bruder freizulassen, den sie an seiner Stelle eingesperrt hatte.

Erwins Frau stand schließlich in der Wohnungstür und atmete tief ein, als sie Friedrichs Telegramm bekam. »Sie lassen ihn morgen frei«, sagte sie, atmete erleichtert aus und stöhnte. Adele massierte ihr den unteren Rücken. »Immer in den Bauch reinatmen.« Am nächsten Tag kam in Freiburg ein Telegramm aus Berlin an – *Heute, Vorabend Erwins Befreiung, wurde Friedenskaempfer Peter Eduard Hirsch geboren. Mutter und Sohn in ausgezeichnetem Zustand.*

Alfred hatte mit Ilse gewettet, Erwin würde noch vor der Geburt seines Kindes frei sein, und Ilse hatte eingeschlagen, um den Preis, in die KPD eintreten zu müssen. Sie füllte das Beitrittsformular aus, obwohl Alfred seine Wette um sechs Stunden verloren hatte.

Friedrich und Erwin verließen die Stadt, aus der sie gekommen, aus der sie verjagt worden waren, nach der sie sich gesehnt hatten im Krieg und aus der sie jetzt zum zweiten Mal verjagt wurden. »In sellem Teil Deutschlands hemmir de Krieg verlore«, sagte Friedrich. »Aber im Osten haben wir ihn gewonnen«, sagte Erwin angriffslustig. Ungehalten war er jetzt nur noch über den Namen seines Sohnes. Das schrieb er per Telegramm sofort nach Berlin. Phillip sollte sein Sohn heißen! Keinesfalls Peter oder Eduard! Erwins Frau nahm die gesammelten Zeitungsartikel über Erwins grundlose Inhaftierung mit zum Pankower Standesamt. Die Beamtin interessierte sich aber nicht für Zeitungsartikel. Erwins Frau weinte und schwindelte, ihr Mann könne unfassbar zornig werden, wenn er zurückkäme und sein erster Sohn einen falschen Vornamen habe. Er würde sicher das arme Kind nie richtig lieben können. Die Beamtin hatte ein Einsehen, zerriss die Geburtsurkunde und schrieb eine neue.

Als Erwin nach Hause kam, war er von der Haft wieder mager und krank geworden. Seine Frau war stark und gesund. Sie stand im Flur, mit dem Kind im Arm, und strahlte ihren Mann stolz an, als hätte es nie einen Krieg oder eine Haft gegeben, sondern nur die erhabene Dreieinigkeit des Vaters und des Sohnes und ihr.

1967

In Moskau ist alles bunt

Alfred zeigt Dascha und mir vom Taxi aus ein schönes altes Hotel in Zitronengelb. Ein Page in hellblauer Uniform steht vor dem überdachten Eingang. Darin habe er gewohnt als Student, sagt Alfred und tippt mit dem Finger gegen die Scheibe. Ich staune und stelle mir vor, wie Alfred und die anderen Studenten in einem dieser großen schwarzen Autos vorgefahren wurden. »Warum wohnen wir nicht da, sondern in dem hässlichen Hochhaus?« Alfred sagt, es sei jetzt viel zu teuer. Damals war es eine Ruine ohne Fenster. Im Zimmer lag manchmal Schnee, wenn die Planen vom Wind zerrissen worden waren. Es gab nicht genügend Bettdecken und zu wenig Essen. Ich will mir das schöne Hotel nicht als Ruine vorstellen und Alfred nicht hungernd und frierend in einem Zimmer voller Schnee und Wind. Lieber stelle ich mir vor, wir würden jetzt darin wohnen, und ich hätte ein Himmelbett, einen Diener und weiße Kleider.

Die Straßen sind breit, die Plätze so groß, dass man das Ende kaum sieht, die Fassaden in prächtigen Bonbonfarben bemalt. Alles scheint für kindische Riesen gebaut. Vom Schiff aus, mit dem wir die Moskwa entlangfahren, sehen die bunten, geringelten und vergoldeten Zwiebeltürme aus wie Spielzeug. Im GUM gäbe es lebendige Elefanten zu kaufen, dachte ich. Erst jetzt fällt mir auf, dass es ein Kindergerücht war. Warum haben die Erwachsenen dem nie widersprochen? Aber beim Schriftstellerempfang in der DDR-Botschaft ist alles genauso hässlich wie zu Hause. Nur größer. Wir bekommen dieselben Matrjoschkas geschenkt, die in unserem Klassenraum stehen. Während Alfred einen Vortrag hält, sitze ich mit Dascha im Foyer und spiele Steckhalma. Normalerweise streiten wir uns dabei. Dascha lehnt im Sessel, dreht eine Haarsträhne und sieht in den Himmel. »Zu Hause kennen wir alles unterschiedlich. Aber hier ist uns alles gleichermaßen fremd.« »Hä?« Ich verstehe Dascha nicht. »Na, deshalb streiten wir uns hier weniger als zu Hause«, sagt sie.

Auf dem Rückflug sieht Dascha aus dem Fenster in die Wolken, die in kleinen Beulen wie an Schnüren aufgereiht unter uns liegen, und sagt: »Wie schön das wäre, wenn man hier rausspringen und sich einfach in feines Pulver auflösen könnte.« Sie lässt die Finger in der Luft tanzen, als sähe sie glitzernde Schneeflocken, und lächelt verkitscht.

Als Baby war Dascha auf dem Wickeltisch blau geworden. Wenn Onkel Anton sie nicht gerettet hätte, wäre sie gestorben. Damals hat Dascha geschrien, und jetzt denke ich, dass derselbe Schrei sich umgewandelt hat in dieses dämliche Lächeln. Wenn Dascha ängstlich ist, werde ich wütend. Aber wenn Dascha sich nicht fürchtet, habe ich Angst um sie. Ich bin die Einzige, die weiß, Dascha würde wirklich rausspringen, wenn man sie ließe. Aber niemand würde mir das glauben.

Berlin ist noch farbloser und hässlicher als vor der Reise, und es kommt mir vor wie eine Strafe, hier landen und leben zu müssen. Ich frage mich, wieso wir von der Sowjetunion nur so bescheuerte Sachen übernehmen müssen wie den Subotnik-Putztag und den ekligen schwarzen Tee mit Marmelade aus dem blöden Samowar, an dem sich im Schulhort alle Kinder ständig die Hände verbrennen. Warum streichen wir nicht lieber unsere Häuser bunt?

Weil wir für die Reise eine Woche von der Schule befreit wurden, sollen wir jetzt für den Staatsbürgerkundeunterricht einen Aufsatz über die Deutsch-Sowjetische Freundschaft schreiben. Alfred sagt, es könne ja wohl nicht so schwer sein. Ich sage, die Deutsch-Sowjetische Freundschaft würde mich einen Scheiß interessieren. Er wird sauer. Ich sei undankbar, anmaßend, respektlos. Im Sessel liegend lasse ich die Stiefel über die Armlehne baumeln. »Mann, ich hab einfach das Gefühl, hier sagt keiner, was er wirklich denkt. Ich fühl mich eingesperrt, und ich weiß ganich, wofür!« Alfred läuft im Wohnzimmer hin und her und reibt sich die Stirn. »Du immer mit deinen Gefühlchen«, sagt er. »Mit Gefühlchen kommt der Klassenkampf nicht weiter! Wahrheit und Gerechtigkeit haben nichts mit Gefühlchen zu tun.« Er schlägt sich mit Wut gegen die Stirn, als hätte er vergessen, dass es seine eigene ist. »Da musst du nur den richtigen Verstand im Kopf haben. Das ist alles! Komm mit zu meinem nächsten Vortrag bei der Freien Deutschen Jugend. Da wirst du sehen, wie begeistert die sind und was die für gute Fragen haben.« Ich falle ihm ins Wort: »Papaaaa, bei deinen verlogenen Veranstaltungen sind die Fragen voooorgegeben! Und der Applaus ist verordnet! Das ist denen scheißegal, was du da vorne erzählst!« Alfred ruft »Schwachsinn! Unsinn! Blödsinn!« Ich knalle die Tür und gehe in mein Zimmer. Auf meinem Bett liegt *Der geteilte Himmel* von Christa Wolf. Da geht es um Gefühle. Es ist mein wertvollstes Beweisstück im Streit mit meinem Vater. Ich gehe runter ins Arbeitszimmer und werfe es ihm auf den Tisch. »Haste gelesen? Kannste dir deinen gefühlskalten Kommunismus in den Arsch stecken!« Meine Mutter lacht höhnisch. »Die schreibt doch nur so 'n Zeug, weil die nie ordentlich gefickt wurde!«

Als Kind habe ich in Bulgarien versehentlich einen

Stromzaun angefasst. Dahinter standen riesige braune Kühe mit blöden Augen. Es war, als hätte mich eine von ihnen gepackt und mit Gewalt auf den Boden gedonnert. So kommt es mir jetzt vor, und ich weiß nicht, ob ich den verbotenen Draht nicht hätte anfassen sollen oder ob der Schlag mich zu Unrecht getroffen hat. Meine Mutter sieht mich an wie die Kuh hinterm Stromzaun.

Wenn mein Vater abfällig über schreibende Frauen redet, tut er es mit Chauvinismus: »Bisschen verklemmt, das Fräulein Rehauge« oder »Madame hat zu viele Romane aus der Romantikkiste gelesen«. Doch meine Mutter hat es nicht mit Hohn gesagt, sondern mit Abscheu.

Abends ziehe ich heimlich Daschas Aufsatz über die Deutsch-Sowjetische Freundschaft aus ihrer Schultasche, schreibe ihn ab und hoffe, unsere Staatsbürgerkundelehrerin denkt, die Achtklässlerin hätte ihn von der Zehntklässlerin abgeschrieben. Nicht andersrum.

Nach den Sommerferien muss ich in die Mauerschule. Vor ein paar Jahren war es noch eine aufregende Schulhofneuigkeit, wenn aus der Oberstufe jemand einen Verweis bekam. Es waren immer Jungs, und es war, als müssten sie ins Gefängnis, in den Bergbau, in den Krieg. Ich bewunderte sie und dachte, sie würden irgendwo etwas Spannendes erleben.

Aber in Rosenthal wird nichts Spannendes passieren. Die Straßenbahn hat hier nur noch ein Gleis. An der Wendeschleife steige ich aus und komme mir abgeschoben vor ans tote Ende der Stadt. Man hat meine Erziehung aufgegeben. Hier interessiert es niemanden mehr, was aus mir wird. Warum soll ich die Freiheit als Strafe empfinden?

Vor der Schule stehen rauchende Zwölftklässler. Einer davon, auch ein Abgeschobener wie ich, nickt mir zu, als würden wir uns lange kennen. Von meiner Klasse wäre ich auch gerne mit Applaus und Schulterklopfen vorm Schultor verabschiedet worden, wie er im letzten Sommer. »Jetzt wird's langweilig«, sagten meine Freundinnen und waren beleidigt, als hätte ich sie freiwillig im Stich gelassen.

Ohne den grauen Dreck an der Fassade könnte die Dorfschule ein hübsches gelbes Ziegelgebäude sein. Im Schulhaus stinkt es nach beißendem Bohnerwachs. Das Linoleum ist zerlöchert, die lackierten Wände abgeplatzt, alles ist kaputt und vergammelt. An den zersplitterten Stuhlkanten im Klassenraum reißt man sich die Strumpfhosen auf. Warum ich die Schule gewechselt hätte, will ein pickliges Mädchen mit einem blöden Dutt wissen. »Ich musste«, sage ich und würde gerne behaupten, die ganzen Verwarnungen und Tadel für etwas Interessanteres bekommen zu haben als nur für heimliches Rauchen, freches Benehmen und einen abgeschriebenen Aufsatz von meiner kleinen Schwester. »Hab mal im Speisesaal mit der Gabel 'ne Kartoffel gegen Walter Ulbrichts Auge katapultiert. Die klebte 'ne Woche auf dem Bild, bis es jemand gemerkt hat.« Das Mädchen überlegt. »Aja«, sagt sie verständnisvoll, als wäre es klar, dass ich dafür von der Schule fliegen musste.

Die Toiletten lassen sich nur mit angehaltenem Atem betreten, und ich gehe lieber ins Gebüsch. Zwischen den dichten Blättern habe ich den Schulhof im Blick. Als ich mich umdrehe, weil es raschelt, steht hinter mir ein Grenzpolizist und hat mit dem Gewehr die Zweige beiseitegeschoben. Er sieht mich erschrocken an. »Wollte nur pinkeln«, sage ich genauso erschrocken, ziehe meine Jeans hoch und ärgere mich, dass mir nichts Cooleres eingefallen ist. Es war genauso blöd, als hätte ich gesagt: »Will ja nicht abhaun.«

Im Unterricht sehe ich aus dem Fenster über den Grenzstreifen hinter der Schulhofmauer und überlege, was ich hätte sagen können. »Musst du auch mal pinkeln?« wäre vielleicht lustig gewesen.

Die Grenzer stehen draußen rum und langweilen sich so wie ich hier drinnen. Wir sitzen alle in derselben Haft, weil nicht nur diese langweilige Schule das Gefängnis ist, sondern das ganze langweilige Land. »Tamaaara! Nach voooorne!« Alle Köpfe haben sich zu mir gedreht. »Schläfst wohl.« Ich stelle mich im Minikleid vor die Tafel und strecke den Arm mit der Kreide weit hoch, um eine physikalische Formel anzuschreiben. Der junge Physiklehrer nimmt mir die Kreide aus der Hand und zeigt auf die Tür. »Sie gehen nach Hause. Ziehen sich etwas Längeres an!« Die Klasse lacht. Ich werfe mir grinsend die Jeansjacke über die Schulter und verlasse den Klassenraum. Hoffentlich sieht einer der Jungs aus den oberen Klassen, wie ich aufs Moped steige und meine Haare hinter mir herwehen.

Beim Abendbrot fragt mein Vater, ob ich den Mopedführerschein gemacht habe.

»Nee, kein Geld gehabt.«

»Hab ich dir doch gegeben!«

»Papa, das Moped fährt prima ohne Führerschein. Aber schlecht ohne Benzin!«

Auf dem Weg zum Unterrichtstag in der Produktion schließe ich mich am nächsten Tag den Jungs an, die unterwegs abbiegen und am Nordgrabenufer lieber Steine ins Wasser werfen, anstatt im Bergmann-Borsig-Werk zu arbeiten. »Hab auch kein Bock auf Rasierapparate.« Die Jungs sehen mich fragend an. »Rasierapparate? Wir müssen Handhebelscheren herstellen.« Ich erzähle vom BeBoSher, den ich letztes Jahr zusammenschrauben durfte und immer eine kleine Mutter ins Gehäuse gelegt habe, damit der Apparat rasselt bei der Endkontrolle. »Hat keine Sau interessiert.« Dass ich meist am Fließband stand, Kabel um meine flache Hand gewickelt und in Tüten gesteckt habe, erzähle ich nicht. »Wenn wir Rasierer herstellen dürften, würd ich hingehen«, sagt einer, und ich komme mir blöd vor.

Im Winterurlaub fahren wir nach Zakopane. Ich muss das Hotelzimmer mit Dascha teilen. Wir haben keinen großen Spiegel. Im Zimmer meiner Eltern lächele ich meinem Po in der engen Jeans zu. Mein Schneidezahn, der ein kleines bisschen schief vor dem anderen steht, sei der verführerische Makel in meinem makellosen Gesicht, hat mir mal ein Modefotograf am Alexanderplatz gesagt. Er wollte mich fotografieren. Ich habe Nein gesagt und mich danach geärgert.

Meine Mutter kommt mit Onkel Anton rein. Sie zieht mein T-Shirt hoch. »Mensch, hast du hübsche Titten, Kindchen, zeig mal her! Göttlich, dein knackiger Arsch, Himmeldonnerwetter, lass mal anfassen.« Onkel Anton hält den Kopf schief und grinst. Meine Mutter grabbelt in meiner Achselhöhle herum. »Haare hat se auch schon, na, guck mal an!«

Es ist unangenehmer, wenn Adele das tut, als wenn Alfred mir im Bad oder beim Duschen an die Brüste greift. Mein Vater kommt auch rein, mit Onkel Antons Frauen, und Adele grapscht mir an den Po. »Jetzt seht euch an, was das Kind für'n hübschen Hintern hat! Komm, hab dich nich so, zeig mal her! Dreh dich um.« Ich mache ein gleichgültiges Gesicht, wackle zur Belustigung ein bisschen mit dem Po und warte, bis meine Mutter mich gehen lässt.

In der Hoteldisco tanze ich mit dem schönen Tomek. Er

tanzt gut. Alle sehen uns zu. An der Bar bläst er für mich Rauchringe, pustet kleine Ringe durch große. Ich verstehe kein Polnisch, er kein Deutsch, wir beide kein Englisch, und was wir auf Russisch sagen können, ist vollkommen unbrauchbar. Um zwölf ist die Disco zu Ende. Es gibt in der kalten polnischen Winternacht keinen Ort, an dem wir mehr miteinander tun können, als uns zu küssen. In meinem Bett schläft Dascha, in seinem schlafen schon die nächsten Gäste. Um fünf Uhr früh fährt sein Zug zurück nach Warschau. Wir verbringen also den Rest der Nacht auf dem Bahnhof, mit Händen und Augen und Mündern gestikulierend. Ich verspreche, ihn zu besuchen.

Ein paar Monate später fahre ich tatsächlich zu Tomek. Mein Vater hat mir einen Warschauer Wohnungsschlüssel besorgt, obwohl ich durch die Russischprüfung gefallen bin. Dafür musste ich versprechen, die Prüfung im Sommer nachzuholen.

Die Wohnung gehört der Tochter eines polnischen Kommunisten. Jugendstilgemälde hängen in Eichenparketträumen mit langen Fenstern und antiken Möbeln. Ich drapiere mich selbst im Seidenhemd mit Spitze auf Kaschmirdecken im großen Himmelbett, sehe mir polnische Modezeitschriften an und warte auf Tomek. Für das erste Mal ist es der romantischste Ort. Tomek kommt rein, und für das erste Mal ist er der schönste Mann. Ich würde ihm gerne sagen, dass ich das noch nie gemacht habe, und versuche es mit dem polnischen Wörterbuch. Tomek zuckt die Schultern, schüttelt den Kopf und lacht. Er wirft das Wörterbuch aus dem Bett, küsst mich und zieht seine Jeans aus. Ich sehe ihm in die blauen Augen und vermeide den Blick zwischen seine Beine. Er legt sich auf mich. Ich streichle seinen Rücken. Für ihn ist es offenbar nicht das erste Mal. Ich muss die Beine weiter auseinandermachen.

Er ist sofort in mir, kurz darauf fertig, bleibt schwer auf mir liegen und schläft ein. Ich hatte mir das Gefühl anders vorgestellt. Ich dachte, etwas unbekannt Tolles würde mit mir passieren, aber es ist gar nichts passiert. Wahrscheinlich hab ich es falsch gemacht.

Am nächsten Tag ziehen wir zu Tomeks armer Familie im Neubaugebiet vor Warschau. Ich hoffe, die zweite Nacht wird aufregender. In seinem Doppelstockbett warte ich auf ihn und höre zu, wie er im Nebenzimmer über Nacht mein Geld verpokert.

In den Sommerferien ziehen wir nach Wandlitz an den See. Sollen mich die Leute doch verfluchen, weil ich mit dem Moped jeden Morgen um halb acht durchs Dorf kachele, übers Kopfsteinpflaster, dann durch die Allee alter Linden bis zur Dorfschule. Sollen sie sich doch bei ihrem Bürgermeister beschweren, dass Tamara Hirsch mitten in den Sommerferien Russisch lernen muss! Ist das ein Grund, ein ganzes Dorf aufzuwecken?

Meine Nachhilfelehrerin steht vor der Schule und klappert mit dem Schlüsselbund. Friedrich hat sie für mich aufgetrieben. Sie sieht nicht aus wie vom Dorf. Das Haar hochgesteckt und bunt geschminkt mit rosa Lippen und blauem Lidschatten. »Tamaaara«, sagt sie mit rollendem R, streng, aber freundlich. »Ich möchte, dass du pünktlich kommst.« Sie hat glitzernde Ringe an den lackierten Fingern. Bestimmt wird sie von Friedrich mit Westgeld bezahlt. Sie schließt die muffige Dorfschule auf. Ich bleibe an der Treppe stehen und bin sauer auf Tomek. Seinetwegen muss ich meinen Sommer in einem Klassenraum zwischen hochgestellten Stühlen verbringen. Aber die Russin schiebt einen Tisch zur Tür. »Komm, fass an.« Wir stellen zwei Stühle auf das Rasenstück vor der Schule. Die

Lehrerin hält ihr Gesicht in die Sonne, schließt die Augen und piekt ihren Zeigefinger dirigierend in die Luft. »Ich möchte, dass du dich würdig erweist meiner herrlichen Muttersprache, deines russischen Namens und deines wunderbaren Deduška!« Sie klappst mir auf den Schenkel und lacht. »Wenigstens für deine Prüfung.« Ich muss einen kyrillischen Text vorlesen, seitenweise Vokabeln üben und ein paar Sätze schreiben.

Auf dem Rückweg hole ich den für Hirsch bestellten Kuchen aus der Wandlitzer Bäckerei, stecke ihn in die Kapuze meiner Windjacke und bin zum Kaffee zurück bei Alfred, Dascha und Wodka.

Alfred hat seinen Tisch mit der Schreibmaschine unter die Trauerweide am Ufer gestellt. Er kommt aus dem Wasser, geht schnaufend, nackt und nass ins Haus und macht Kaffee in der Küche. »Nu schreibt eurer Mutter was Schönes!«, ruft er durchs Küchenfenster und legt uns Papier und Stifte auf die Kuchenteller. Dascha malt ein Bild, ich schreibe einen Brief.

Liebe Mami, Dascha sitz vor mir und frisst ihre süße Milch, die uns Papa gestern mitgebracht hat. Wir denken an Dich, die du krank im Bettchen liegen musst und bestimmt mal froh bist uns nicht sehen zu müssen. Es geht uns gut trotz des Sonnenbrands und des Russischunterrichts. Papa hat uns wieder reich beschenkt mit Bonnbons, Nugatstangen, Kokusflocken und dicken Kirschen. Wir baden den ganzen Tag und die schöne Schminke ist von unseren zarten rosigen Gesichtern schon verschwunden. Den fetten Wodka haben wir auch schon zehnmal ins Wasser geworfen. So genug Geblabber, Küsschen, Tamaruschka und Schaschi. PS.: bitte nicht an der Rechtschreibung herummeckern. Sind schließlich Ferien!

Dascha hat Alfred gezeichnet und hinter ihm eine Schlange hübscher Mädchen in Petticoats mit Hochsteckfrisuren. Dem ersten Mädchen schwebt eine Sprechblase überm Kopf: *So warten Sie doch!* Sie nennt ihr Bild: *Meinem Papa laufen alle Mädchen nach.* Auf die Rückseite zeichnet sie Papa im Auto, mit der Unterschrift: *Mein Papa überholt alle.* Dazu ein paar Accessoires: ein Stift, eine Tasse, eine Brille, ein Buch mit dem Titel: *Barbara.*

Ich kann mir meine Mutter nicht krank vorstellen. Adele ist nie krank. Immer ist nur Alfred krank und wird von ihr gepflegt. Wenn ich krank bin, verwandelt sich meine Mutter. Sie wird ungewohnt fürsorglich, und dann kann ich mir vorstellen, dass sie sogar Gefühle haben kann. Es ist ungerecht, dass Dascha viel öfter krank ist als ich.

1951

»Ich bin Krankenschwester«,

sagte Adele zur Oberschwester im Regierungskrankenhaus und wollte den Chefarzt sprechen. Erwins Hüftgelenk war immer noch entzündet. Adele sah ihre Chance gekommen, sich in der Familie eine Anerkennung zu verschaffen. Ihre Bewerbung könne sie in der Personalabteilung abgeben, sagte die Oberschwester herrisch und tat unnachgiebig. Adele wollte sich weder bewerben noch einschüchtern lassen. »Danke, ich werd ihn schon selbst finden.« Sie lief den Gang hinunter. Die Oberschwester lief hinterher. »Können Sie mir sagen, wo ich den Chefarzt finde?«, fragte Adele einen jungen Doktor, mit dem sie beinahe zusammenstieß, als sie um die Ecke bog. Der schickte die Oberschwester mit einer Kinnbewegung weg. Adele atmete aus. In seinem Büro schlug sie die Beine im kurzen Rock langsam übereinander und erzählte von Erwin. Der Arzt hatte von der Verhaftung in der Zeitung gelesen. Er hatte auch im Fernsehen den Bericht des »Augenzeugen« gesehen. Halbverhungerte Studenten standen auf den Trümmern vor der Humboldt-Universität mit Transparenten *Freiheit für Erwin Hirsch*, und er hatte gewusst, die Franzosen würden sich davon nicht beeindrucken lassen. Adele lachte und tat, als verstünde sie nichts von Politik. Ihr Mann wisse nichts von ihrem Besuch, sagte sie, und würde es sicher nicht gutheißen, aber als Krankenschwester wisse sie schließlich, es würde für Menschen, die beim Aufbau der DDR von hoher Bedeutung seien, Möglichkeiten für eine bevorzugte Behandlung geben. »Ihr Mann kann sich glücklich schätzen, so eine bezaubernde und engagierte Frau zu haben!«, sagte der Arzt. Adele bedankte sich und erzählte, sie habe Schwierigkeiten mit ihrem Mann, weil sie so religiös erzogen worden sei und seine kommunistischen Vorstellungen von offener Ehe und freier Liebe zwar interessant fände, sich aber erst daran gewöhnen müsse. »Anton«, sagte der Arzt und hielt ihr die Hand hin. Er würde von der klassischen Ehe auch nichts halten. Adele lud ihn am Sonntag zum Kaffee ein. Da wäre auch ihre Schwester aus Nürnberg zu Besuch.

Anton gefiel die unkonventionelle Familie. Adele war froh zu sehen, dass der Chefarzt sein Interesse an ihr verloren hatte und stattdessen ihrer Schwester seine Hand aufs Knie legte. Die kleine Tochter, die sie vom gefallenen Ehemann hatte, nahm er auf den Schoß, und Adele hatte zwei Probleme gelöst. Erwin wurde ein paar Wochen später im Regierungskrankenhaus operiert, und Anton verliebte sich in ihre Schwester.

Alfred wollte jetzt mit Haus und Kindern leben, wie es sich gehörte für einen erfolgreichen Mann. Die erste Schwangerschaft konnte die magere dreiundzwanzigjährige Adele nicht halten. Alfred besorgte ihr nach einer Fehlgeburt Vitamine, Milchpulverbrei, Zucker, Butter, Maisgries, Haferflocken. Und die Partei besorgte Alfred ein kleines Haus in Berlin-Buchholz. In Pankow sollte eine Siedlung aus den Berliner Trümmern in den märkischen Sand gebaut werden für Künstler, die sich um den Aufbau der DDR verdient machten. Aber um eines dieser Häuser zu bekommen, würde Alfred eine Familie brauchen. Geduld hatte er keine mehr. Adele aß, was zu kriegen war, nahm zu und wurde wieder schwanger. Im Sommer neunzehnhunderteinundfünfzig brachte sie Alfreds Tochter zur Welt, ohne bei der Entbindung einen Laut von sich zu geben. Sie war stolz darauf, das Kind bei Tageslicht zur Welt gebracht zu haben. Niemand sollte so wütend auf sie werden dürfen, wie sie es damals gewesen war, als die entbindenden Frauen im Diakonissenheim jahrelang Adeles Schlaf geraubt hatten und sie sich unter der dünnen Bettdecke die Ohren zuhalten musste. Seine Frau sei außergewöhnlich tapfer gewesen, sagte die Hebamme zu Alfred. »Man muss ja nicht gleich die Fassung verlieren«, fand Adele, »nur wegen ein paar vorübergehender Wehwehchen!«

Adele fürchtete, der unkontrollierbare Mutterinstinkt würde durch das Gebrüll automatisch aktiviert. Sie wollte es selbst entscheiden und betrachtete das Kind in der Wiege. Der Schalter stand auf AUS, weil sie nicht gebrüllt hatte. Jetzt würde ihn niemand mehr umlegen können. Adele wollte nur Alfred lieben. Sonst niemanden.

Einen russischen Namen sollte das Kind haben. Adele kannte keine russischen Namen. Wenn sie darüber nachdachte, fielen ihr die christlichen ein, die sie aus dem Diakonissenheim kannte. Alfred hielt das Kind in die Luft. »Tamara!«, sagte er, gab ihm einen Kuss auf die winzige Stirn und redete mit der neugeborenen Tochter wie mit einer Erwachsenen: »Sie sind ja eine ganz bezaubernde junge Dame, fast so hübsch wie die Frau Mama, ich fürchte, ich werd Sie nicht mehr hergeben können.«

Als Adeles Pfarrervater aus Nürnberg nach Berlin-Pankow kam, dachte Alfred, er käme, um sein Enkelkind zu sehen. Alfred dachte auch, er hätte Adele den lieben Gott ausgetrieben. Doch Adele wusste, warum ihr Vater wirklich gekommen war. Am nächsten Morgen reiste der Pfarrer mit dem Frühzug wieder ab und hatte in der Nacht seine

Arbeit getan. Adele durchsuchte das Kinderzimmer und wurde nervös, als sie Alfred ins Bad gehen hörte. Schließlich fand sie die Taufurkunde unter der Kinderbettmatratze und versteckte sie unterm Kellerregal. Sie legte das Dokument zu ihrem Tagebuch, das auch nicht ins Profil der Kommunistengattin passte. Beim Frühstück war sie erleichtert: Ein Glück, dass es getauft ist, dachte sie, und sagte stattdessen: »Ein Glück, dass der alte Nazi wieder weg ist.«

Obwohl Alfred mit Brille fast schon wieder lesen konnte, steuerte Erbse noch den Wagen. In Masserberg sollte Adele sich erholen, und der Luftkurort sollte auch Alfreds Augen guttun.

Wie jeder, der am Rennsteig in den Kinderwagen sah, sagte die Hotelbesitzerin: »Genau wie der Herr Vater!« Alfred schob das Baby stolz über die spätsommerlichen Waldwege, zwischen Tannen und Fichten zur Quelle der Werra, legte sich mit seiner neuen Kleinfamilie auf die Wiese am Berg und sah hinunter in den Ort. Er hatte nicht mehr geglaubt, das einfache Glück je zu bekommen. Sogar die Sehnsucht danach hatte er jahrelang vergessen. Jetzt kam es ihm vor, als hätte er sich das Einfachste am schwersten erkämpfen müssen, und er fing unwillkürlich an, sich zu fürchten. Alfred war es nicht gewohnt, etwas zu verlieren zu haben. Er schlief auf der Wiese ein, fuhr mit einem Schreck wieder hoch und sah nach dem Kind. Er hatte geträumt, es sei ins KZ gebracht worden. Sein Herz raste. Er betrachtete im Wagen das schlafende Gesicht, strich mit den Fingern über das fusselige weiche Köpfchen. Adele beobachtete ihn und sagte seufzend: »Die Kinder sind doch wohl das einzig Perfekte auf der Welt.«

Das Kurhaus würde ihn an Bad Elster erinnern, sagte

Alfred auf dem Aussichtsturm. Adele kniff den Mund zusammen.

Adele stillte das Kind auf einer Bank am Wanderweg. Zwei Frauen mit Wanderstöcken empörten sich kopfschüttelnd über ihre nackte Brust. »Wollen Sie auch mal?«, sagte Alfred, hopste den Frauen hinterher wie ein kleiner Junge und knetete imaginäre Brüste. »Na, wie wär's denn?« Adele lachte laut.

Auf dem Rückweg trug Alfred das Kind im Arm, und Adele schob den leeren Wagen. Er zeigte Tamara mit ruhiger Stimme die Bäume und den Himmel und die Steine und den Bach und das Farnkraut und die Sonne. Adele fühlte sich ausgeschlossen. Im Ort ging sie in den Lebensmittelladen und kaufte Milchpulver. Sie hatte das Kind Alfred zuliebe gestillt. Jetzt wollte sie ihre Brüste zurückhaben.

Am Abend gab sie Alfred das Kind und die Flasche und verließ das Haus. Es war genau wie Adeles Ohrfeige in Bad Elster. Erst nach Stunden hörte Tamara endlich auf zu schreien und saugte an der verdammten Flasche. Als Adele wieder in der Tür stand, spürte Alfred, wie er seine Frau liebte für ihre würdevolle Art, sich gegen ihn zur Wehr zu setzen.

1965

Dascha und ich bleiben im Dresdner Schloss

In den Frühjahrsferien borgen meine Eltern sich Erwins gelbes Cabrio mit den roten Ledersitzen. Winkend fahren sie die Kiesauffahrt hoch zur Lesereise nach Westberlin.

Ich darf jetzt an Ilses Stelle mit Friedrich zusammen im großen Ehebett schlafen. Friedrich sagt, er habe als Kind auch neben seinem Großvater schlafen dürfen, und Napoleon habe über dem Bett gehangen. Er zeigt zur Stirnseite. Ich verdrehe den Kopf und sehe über mir an der Wand eine Gebirgslandschaft in Öl hängen. Friedrich nimmt vor dem Einschlafen sein Gebiss aus dem Mund und gibt mir einen knochigen Kuss. Im Einschlafen halte ich seine Hand. Am Morgen beim Zähneputzen rieche ich, dass Opa nachts in das Zimmerwaschbecken gepinkelt hat.

Friedrich schnallt sich lederne Vorrichtungen mit Schlaufen zum Einhaken um die Hüfte. »Gege Leischtebruch«, erklärt er, und ich fürchte, der dürre Opa könne ohne die Lederriemen in der Mitte durchbrechen. Darüber zieht er die langen Unterhosen, die bis über den Bauchnabel reichen, dann die Strumpfhalter, die Hosenträger, Hemd und Weste. Und zum Schluss die hohen Schnürschuhe, die er am Abend gewachst hat und jetzt mit der silberverzierten Bürste putzt.

Nach dem Frühstück sitzt Friedrich auf der großen Sandsteinterrasse, raucht Zigärrle und liest eine englische Zeitung, die *Observer* heißt. Mein Cousin Phillip sieht sich Friedrichs Post an. Er darf mit ins Arbeitszimmer kommen, als Friedrich seine Zeitung zusammenfaltet. Ich gehe Phillip hinterher und darf mit einer scharfen Klinge, die in einem geschnitzten Specksteingriff steckt, die Umschläge aufschneiden. Phillip hat Angst um die Marken. »Von wem bekommst du die Briefe?«, frage ich. Freunde und Verwandte seien wegen des Krieges in aller Welt verteilt, sagt Friedrich. Phillip sagt: »Israel, Chile, Australien und USA«, als wäre er überall gewesen.

Ich sammle keine Briefmarken. Neidisch bin ich trotzdem auf Phillip, der mit Opas Marken in der Schule angeben kann.

Tagsüber sind Erwin und seine Frau im Chemischen Institut, Dascha bleibt bei Irmgard und Elli, der Haushälterin, in der Küche. Ich halte mit Phillip die Füße in die Elbe. Er erzählt, der Chef seiner Eltern sei ein Held. »Er hat nämlich eine Atombombe gebaut, die Fat Man hieß.« Ich versuche, interessiert auszusehen. »Hm.« Phillip nennt den Chef Onkel Klaus. Der habe dafür gesorgt, dass die Russen dieselbe Atombombe hätten wie die Amerikaner. »Und wozu soll das gut sein?«, frage ich. »Na, deshalb haben die Amis ihre Bombe nicht losgeschossen, weil sie wussten, dass sie dann dieselbe zurückkriegen.« »Aber Bomben bauen is scheiße.« »Mann, der hat die Bomben für den Frieden gebaut! Is doch logisch.« Ich verstehe die Logik nicht, und Phillip versteht nicht, wie man das nicht verstehen kann. Eine Weile sehen wir ins Wasser. »Ich werd auch Physiker. Oder Mathematiker. Oder Chemiker«, sagt Phillip.

Ich sehe ihn von der Seite an. Er hat zarte hellbraune Haut, große Augen mit langen Wimpern, einen schönen Mund, und er ist klug. Ich würde ihn gerne später heiraten.

Nachmittags sitzt Phillip dann an einem kleinen Tischchen im Garten, und Friedrich steht neben ihm. Ich liege im Gras und esse Sauerampfer. Friedrich kann sich mit Phillip besser beschäftigen als mit mir. Ihm gefällt Mathe. »Opa, du machst das irgendwie immer so, dass ich es von alleine verstehe«, sagt Phillip, und Friedrich fährt ihm lachend über den Kopf.

Eine Woche später holen uns die Eltern wieder ab, und wir fahren nach Hause. Als ich abends im Bett liege, ist da ein seltsam eisiges Gefühl. Mein Zimmer fühlt sich nicht wie mein Zuhause an. Ich will zurück ins Dresdner Schloss zu Phillip. Irmgard steigt die knarrenden Stufen rauf. Die Tür ihres Zimmers klappt zu. Ich will weg von hier. Weg von den Eltern und weg von der Scheißschule. Überall muss es besser sein als hier. Wenn ich nicht im Schloss wohnen kann, dann will ich ins Internat. Phillip würde mich für den Mut bewundern, und das ist der wichtigste Grund.

Alfred bringt mich nach Trebbin bei Luckenwalde. Es gibt Lautsprecher in jedem Zimmer: Frühsport! Fahnenappell! Pioniernachmittag! Ich darf keine Jeans tragen, nur Röcke. Ich bin von unangenehmen Materialien umgeben, alles ist aus Kunststoff und Synthetik. Das Schlimmste ist: Es gibt nur einen Jungen. »Mit Mädchen verstehe ich mich nämlich nicht«, sage ich. Morgens werden die Zimmertüren aufgerissen, und ich soll mich mit dem Anziehen beeilen, sagen die Mädchen. Ich beeile mich nicht. Ich ziehe die Schrankschublade weit heraus, sodass die Zimmertür nicht aufgerissen werden kann, sondern gegen die Schublade knallt. »Wer war das?«, brüllt die Erzieherin. Nach zwei Wochen lasse ich mich frühmorgens heimlich von dem einzigen Jungen durch den Wald zur Bahn bringen und fahre zurück nach Berlin. Auf dem Weg vom S-Bahnhof überlege ich, ob ich zuerst in die Küche zu Imda gehe oder ins Arbeitszimmer zu meinem Vater. Imda wird schimpfen. Meine Mutter auch. Ich schleiche ums Haus, aus dem die Schreibmaschine scheppert. Alfred soll mich zuerst sehen. Ich muss pullern und hocke mich ins Gebüsch unter das Fenster des Arbeitszimmers. An den Sprossen des Rosengerüstes klettere ich hoch und sehe seinen gesenkten Kopf. Adele entdeckt mich und zeigt zum Fenster, Alfred sieht mich an, als müsse er überlegen, wer ich bin. Ich gehe ins Haus und bleibe mit verdrehten Füßen auf der Schwelle zum Arbeitszimmer stehen. Alfred telefoniert. »Ja, und warum haben Sie uns nicht angerufen?« Als er auflegt, sagt Adele: »Warum haben die uns nicht angerufen?« Ich renne an meiner Mutter vorbei und falle Alfred um den Hals. »Ich glaube, die haben gar nicht gemerkt, dass sie weg ist.«

Kein Mädchen aus meiner Klasse würde sich abends in den Pankower Stadtwald trauen. Auf zusammengestellten Bänken sitze ich mit den älteren Jungs in der Schönholzer Heide. Es wird geraucht, geredet und Musik aus dem Kofferradio gehört. »Stinkt«, sage ich, schiebe die Bierflasche weg, die mir einer hinhält, der sie vom Vater geklaut hat. Dass es ein SS-Thingplatz gewesen ist, auf dem wir sitzen, weiß nur ich. Alfred erzählt es bei jedem Spaziergang. Dascha und ich haben Alfreds wiederkehrende Sätze vor dem Sowjetischen Ehrenmal in leierndem Tonfall mitgesprochen. »… dreizehntausend Tote … hier gefallen, weil sie uns befreien wollten …« Im Dunkeln finde ich es doch gruselig in dem raschelnden Pappelrondell. Vor den Säulen mit den gläsernen Flammen steht jemand mit einem Hund, sieht zu uns rüber und geht weiter. Ein Zwangsarbeiterlager war vorher da, wo jetzt die gigantische russische Bronzemutter mit ihrem gigantischen toten Bronzesohn steht. Ich stelle mir halb nackte

Menschen mit Kugelketten an den Füßen vor, die jetzt rasselnd als Geister zwischen den Gedenktafeln umherwandeln und hinter den Bäumen lauern.

Unter dem Laub liegen die Reste von Königin Elisabeths altem Schloss. Die Allee, durch die Elisabeth vor hundert Jahren gefahren war, hatte Alfred mir als Kind gezeigt, dabei wiehernde Pferde nachgemacht, und ich sah, wie die goldene Königskutsche durch die neblige Landschaft fuhr. Neben der Wiese liegt ein langer Bunker, und einer der Jungs behauptet, drin gewesen zu sein. Auf der Suche nach Wodka, an den Treppen und Säulen der Nazi-Freilichtbühne, hatte mir einmal ein Nachbar die Ruinen der kleinen Tuchmacherhäuser gezeigt und die eines großen Munitionslagers. Hinter der Mauer beim Soldatenfriedhof sei in den Zwanzigerjahren ein Vergnügungspark gewesen, sagte er. Ich würde gerne für eine Nacht die Zeit zurückdrehen und bilde mir jetzt ein, das Rattern der Achterbahn von dort zu hören und blinkende Lichter zu sehen. Eine Sirene wird lauter. Zwei Polizeiautos rasen mit Blaulicht von beiden Seiten der Hauptallee auf uns zu. Die Jungs rennen lachend ins Gebüsch, ich bleibe sitzen und werde auf die Wache mitgenommen. »Weiß nicht, wer die anderen waren, war ja so dunkel«, behaupte ich und werde nicht weiter gefragt. Alfred muss mich abholen. Im Auto sagt er: »Als ich in deinem Alter war, hatten wir Jungs es schwer, an Mädchen ranzukommen. Die wurden behütet auf Schritt und Tritt. Ich hab als Gymnasiast meine Freizeit damit verbracht, in den Naziversammlungen zu behaupten, ich käme als Vertreter des Kommunistischen Jugendverbandes. Stimmte gar nicht. Wollte nur die Mädchen beeindrucken. Heute habt ihr's viel leichter.«

Am nächsten Tag fordert der Schuldirektor ein ärztliches Attest über meine Jungfräulichkeit. »Darf der das überhaupt?« In der Schulhofrunde meiner Freundinnen sind alle empört, aber dass er es darf, bezweifelt keine. »Klar! Er ist der Direktor. Dagegen kannst du nichts machen!«

Ich weine auf dem Heimweg. Ich habe noch nicht mal richtige Brüste. Alle Mädchen in meiner Klasse haben welche. »Plättbrett mit Warzen«, hat eine in der Sportumkleide zu mir gesagt. »Ich will überhaupt keine Brüste, die bescheuert hopsen beim Rennen!«

»Kannst du mitkommen zur Untersuchung?«, frage ich, während meine Mutter den Brief liest. Sie lacht. »Na, mit der Frage ist deine Jungfräulichkeit ja eigentlich schon bewiesen.«

Ich hoffe, Onkel Anton stellt das Attest ohne Untersuchung aus. Macht er aber nicht. Er untersucht mich wirklich. Ich hasse ihn.

Meine Mutter stopft sich ihre Handtasche mit Medikamenten voll, die sie zu Hause ins grüne Schränkchen stapelt.

Zum letzten Mal fahren wir nach Dresden. Ich helfe Phillip, ein paar Bücher einzupacken, bringe aber seine Ordnung durcheinander. »Lass mich das mal lieber alleine machen«, sagt er, und ich setze mich aufs Fensterbrett. »Bist du nicht traurig, dass ihr hier wegzieht?« Phillip zuckt die Schultern. »So ist das, wenn man Forscher ist. Wenn der Auftrag beendet ist, muss man weiter zum nächsten. Das kann man sich nicht immer aussuchen.« »Ja, aber traurig sein kann man ja trotzdem, oder?«, sage ich und merke, er will darüber nicht reden. Er stapelt seine Kisten. »Wozu denn? Hilft doch niemandem.«

Ich streune durchs Haus. Im Bad drehe ich den breiten Hahn auf und lasse mir dampfendes Wasser ein. In der

Wanne stelle ich mir vor, alleine als Schlossherrin hierzubleiben.

In Friedrichs schwerem Bademantel laufe ich mit einem Handtuch auf dem Kopf durch die leeren Räume und fühle mich unsichtbar wie Oma Ilses Geist. Erwin kommt mir entgegen, schiebt mit der Krücke eine Kiste übers Parkett: »Na, hast dich ma jewaschen?«, sagt er lachend. Ich bin beleidigt.

Im großen Saal auf dem Eichenparkett stehen Kisten und Kästchen von Friedrich, die nicht mitgenommen werden nach Berlin. Ich krame darin stundenlang und finde verzierte Kristalldöschen, gerahmte Spiegelchen, silberne Wandhaken, filigrane Bleiverglasungen, Emaillevasen und Zuckerdosen, silberne Kännchen, geschnitzte Holzuntersetzer, ein perlmuttenes Opernglas, eine silberne Spieluhr mit grünen Glasscheibchen und an zierlichen Ketten baumelnde Glaskügelchen, ein goldverziertes Porzellanei, Brieföffner, Briefbeschwerer, Lupen, Spitzendeckchen und einen kleinen seidenen Ziervorhang. Ich habe mir einen Haufen gemacht und sehe Daschas Füße neben meinen Schätzen stehen. Sie wurde von Alfred geschickt, sagt sie, und solle sich etwas aussuchen von dem Gerümpel. Dascha tritt gegen eine Kiste. Unschlüssig betrachtet sie die Dinge und zeigt auf meinen Haufen. Es sei ungerecht, dass ich mir alles schon zusammengesammelt habe, ohne sie. Von meinem Haufen will sie die Hälfte. Egal, was, Hauptsache, die Hälfte. Ich werfe mich auf meine Schätze, Dascha geht sich beschweren. Als sie mit Siegerblick zurückkommt, stürze ich mich auf sie, noch bevor sie den Mund aufmachen kann, und zerre sie an den Haaren aus dem Saal durch die große Flügeltür, schubse sie in die Vorhalle und knalle die Tür zu. Für einen Moment bin ich allein mit meinen Kostbarkeiten.

Im Auto auf dem Weg nach Berlin nimmt Dascha von ihrem Anteil ein Stück nach dem anderen in die Hände und tut, als wäre sie glücklich damit. Ich sehe an der ungeschickten Art, mit der sie die bunte Emailleschachtel auf- und zuklappt, dass sie damit nichts anfangen kann. Ich werde ihr zu Hause alles mühsam abtauschen müssen.

Alfred und Adele fliegen nach Angola. Zur Jugendweihe habe ich zwar keine Eltern, dafür dunkelgrüne High Heels aus Paris. Im Kultursaal sitzen alle Mädchen nebeneinander und sehen bestürzt auf die lange Reihe beiger Lackpumps mit braunen Schleifen zu ihren Füßen. Nur meine Schuhe sind nicht aus der Jugendmode.

Mit Onkel Erwin und seiner Frau will ich nicht in den Saal gehen und hake mich schnell bei einer Freundin unter. Nach der Zeremonie stehen wir zu Hause ratlos auf der Terrasse vor dem Buffet, das Erwin und seine Frau vorbereitet haben. Salzstangen, Radieschen, Schmalzbrote und Selters. »Ach, Scheiße, kommt, wir feiern woanders!«, sage ich zu meinen Freunden und gehe.

Als Alfred aus Angola zurück nach Hause kommt, wedelt er mit drei Tickets. Ich schnappe danach. Es sind Flugbilletts: Berlin – Moskau. »Danke, Papa«, ich küsse ihn, damit ich nicht lächeln muss. Es würde nicht Paris sein, das habe ich ja gewusst. »Und heut Abend kommt ihr beide mit ins Café Moskau zum Empfang.« Dascha freut sich wieder viel zu doll und tanzt im Zimmer herum.

Ich wünschte, Alfred würde mit mir alleine irgendwo hingehen. Ich kenne niemanden im Café Moskau. Alfred redet Russisch, Dascha sitzt auf der Fensterbank. Ich sehe rüber zu dem Tisch, an dem die Söhne der sowjetischen Botschaftsangehörigen sitzen. Je länger ich an der Bar stehe, desto weniger traue ich mich hinzugehen. Ich setze mich stattdessen zu Dascha. »Die könnten uns echt mal einladen.« »Wer denn?« Mit dem Kinn deute ich rüber. »Warum gehst'n nich einfach hin?« Ich zucke mit den Schultern. »Kann kein Russisch.« Dascha steht auf und geht rüber. Sie redet und gestikuliert, steigt den Jungs über die Knie, fällt einem auf den Schoß und landet lachend zwischen ihnen auf einem freien Platz in der Ecke. Sie zeigt zu mir und winkt übertrieben. »Moja siestra!« Einer macht mir einen Platz frei, schiebt mir den Stuhl ran und holt sich einen anderen. Die Russen sprechen für mich Deutsch. Sie wundern sich, dass ich Tamara heiße und kein Russisch kann. Der mit den großen Augen, für den ich mich am meisten interessiere, hat seinen Arm um Dascha gelegt. Er gibt ihr eine Tablette aus der großen Kristallschüssel, die auf dem Tisch steht. Dascha schluckt sie mit Krimsekt. Sie fühlt sich zwischen den Jungs genauso wohl wie alleine auf der Fensterbank. Ich verstehe nicht, wie es ihr so gleichgültig sein kann, ob sie dabei ist oder nur danebensitzt und zusieht.

Als Alfred gehen will, ist Dascha weg. Ich finde sie auf der Toilette, sie kotzt. Ich halte ihr die Haare zusammen. »Nich Papa sagen!«, jammert Dascha. »Natürlich nicht. Sonst bin ja ich wieder schuld.«

Als ich ein paar Tage später aus der Schule komme, sitzt Dascha alleine im Wohnzimmer mit einer Flasche Wein und einer Handvoll Tabletten. »Was machst du denn da?« »Dormutil«, sagt sie und zeigt Richtung Flur. »Sind ganz viele im Medizinschrank. Probier mal. Is richtig gut.« »Räum das weg, Dascha! Bevor Mama und Papa kommen! Du bist dreizehn, Mann, das ist total ungesund!«

Am Abend im Bett überlege ich, wen ich mitnehme nach Moskau. Die Tür geht leise auf, und Dascha lehnt im Türrahmen. Sie dreht ihren nackten Fuß auf der Schwelle und sieht auf den Boden. »Wat is'n?« Dascha flüstert »Moskau?« Ich drücke mit dem Fuß die Tür zu. »Kannste vergessen!«, sage ich. Ihren traurigen Blick will ich auf keinen Fall mitnehmen nach Moskau. Verreisen ist das Einzige, was sie wirklich gerne tut. Lieber als ich. Ich kann sie nicht zurücklassen und ärgere mich darüber. Unsere Eltern können es offenbar, ohne schlechtes Gewissen. Warum kann ich es nicht?

Alfred fragt beim Frühstück: »Und? Weißt du schon, wen du mitnimmst?« Ich verdrehe die Augen und nicke in Daschas Richtung. Dascha springt auf und mir um den Hals. »Danke, danke, danke!« Ich schiebe sie weg. »Lass mich los, sonst überleg ich's mir noch mal!«

Wir sollen Imda beim Abräumen helfen. Dascha tanzt mit einem Teller durch die Küche, Imda nimmt ihr das Geschirr aus den Händen. »Schmeißt gleich was runter, du, pass uf.« Dascha umarmt sie. »Ich flieg doch nach Moskau!« Imda hält sich unbeholfen am Spülbecken fest, während Dascha an ihrem Hals hängt. »Na, is ja dolle, wat ihr allet erleben tut!«, sagt sie mit erstickter Stimme.

Als ich mit Schüsseln und Besteck in die Küche komme, sitzt Dascha wieder auf dem Stuhl neben dem Kühlschrank, baumelt mit den Beinen und wartet, bis der Tisch abgeräumt ist. Jedes Mal macht sie es so. Ich schicke sie raus, »Den Rest machst du!«, und setze mich selbst auf den Stuhl.

»Was hast du eigentlich gemacht, als du fünfzehn warst, Imda?«

Sie wiegt den Kopf hin und her. »Ach, dat is lang her, Kind. Kühe jemolken und Teig jeknetet hab ick.«

1952

Irmgard wollte runter vom Acker

Die Haushälterin von Friedrich und Ilse öffnete Irmgard die Tür und führte sie in die große Diele. Solche feinen Möbel hatte Irmgard zuletzt vorm Krieg gesehen. Alles war sauber und poliert. Irmgard wusste gleich, hier würde sie lieber arbeiten wollen als zu Hause im Schweinestall. Da gab es nur Dreck und Gestank und schwere Arbeit. Wenn man hier die gläsernen Schranktüren polierte, blieben die so.

Irmgard war stämmig und hatte ein großes offenes Gesicht mit kugeliger Nase.

Sie wurde in die Küche gebracht und bekam Maultaschen. Irmgard hatte Hunger. Wie immer. Sie versuchte, ordentlich zu sitzen. Aber die Füße drehten sich nach innen, und der Rücken wurde krumm.

Nach dem Essen wurde sie in den Salon geführt, setzte sich auf die vordere Stuhlkante und stand sogleich wieder auf, als Friedrich sich aus seinem Sessel hinter der Zeitung erhob, um ihr die Hand zu geben.

»Erzählen Sie mal, wo sie herkommen, Fräulein Petereit«, sagte Ilse. Mit knarrender Stimme, die es nicht gewohnt war, viel zu reden, und mit ostpreußischem Dialekt lieferte Irmgard ein paar Eckdaten. Die Zuckerkekse auf dem Tisch machten es ihr schwer, sich zu konzentrieren. Wo sie herkäme, hatte noch keiner gefragt, der kein Beamter war und Zahlen in Listen einzutragen hatte.

Als Tochter einer Magd und eines Stallknechts hatte

Irmgard in Ostpreußen keine Schuhe getragen. Sie war die älteste von drei Töchtern. Ihre Eltern hatten auf demselben Gut bei Benkheim gedient wie schon der Großvater, und aus Irmgard hätte auch eine Stallmagd werden sollen. Der Großvater aber hatte einen anderen Plan gehabt und die Enkelin zur Schneiderausbildung geschickt. »Dat liecht ihr mehr als die Viecher«, sagte er zu den Eltern. Die Ausbildung kostete zwanzig Mark im Monat, die der Großvater von seiner Rente bezahlte. Er bekam zwanzig Mark im Monat.

Irmgard kam als Haushälterin zu einem Offizier in Königsberg und durfte sticken, stopfen, häkeln und den feinen Haushalt führen. Als sie die Bomben vom Himmel fallen und die vielen Toten im Pregel schwimmen sah, rettete sie sich auf ein Schiff nach Dänemark. Das Rote Kreuz schickte sie zwei Jahre später dahin, wo sie mit Mutter und Schwestern verabredet gewesen war, nach Größchen bei Brandenburg.

In Größchen gab es keine Haushälterinnen. Alle Frauen mussten in den Stall und aufs Feld.

Die ältere Schwester heiratete den Sohn vom Gutsbesitzer. Die Petereit-Töchter waren fleißig, und das war zum Heiraten das Wichtigste. Den Fleischermeister, den sie hätte haben können, wollte Irmgard nicht. Der erinnerte sie an den Großbauern in Angerburg, der ihr an die Wäsche gewollt hatte, wenn er besoffen war. Irmgard wollte einen anderen und ging mit ihm zu seiner Mutter. Die drehte sich am Herd stehend nicht einmal um und sagte in ihre Töpfe: »Die hat doch nüscht.« Irmgard wurde nicht geheiratet.

Als die jüngste Schwester auch verheiratet war, musste Irmgard sich nicht mehr um sie kümmern. Und um die stinkenden Schweine konnte sich genauso gut jede andere kümmern. Auf dem Feld im Dreck wühlen wollte sie auch nicht mehr. »Aber wat willste denn?«, fragte die Mutter. Irmgard wusste nur, sie wollte nicht in Größchen bleiben.

Im Gemeindehaus saß sie in der letzten Reihe. Der Aushang hatte nicht so geklungen, als könnte sich dort für Irmgard ein neuer Weg eröffnen. Warum sie hingegangen war, wusste sie nicht. Vorn redete Frau Professor Ilse Hirsch von Vorstudienanstalten, Begabtenprüfungen, Arbeiter- und Bauernfakultäten, Frauenbildung und Immatrikulationsrichtlinien. Irmgard verstand nur Bahnhof. Einer rief: »Und wer soll hier die ganze Arbeit machen, wenn alle studieren jehen?« Ilse erwiderte, es gäbe auch Wochenendkurse, und außerdem kämen ja bald die Landmaschinen. »Die wolln wa erst mal sehen!«, protestierte der Bauer. Im Rausgehen warf er Irmgard einen bösen Blick zu, der sagen wollte: Und du gehörst hier eigentlich gar nicht her.

Irmgard hätte ihren Namen gerne in die Bewerbungsliste für die Arbeiter- und Bauernfakultät eingetragen. Sie wäre gerne ernst genommen worden von Frau Professor. Sie wollte auf einen Brief warten, der sie in die Stadt rufen würde. Daran könnte sie denken, während sie die Schweine fütterte, Wassereimer schleppte, den Stall ausmistete und durch die Jauche watete.

Aber studieren wollte Irmgard nicht, sie wollte arbeiten. Nur nicht als Apfelpflückerin, Melkerin oder Feldarbeiterin.

Irmgard stellte sich in die Reihe vorm Gemeindehaus, rang die Hände und hielt den Kopf schief. »Frau Professor, zum Studieren bin ick wohl nich jeeignet, aber brauchense nich eene Haushaltshife, oder kenn Se nich wen, der eene brauchen tut?« Ilse legte einen Anmeldebogen auf das Autodach, und auf die Rückseite schrieb sie ihre Adresse.

Irmgard ging als Letzte alleine auf der Dorfstraße nach Hause und hatte eine Hoffnung.

1964

Jemand kommt in mein Zimmer

Ich schließe fest die Augen und mache mich steif wie ein Brett. Jemand streichelt mich unter der Decke. Ich lasse nicht locker, höre jemanden schwer atmen. Als die Zimmertür geschlossen wird und ich merke, dass ich wieder alleine bin, bleibe ich steif. Ich wäre jetzt gerne in Dresden und würde aus dem Fenster die Elbe sehen und die Lichter am anderen Ufer, die sich im nachtschwarzen Wasser spiegeln. Ein Schiff könnte vorbeigleiten. Oma Ilse wird nicht mehr da sein beim nächsten Mal. Ich weine über ihren Tod und höre auf, ein Brett zu sein. Ich weine, weil es gemein ist, dass Phillip bei Friedrich im Schloss wohnen darf und ich nicht. Ich weine, weil der Bernhardiner tot ist, ich weine, weil meine Eltern so oft verreisen, und ich weine, weil ich weinen will.

Ob ich zu Ilses Beerdigung vor den Weihnachtsferien noch einmal nach Dresden komme und nicht zur Schule muss wie zur Beerdigung von Wilhelm Pieck? Ich höre auf zu weinen.

Meine Mutter schüttelt am nächsten Tag den Kopf. »Nein, Kind. Dein Vater muss arbeiten!« Ich verstehe: Die Beerdigung von Wilhelm Pieck war wichtiger als die von Oma Ilse.

»Kann ich ein Foto von Oma haben?« Ich habe nicht erwartet, dass Adele meine Bitte ernst nehmen würde, doch Adele lacht nicht. Sie geht ins Arbeitszimmer, steckt die Zigarette in den Mundwinkel und zieht eine kleine

Pappkiste aus dem Regal. Mit, wegen des Qualms, zugekniffenem Auge durchsucht sie die Kiste. »Aber nicht verbummeln«, sagt sie und gibt mir ein Foto auf fester Pappe. Die Oberfläche schimmert wie Metall. Ilse steht im weißen Kleid hinter Alfred. Alfred schielt und trägt einen Matrosenanzug. Ilse ist so schön wie eine Statue. Ich stelle das Foto auf mein Fensterbrett. Dascha will auch ein Foto von Oma. Sie fängt an zu weinen und will sich bei Alfred beschweren. Ich renne ihr auf der Treppe hinterher und ziehe an ihrem Zopf. »Komm hoch«, flüstere ich, »wir teilen uns das Foto!« Papa darf das nicht mitkriegen. Der ist sonst zu traurig.

Dass Ilse zu Weihnachten fehlt, fällt kaum auf. Wir werden in die Dresdner Innenstadt gebracht, in die Wohnung von Erwins Schwiegermutter. Die hat einen kleinen Fernseher. Ich sitze mit Dascha und Phillip auf dem Fußboden vor schwarz-weißen Weihnachtsmärchen. Der Hund legt den Kopf in meinen Schoß, ich knote ihm die Schlappohren auseinander, die auf dem Kopf zusammengebunden worden sind, damit sie nicht ins Essen hängen. Als es dunkel ist, holen Alfred und Elli uns ab. Wir steigen in den Horch mit der polierten Holzarmatur, den hohen Trittbrettern und ausladenden Schenkeln über den Vorderrädern und fahren durch das erleuchtete Dresden.

Die Erwachsenen reden im Auto über die Sängerin, die Friedrich eingeladen hat. »Die kleine hässliche? Die in der Dresdner Oper von einer Attrappe vertreten wird? Da steht die doch immer hinterm Vorhang. Und auf der Bühne macht eine andere die Lippenbewegungen nach. Nur zur Verbeugung darf sie vorkommen.« Die Erwachsenen lachen. Alfred singt: »Koohom zu miiir, du hololode Maid.« Ich lehne mich zwischen die Sitze. »Warum muss die hinterm Vorhang stehen?« Alfred sagt, ich würde das nicht verstehen und solle mich richtig hinsetzen.

Irmgard und Elli führen uns durch den Seiteneingang in unsere Zimmer, die Kleider liegen gebügelt auf den Betten. »So, wenn ihr euch fein anjezogen habt, wartet ihr unten im Vorraum.« Ich bin viel schneller als Dascha, renne die Treppe runter und treffe Phillip vor der großen Flügeltür. Durch die dicken Scheiben kann ich verschwommen den riesigen Weihnachtsbaum leuchten sehen. Als die Musik anfängt, öffnet sich die Flügeltür von innen, die Musik wird laut, und wir dürfen die geschmückte Halle betreten. Da steht die kleine dicke Opernsängerin unter dem Weihnachtsbaum und singt. »Die hat ja gar keinen Hals«, flüstere ich Phillip zu. Dafür hat sie eine unheimlich große Nase. Auf der Oberlippe einen Leberfleck wie einen angeklebten schwarzen Popel. Langsam schreiten wir nebeneinander zu ihr an den Flügel und müssen ihr einen Kuss geben. Ich mache die Augen zu.

Wir müssen ein Lied mit ihr singen. Danach dürfen wir die Geschenke auspacken.

Am nächsten Tag fahren wir mit der Standseilbahn zum Luisenhof. Die Kellner verbeugen sich vor der Sängerin. Dascha und ich tragen weiße Kleider und weiße Strumpfhosen, und die Kellner schieben uns gebückt die Stühle zurecht. Wir kichern.

Silvester wird bei Manfred von Ardenne gefeiert. Ich darf den großen roten Kaviar mit dem Löffel essen und werde von alten Männern in Frack und Fliege zwischen rauschenden Taftkleidern mit bonbonfarbenen Petticoats herumgewirbelt. Dascha sitzt mit beladenem Teller in einem Sessel, ich lasse mich erschöpft neben sie fallen. Adele torkelt an uns vorbei. »Alfreeed! Die Dascha hat jaaaanz groooße Tellllleraugen. Habick jaaanz jenau jesehn!«

Ich finde meine Mutter wunderschön in dem Ballkleid mit weitem Dekolleté. Der große Brustausschnitt wiederholt sich an Adeles Füßen in dem Spalt zwischen dem großen und dem zweiten Zeh.

Ich hätte auch gerne so einen Schlitz im Dekolleté und setze mich mit zusammengepresster Brust ans Fenster, dass man vom beleuchteten Vorplatz aus denken soll, ich hätte mehr davon.

Phillip finde ich später in der Bibliothek, lege mich neben ihn auf den Fußboden und blättere in den dicken Bildbänden.

»Meinst du, wir dürfen auch irgendwann mal mit dem roten Wasserflugzeug fliegen, das immer auf der Elbe landet?« Phillip sagt: »Hmm.« »Ob ich morgen mal Ellis große Brotschneidemaschine bedienen darf?« Phillip sagt: »Hmm.« »Hast du eigentlich einen Kescher für den Teich, den wir im Sommer nehmen können?« Phillip sagt: »Hmm.« »Würdest du mich später heiraten?« Phillip sagt, es sei verboten, Verwandte zu heiraten. Wir würden behinderte Kinder bekommen. Ich ziehe Phillip durch den Saal zu dem Doktor, der Friedrichs Erkältung behandelt hat. Ich rüttele seinen Arm, zeige auf Phillip. »Darf ich später meinen Cousin heiraten?« »Na, davon würd ich euch doch abraten, Kinder«, sagt der Arzt, lacht und schüttelt den Kopf. Ich bin unglücklich und gehe zu Irmgard und Elli in die Küche. Sie trinken Kaffee aus Blechtassen. »Warum trinkt ihr nicht aus den schönen Tassen?« Elli gießt Irmgard Schnaps in den Kaffee. »Ach, so was ham wir nich nötig, was, Irmchen? Wir brauchen keine feinen Tassen nich!« Irmgard kichert und scheint sich heute ausnahmsweise gut mit Elli zu verstehen.

1953

Ilse ließ für Irmgard Kaffee bringen

Irmgard war es unangenehm, bedient zu werden, und es fühlte sich verboten an, aus den feinen kugelrunden Tassen zu trinken. Das schwarze Porzellan mit dem bunten Kringelblumenmuster sah exotisch aus. Fast wie Kunst. So etwas hatte sie in den Königsberger Schaufenstern gesehen, bevor alles in Schutt gelegen hatte. Ilse merkte, dass Fräulein Petereit keine richtige Bäuerin war.

»Wissens, Frau Professor, in Königsberch vorm Kriech, dat war die beste Zeit. Da durft ick den Haushalt führen und hatte abends Zeit für feine Stickarbeiten. So wat tät ick mir wieder wünschen.« »Können Sie sich denn vorstellen, in einem Stadthaushalt mit Kindern zu arbeiten?« Das konnte Irmgard sich vorstellen, und Kinder wollte sie lieber füttern als Schweine.

Ein paar Wochen später stand sie zum zweiten Mal vor Friedrichs und Ilses Tür. Von der Haushälterin bekam sie Käsespätzle mit Speck, bevor sie in den Salon durfte.

Als Friedrich ihr die Hand gab, sagte er: »Wisse Sie, Fräulein Petereit, i henn zwei Söhn. Der aini kriegt's Müül nit uf, der ander nit zu. Suche Sie sich ainer us.«

Erwin war pünktlich und musterte Irmgard streng. Irmgard hatte sich das Leben unter feinen Leuten pompöser vorgestellt, da wurde es laut. Alfred betrat den Salon. »Guten Tag, junge Dame. Na, Sie ham ein festen Händedruck. Und das sagt Ihnen ein Boxer! Ich bin hier übrigens der Ältere, nur, dass Sie's wissen. Ich darf mir die Damen zuerst aussuchen.« Alfred küsste ihr den Handrücken. An der Kaffeetafel sollte Irmgard Zeit haben, die Familie kennenzulernen. Sie wollte aber außer Alfred niemanden weiter ansehen. Alfred redete und gestikulierte, dass keiner zu Wort kam. »Alfred, halt's Maul, Herrgott!«, rief Friedrich. Alfred machte für Phillip und Tamara das Gesicht vom platzenden Frosch und war für ein paar Minuten still. Er merkte, wie sich Irmgards Blick nicht mehr von ihm abwenden wollte. »Jetzt lasst uns über was Lustiges reden. Was soll denn das Fräulein Petereit von uns denken!«, sagte er und fing wieder an.

Zu Hause sagte Irmgard am Abend zur Mutter: »Eck will schon lieber een paar lustje Menschen um mich haben.« »Mach, wat dein Herz dir sacht, Kind.«

Irmgard war es nicht gewohnt, dass ihr Entscheidungen überlassen wurden. Sie wollte ein paar Tage darüber nachdenken. Aber dann fürchtete sie, Alfred könnte inzwischen cinc andere Haushaltshilfe finden. *Sehr geehrte Frau Professor Ilse Hirsch*, schrieb sie am nächsten Morgen in ordentlichen großen Schreibbuchstaben. *Ich möchte mich hiermit bewerben, bei Ihrem Sohn, Herrn Alfred Hirsch, in den Dienst zu treten, wenn es gewünscht ist. Hochachtungsvoll, Irmgard Petereit.*

»Da haste een juten Fang jemacht«, sagte die Mutter leise in der Diele, als Alfred samt Frau und Kindern mit dem großen Horch kam, um Irmgard und ihren Koffer zu holen. Alfred nahm die zweijährige Tamara hoch. »Das ist die Irmgard. Gib ihr die Hand.« Irmgard hielt dem Kind eine Traube Johannisbeeren vor den Mund. Tamara nahm die Beeren, sagte »Imda« und gab ihr nicht die Hand.

Alfred erklärte Irmgard im Auto, sie müsse den Haushalt übernehmen, damit seine Frau und er sich dem Aufbau der DDR widmen könnten. Irmgard fand es eigenartig, die Notwendigkeit ihrer Arbeit erklärt zu bekommen. Schweine mussten gefüttert werden, Kühe gemolken und Kinder gewickelt. Warum die Herrschaft keine Zeit dafür hatte, ging sie nichts an. Es wurde aber durchaus ein Einsehen von ihr erwartet. Vorsichtshalber sagte sie: »Ja, Hahirsch, dat is ne wichtje Sache. Soll ja allet mal jut funktionieren.« Dabei hatte sie gedacht, Alfred sei Boxer.

Irmgard kugelte sich lieber den Arm aus, als das Babykörbchen loszulassen, das sie mit Adele aus dem Wagen über die Beifahrertür hob, als sie plötzlich auf dem hohen Trittbrett ausrutschte. Sie verzog keine Miene, wie später auf Alfreds Super-8-Film zu sehen war.

Für die neugeborene Dascha konnte Adele keine Taufurkunde mehr unterm Kellerregal verstecken. Adeles Vater war gestorben. Das wird nicht gut gehen mit Dascha, dachte sie.

Irmgard und Adele waren im selben Jahr geboren und waren einander doch so fremd, als kämen sie aus verschiedenen Jahrhunderten. Irmgard, bäuerlich dick, mit sorgenvollem Gesicht, lief watschelnd in Kittelschürze und kunstledernen Latschen durchs Haus, trug Eimer, Töpfe, Teller und Wäschekörbe, während Adele nur ihre Zigarettenspitze zwischen den Fingern trug. Im Sommer lief Adele nackt durchs Haus, lag nackt auf der Terrasse und holte sogar nackt die Post aus dem Briefkasten. Alfred war dann auch nackt und sprühte sich schnaufend im Garten mit dem Wasserschlauch ab.

Irmgard verließ ihr Zimmer auch bei größter Hitze nie ohne sieben Kleidungsstücke. Fasziniert sah die kleine Tamara ihr zu, wie sie am Strapsgürtel die fleischfarbenen Strümpfe mit einem Pfennigstück befestigte, über den Büstenhalter ein Unterhemd zog, darüber ein Unterkleid, dann Rock und Bluse. Unten in der Küche nahm sie die Kittelschürze vom Haken neben der Tür und hängte sie abends wieder auf. Dann setzte sie sich in ihrem Zimmer auf die Bettkante und dachte beim Sticken an Königsberg. Die Herrschaften waren vornehm und streng gewesen, hatten Manieren und sagten keine obszönen Worte wie Arsch und Scheißhaus, pissen und kacken. Als Irmgard klein war, hatte es für solche Worte Riemenschläge gegeben. Aber von den vornehmen Königsbergern war sie im Stich gelassen worden, als die Bomben auf die Stadt fielen. Irmgard war sicher, Alfred würde sie mitnehmen, wenn sie wieder flüchten müssten. Irmgard wollte zufrieden sein. Es war sauber, und sie wurde gebraucht. Das hatte sie sich gewünscht, und an die Sittenwidrigkeit würde sie sich gewöhnen müssen mit der Zeit.

Tamara wachte morgens auf und ging alleine im Unterhemd die Treppe hinunter. Aus Alfreds Arbeitszimmer hörte sie die Schreibmaschine, konnte aber die Klinke nicht erreichen und klopfte gegen die Tür. Das Tippen brach ab. »Na, wer ist denn da?«, hörte sie von drinnen. »Is doch die Taaara!«, rief sie und stemmte die Hände gegen die Oberschenkel. Alfred öffnete die Tür. »Ach, die kleine Tamara! Bist du denn ganz alleine die große Treppe runtergekommen?« Tamara nickte stolz. »Ja, ganzeleine.« Alfred nahm sie auf den Arm und trug sie wieder hinauf. »Wolln doch mal sehen, ob die Irmgard schon kommt«, sagte er und setzte das Kind auf die Fensterbank. Irmgard bog mit einem Einkaufsbeutel voller Milchflaschen gerade aus der Elfenallee in die Chamissostraße und winkte. Alfred sang: *»In der Chamissostraße, da steht ein blaues Haus, da guckt die kleine Tara im weißen Hemde raus.«* Tamara sang: »Misselstraße Hemde raus.«

1963

Ich sage es niemandem

Aber es ist klar, dass ich die Einzige bin, die eine echte Prinzessin sein kann. Niemand weiß den prächtigen Garten zu schätzen außer mir. Ich sollte alleine mit Friedrich und Ilse im Schloss leben. Mein Cousin Phillip könnte ein befreundeter Prinz vom anderen Elbufer sein. Auf der Steinmauer am Wasser halte ich die Füße in die Elbe und sehe zu, wie am gegenüberliegenden Ufer Wasserflugzeuge starten und landen. Ich wünsche mir, einmal mit einem Wasserflugzeug über Dresden zu fliegen. Zwischen den verwilderten Sträuchern finde ich steinerne Brunnen mit wasserspeienden Figuren. Auf den Brunnenrand setze ich eine Weinbergschnecke, hole mir aus Friedrichs Schreibtisch eine schwere Lupe und ziele mit dem gebündelten Lichtstrahl auf das Schneckenhaus. Die Schnecke schießt aus dem Gehäuse. Zur Abkühlung tauche ich sie in den Brunnen und fange von Neuem an, sie mit dem Brennglas aus der Kapsel zu treiben. Ich fühle mich schlecht und grausam. Aber als Prinzessin darf ich das. Irgendwann wird das Spiel aber langweilig. Ich hole Kleber und ein Blatt Papier, bestreiche es und lasse Ameisen darüber laufen. Die Beine bleiben hängen. Die Tiere krabbeln mit wenigen Beinen weiter und bleiben erst im Kleber liegen, wenn sie nur noch ein Bein haben.

Mein Vater hat damals nichts verraten, als ihm die Zehennägel aufgebohrt wurden. Aber ich weiß, ich bin eine Verräterin. Ich würde alles verraten.

Mir fällt Berry ein, der schwarze Bernhardiner, der durch die große Halle lief, als er noch lebte. Den hatte ich lieb. Ich bin ein schlechter Mensch. Ich knülle das Papier mit den Ameisen zusammen und werfe es ins Gebüsch.

Friedrich steht an der Balustrade und raucht Zigarre, ich setze mich auf die Stufen. »Wo ist denn die Zigarettenfabrik, Opa?« Friedrich zeigt über die Elbe in die Dresdner Silhouette. »Selli mit dem große Schornstein. Semper heißt d' Mark.«

Ich überlege, ob aus dem Schornstein der gleiche Rauch steigt wie aus Friedrichs Zigarre.

Ich kneife ein Auge zu, halte den Zeigefinger hoch und teile den Schornstein in der Mitte. Die eine Hälfte gehörte dem Staat und die andere dem dicken Müller im Souterrain. Er wurde enteignet, weil im Sozialismus alle Güter dem Volk gehören sollen, hat Alfred erklärt. »Mir auch?«, hatte ich gefragt. »Ja, sicher, dir auch und uns allen!« Ich stelle mir vor, welcher kleine Teil von der halben Zigarettenfabrik mir gehört, wenn ich sie mit dem ganzen Volk teilen muss.

Die Müllers grüßen uns nicht. Sie wollen nichts zu tun haben mit den Leuten, die in ihrem Schloss wohnen, ihren Garten verwildern lassen und ihren Hund überfahren haben. Nicht mal Elli und die Hausangestellte der Müllers reden miteinander. Es ist, als gäbe es eine unsichtbare Mauer um das Haus von Müllers Gärtnerfamilie.

Der arme Fabrikbesitzer tut mir leid. Ich würde ihm gerne in einem großen Lastwagen alle Zigaretten zurückbringen, die ihm weggenommen wurden. Dann könnten hier alle miteinander befreundet sein.

In der Orangerie stelle ich mich unter die riesigen Palmen und sehe nach oben durch das bemooste Glasdach.

Ellis Freund geht an der Orangerie vorbei. Er ist viel zu früh dran, um Elli abzuholen. Er geht nicht zur großen Vortreppe, wo er sonst auf sie wartet. Er geht zu dem schmalen Seitenfenster der Speisekammer. Jemand reicht ihm von drinnen einen vollen Teller hinaus. Er geht mit schnellen Schritten hinter die Orangerie, setzt sich ins Gras und isst dasselbe Hühnchen mit Kartoffeln und Bohnen, das es vorhin zum Mittagessen gab. Er darf es ohne Besteck essen. Phillip interessiert sich für Elli, und das ärgert mich. Dass ich gesehen habe, wie die Elli sich mit einem jungen Lieferanten in der Speisekammer eingeschlossen hat, erzähle ich Phillip trotzdem nicht.

Ich könnte es Ellis Freund erzählen. Dann würde Elli morgen vielleicht weinend in der Küche sitzen, und Phillip könnte sie trösten. Vielleicht hätte Elli sogar ein blaues Auge. Daran will ich lieber nicht schuld sein. Ich gehe in Phillips Zimmer und frage, ob er sich in die Speisekammer traut. Phillip zuckt die Schultern: »Ja, warum nicht?«

»Mutprobe!«, sage ich.

Dascha bleibt schon einen Meter vor der Schwelle stehen. Der große gekachelte Raum ist kalt und dunkel. Über unseren Köpfen hängen in der Dunkelheit tote Körper an Haken. Ich nehme Phillips Hand und gehe ein paar Schritte mit ihm ins Dunkel. Was kann Elli hier alleine mit dem Lieferanten gemacht haben? Ich finde keinen Hinweis, aber es muss etwas Gruseliges gewesen sein.

Weil es regnet, bauen wir uns mit Decken eine Höhle mitten im großen Saal. Oma Ilse kommt in ihren spitzenbesetzten Seidenkleidern durchs Schloss gewandelt und fängt an, singend und summend alle Decken zusammenzulegen, ohne uns zu beachten. Unter unserem Stuhlgerüst wird es hell. Wir sehen Ilse mit dem Deckenturm verschwinden.

»Los, wir schleichen ihr heimlich hinterher.« Ilse legt die Decken im Flur auf einen Stuhl und nimmt aus einer Vertikoschublade eine große Schere. Sie geht zur Fensterbank und schneidet die Blüten der Kakteen ab. Sie halbiert den Zimmerpflanzen die Blätter und singt dabei. Sie lächelt, als wäre sie ein Hausgeist, der sich in Oma Ilse verwandelt hat.

Wir verstecken uns kichernd hinter der Flügeltür. Ich wedle mit der Hand vor meiner Stirn hin und her und schiele.

Ich würde gern neben Phillip auf der großen Steintreppe stehen und dem abfahrenden Auto winken. Stattdessen muss ich selbst in dem abfahrenden Auto sitzen. Ich winke dem Cousin, den Großeltern, Onkel und Tante, den flötenden Kupferknaben, den Kiefernstämmen, dem Blauen Wunder und schließlich der ganzen prächtigen Stadt. In Berlin kommt mir das Pankower Haus winzig vor.

Am nächsten Tag packen die Eltern wieder ihre Koffer und fliegen nach Frankreich.

Wir sind mit Irmgard alleine im Haus, so wie wir hier meistens mit ihr alleine sind.

1956

Alfred und Adele fuhren nach Tibet

Ob Irmgard sich vorstellen könne, mit den Kindern allein zu bleiben, fragte Adele. Falls Irmgard das ablehnen würde, kämen die Kinder so lange in ein Heim. »Die sollen ja sehr gut sein.« Adele zog an ihrer Zigarettenspitze. Irmgard war entsetzt über die Idee, ihre kleinen Mädchen ins Kinderheim zu stecken. »Nee, Frauhisch, dat mach eck schon.«

Die Eltern ließen sich von der Partei durch die Welt schicken, waren zwischendurch ein paar Wochen zu Hause und bald wieder viele Wochen weg.

Für Irmgard war es jedes Mal wie Urlaub. Sie musste keine Partys vorbereiten, weniger einkaufen, Wäsche waschen, Essen kochen und sauber machen.

Tamara war die einzige Schwierigkeit. Wenn sie aus der Küche hinter Irmgards Rücken die Kuchenteigschüssel stahl und wegrannte, jagte Irmgard das Kind mit dem Kochlöffel um den Esstisch. Tamara wusste, dass Irmgard es beließ bei: »Na wart nu, wenn eck dich krieje, dir werd eck die Hammelbeene langziehn!« Tamara war aber nicht zu kriegen. Tamara wusste, Irmgards Sorge galt nicht ihrem Wohlbefinden, sondern bestand allein aus Angst vor der Herrschaft. »Wat sag eck bloß den Eltern?«, war Irmgards erster Gedanke, wenn Tamara sich die Knie blutig schlug, ein Laken von der Leine gezogen und beim Höhlebauen zerrissen hatte, versehentlich eine wertvolle Vase auf der Terrasse zerschlug oder mit den Fingern vom Kuchen aß, der zum Abkühlen auf dem Fensterbrett stand. Als

Dascha sich aber die Hand im Türspalt klemmte, tat es Irmgard auch weh. »Au au au«, jammerte Irmgard, während sie dem schreienden Mädchen den Finger unter kaltes Wasser hielt, und sie dachte dabei nicht an die Eltern, sondern nur an das arme Kind.

Dem Telefonapparat vertraute Irmgard nicht. Sie wollte ihn nicht benutzen und fuhr sonntags lieber mit der S-Bahn zu Friedrich und Ilse, anstatt sich von Erbse abholen zu lassen. In Erbses Wagen saß sie als Kindermädchen. In der S-Bahn aber war sie die Mutter. Unterwegs konnte sie streng sein mit Tamara, die nicht auf den Weg achtete, verzappelt und verplappert durch die Menge sprang, in der Bahn an den Stangen schaukelte und auf die Sitze kletterte. »Sitz still! Füße runter! Hiergeblieben! Jetzt hältst aber mal den Mund!« Dascha blieb an Irmgards Hand und auf ihrem Schoß.

Auf der Rolltreppe abwärts machte Tamara eine Kaugummiblase, die einer Frau in den Haaren kleben blieb. Tamara ließ den Kaugummi hängen, drängte sich schnell zwischen den fremden Beinen durch zu Irmgard und blieb an ihrer Hand. Mit den Mädchen an beiden Händen hatte Irmgard einen Arm, der ständig auf und ab hopste und einen, an dem Dascha artig nebenherwackelte.

Abends bestickte Irmgard Tischdecken, umhäkelte Taschentücher, stopfte Löcher. »Warst du auch mal ein Kind, Imda?« Tamara konnte es sich beim besten Willen nicht vorstellen. Irmgard erzählte, wie sie mit den Schwestern zur Schule gegangen war, den weiten Weg nach Angerburg, zweieinhalb Stunden. Im Sommer sei es herrlich gewesen, wenn sie barfuß gehen und im Kanal baden konnten. Im Herbst wären sie ständig zu spät gekommen, weil es unterwegs so viel Essbares zu pflücken gab. Blaubeeren, Dürlitze, Amelanche und Hagebutten, die den Mädchen an den Haaren ziepten. Die Beeren mussten in den Mund, weil sie nicht in die Schürze durften, wegen der Flecken. Die Windmühlenräder sahen aus, als würden sie die Wolken verrühren wie Teig. Im Winter gingen sie in Holzpantinen, die der Schlamm ihnen bei jedem Schritt ausziehen wollte. Bei Schnee gingen sie gar nicht zur Schule. Im Frühling kam ihnen der Weg dann wieder unüberwindbar weit vor.

Sie erzählte von der Arbeit auf dem Feld und wie sie das spitzenbesetzte Kopftuch ihrer Freundin beim Kartoffelnsetzen in der Reihe mitvergraben hatte. Die Freundin hatte es ihr nicht ausborgen wollen, und Irmgard stahl es. Tagelang musste sie das Feld durchwühlen und fand das Tuch doch nicht mehr. Der Vater hatte sie danach mit dem Riemen so verprügelt, dass die Mutter einschreiten musste. Irmgard bekam von diesem Tag an zur Strafe nie mehr den üblichen Wochengroschen.

Sie erzählte Tamara von den Trakehnerpferden, die der Vater gezüchtet hatte. »Staatspferde waren dat!«, sagte Irmgard bedeutungsvoll. Tamara dachte an schwarze Pferde mit großen, wippenden Federn auf dem Kopf wie im Zirkus. Der Großvater war auch Pferdezüchter gewesen und machte nebenher Rheumafelle aus Katzen. »Da wusst man nie jenau, in welchem Eimer die jehäuteten Katzen warn und in welchem die Kaninchen. Wir Kinder hatten immer Angst, dat wir die Katzen zu essen krichten.«

Wie eine gehäutete Katze aussah, konnte Tamara sich nicht vorstellen. Was »Inzucht« heißen sollte und warum die Gutsherrenkinder davon verblödet waren, verstand sie auch nicht. Irmgard wusste nicht, wie sie es erklären sollte, und erzählte lieber von den Tieren. Schweine, Kühe und Kleinvieh habe es auf dem Gut gegeben und einmal sogar einen Storch. Der hatte den Flügel gebrochen, und der

Vater kannte sich aus mit Geflügel. Er baute ihm eine hölzerne Schiene, und die Mädchen durften ihn für ein paar Winterwochen im Stall mit Mäusen füttern. Im Frühling nahm der Vater die Schiene ab, und der Hof versammelte sich, um zu sehen, wie der Storch aus dem dunklen Stall in den Hof gelaufen kam, sich umsah und erhob. Er drehte einen Kreis überm Hof, alle Hände winkten Richtung Süden, und sie gingen zurück an ihre Arbeit.

Drei Lieder konnte Irmgard den Kindern vorsingen: »Ännchen von Tharau«, »Es waren zwei Königskinder« und »Maikäfer, fliege, dein Vater ist im Kriege. Die Mutter ist in Pommernland, Pommernland ist abjebrannt. Maikäfer, fliege.« Dascha klatschte Irmgard mit beiden Händen auf den Bauch. »Warum bist du so dick, Imda?« Irmgard strich Dascha übers Haar. »Ach, weeste, Medchen, meene Mutter war mal lang krank jewesen damals und hat uns nich könn recht versorjen. Und der Vater hat keene Zeit nicht jehabt. Da hat uns een Onkel immer nur Haferbrei jekocht. Wat andret konnt der nich. Und davon is wohl meen Magen so ausjeleiert worn.« Irmgard erzählte von der herrlichen Speckstippe, die es beim Bauern Andert gegeben hatte, und die Mädchen wollten auch mal Speckstippe essen.

Irmchen stellte ihnen am Sonntag die fette Mehlsuppe mit Pellkartoffeln auf den Tisch. Dascha schmeckte es, aber Tamara verstand nicht, wie die langweilige Pampe mal ein Wunder gewesen sein konnte, und schob ihren Teller weg. »Das will ich auf keinen Fall jeden Sonntag essen!«

Als Dascha am Montag aus der Schule kam, waren die Eltern aus Marokko zurück. Dascha war froh, sie eine Stunde für sich alleine zu haben, bevor Tamara aus der Schule kam. Endlich konnte sie ihr Problem loswerden, das sie seit Tagen mit sich herumtrug. Dascha fiel Alfred um den Hals.

»Papa, ich will nicht ins Fegefeuer!« Alfred riss sich das Kind vom Hals und sah Dascha in die Augen. »Wenn ich nicht an Gott glaube«, schluchzte Dascha, »komm ich ins Fegefeuer, hat meine Freundin gesagt.« Alfred gab ihr eine Ohrfeige, und Dascha hörte vor Schreck auf zu weinen.

»Du darfst nicht jeden Dreck glauben, den dir jemand erzählt, Mensch!«, rief Alfred und klopfte dem Kind seinen Zeigefinger an die Stirn. »Hast'n Kopf zum Selberdenken! Das Fegefeuer ist eine schlimme Lüge, um den Menschen Angst zu machen. In der DDR wird nicht gelogen! Das ist unser Privileg!« Dascha wusste nicht, was ein Privileg war und hatte erwartet, getröstet zu werden, wie neulich, als sie sich das Knie aufgeschlagen hatte.

Sie war erstaunt, von welch großer Bedeutung ihre Kindersorge war, dass sie dafür die erste Ohrfeige bekam. Alfred nahm sie auf den Schoß, streichelte ihr den Kopf, wie er es gegen das blutige Knie getan hatte: »Machs Maul uf, Junge!«, hat mein Vater zu mir gesagt, als ich so klein war wie du. ›Sag, was du denkst, wirst schon merken, wenn's falsch sein sollte.‹ Versprichst du mir das?« Dascha nickte unsicher und verstand, dass sie mit Ohrfeigen merken würde, was falsch war. Alfred sagte, er sei nun mal sehr sauer auf die Christen. Sie hätten so viel Unfug angestellt. Dafür könne Dascha natürlich nichts. Also versuchte Dascha, erleichtert zu sein, dass es kein Fegefeuer gab, fürchtete aber trotzdem, Alfred könnte sich irren.

Beim Abendessen warf Tamara die klebrigen Teigklumpen zurück auf ihren Teller.

»Is ja noch ekliger als Speckstippe. Ich will lieber Königsberger Klopse«, und verschränkte beleidigt die Arme. Dascha sagte mit vollem Mund:

»Also, mir schmeckt marokkanisch.«

Alfred zwinkerte Dascha zu:

»Wer das nicht isst, kommt ins Fegefeuer, stimmt's?« Adele lachte. Dascha zeigte sich selbst einen Vogel und versuchte auch zu lachen, aber ihre Mundwinkel zitterten. Sie schluckte runter und versuchte, nicht zu weinen. Nur Tamara hatte vom Fegefeuer noch nie gehört und verstand den Witz nicht. Dascha solle ihrer Schulfreundin mal sagen, sie müsse schon den eigenen Kopf zum Denken benutzen und sich nicht auf den lieben Herrgott verlassen, weil das nämlich alles ein schrecklicher Blödsinn sei, sagte Alfred.

Tamara ging in die Küche und ließ ein paar Teller in das Spülwasser gleiten.

»Imda, glaubst du an Gott?«

Irmgard wiegte den Kopf. »Na ja, wenn mal eener wär runterjekomm und hätt uns wat jesacht, denn hätt ick vielleicht och jeglobt. Ham ja Leut schon behauptet, det se Engelchen jesehen ham. Aber ick globe, die ham da falsch hinjeguckt.«

Sie erzählte, wie sie als Kind in der Benkheimer Kirche dem Pfarrer ihre Geheimnisse gebeichtet hatte. »Und deinen Eltern hat er nix gesagt?« Irmgard zuckte mit den Schultern. »Dat wees ick nicht, ob der hat wat weiterjesagt. Is schon meglich.«

1962

»Haste wat auf'm Herzen?«,

fragt Irmgard. Ich setze mich auf den Stuhl neben dem Kühlschrank, baumle mit den Beinen und erzähle dem geblümten Rücken am Spülbecken, dass ich der Sportlehrerin die Zunge rausgestreckt und den neuen Schal verloren habe und mein Füller nicht mehr schreibt, weil ich die Schulkreide damit blau malen wollte, und dass ein Mädchen aus meiner Klasse schon seit drei Tagen Tinte an der Lippe hat. »Hm. Dat is aber nicht scheene«, sagt Irmgard und stellt keine weiteren Fragen. Es ist, als würde das, was ich ihr erzähle, in einen großen Gully fallen. Trotzdem wissen es am nächsten Tag meine Eltern.

Ich nehme mir vor, Irmgard nichts mehr zu erzählen. Aber dann weiß ich nicht, wem ich sonst erzählen soll, dass ich Papas Füllfederhalter geklaut und versehentlich kaputt gemacht habe.

Auf dem Weg zum Zahnarzt fahre ich mit der Straßenbahn am Wochenmarkt vorbei.

Ich sehe Irmgard, die vor einem Marktstand die Taschen abstellt und ihre Finger massiert. Jemand schnappt von hinten die Taschen und rennt weg. Ich springe auf, klatsche die Hände an die Scheibe, sehe den Dieb rennen, sehe, wie Irmgard sich in alle Richtungen dreht. »Imda!«, brülle ich, schlage die Faust gegen das Fenster und zeige, wo der Dieb hingerannt ist. »Da!« Ich solle mich hinsetzen und hier nicht herumbrüllen, sagt ein Mann. Ich fühle mich eingesperrt, die Straßenbahn fährt weiter. Ich weine und setze mich hin. Der Mann sieht mich böse an.

Manchmal kommt es mir vor, als würde mein Leben aus lauter kleinen Teilen bestehen, die nicht zusammenpassen. Ich hätte aus der Bahn springen können, über die Autodächer rennen, und der Dieb hätte vor Schreck die Taschen fallen gelassen. Papa wäre stolz auf mich gewesen.

Ich sehe mir die Menschen auf der Straße an. Gibt es jemanden, der aus dem Himmel aufpasst, was alle tun? Irgendwann wird mir bestimmt alles erklärt werden.

»Wirst noch dahinterkommen«, sagt Irmgard, wenn ich mich wundere, warum Erwachsene sich nach ihrer Schulzeit zurücksehnen. In der Schule fühle ich mich unwohl. »Wir haben den Krieg verloren«, sagt ein Mädchen aus meiner Klasse. »Aber mein Papa hat den Krieg doch gewonnen!«, sage ich. Die Eltern des Mädchens müssen zu den Bösen gehört haben, die im Krieg meinem Papa die Fußnägel aufgebohrt, ihn eingesperrt haben, ohne Essen und Trinken, die mit Bomben nach Irmgard geworfen haben, Opas Kopf in Kacke getaucht und seine Familie im KZ umgebracht haben.

Wenn die Eltern verreisen, lassen sie mich mit den Bösen alleine. Wenn sie zu Hause sind, kommen die Guten zu Besuch, und ich fühle mich sicher. Die Guten haben für Gerechtigkeit gekämpft und Juden versteckt. Sie sitzen in unserem Wohnzimmer, und Alfred erzählt Witze, die ich nicht verstehe.

»Warum kommt Karl Marx nicht in den Kommunistenhimmel?« Alfred hält drei Finger hoch. »Er hat eine Aristokratin geheiratet, er war Westemigrant …« Adele fällt ihm ins Wort: »Und er war Jude.« Alfred stöhnt.

Einer der wichtigen Schriftsteller wurde neulich nachts im Kinderwagen nach Hause geschoben, von seiner Frau, die dabei das schlafende Kind auf dem Rücken trug, erzählt eine der klugen Frauen, verdreht die Augen und lacht darüber. Adeles Mund wird ganz dünn, wenn sie etwas nicht lustig findet.

Ich mag die klugen Frauen lieber. Die können sogar von Politik reden, und alle hören zu. Nur mit Männern haben sie Probleme. Darüber wird dann geredet, wenn sie weg sind. Adele redet besonders schlecht über die klugen Frauen. »… frustrierte Jungfer, müsste mal richtig gefickt werden. Dann würde die nicht so'n Zeug erzählen.«

»Dieses Jahr verreisen wir wahrscheinlich nicht«, sagt meine Mutter zu Irmgard. »Wir haben kein Geld.« Irmgard knetet ihre Hände. »Achherrje.« Die Eltern bleiben zu Hause und gehen abends nicht weg. »Kein Geld heißt ja nicht gleich, dass wir kein Essen kaufen können«, hat Irmgard gesagt, und ich finde es gut, dass wir kein Geld haben, wenn es heißt, dass die Eltern zu Hause bleiben.

Papa macht den ganzen Tag Sport, Irmgard fährt putzen zu den Großeltern, und meine Mutter arbeitet im Rathaus bei der Beschwerdestelle. »Diese bornierten Büroschädel«, flucht sie abends, weil in der Panke ein Kind beim Spielen ertrunken ist. »Da, wo die Höfe an den Bach grenzen, müsste sofort ein Zaun gebaut werden«, sagt meine Mutter und fuchtelt mit ihrer Zigarette. »Aber die Genehmigung dauert hundert Jahre.«

Ich versuche, Dascha das Fluchen beizubringen: »Los, sag Scheiße-Pisse-Pupe-Kacke!« Dascha schüttelt den Kopf und knotet die Finger in ihren Rocksaum. Ich versuche, ihr das Lügen beizubringen, ich weiß genau, Dascha wird es dringend brauchen. »Du kannst an der Essenausgabe einfach sagen, dir hat jemand deinen Nachtisch geklaut. Dann kriegst du noch einen.« Dascha versteht nichts davon. Ich erkläre ihr, dass sie sich nehmen muss, was sie haben will, aber Dascha hält den Kopf schief, schiebt den Unterkiefer vor und will nichts. »Du kannst mir doch lieber was abgeben«, sagt sie. Ich stöhne.

In der Nacht kommt Alfred in mein Zimmer. Er schiebt mir vorsichtig die Decke weg, streichelt mich, schiebt meine Beine auseinander und steckt seine Zunge dazwischen. Ich versuche weiterzuschlafen, wenigstens mit dem Kopf, wenn es mit dem Körper schon nicht mehr geht. Alfred sagt, ich soll mich entspannen. Ich versuche, nicht so erstarrt zu sein. Mein geheimes Gefühl breitet sich in meinem Unterbauch aus. Es passiert sonst, wenn ich alleine bin, mit meiner Hand unter der Decke. Papa macht es mit seiner Zunge. Als es vorbei ist, deckt er mich zu, und als er das Zimmer verlässt, nimmt er mein geheimes Gefühl mit. Ich fühle mich alleine mit einem Schmerz zwischen meinem Hals, Herz und Bauch. Es ist, als hätte er ein Organ aus mir herausgesaugt, ohne das ich nicht leben kann. Jetzt gehört es ihm.

Als ich morgens die Treppe herunterkomme, zwängt Irmgard sich mit den Einkaufsbeuteln durch die Haustür und schnauft. »Machst mal die Tür hinter mir zu, du?« Irmgard sagt nie Tamara. Sie sagt »du« oder »ihr«. Manchmal sagt sie »die eine« und »die andere«. Die schweren Taschen stellt sie auf dem Küchenfußboden ab. Am Spülbecken streckt sie langsam die Finger, als wären sie eingefroren, hält die Hände unter kaltes Wasser und stöhnt.

Ich kann es genauso machen. Die Gefühle stelle ich ab wie Irmgard die schweren Einkaufstaschen. Dann geht es mir wieder gut. Für schlechte Erinnerungen habe ich ein zweites Gehirn eingerichtet, wie für eine zweite Tamara.

Ich überlege, ob ich mit Irmgard über Gefühle reden kann. Ob sie welche hat?

»Imda, wollte dich eigentlich nie mal ein Mann heiraten?« Sie steckt mit dem Oberkörper in der dunklen Speisekammer. »Ach, du, wat du nur immer wissen willst. Gib lieber die Eier aus der Verpackung. Aber einzeln. Und pass ja uf!«

1957

Auf den Straßen von Buchholz war der Malermeister Winnemond ein bekannter Mann

Dass er verschiedene Geliebte in der Gegend hatte, wusste jeder. Irmgard war davon eine und die Nachbarin auch. Der Winnemond hatte das Hirsch-Haus gestrichen. Als der Sohn das Geschäft übernahm, übernahm der auch die Geliebten. Dem alten Winnemond fehlte ein Finger, dem Jungen fehlten viele Zähne. Von welchem der beiden Irmgard schwanger wurde, war nicht weiter relevant.

Alfred zuckte die Schultern und sagte: »Dann haben wir hier eben drei Kinder.« Adele hustete ihren Zigarettenqualm aus. »Das ist vollkommen töricht! Und diesen Halunkenvater haben wir dann auch ständig im Haus, oder was?«

In Größchen hielt der Fleischermeister noch immer um Irmgards Hand an. Irmgards Schwester sagte am Telefon: »Lass mich man machen«, legte den Hörer auf und ging über die Dorfstraße. Sie setzte sich beim Fleischer an den Küchentisch: »Die Irmgard is schwanger, wat machen wa nu? Nimmstse trotzdem?« Der Fleischer nickte, und die Schwester ging zurück über die Dorfstraße zum Telefon.

Ob sie denn mit dem Fleischer leben wolle, fragte Adele, und Irmgard gab sich Mühe zu überlegen, ob es mit ihm so werden könnte, wie es mit dem Bauernjungen gewesen war, den sie bekommen hätte, wäre sie nicht arm gewesen. Nein, Irmgard wusste, mit dem Fleischer könnte es auf keinen Fall so werden. Sie würde im Dorf Spießruten laufen mit einem aus der Stadt mitgebrachten Bastard. Man würde über sie reden. Sie würde dem Bauernjungen begegnen, der eine andere geheiratet hatte. Irmgard fürchtete sich vor dem, was sich in ihr eingenistet hatte und ihr Leben zerstören wollte.

»Der sucht nur 'ne billige Arbeitskraft«, sagte Adele und behielt Alfreds Vorschlag für sich. Irmgard war froh, dass Frauhirsch ihr die Entscheidung abnahm.

In der Nacht träumte sie von Größchen. Sie trug tropfende Taschen voller Essiggurken an der Bushaltestelle vorbei. Da standen Frauen und flüsterten: »Die schuftet doch nur wien Pferd, damit se det Kind verliern tut.« Auf dem Gehweg lief ein hässlicher schwarzer Molch vor Irmgards Füßen panisch im Kreis. Sie stellte die Taschen ab, zog einen Schuh aus und musste sich überwinden, den Molch anzufassen. Sie legte ihn in den Schuh, lief humpelnd, den Schuh in beiden Händen haltend, auf die Dorfkirche zu, ließ die Taschen hinter sich stehen und hörte die Frauen lachen.

Am Montag ließ Irmgard sich von der Krankenschwester zur Abtreibung fahren. Es würde ja zum Glück keine Frau mehr zum Kinderkriegen gezwungen, sagte Adele.

Irmgard schrieb dem Fleischer einen förmlichen Brief. Sie wolle ihre Verpflichtungen nicht aufgeben und könne deshalb nicht seine Frau werden. Ob das so ginge, wollte sie von Adele wissen, und ob die Rechtschreibung richtig sei. Die Rechtschreibung war absolut nicht richtig, und vor ein paar Jahren hätte Adele es selbst nicht sehr viel besser gemacht, aber sie war durch Alfreds Schreibschule gegangen und tat entsetzt. »Wie können Sie die einfachsten Schreibregeln so vernachlässigen, Irmchen.« Adele diktierte noch einen Satz dazu, der Irmgards fehlende Zuneigung freundlich, aber direkt ausdrückte. Irmgard schwang die Buchstaben wie eine wertvolle Stickerei auf unsichtbaren Linien in exakt gleicher Größe über das Briefpapier, als sollte ihre kunstvolle Handschrift eine Entschuldigung für ihre Undankbarkeit sein. Auf dem Heimweg zur stillen Buchholzer Elfenallee ging Irmgard am Abend zum Briefkasten über die leere Kopfsteinpflasterstraße, auf der das Gras zwischen den Steinen wuchs, und warf den Brief ein, als wäre es eine Erledigung für die Herrschaft wie jede andere.

Im Sommerurlaub wurde Irmgard morgens mit drei Kindern am Ostseestrand abgesetzt. Alfred, Adele, Erwin und seine Frau gingen weiter zum Nacktstrand. Ohne Kinder. Irmgard war es sowieso lieber, mit den Kindern alleine zu sein. Nackt baden wollte sie auch nicht. Sie wollte überhaupt nicht baden. Und sie wollte nicht fotografiert werden wie Adele und Erwins Frau, nackt von hinten beim Bücken. Irmgard wäre nicht kreischend hinterhergerannt, um Alfred den Film aus der Kamera zu ziehen.

Als Irmgard beim Brötchenholen im Seebad Alfreds Portemonnaie geklaut wurde, sah sie sich vor Schreck in derselben Lage wie damals mit vierzehn beim Ortsbauernführer in Angerburg. Der Großbauernsohn hatte Irmgard beim Teigkneten jedes Mal von hinten die Brüste geknetet. Schließlich hatte sie ihm den Teiglöffel um die Ohren geknallt, und da war ihr Gehalt gestrichen worden für drei Monate, bis der verschmutzte Anzug abbezahlt war. Aber Alfred sagte: »Sie können ja nichts dafür, Irmgard. Wir treten kürzer diesen Monat.«

Der Moment kam, als Irmgard sich zu oft von den Frauen zu Unrecht getadelt sah. Erwins Frau war ungehalten, weil Phillip auf der Nase einen Sonnenbrand hatte, Adele verbat sich Irmgards Einmischung in ihre sporadische Kindererziehung und gab Dascha das dritte Stück Kuchen zurück, das Irmgard dem Kind weggenommen hatte. Irmgard beschloss, ihren Koffer zu packen. Da stand Adele in der Tür: »Was machen Sie denn da, Irmgard?« »Na, ick jehe!« Adele hatte keine Lust, die Haushälterin zu besänftigen, und trug das Problem zu Alfred.

Alfred schloss die Tür, setzte sich aufs Bett und klopfte auf die Matratze. »So, jetzt setzen Sie sich mal hier hin, Irmchen.« Er legte die Hand auf Irmgards Schulter und versuchte, ihr den Unmut aus der Nase zu ziehen. Irmgard rieb nervös Daumen und Zeigefinger aneinander, sah ins Teppichmuster und bemühte sich, die richtigen Worte zu finden. Alfred nickte, obwohl Irmgard die richtigen Worte nicht gefunden hatte. Sie fühlte sich verstanden, obwohl Alfred beim Zuhören an etwas anderes dachte. »So, nu kommse mit runter, Irmchen, lassense mich den Weibern mal die Leviten lesen, und dann fahr ich Sie zum Bahnhof, wenn Sie möchten.« Auf der Kurhausterrasse hielt er vor der Familie eine kleine Rede. Der dialektische Widerspruch zwischen dem Halten von Dienstpersonal und der Aufhebung der Klassengesellschaft müsse einem ständig im Bewusstsein bleiben. »Jeder nach seinen Fähigkeiten und Bedürfnissen. Das heißt, im Kommunismus soll der Dienende denselben Stellenwert haben und mit demselben Respekt behandelt werden wie der Bediente.« Die Frauen versprachen, sich zu bessern, und Erwin nickte dem großen Bruder anerkennend zu. Der große Bruder hatte den Vater im Ohr und wusste, was Friedrich gesagt hätte. »Bübli, des isch nit Kommunismus, des isch Menschlichkeit.«

Irmgard reiste nicht ab und wurde vorübergehend mehr einbezogen. Sie wurde nach ihrer Meinung gefragt, bekam Bücher zu lesen und freie Zeit für ihre Bildung zur Verfügung gestellt.

Irmgard machte ein verunsichertes Gesicht, als Alfred ihr bei Tisch mit vollem Mund politische Fragen stellte. »Irmgard. Stellen Sie sich eine kapitalistische Fabrik vor. Da werden die Arbeiter nicht am steigenden Umsatz beteiligt und können sich das Auto, das sie herstellen, selbst nicht leisten. In der sozialistischen Fabrik haben selbst die kleinsten Mechaniker ein Mitspracherecht in der Werksleitung. Was is nun besser?« Irmgard rieb die Daumen. »Dat wird nich funktionieren, sag ick. Aber wenn Sie meinen, dat jeht, dann wird dat schon stimmen, Hahirsch. Sie müssen dat ja wissen.«

Wenn die Eltern nicht verreist waren, standen Alfred und Adele morgens auf, wenn die Kinder aus dem Haus waren und Irmgard zum zweiten Mal Frühstück gemacht hatte. Vormittags wurde gearbeitet. Alfred schrieb mit der Hand, Adele tippte alles ab. Irmgard kaufte ein und kochte Mittagessen. Nach dem Essen gingen Alfred und Adele ins Schlafzimmer. Irmgard putzte, wusch die Wäsche, und wenn aus dem Schlafzimmer lautes Stöhnen zu hören war, ging sie lieber zum Bügeln in den Wäschekeller.

Adele mochte es nicht, bestürmt zu werden, als Irmgard die Mädchen am Nachmittag nach Hause brachte. Alfred hob die Kinder gleichzeitig auf die Arme und drehte sich mit ihnen durchs Haus.

Tamara rannte ins Esszimmer, leckte beide Handflächen nass und klatschte einmal auf jeden Pfannkuchen. »Meiner, meiner, meiner, meiner, auch meiner!«

Nachmittags wurde weitergearbeitet. Tamara ließ ihre Hausaufgaben liegen und ging in den Garten, während Dascha bei Irmgard in der Küche saß und aus dem geschlossenen Arbeitszimmer die Schreibmaschine bis zum Abend durchs Haus hallte.

Am Sonntag machte Alfred Gymnastik im Garten, oder

er wirbelte zackig den Wasserschlauch herum, wie besessen davon, kein Gewächs auszulassen. Adele saß, mit schwerem Schmuck behängt und mit einem Glas Weinbrand und einer langen Zigarettenspitze, auf der Terrasse und sah Alfred durch die große getönte Brille zu. Sie konnte böse werden, wenn die Kinder zu laut tobten. Aber wenn Alfred den Daumen auf den Wasserstrahl drückte und Adele mit Niesel besprühte, lachte sie.

Adele beteiligte sich immer nur dirigierend am Tischdecken. »Servietten«, sagte sie zu einem Kind, »Tamascha« oder »Daschara«, und zeigte mit der Zigarettenhand zur Anrichte. »Irmgard, der Rum!« Wortlos streckte Adele ihren Arm beim Essen über den Tisch, und Irmgard wusste, was ihr zu reichen war. Die Butter, die Marmelade, der Kaffee. Irmgard beobachtete, was Frauhirsch als Nächstes brauchen würde, und wusste es besser als Adele selbst.

Alfred brauchte zum Essen Döschen, Fläschchen, Kännchen und Schälchen. Das Whisky-Walnuss-Chutney, die Honigsoße, das Chilitöpfchen. Er dekorierte seinen Palatschinken mit Rum, Honig, Chili, sortierte Reste in den Tischmülleimer und erzählte kauend und gestikulierend: »Damals, in der Kriegsgefangenschaft, gab's eine winzige Brotration für jeden. Alle haben ihr Brot sofort verschlungen. Ich hatte auch einen Riesenhunger.« Adele fiel ihm ins Wort: »Aber euer Feinschmecker-Vater wollte sein kleines Stück Brot natürlich lieber getoastet.« Alfred sagte: »Ich hab's auf den Ofen gelegt, und es roch im ganzen Gefängnis nach geröstetem Brot. Meine Kameraden hätten mich erwürgen wollen.«

Im Herbst waren Tamara und Alfred die einzigen Touristen, die mit Seilen und Bergführer in der hohen Tatra die Felsen hochkletterten. Adele wollte nicht, und Dascha traute sich nicht. Irmgard lachte verschämt. »Ach, Hahirsch, dat is doch nuscht für mich.«

In Zakopane lief den Kindern ein winziger blonder Hund hinterher, und Dascha gab ihm ihre Leberwurststulle. Abends setzten sie sich in ein Straßencafé, und nach dem Essen bestellte Alfred für Adele einen Wodka, weil es keinen Cognac gab. Da war er wieder, der kleine Hund, und wedelte mit dem kurzen Schwanz. Alfred sagte noch mal »Wodka«, der Hund wedelte und sprang auf Alfreds Schoß. Alle lachten, und Wodka freute sich, eine Familie gefunden zu haben, die seinen Namen kannte. Er war klein, passte unter die Rückbank und hielt bei der Grenzkontrolle das Maul.

Zu Hause angekommen chauffierte Erbse die Familie gleich wieder zum Flughafen. Die Kinder plapperten ununterbrochen. Von ihren Freundinnen sei noch nie jemand am Flughafen gewesen. Fliegen dürften nur die Eltern. Das sei gemcin.

Adele wollte gar nicht ständig verreisen. Lieber wäre sie mit Alfred alleine zu Hause geblieben, ohne Kinder, die sich dazwischendrängelten. Wie früher. Das Kindergeplapper unten am Boden zu lassen, war ihr beim Verreisen das einzig Angenehme. Alfred ließ seine Nervosität am Boden und wurde ruhig.

Die Mädchen plapperten nicht. Sie saßen stumm auf der Rückbank und suchten durch die Autoscheiben das Flugzeug im Himmel.

1961

Wir werden nach Größe sortiert

Dascha steht vorne bei den kleinen Mädchen, ich hinter ihr in der zweiten Reihe. Mit weißen Puscheln auf den Köpfen singen wir russische Lieder am Sowjetischen Ehrenmal für eine Leningrader Delegation. Die russischen Männer tragen dunkelblaue Anzüge und die Frauen Kostüme wie Uniformen. Alle haben ernste Gesichter. Es ist langweilig. Ich will nicht mehr stehen. Die Füße tun mir weh. Unsere Russischlehrerin steht neben mir und hält einen Blumenstrauß hinterm Rücken. Ich soll nicht so rumhampeln. Eine Frau weint, während wir singen. Danach hält sie eine Rede und betont die Worte mit ihrem Zeigefinger. Sie zeigt auf uns und sagt mit russischem Akzent: »Niemals sollen unsere Kinder einen Krieg erleben müssen. Niemals!« Alle klatschen.

Dascha soll ihr die Blumen bringen. Sie will nicht, schüttelt den Kopf, dreht sich um und gibt mir den Strauß. Ich bringe ihn zum Rednerpult und mache einen Knicks. Ich habe noch nie einen Knicks gemacht. Ich weiß nicht, woher ich das kann. Die Frau lächelt und sieht aus, als ob sie dabei wieder weinen will. Sie streichelt meinen Kopf und gibt mir einen Kuss auf die Stirn.

Auf dem Heimweg durch die Schönholzer Heide nehme ich Dascha ihren Puschel aus dem Zopf und stecke mir beide in die Pionierbluse wie Brüste. Neben uns springt ein Reh aus dem Gebüsch und rennt auf die Straße. Es wird von einem LKW überrollt, ein Stück mitgeschleudert und bleibt vor uns auf der Straße liegen. Die Rehbeine zucken, und Dampf steigt aus dem aufgerissenen Leib in die kalte Herbstluft auf. Mir wird schlecht von dem Geruch nach Blut und dem Anblick der verteilten Gedärme. Ich kotze an den Straßenrand. Als ich mich umdrehe, hat Dascha angefangen, alles einzusammeln, was zu dem Tier gehört. »Ii, Dascha, du bist so eklig! Ich geb dir nie wieder die Hand!« Ich verstehe nicht, wie sie das anfassen kann. Sie summt das blöde Russenlied vor sich hin und hört mir nicht zu. Ein heranfahrendes Auto hupt. Dascha trägt das kaputte Reh wie ein Baby, bleibt stehen und guckt den Fahrer böse an. Ich habe nicht gewusst, dass sie so furchtlos sein kann. Auf den Ärmeln ihrer weißen Bluse sind Blutflecken und auf ihren weißen Kniestrümpfen auch. Anstatt das Reh in der Erde zu vergraben, häuft sie am Straßenrand Laub über den Kadaver. Ich stehe daneben und helfe ihr nicht. »So, das reicht«, sagt sie, schiebt es mit dem Fuß cin Stück weg und wischt die blutigen Hände am Faltenrock ab, als wäre es verkleckerte Limonade. Zu Hause will sie sich mit den fleckigen Ärmeln an den Kaffeetisch setzen. Irmgard jammert, während sie Dascha auszieht. »Mensch, wie soll ick dat nu wieder rauskriejen?« Alfred will nur wissen, ob viele Leute da waren. Ich verstehe nicht, wovon er redet. Das Gesinge habe ich längst vergessen.

Erbse holt uns ab, obwohl er schon Rentner ist. Er kann doch nicht aufhören zu arbeiten, sagt er und nimmt seine Mütze ab. Ich kann mir die Länder nicht merken, in die meine Eltern fliegen. Irmgard auch nicht. »Ich denke, Indien oder so was Afrikanisches«, sagt sie, als wir wieder ohne Eltern vom Flughafen die lange langweilige Straße, immer neben der S-Bahn her, zurück nach Hause fahren.

1958

Erbse wurde Rentner

und fuhr die Hirschs nur noch zum Flughafen. Alfred wurde ein achtsamer Autofahrer. Er sah es voraus, wenn ein Kind zwischen den parkenden Autos hervorlaufen wollte oder jemand die Straße hinter einer Ecke überquerte, noch bevor Alfred um sie bog.

Am Sonntag, auf dem Weg zu Friedrich und Ilse, bremste er für eine Katze, und Adele sagte spöttisch: »Euer Vater kann die Gedanken aller Lebewesen im Umkreis von drei Kilometern lesen.« Sie wedelte mit dem Arm vor der Windschutzscheibe herum.

Die Haushälterin von Friedrich und Ilse servierte schwäbische Maultaschen. Als Alfred anfangen wollte zu essen und bemerkte, dass Irmgard nicht am Tisch saß, ging er in die Küche, wo Irmgard und die Haushälterin ebenfalls gerade anfangen wollten zu essen, nahm Irmgards Teller, packte sie am Kragen und schob sie ins Esszimmer. Alfred stellte die Eltern zur Rede, warum sie als fortschrittliche Menschen nicht auf die Idee kämen, die Angestellten mit an den Tisch zu laden. Irmgard war es peinlich, und sie sah beschämt auf ihren Teller. Friedrich löffelte seine Suppe, schielte belustigt von Irmgard zu Ilse und zog eine Augenbraue hoch.

Es war still bei Tisch und wurde erst wieder lustig, als Tamara lachte, weil Friedrich die Erbsen auf den Gabelrücken schob. »In England mache se des so.« Tamara bekam auch zwei Erbsen auf den Gabelrücken, und kurz vor ihren Lippen rollten sie ihr in den Schoß. Friedrich schaffte fünf, bevor sie ihm ebenfalls in den Schoß kullerten. Alfred konnte nicht lachen, wenn der Vater sich albern benahm.

Nach dem Essen nahm Alfred im Rauchsalon nicht vom Whiskey und auch kein Zigärrle. Friedrich setzte sich in den Sessel und entdeckte einen Dreiangel in seiner Hose. Friedrich war sechsundsiebzig und arbeitete mit am Aufbau der Pädagogischen Hochschule. Er erzählte, er sei abends auf dem Heimweg von zwei betrunkenen Russen angefallen worden. Friedrich musste durchs Parkgestrüpp rennen, damit sie ihn nicht sehen konnten. »I bin doch kai Schwuler!«, sagte er empört und knipste die Zigarrenspitze ab. »Das sind keine Russen gewesen, Vater! Die Soldaten haben keinen Ausgang, und Alkohol kriegen die auch nicht!« »Tja, viellicht sins Kommandeure gwese«, sagte Friedrich, und Alfred schlug die Hand auf den Tisch. »Unsere Russen tun so was nicht!« Friedrich wollte diskutieren, Alfred nicht.

Im Rausgehen fuchtelte er mit seinem schweinsledernen Handgelenktäschchen und schimpfte, als er an Ilse vorbeikam: »Hat der Vater wohl selbst einen in der Krone gehabt!«

Am nächsten Tag beim Einkaufen erfuhr Ilse auf der Straße von zwei geflohenen und eingefangenen Russen, die in der Kaserne standrechtlich erschossen worden waren.

Alfred legte sich zu Hause auf der Terrasse in den Liegestuhl neben Adele. Er nahm ihre Hand, hielt sein Gesicht in die Sonne und schloss die Augen. Seine Anwesenheit schien ihr das Einzige zu sein, was sie vollkommen zufrieden machen konnte. Dascha und Tamara turnten auf der Wiese. Die Eltern sollten Publikum und Schiedsrichter sein, jedem Radschlag, Handstand, Kopfstand applaudieren und beurteilen, wer es besser konnte.

Adele wünschte, die Kinder wären endlich erwachsen. Sie konnte die Penetranz nicht ausstehen, mit der die Töchter Alfreds Aufmerksamkeit einforderten, sich dazwischendrängten und sogar in ihr Intimleben einmischten. Es war unerträglich zu wissen, dass die Kinder sich vor der Schlafzimmertür herumdrückten, wenn sie mit Alfred schlief. Die Kinder sollten ihr nicht diktieren, wann sie leise sein musste. Erwachsene hätten ein Recht auf ihre Verdorbenheit und die Kinder nicht das Recht, sie ihnen ständig vor Augen zu halten, fand Adele und wollte strenger mit ihnen werden. Tamara musste lernen, dass es nicht nur um sie gehen konnte. Adele beschloss, ihrer Tochter keine Beachtung mehr zu schenken. Das würde ihr guttun. Es musste schließlich einen Ausgleich geben für das Übermaß an Beachtung, das Tamara offenbar von Alfred bekam.

Drei Wochen lang sprach Adele mit ihrer Tochter nur noch das Nötigste und bemerkte das Kind erst wieder, als es krank wurde. Adele ging regelmäßig zum Fiebermessen in Tamaras Zimmer und scheuchte Irmgard durchs Haus, wie sie selbst gescheucht worden war, damals im Kloster. Sie sang sogar an Tamaras Bettkante das Lied vom Vugelbeerbaam. Als Tamara gesund war, stellte Adele die Fürsorge ein. Im Kloster hatte Adele gelernt, die Patienten zu vergessen, wenn sie gesund oder gestorben waren. Bis sie beschlossen hatte, den einen nicht mehr zu vergessen. Den wollte sie auch pflegen, wenn er nicht krank war.

Nachts wachte Adele auf, und Alfred lag nicht neben ihr. Im Bad war er auch nicht. Sie ging zum Treppengeländer und sah unten kein Licht im Arbeitszimmer. In Tamaras Zimmer hörte sie ein Flüstern hinter der geschlossenen

Tür. »Lass einfach ganz locker.« Adeles Herz raste. Sie ging zurück ins Schlafzimmer, und ihr Puls wollte sich nicht beruhigen. Wenn Alfred mit anderen Frauen flirtete, war sie eifersüchtig. Aber nicht so schlimm wie jetzt.

Als Alfred zurück ins Bett kam, legte er sich neben sie, war erregt und drängte sich an ihren Hintern. Adeles Eifersucht wandelte sich augenblicklich in Leidenschaft um. Sie wollte verschmelzen mit Alfred, in seinen Brustkorb kriechen, sich in seinen Körper wühlen und Teil von ihm werden. Dass sie weinte, konnte er nicht sehen. Das tat sie manchmal, wenn es ein besonderer Orgasmus war. Danach breitete sich unendliche Zufriedenheit in ihr aus, als hätte er sie von jeglichem Unbehagen befreit. Als gäbe es niemanden sonst auf der Welt. Nur sie und ihn. Wie unsinnig es war, eifersüchtig zu sein auf ein Kind! Wie dumm, dachte sie jetzt. Niemand konnte Alfred so befriedigen wie sie.

Am nächsten Tag würde sie Alfred einen Quarkumschlag für den chronisch schmerzenden Nacken machen, dachte sie und schlief ein.

Adele wäre lieber zu Hause geblieben, als zum Empfang zu gehen. Es war viel Partei da, und es ging um Politik. Mit dem Sozialismus wollte sie sich nicht beschäftigen. Darum sollte Alfred sich alleine kümmern. Adele lachte lieber über Alfreds Witze und flirtete mit seinen Kollegen. Mitreden wollte sie nicht. Alfred sah seine Krankenschwester am Buffet stehen. Sie sah hübsch aus, konnte sich in Pfennigabsätzen bewegen wie keine andere und strahlte eine naive Anspruchslosigkeit aus. Auf der Taxirückbank legte sie den betrunkenen Kopf in Alfreds Schoß und lallte: »Ich fühl mich immer wie Falschgeld unter diesen Leuten. Lauter studierte Frauen. Alle gucken mich mitleidig an.« Sie drückte ihr Gesicht in Alfreds Weichteile: »Am liebsten würd ich mein ganzes Leben mit dir im Bett verbringen. Könn' wir das nicht so machen?« »Nein, Adelchen, wir haben eine Aufgabe«, murmelte Alfred und sah die Berliner Nacht am Autofenster vorbeiwandern. Adele war eingeschlafen. Alfred brachte sie ins Bett, und sie brummte: »Mmmm, jaaa, hier will ich für immer bleiben.« Sie wühlte sich ins Kissen, und Alfred zog es ihr unter dem Kopf weg. »Das geht so nicht. Du musst Sprachen lernen, Adelchen! Du bist nicht dumm. Und was studieren. Zum Beispiel Jura!« Sie streckte die Arme aus: »Ich studier, was du willst, gib mir mein Kissen zurück.«

Beim Frühstück sagte Alfred: »Ich mein das ernst mit dem Studium. Auf unseren Reisen kannst du Parteiaufträge übernehmen.« »Ich mach doch schon das Tagebuch«, sagte sie kauend. »Du solltest Reden halten vor Frauenorganisationen über die Rolle der Frau im Sozialismus. Ich weiß, du kannst so was!« Adele nickte, lächelte und versuchte, dankbar auszusehen. Sie konnte sich nicht vorstellen, was er sich vorstellte.

1960

Ich sehe in den leeren Himmel über den polnischen Straßen

Im metallicblauen Wartburg Cabriolet liege ich auf den breiten Lederpolstern. Auf dem Rückweg vom Skifahren in Zakopane halten wir in Warschau bei den Herbsts an.

Frau Herbst lacht andauernd, obwohl sie im KZ gewesen ist und obwohl ihr Sohn im KZ gestorben ist. Er war neun Jahre alt. So wie ich jetzt.

Frau Herbst ist sehr klein. Bestimmt ist sie im KZ so klein geworden. Wir fahren alle zusammen nach Auschwitz. »Papa, was machen wir hier?«, fragt Dascha, als wir in der eisigen toten Landschaft aussteigen. »Arbeit macht frei«, lese ich. Alfred sagt nichts, obwohl er sonst immerzu redet. Adele raucht. Nur der liebe Jazek Herbst redet so, als würden wir durch einen Wald spazieren. Der Weg ist unendlich lang. Ich sehe Schuhberge, Kinderschnullerberge, Kofferberge, und Alfred sagt: »Wärt ihr ein paar Jahre eher geboren, hätten eure eigenen Schnuller hier liegen können.« »Aber wir sind blond«, sage ich. »Das wäre Hitler egal gewesen.« Er wedelt mit der Hand. »Eure braunen Augen hätten gereicht. Eure Urgroßeltern waren auch blond und wurden trotzdem hier ermordet wie viele andere, die ich gekannt habe.«

Ich sehe Dascha zwischen den Holzpritschen entlanggehen. Dascha hätte nicht überlebt. Sie kann nicht lügen, nichts heimlich machen, niemanden austricksen, sich nicht vorstellen, dass jemand so böse ist und Menschen umbringt. Ich hätte sie heimlich mit Brot versorgt und versucht, die Wärter von ihr abzulenken. Ich hätte getanzt und Faxen gemacht. Ich hätte mich auf sie geworfen, um sie mit meinem mageren Körper zu bedecken. Ich wäre erschossen worden wie der Sohn von Frau Herbst und hätte im Sterben gehofft, dass mein toter Körper nicht zu schwer wäre für Dascha. Dann hätte sie unter mir hervorkriechen können, wenn alles vorbei gewesen wäre.

Meine Mutter steht rauchend vor der Baracke. Schickse, denke ich und weiß nicht, wie das Wort in meinen Kopf gekommen ist. Esther war eine intelligente Jüdin und eine mutige Kämpferin. Meine Mutter ist beides nicht.

Schweigend fahren wir aus der Ödnis wieder ab. Ich fühle, wie eine große Bedrohung in meinen Körper fließt, darin kleben bleibt wie Harz.

In der Stadt ist die Welt wieder lebendig. Ich sehe die Menschen in den Straßen Kinderwägen schieben, Einkaufstaschen tragen, einander an den Händen halten. Bestimmt sind jetzt keine Juden mehr darunter. Ich stelle mir vor, wie alle Schuhe, die im KZ auf dem Berg liegen, leer auf den Straßen zwischen den Menschen herumlaufen.

Warum Papa lieber Kommunist sein will und kein Jude, weiß ich jetzt. Kommunisten kämpfen, Juden werden ermordet.

Zu Hause untersuche ich heimlich die kleinen kunstledernen Kästchen im Arbeitszimmer. Dass auf Alfreds Medaillen Bauarbeiter und Werkzeuge eingeprägt sind, finde ich seltsam. Ich habe meinen Vater nie mit einer Schaufel arbeiten sehen. Nur mit Kugelschreibern. »Papa, warst du mal ein Bauarbeiter?« Alfred erklärt, er sei alles Mögliche gewesen, aber kein Bauarbeiter. Warum er so viel am Schreibtisch sitze, wenn er das Land aufbauen müsse, frage ich. »Ich schreibe, damit alle Menschen den Sozialismus verstehen. Denn es soll ja schnell gehen, nicht wahr?« Ich nicke. Ich weiß, bei Alfred muss alles schnell gehen. »Papa, wann ist denn unser Land fertig aufgebaut?« Dass der Aufbau nie fertig sein wird, ist eine unbefriedigende Antwort, und ich weiß nicht, warum es dann schnell gehen soll.

Ich habe keine Lust mehr, mir Fragen auszudenken, die ich nur meinem Papa stellen kann, weil sie sonst keiner beantworten könnte. Alfreds Antworten sind immer kompliziert. Ich schließe mich im Bad ein, damit Papa mich fragt, warum ich mich eingeschlossen habe. Auf dem Badewannenrand überlege ich, was ich dann sage. Ich mache erst wieder auf, wenn ich neue Rollschuhe bekomme? Aber dann würde Dascha meine alten kriegen und sich darüber wahrscheinlich mehr freuen als ich mich über die neuen. Niemand bemerkt, dass ich mich eingeschlossen habe. Es dauert mir zu lange. Ich gehe in die Küche. »Imda, gibt's eigentlich noch Pudding?« Die Antwort ist einfach.

»Tamara, hol mal 'n Lappen!«, sagt meine Mutter, als im Kinderzimmer ein Milchglas umfällt. »Hol du doch selber 'n Lappen, du stirbst sowieso eher«, sage ich friedlich, als ihre Hand mit dem grünen Jadering aus Tibet in mein Gesicht fliegt. Meine Mutter dreht sich um und verlässt das Zimmer. In meinem Hals stürzt ein Schreck hinab und gleichzeitig eine Wut von unten hinauf. Dascha sitzt starr auf dem Fußboden. Normalerweise tut Dascha nichts, wenn sie erschrocken ist. Diesmal aber tut sie etwas. Sie läuft Adele hinterher, versteckt sich am Treppengeländer und horcht.

Ich habe eine Ohrfeige bekommen. Der Satz erscheint in meinem Kopf wie eine Leuchtschrift, und jetzt wird es mir erst klar. Es war die erste Ohrfeige in meinem Leben. Ich verstehe nicht, warum. Es ist doch logisch, dass Kinder nicht so abgenutzt werden dürfen, indem man sie blöde Sachen holen schickt. Bei den Alten ist es doch egal. Die sind sowieso schon abgenutzt. Papa würde das verstehen. Dascha kommt die Treppe hochgerannt: »Du sollst zu Papa kommen!« Als ich runtergehe und Alfred mit dem Autoschlüssel im Flur stehen sehe, habe ich das Gefühl, mit ihm unter einer Decke zu stecken. Adele und Dascha dürfen bloß nichts merken von unserer Verbundenheit.

Wir steigen ins Auto und fahren durch das nächtliche Berlin. »So darfst du mit deiner Mutter nicht reden.« Ich finde das unlogisch. »Aber stimmt doch trotzdem!« Alfred erklärt, es verletze Adeles Würde und dass ich Respekt haben müsse vor meiner Mutter, die es schwer gehabt habe im Krieg, als sie die Typhuskranken in den Luftschutzkeller tragen musste, obwohl sie selbst ganz abgemagert war. »Da hat deine Mutter auch nicht zu den Kranken gesagt – geht selber die Treppen runter, ihr sterbt sowieso eher.« »Aber Mama is doch keine Türfußkranke!« Alfred lacht, und ich weiß, ihm ist ein freches Kind lieber als ein folgsames. Nur Weinen ist verboten. Ungehorsam ist erlaubt.

Mit Papa alleine Auto zu fahren ist wie eine Belohnung für meine Ehrlichkeit. Zurück am Haus hopse ich die Stufen rauf, und Alfred hält mich am Arm zurück. Ich verstehe sein Zeichen. Fast hätte ich vergessen, so zu tun, als sei ich bestraft worden. Demütig betrete ich das Haus. Meine Mutter sieht mich nicht an und spricht nicht mit mir. Auch am nächsten Tag und am übernächsten bekomme ich keinen Blick und kein Wort. Abends beim Einschlafen fürchte ich, dass meine Mutter vergessen hat, nicht mehr so kalt zu sein. Ich fürchte, ihr ist es in Wahrheit lieber so. »Schlag mich doch, das tut nicht weh. Aber sag was!«, brülle ich sie am dritten Tag an, als sie im Wohnzimmer sitzt und raucht. Meine Mutter sagt nichts.

Alfred nennt uns »Schlitzhasen«. Es ist mir unangenehm.

»Tamaschele, jetzt gehst du mal den Balletttütüchen anziehen für Papa und tanzt uns ein bisschen was vor!«

Für Papa lasse ich mich im Dress auf Schöße betrunkener Männer setzen und versuche zu lachen, wenn ich gekitzelt werde. Den widerlichen Alkoholatem versuche ich genauso zu ertragen wie die anderen Dinge, die ich nicht tun will und doch tun muss. Zähne putzen, ekligen Eintopf aufessen und zur Schule gehen. In der Straßenbahn habe ich einen Betrunkenen kotzen sehen, musste gleich selbst kotzen von dem stechenden Geruch und fast sogar jetzt noch von der Erinnerung daran. Wenn Alkoholgeruch aus einem Glas aufsteigt, wird mir schlecht.

Die Toilette im Erdgeschoss ist ständig besetzt, und ich muss ins obere Bad. Da steht Onkel Anton in der Nische. Er drückt mich an sich und steckt mir seine dicke Zunge in den Mund. Er greift zwischen meine Beine und knetet meinen Po. Er lacht über mich, als würde ich einen Witz nicht verstehen. Onkel Anton hat das Recht, mich zu begrapschen. Er ist Arzt.

»Aber ich pullere mit Absicht ein!«, hatte ich gesagt, als ich mit sieben Jahren zum ersten Mal vor Onkel Antons Gesicht auf dem Frauenarztstuhl saß. Ich dachte, wenn ich kurz wegginge, könnte in meiner Abwesenheit jemand Kekse verteilen oder ein tolles Spiel vorschlagen. Alle könnten weg sein oder meinen Namen vergessen haben.

Onkel Anton hatte meine Blase mit einer blauen Flüssigkeit gefüllt, sich davorgesetzt, Witze gemacht und mich gekitzelt, um zu prüfen, ob mein Schließmuskel funktionierte, wenn ich lachen musste. Der Schließmuskel war in Ordnung, die Untersuchung schrecklich. Wie jede Begegnung mit Onkel Anton.

Herr Zigmond versteckt sich in derselben Nische und

hätte mich fast erwischt. Stattdessen erwischt er Dascha. Ich drängele mich dazwischen, ziehe meine Schwester mit ins Bad und schließe zu. »Wir warten, bis jemand kommt und aufs Klo will.« Durchs Schlüsselloch sehen wir den Zigmond lächelnd die Treppe runtertänzeln.

Als ich aus der Schule komme, hoffe ich, dass die Schlafzimmertür nicht abgeschlossen und nicht wieder lange lautes Stöhnen zu hören ist. Ich versuche, durchs Schlüsselloch zu sehen. Da hängt die gerippte Unterhose. Ich weiß, es ist nichts zu machen.

Beim Gongschlag fängt Irmgard an, den Kaffeetisch zu decken. Ich stürme die Treppe rauf, halte Dascha mit dem Ellenbogen hinter mir, um vor ihr in Papas Armen zu landen.

Abends kommt Alfred in mein Zimmer. Ich soll etwas lernen. Damit ich weiß, wovor ich mich in Acht nehmen muss. Offenbar heißt Papas Pimmel in Groß Penis. Was ich gelernt habe, ist: mir nichts anmerken zu lassen, damit mein Gesicht nicht so versteinert aussieht, wenn Papas Pimmel groß, rosa glänzend und eklig ist. Papa quetscht ihn mit der Hand und schiebt die Haut vor und zurück. Ich soll ihn anfassen und fühlen, wie hart der werden kann. Es kommt mir vor, als ob aus Papa ein gefährliches Tier herausgewachsen ist, das nicht zu ihm gehört. Papa kann mich nicht beschützen, weil das Tier stärker ist als er. Ich muss hinsehen, weil ich nicht in Papas Gesicht sehen will. Dass der weiße Pudding Sperma heißt und in den Eiern aufbewahrt wird, habe ich längst verstanden. Ich bin froh, als er fertig ist und sein Gesicht wieder normal aussieht.

Ich weiß nicht, seit wann Alfred mir Masturbieren erklärt. Ich weiß nicht, ob er es Dascha auch erklärt. Ich finde, es ist nicht mehr nötig, weil ich es ja verstanden habe. Vielleicht könnte man es irgendwie beenden.

Alfred hat gesagt, Adele könnte Anwältin werden, wenn man sie nur lassen würde. Eine Anwältin hilft den Menschen, Probleme zu lösen, wenn sie es alleine nicht können, hatte Alfred beim Frühstück erklärt. Ich finde es ungerecht, dass meine Mutter das nicht machen darf. Papa fährt los, um neue Anmeldezettel für sie zu holen. Sie soll jetzt was Politisches studieren.

Meine Mutter lackiert sich im Garten die Fußnägel. Ich setze mich neben sie ins Gras. »Warum darfst du keine Anwältin werden?« Adele stöhnt. »Ach, da gibt's genug junge Leut, die schlauer sind als ich.« Ich überlege, ob meine Mutter schlau genug ist, um meine Anwältin zu sein. »Muss Papa uns so was zeigen, wie Masturbieren geht und so?« Adele tätschelt mein Knie und sieht mich mit einem bösen Lächeln an, dass ich mich vor ihr fürchte: »Ja, ja, Tamaschele, das hättest du wohl gerne!«

Es ist, wie wenn der Zigmond mich in der Nische festhält. Er sagt, es sei lustig, aber ich habe das Gefühl, es ist böse. Wahrscheinlich ist mein Gefühl falsch. Wahrscheinlich würde mir eine richtige Anwältin auch nicht glauben.

1960

Adele schrieb sich fürs Jura-Vorstudium ein

Die Kommission stellte ihr die Frage: »Ist es schlimmer, Privateigentum zu stehlen oder Volkseigentum?« Adele zuckte mit den Schultern. »Geklaut ist geklaut.«

»Volkseigentum hätte es heißen müssen. Das weißt du doch! Volkseigentum ist wertvoller!«, sagte Alfred und lief ihr eine Woche später mit dem Ablehnungsbrief hinterher, den Adele achtlos auf das Flurregal gelegt hatte.

Sie saß im Garten und lackierte gelassen ihre Fußnägel, während Alfred auf der Terrasse stehen blieb und mit dem Brief wedelte. »Du musst doch was studieren!«

»Dann eben Abendschule. Studiere ich politische Ökonomie. Russisch, Englisch und Französisch im Fernstudium.« Sagte Adele, ohne aufzublicken. Alfred zerriss den Brief, ging zu ihr und küsste ihren Nacken. »Das ist meine Rakete!« Er sah auf die Uhr, sagte, er müsse jetzt zur Versammlung im Schriftstellerclub und würde auf dem Rückweg aus Karlshorst die Bewerbungbögen für Adele holen.

Als Alfred weg war, setzte Tamara sich neben Adele in die Wiese, wickelte sich Grashalme um die Finger und schwieg eine Weile, bis sie fragte: »Muss Papa uns so was zeigen, wie Masturbieren geht und so?«

Adele versuchte zu lachen: »Ja, ja, Tamaschele, das hättest du wohl gerne!« Tamara stand auf und ging ins Haus. Adele fühlte sich verflucht von der Mutter Oberin, die diesen Satz damals zu ihr gesagt hatte. Der Satz war in ihr und musste raus. Einen anderen hatte sie nicht.

Abends kam Alfred ins Bett und sagte: »Adelchen, Bildung ist das Wichtigste! Aber wenn du hier nackt im Bett Vokabeln übst, dann ist mir deine Bildung vorübergehend scheißegal, mein Raketulullchen.«

Adele nannte Alfred »Pullewulle«, nach dem russischen Propagandaschriftsteller Polewoi, der von russischen Helden schrieb. Sie legte ihr Vokabelheft auf den Nachttisch und schob seine Hand zwischen ihre warmen Schenkel.

Beim Sex hatte sie das Gefühl, bis auf ihren Unterleib existiere der Rest ihres Körpers für Alfred nicht. Danach schlief er ein. Adele blieb wach und unbefriedigt neben ihm liegen. Sie war wütend, weil Alfred seine Befriedigung jedes Mal fand. Sie war wütend auf die Mädchen, weil sie Alfred mit ihnen teilen musste und ihm alleine nicht genügte. Adele stand auf. Ohne es bewusst entschieden zu haben, ging sie in Daschas Zimmer. Nackt kniete sie sich an ihr Bett, betrachtete die glatte Kinderhaut und wusste, was Alfred an die Betten der Mädchen zog. Sie befriedigte sich selbst mit einer Hand und griff mit der anderen nach Daschas Schenkel. Das Kind bewegte sich. Adele sah nicht zum Kopfende. Sie musste ihren Höhepunkt jetzt haben, hielt sich fest an dem weichen Bein, umschloss es härter und hatte das Gefühl, die Hand der Oberin würde ihren eigenen Schenkel packen. Danach stand sie auf, ohne sich umzudrehen, ging zurück in ihr Bett, umschloss Alfreds nackten Rücken und schlief ein.

Adele führte in Australien das Reisetagebuch.

1. Nov: Ankunft in Sydney. Durch sehr ärmliches Gebiet mit Bretterbuden gefahren. Schöne Blumen überall.

2. Nov: Alfred bei Elektroarbeitern, Adele bei Arbeiterfrauen.

3. Nov: Alfred mit chinesischer Sängerin bei den Eisenbah-

nern. Später Adele Lunch mit Frauenorganisation. Rede gehalten (zum Glück mit Übersetzerin), Fotos gemacht. (Etwas merkwürdiger Verein. Sehr wohlhabend.)

4. Nov: Alfred bei Produzent von Quality Films, 52–54 Philipp Street, Sydney. Wollen Anne-Frank-Film haben.

5. Nov: Alfred Rede Friedenskomitee. Außerordentlich guter Anklang! Kaum Zeit zum Umziehen. Theater (langweilig), sind eher gegangen. Priestleys waren darüber schockiert.

6. Nov: Kirche besucht. Lustig, wie Pfarrer Geld eintreibt: »Wer gibt mir fünfzig Pfund für den Frieden? Reden reicht nicht, Leute! Der Frieden kostet Geld!«

Später Fährenüberfahrt mit einem furchtbaren Kind an Bord.

7. Nov: Irene Summer besucht. Sie hat viel Blödsinn gequatscht. Spießige Atmosphäre. Es gab zähes Fleisch und salzlose Bohnen.

Auf der Rückfahrt wieder einen Toten auf der Straße gesehen. Miller fährt auch wie Sau!

8. Nov: Empfang bei Reverend. Jüdin kam auf mich zu. Wollte mir die Hand geben. Sagte, ich sei die erste Deutsche, der sie wieder die Hand gebe, weil sie glaube, dass wir es aufrichtig meinen.

9. Nov: Linken Intellektuellen besucht. Er sagt, unsere Propaganda sei zu plump. Wenn DDR-Propaganda ins Ausland, dann so: Briefmarken in schönen Umschlägen verschenken, kleine Werte. Das beeindruckt den kleinen Mann!

Abends Dinner. Sehr nette Leute. Schönes Haus. Entsetzlich ungezogene Kinder!!!

10. Nov: Schiffsausflug mit Annand. Er erzählte, dass er ein Jahr lang Sekretär bei Nehru war. Abends Alfred Vortrag über DDR-Dramatik. Große Begeisterung! Später bei Tisch Kontroverse wegen Alfreds Kritik an der englischen Politik gegenüber Indien.

Beim Friedenskongress in Australien musste Adele eine Rede halten. Alfred fand, sie sollte es nicht für ihn tun, sondern für den Sozialismus. Für Alfred wollte sie es auch für den Sozialismus tun.

Das Schlusswort hatte sie sogar selbst geschrieben. »... ich möchte nicht, dass meine Kinder mich jemals mit denselben erbarmungslosen Augen anstarren, mit denen ich meinen Eltern 1945 gegenübertrat, als ich sie fragte: Was habt ihr gegen diesen Massenmord getan?«

Während Adele vor der kleinen sozialen Frauenorganisation redete, saß Alfred in einer wichtigen Konferenz auf dem Podium. Er konnte nicht hören, wie Adele von DDR-Müttern erzählte, die arbeiten konnten, sogar in Männerberufen, sogar alleinerziehend, und trotzdem genügend Freizeit hatten, sich weiterbildeten, außerdem ins Theater und ins Kino gingen, während die Kinder betreut wurden und die Mütter sich nicht sorgen mussten, dass ihre Kinder zu wenig Bildung abbekommen würden oder ihnen eine individuelle Förderung versagt bliebe.

Der Applaus fühlte sich unverdient an. Sie lächelte fürs Foto, bedankte sich, winkte und ließ sich zu Alfred chauffieren. Als die Straße leer wurde, warf sie ihren Blumenstrauß aus dem Autofenster und zündete sich eine Zigarette an.

Sie hätte ja den Frauen versehentlich etwas anderes erzählen können: »Ich soll hier eine typische DDR-Frau repräsentieren. Sie ist Traktoristin und Parteisekretärin und hat fünf gebildete, sportliche Kinder. Ich kenne diese Frau leider nur aus den Büchern, die mein Mann schreibt.« Adele hatte den Frauenrechtlerinnen nichts zu sagen. Sie war nicht so eine Mutter, wie sie in den ostdeutschen Büchern stand. Sie konnte ihren Kindern keinen Roller reparieren oder den Drachen richtig an der Schnur festbinden.

Sie war wütend, allein gelassen zu werden mit der fremden Rolle, die sie nicht spielen wollte. Sie hatte die Rolle für Alfred gespielt, aber Alfred sah ihr nicht zu.

Als würde sie sich selbst in einem Film zusehen wie einer Schauspielerin, stieg sie im Pelzmantel aus dem Auto, ging die breiten Treppen der russischen Botschaft hinauf, legte den Mantel auf den Garderobentisch und wurde in den Empfangssaal geführt. Sie suchte Alfred, der vor Stolz strahlte und den wichtigen Menschen seine Frau vorstellte. Sie fühlte sich schön, wenn sie neben ihm stand, mit Drink und Zigarettenspitze im engen kurzen Kostüm und hohen schmalen Schuhen. Sie konnte sympathisch sein, wenn sie den Mund aufmachte, und auch, wenn sie schwieg. Sie sah Alfred Anekdoten erzählen, hörte nicht zu und wusste doch immer, wovon er gerade redete. Den Spannungsaufbau kannte sie, hörte die kleinen Veränderungen und konnte nichts machen gegen den Groll, der sich in ihr ballte, wenn Alfred seinen Widerstandskampf als Sensation verkaufte. Er hatte keine drei Brüder verloren, er war nicht im Kloster begrapscht worden, hatte seinen Körper nicht hergeben müssen, um nach Berlin zu kommen. Seine Familie war am Leben. Wohlhabend danach wie davor. Adele rauchte. Ihr Mund kniff sich zusammen, und der Zeigefinger zitterte vor ihrer Nase. Als Alfred auf dem Höhepunkt war, hätte sie am liebsten dazwischengerufen: »Und dann wurde Alfred doch nicht durchsucht und konnte mit den Flugblättern in der Menge verschwinden.« Wie ein bockiges Kind hätte sie daraufhin ihre Zigarette in den Aschenbecher gepresst. »So! Könn' wir jetzt gehen?« Stattdessen ging sie mit langsam wiegenden Schwung in der Hüfte zur Bar und ließ sich einen neuen Drink geben.

Mit ihrer eigenen Kriegsgeschichte konnte sie nicht durch die Welt fahren und fremde Leute unterhalten. Ihre

Geschichte konnte sie einmauern. Auf die Mauer schrieb sie: *So viele Frauen wurden viel öfter vergewaltigt, haben davon Kinder bekommen, haben ihre Kinder sterben sehen, sind selbst gestorben. Ich hatte Glück! Ich habe Glück! Ich werde Glück haben!*

Es kochte in ihr, wenn Alfred mitten im Gespräch über den Tisch rief: »Adelchen, schreib das alles auf, ja?« Adelchen nickte, lächelte und schrieb alles auf. Niemand würde das je lesen, dachte sie, und gab sich keine Mühe, die üblichen sozialistischen Begriffe zu benutzen. Sie schrieb es so, wie sie es verstanden hatte. Ehrlich und direkt. Das hatte Alfred ihr aufgetragen, also sollte er es so bekommen. Zum Abschied lief Alfred im Handstand die Treppen rauf. Alle klatschten. Adele verschränkte die Arme und verdrehte die Augen.

In Afrika schrieb sie: *Einfach herrlich! Die glänzenden schwarzen Nacken der jungen Frauen im Theater vor uns. Man muss sich zusammenreißen, sie nicht anzufassen.*

Irgendwann hörte sie auf, ihre Aufzeichnungen zu Hause abzutippen. »Das sollst du auch für dich selbst machen, Adelchen!«, sagte Alfred. Sie hatte gedacht, sie sollte es für Alfred machen. Für ihn hätte sie es gemacht.

Irmgard musste die Anrufe entgegennehmen, wenn sonst keiner zu Hause war. Dann legte sie langsam die Arbeit beiseite, trocknete sich die Hände ab und hoffte auf dem Weg ins Arbeitszimmer, der Apparat würde aufhören zu klingeln, bis sie endlich vor ihm stand. »Bei Hirsch?« Sie sagte: »Ja, gut, ja, mach ich«, und war froh, als sie auflegen durfte. Alfred rief sie am Abend ins Arbeitszimmer, hielt ihr den Zettel hin und fragte, was das heißen solle, was sie da aufgeschrieben habe. Irmgard starrte auf den Zettel, hielt den Kopf schief, buchstabierte tonlos und zuckte die

Schultern. Irmgard hatte die Namen nicht richtig verstanden und das Anliegen der Anrufer auch nicht. Alfred war ungehalten und schickte sie an Adeles Schreibtisch. Geduckt saß sie mit ihrem Dederon-Kittel in dem modernen verchromten Drehstuhl, die krummen Füße nach innen gewandt, und musste die Worte, die sie falsch geschrieben hatte, seitenweise üben. Sie sollte vorlesen, was sie geschrieben hatte, und als Alfred fragte: »Was könnte daran falsch sein?«, zuckte sie die Schultern. In die Küche durfte sie erst, als alles richtig war. Adele kam daraufhin ins Arbeitszimmer, setzte sich auf ihren Drehstuhl, schubste sich an der Tischkannte ab, drehte sich eine Runde und sagte belustigt: »Was erwartest du denn aber auch von einer watschelbeinigen Stallmagdtochter mit achtjähriger Schulbildung?«

Irmgard war jedes Mal froh, wenn die Eltern wieder abreisten. Sie brachte den Kindern Kartoffelsuppe auf die Terrasse und den Nachtisch in gepunkteten Plasteschälchen. »Hm, Familienpudding!«, sagte Tamara. »Vanillepudding!«, verbesserte Dascha und steckte den Finger rein. Die Kinderbeine baumelten unter der blau karierten Tischdecke hervor. Es war eine entspannte Stille eingetreten, als würden Haus und Garten mit Alfreds und Adeles Abwesenheit befreit ausatmen. Die Erdbeeren aus den Größchener Einweckgläsern lagen auf dem Pudding wie nasse Beutel. Tamara eröffnete mit dem Löffel einen Krater, der sich mit dem braunen Einweckwasser füllte, während Dascha alles zu einer rosa Pampe verrührte.

Irmgard goss das Spülwasser und den Kaffeesatz in die Rosen, ging ein paar Schritte unter den Kiefern hervor und sah in den Himmel. Es donnerte. Irmgard ging rein. Sie ließ die leeren Plasteschüsseln im Vorraum stehen und setzte sich auf das Sofa. Ihre Untätigkeit wunderte die

Kinder. Irmgard saß selten irgendwo, schon gar nicht auf dem Sofa, und erst recht nicht, ohne zu sticken oder zu häkeln. Sie saß in der Mitte auf der vorderen Sofakante, die Füße eingewinkelt, den Mund leicht geöffnet, die Hände im Schoß und drehte ihre Daumen umeinander. »Ihr bleibt hier drinne, sach ick euch! Dat ihr mir jah nich rausjeht!« Irmgard drohte mit dem Zeigefinger, und ihre Stimme eierte. Sie sah aus, als würde sie am liebsten unter dem Sofa sitzen. Es gab keine Blitzableiter auf dem Gutshof bei Benkheim, erzählte sie. »Bei Jewitter in der Nacht mussten wa uns anziehen, und dann saßen wir drei Mädchen auf der Bettkante, hatten unsre Jwitterkoffer auf dem Schoß und ham uns an den Händen jehalten.« Tamara überlegte, was drin gewesen sein konnte in ihrem Gewitterkoffer. Eine blaue Glasmurmel, ein paar rote Schuhe und ein bestricktes Taschentuch vielleicht? Irmgard wusste es nicht mehr: »Ach, unsre paar Sachen eben. Wat wir so hatten.«

Am nächsten Tag durfte Tamara zu Hause bleiben. Irmgard glaubte ihr zwar die Halsschmerzen nicht, aber was würde sie der Herrschaft sagen, wenn das Kind in der Schule Fieber bekäme?

»Tamara konnte jestern nicht zur Schule kommen«, schrieb Irmgard am nächsten Tag in Schönschrift auf einen Zettel. »Imda, ich glaub, ›gestern‹ wird nich mit J geschrieben«, sagte Tamara.

1959

Als die Eltern aus Kambodscha zurückkommen,

dürfen Dascha und ich nicht mehr mit Irmgard in der Küche frühstücken. Meine Mutter hat eine neue Kurzhaarfrisur. Sie kommt im hellblauen Morgenmantel ins Esszimmer, zieht mit den Fingern die Pelle von Daschas warmer Milch und steckt sie sich in den Mund. Der Anblick lässt mich würgen. Ich halte die Hand über meine Tasse, obwohl ich meine Milch lieber ohne Pelle trinken würde. Adele leckt sich die Finger ab und geht ins Bad. Irmgard nimmt die Pelle vorsichtig mit dem Löffel aus meiner Tasse.

Wir müssen leise sein im Haus, dürfen nur flüstern, obwohl die Schreibmaschine viel lauter ist als wir.

Beim Mittagessen sollen wir auch nicht sprechen, und unsere Ellenbogen müssen neuerdings am Körper bleiben. Adele steckt uns Zeitungen unter die Achseln. Die Eltern reden Französisch, und ich stelle mir vor, dass meine Mutter meinen Vater überreden will, uns in ein Internat zu schicken, damit wir lernen, wie sich anständige Mädchen benehmen. Beine übereinanderschlagen, Knicks machen, Kopf senken, höfliche Worte sagen, lieb aussehen und so. »Worüber redet ihr denn?« Alfred sagt, ich soll an die hungernden Kinder in Afrika denken und meine Suppe essen. Ich verstehe nicht, was die hungernden Kinder davon haben sollen, wenn ich meine Suppe esse. Es schmeckt mir nicht, wenn ich an verhungerte Kinder denke. Mit den Zeitungen unter den Armen kriege ich den Löffel nicht in den Mund. Stattdessen beobachte ich, wie Adele sich das Fett von der Wange wischt, wie Alfred seinen Löffel erst dann in den Mund steckt, wenn von allem ein Stück drauf ist, und wie Dascha genüsslich alles in sich hineinstopft. Es sieht nicht so aus, als würde jemand an die hungernden Kinder denken. Nur Irmgard macht ein Gesicht, als könnte ihr jeden Moment jemand den Teller wegnehmen.

Ich werfe die Zeitungen unter den Tisch, sortiere das fette Fleisch aus meiner Suppe und lasse es in Irmgards Teller platschen. Alfred schiebt das Fett auf seinen Tellerrand, und Adele nimmt es mit den Fingern herunter. Sie steckt es sich in den Mund und macht ein wichtiges Gesicht, als wäre es ihre Pflicht, das zu essen. Dascha isst ihr Fett selber. Die Zeitungen hängen so schief vor ihrem Kinn, dass sie sich bei jedem Löffel beinahe die Ecke mit in den Mund steckt.

Am Nachmittag gehe ich meine Freundin besuchen. Ich stehe in der Wohnungstür und sehe zu, wie sie mit ihrer Mutter die Wäsche aufhängt. »Du musst noch staubsaugen, bevor du raus darfst«, sagt die Mutter und pfeift vor sich hin. »Habt ihr keine Haushälterin, die das machen kann?«, frage ich. Die Mutter lacht. »Du bist eine dekadente Ziege«, sagt meine Freundin. »Hausarbeit macht mir außerdem Spaß.« Ich bin beleidigt. »Unsere Haushälterin gehört zur Familie! Die hat jetzt nämlich sogar einen eigenen Fernseher! Den hat ihr mein Opa aus dem Westen mitgebracht.« Ich habe keine Lust mehr zu warten und gehe zurück nach Hause.

Ich hätte auch gerne eine pfeifende Mutter, mit der ich die Wäsche aufhängen könnte, denke ich auf dem Heimweg und stoße alte Kastanien vor mir her. Aber in meiner Vorstellung ist es nicht Adele, sondern eine andere Mutter mit einem lieben Gesicht und einem Zopf.

Abends gehen die Eltern aus. Irmgard sitzt in ihrem Zimmer vorm Fernseher. Dascha und ich hocken vor ihrer Tür und sehen durch den Spalt. Eine Horde weißer Mäuse jagt auf dem schwarz-weißen Bildschirm durch ein Haus, über Treppen, Teppiche und Möbel. Irmgard kichert und windet sich, als würden die Mäuse unter ihre Röcke kriechen. Sie schüttelt sich die Mäuse vom Leib und seufzt erschöpft. Wir lachen hinter der Tür. »Aber werd ihr wohl schleunichst im Bette jehn!«, schimpft sie.

Ausnahmsweise erlaube ich Dascha, mit in mein Bett zu kommen. Sie rollt sich in meine Decke. »Ein Glück, dass wir Imda haben. Sonst wären wir ganz alleine.« »Quatsch! Mama und Papa würden uns doch nich alleine lassen!«, sage ich, obwohl ich mir nicht sicher bin. Dascha antwortet nicht mehr. Ich überlege, wie es wäre ohne Irmgard. Dann könnten unsere Eltern nicht verreisen. Wir müssten morgens alleine aufstehen und hätten in der Schule keine Frühstücksbrote. Und die Eltern könnten keine Partys feiern ohne Irmgard.

1961

»Müssen denn alle Partys immer bei uns sein?«

Adele war empört: »Das sind unsere Freunde!«

Irmgard schleppte noch mehr Flaschen, Brote, Milch, Fleisch, Kartoffeln, Butter und Gemüse aus der Kaufhalle in die Straßenbahn und von der Straßenbahn einen Kilometer ins Haus. Als sie alles in der Küche abgestellt hatte, ließen sich die geschwollenen Finger nicht mehr bewegen. Den Aufschnitt für die Schulbrote am Montag versteckte sie gleich im Steintopf in der dunklen Ecke der Speisekammer, bevor Adele rauchend in die Küche kam, um zu sehen, was man den Gästen anbieten könnte. Irmgard stand in Hausschlappen auf dem Terrazzoboden, rieb nervös Daumen und Zeigefinger aneinander und sah zu, wie Adele die Kühlschranktür öffnete, dann die Kammertür, und die Vorhänge beiseitezog, hinter denen die Konservendosen standen. Schließlich tätschelte sie Irmgard die Schulter: »Na, Ihnen wird schon was einfallen.« Irmgard atmete tief aus und stellte die Töpfe auf den Herd. Die Füße taten ihr schon weh, bevor sie mit der Arbeit anfing. Sie konnte sich nicht erinnern, wann ihr die Füße jemals nicht wehgetan hatten. Beim Teigkneten wurden die Füße langsam taub, und Irmgard merkte nicht mehr, wie weh sie taten.

Im Garten wurde Cricket gespielt und auf der Terrasse Skat. An langen Tischen wurde getrunken und gegessen. Eine rothaarige Schauspielerin setzte sich neben Alfred, sprang wieder quietschend auf, und Alfred hielt stolz seinen Daumen in die Runde, der nicht ganz gerade zusammengewachsen war, weil er seine Faust mit hochgestelltem Daumen unter zu viele Frauenhintern gelegt hatte.

Irmgard sah durchs Küchenfenster Paare, die nicht zusammengehörten, in den Gebüschen und im gegenüberliegenden Park verschwinden. Vom Spülbecken aus teilte sie die Gäste ein in gute und schlechte Menschen. Onkel Anton kam jedes Mal in die Küche, erkundigte sich nach der Gesundheit, brachte ihr Schokolade oder schwer erhältliches Obst und bedankte sich zum Abschied für das gute Essen. Der Herr Doktor gehörte zu den Guten. Wer zur Begrüßung und zum Abschied nicht in die Küche kam, den sortierte Irmgard in ihrem Elefantengedächtnis zu den Schlechten. Einer der Gäste, der ein Nachbar war, legte ihr den Arm um die Schultern und lallte ihr ins Ohr: »Wat verdiensen hier, Fräulein Irmgard? Waaat, siebzich Mark? Ick geb ihn hundert! Lassense sich nich ausbeutn vom Hirsch! Sone Seele, wie Sie sind, da solltense mehr verdien!«

Nach Mitternacht waren die Schmerzen aus den Füßen in die Beine, die Hüfte und den Rücken gekrochen. Irmgard machte die Küchentür endlich hinter sich zu und trocknete die Geschirrberge.

Die Abwerbungsversuche waren Irmgard unangenehm. Manchmal kreisten sie in ihrem Kopf herum, während sie die Wäsche machte und das Haus putzte. Wenn keine Party war, nahm Irmgard sich abends die löchrigen Strümpfe mit ins Zimmer und sah vorher an der Garderobe nach, ob an Adeles tibetanischem Lammfellmantel ein Knopf abgefallen war. Sie legte die Wäsche auf ihr Bett, stellte den Nähkasten auf den Stuhl, setzte sich auf die Bettkante und stopfte in mikroskopisch feiner Gitternetzstruktur Strümpfe, Hemden, Hosen, Bettwäsche und Handtücher. Sie stellte sich vor, wie Adele wieder so ungnädig mit ihr wäre und wie sie ihr entgegentreten würde: »Wenn Sie wüssten, Frauhisch, wat Ihre feinen Freunde mir schon für Anjebote jemacht ham.« Wie die Frauhisch sich dann umgucken würde, dachte Irmgard und nickte. »Najawohll. So issit doch!«

Sie dachte an Königsberg und daran, was aus ihr geworden wäre, ohne den Krieg. Die Offiziersfrau, bei der sie im Dienst stand mit sechzehn Jahren, hatte ihr damals ein Kleid geschenkt. Irmgard schneiderte es sich zurecht und sollte mitgehen zum großen Ball. Kronleuchter, Damastvorhänge, Seidentapeten, Marmorfußböden und Intarsientäfelungen hatte sie noch nie gesehen. Der Offizier legte seinen Arm um ihre Schultern und stellte sie den Uniformierten vor, als wollte er sie versteigern: »Keine kann so gut und so schnell Strümpfe stopfen wie die Irmgard.«

»Ja, aber die können wir nicht mit reinnehmen!«, sagte die Frau des Hauses. »Wat meinse, wie die Männer da drufjehn!« Irmgard wurde hinter einen Plüschvorhang mit Guckloch gesetzt. Die Offiziersfrau brachte ihr heimlich vom guten Essen einen Teller, holte sie hervor, als es vorbei war, und fragte, wie es ihr gefallen habe. »Nee, dat is nich meine Welt, eck bin een armet Mädchen, ick kann mir da nich zwischen die feine Damen stelln. Da wär eck nur een Jänsekrümelchen.«

Irmgard häkelte versonnen endlose Spitzenbordüren um riesige Tischdecken. Klöpplerin wäre sie gerne geworden. Feine Damen hätten ihre Arbeit begutachtet und anerkennend die Brauen hoch- und die Mundwinkel heruntergezogen. Man wäre zu ihr gekommen mit Aufträgen, die nur sie hätte klöppeln können. Weil sie die Beste gewesen wäre.

1958

Prinzessin und König

spiele ich mit meinen neuen Handpuppen, einem dunkelbraunen Hirsch und einem hellbraunen Reh aus Filz. Dascha hat auch welche bekommen, spielt aber nicht damit. Während der Autofahrt in die Schweiz zum Skifahren sitzt sie nur da und zählt ihre Finger oder sieht aus dem Seitenfenster. Sie hört nicht, dass nur eine Reh-Prinzessin die Thronfolgerin sein kann. »Deine kleine Schwester ist viel zu schwach dafür«, flüstert der Hirsch-König der Reh-Prinzessin ins Ohr. Die Hirsch-Königin ist leider in den tiefen Burggraben gefallen. Deshalb muss die Reh-Prinzessin jetzt Königin sein, weil sie heimlich sowieso immer die Lieblingstochter gewesen ist. Sie wird mit dem Hirsch-König im großen Turmzimmer schlafen, ganz oben, über allen, und wird der kleinen Reh-Schwester ein Zimmer einrichten, weit weg vom Königsschlafzimmer. An der Außenmauer soll es liegen, mit einer Tür zum Blumengarten, den die große Reh-Prinzessin selbst anlegen lässt. Nachts schließt sie das Zimmer der kleinen Reh-Schwester ab, sodass nur sie in den Garten gehen kann und niemand zu ihr hineinkommt.

Ich sehe die lange, leere Autobahn vor der buckligen Kühlerhaube und die schneebedeckten Berge am Horizont. Ich weiß: So, wie ich bin, kann ich nicht bleiben. Ich muss anders werden. Es kann nur eine von uns beiden hilflos bleiben, und das bin nicht ich.

Eine Woche lang rase ich durch den Schnee, rase meinem Papa hinterher und fühle mich groß und frei und schnell. Dascha klebt Irmgard am Bein, schüttelt den Kopf und stellt die Beine über Kreuz, wenn Alfred ihr Skier an die Füße binden will. Alfred liegt auf dem Bauch im Schnee vor Irmgards Füßen und bellt und miaut und kräht. Dascha muss lachen. Die Füße gibt sie doch nicht her.

Abends müssen wir mit in die Sauna. Vor Dascha setzt sich ein dicker Mann. Sie soll nicht auf seine prall glänzenden Eier gucken, die eingequetscht zwischen seinen Beinen rot leuchten. Ich nehme ihre Hand. »Komm mit, ich hol dir von draußen einen Eiszapfen.« Dascha strahlt. Ich ziehe sie durch die nackten Leute. Kreischend renne ich auf die Terrasse, der Schnee beißt in meine Füße, und ich breche vom Geländer einen Zapfen ab. Alfred ist stolz auf mich.

Auf der Rückfahrt spiele ich nicht mit den Puppen. Ich sehe in der Heckscheibe die gewaltigen Schneeberge verschwinden. Die habe ich besiegt. Dascha ist eingeschlafen. Ich weiß, dass meine Reh-Schwester ein ängstliches kleines Kind bleiben wird. Ich nicht. Ich kann selbst entscheiden, wer ich sein will, kann es mir ausdenken. Alfred macht es auch so. Für seine Romane denkt er sich Menschen aus und entscheidet, wie sie sind. Ich bin die kluge und mutige Reh-Prinzessin. Ab jetzt.

1962

Alfred schrieb

seinen neuen Roman. Er handelte von einem jungen Arbeiter, der sich den Kommunisten anschließt, um während einer illegalen Aktion ein Mädchen zu beeindrucken. Das Mädchen ist beeindruckt. Der Vater des Mädchens bietet ihm einen Posten in seiner Firma an, wenn er aus der Partei austritt. Der Arbeiter entscheidet sich für die Partei und gegen das Mädchen. Das Mädchen entscheidet sich schließlich gegen die Firma des Vaters und für die Partei, obwohl der Arbeiter längst ein neues Mädchen hat. Der Aufbau Verlag lehnte die Veröffentlichung ab. Man habe keinen Bedarf an der Thematik. Der Verlagsleiter war nicht zu sprechen. Alfred bekam kein Visum für die nächste Reise. Der Kulturbund bewilligte sein nächstes Arbeitsvorhaben nicht.

Alfred setzte sich ans Telefon. Esther könnte indirekt damit zu tun haben, sagte ein Freund, der mit Alfred in Paris zum Untergrund gehört hatte.

In der Nacht konnte Alfred nicht schlafen. Er verhörte sich selbst. Mit wem hatte er gesprochen? Wann? Worüber? Wer war dabei? Wer könnte über ihn gesprochen haben? Mit wem? Warum? Er kam sich vor wie damals in Paris, als er Gespräche mit Informanten rekonstruieren musste. Doch seine Gedanken blieben stecken, sobald er versuchte, Esther zu verdächtigen. Er hatte das Gefühl, alle Menschen durchschauen zu können, wenn er sich Mühe gab. Nur bei Esther konnte er es nicht.

Immer wieder schaltete er die Nachttischlampe ein und schrieb Namen auf. Die musste er anrufen. Die könnten ihm helfen, ihm etwas über Esther sagen. Wenn er nur wüsste, was gegen ihn vorlag. Dann wüsste er auch, wogegen er kämpfen musste. Wer kämpft, ist kein Opfer. Das hatte im Krieg gegolten und für sein ganzes Leben.

Wenn er die Augen schloss und versuchte, an etwas anderes zu denken, träumte er von seinen nackten Töchtern. Er stand auf, ging in Tamaras Zimmer, kniete sich an ihr Bett und schob seine Hand unter ihre Decke. »Papa?«

Als er wenige Minuten später wieder in sein Bett ging, dachte er, dass er genauso gut hätte im Bad gewesen sein können. War er nicht im Bad gewesen? Er hatte sein Gehirn für gnadenloser gehalten, aber es war gut zu ihm. Im Einschlafen löste sich die Erinnerung an die letzten fünf Minuten in Tamaras Zimmer schon auf.

Tamara konnte nicht mehr einschlafen.

Alfred redete weniger und trieb stattdessen Sport im Garten. Adele arbeitete im Bezirksamt. Irmgard weinte. »Ausgerechnet jetzt, wo Hahirsch kein Jeld nicht hat, is mir aufm Markt dat Portemonnaie mit dem Haushaltsjeld jeklaut worden.« Alfred verstand, dass der Moment gekommen war, den Vater um Geld zu bitten. Irmgard putzte zweimal in der Woche bei Friedrich und Ilse. Abends war Zeit, um mit den Kindern Mensch-ärger-dich-nicht zu spielen. Alles ging langsamer. Keine Partys, keine Reisen. Tamara konnte in der Schönholzer Heide sogar neben Alfred joggen.

Friedrich schickte Geld und meinte, es würde sich schon alles aufklären und sei sicher nur ein Missverständnis. Alfred wusste, dass solche Dinge nie Missverständnisse waren. Und Friedrich hätte es auch wissen müssen.

Walter Ulbricht habe Alfred »Clown« genannt, sagte ein Schriftstellerkollege. Im Sozialismus bräuchten wir keine Humoristen. Nur der Imperialismus habe charismatische Männer nötig, um das Volk zu blenden, meinte Ulbricht. Alfred war in einer Parteiversammlung aufgestanden und hatte mit großer Geste auf die Tür gezeigt: »Wir müssen die Pforten aufmachen und die Jugend reinholen, Genossen! Irgendwann wollen wir auch mal ins Gras beißen, oder nicht?« Einige hätten das nicht komisch gefunden, sagte ihm ein Kollege. Alfred wurde klar, dass man ihn stillgelegt hatte.

Erwin konnte die Sturheit nicht begreifen. Alfred saß in Wandlitz und ließ sich von dem kleinen Bruder erklären, eine gewisse Überwachung sei eben notwendig. Die richtige Gesinnung müsse sich über Generationen in den Köpfen festsetzen, sagte Erwin. »Wir müssen doch daran arbeiten, die Überwachung überflüssig zu machen!«

Worüber sich die Brüder stillschweigend einig waren: Friedrich durfte nicht um Rat gefragt werden. Wie ein schlechtes Gewissen stand Friedrichs Haus gegenüber. Alfred fühlte sich von den Fenstern aus beobachtet. Der Vater könne ruhig ein bisschen dement werden, dachte Alfred. Oder er könne alte Sätze sagen, wie: »Du häsch di engagiert, jetzt steh's durch, Bübli.«

Friedrich wurde nicht dement. Er rauchte Zigärrle, trank Whiskey, las den *Observer*, der ihm von seinen alten Schülern aus England zugeschickt wurde, und ging Eisbaden im Liepnitzsee. »Wer hoch hinaus will, der muss tief sinken«, hatte Alfred vor Kurzem selbst gesagt, weil ein alter Widerstandskämpfer es sich auf einem stumpfsinnigen Posten gemütlich gemacht hatte. In Friedrichs Rauchsalon hatten sie zu dritt darüber gelacht.

»Ich schreibe keine Berichte über enge Freunde«, sagte Alfred. Erwin schlug vor, dass Alfred sich nach Harry Graf Kessler benennen solle.

Das gefiel Alfred. Unter dem Decknamen Harry wurde er wieder aufgenommen in den alten Kreisen. Der Verlag druckte sein Buch, das Ministerium für Staatssicherheit gab ihm seinen Reisekaderstatus zurück, und das nächste Romanvorhaben wurde vom Kulturbund bewilligt.

Adele kündigte in der Bezirksverwaltung, Irmgard war wieder alleine in der Küche und im Wäschekeller. Alles war wie vorher. Nur Alfred nicht. Das Leben verlangte von ihm, mit dem Kämpfen aufzuhören. Der Traum vom Sozialismus war verdorben, und er hatte keinen anderen. Aber ohne ging es auch nicht.

Alfred wollte wieder gebraucht werden.

»Du kümmerst dich jetzt um unser Frauenbild! Mit Frauen kennste dich ja aus.« Sagte man ihm im Kulturbund. Die neue Arbeitsmoral und der Gemeinschaftssinn sollten den Menschen auf emotionale Weise nahegebracht werden! Alfred stürzte sich in die Arbeit. Er erfand starke und gebildete Traktoristinnen in Latzhosen, die gut gebaut waren und sich nicht mit Schlappschwänzen abgaben. Den neuen Parteisekretär, der ins Dorf kam, um den Bauern den Sozialismus zu erklären, ließen sie dreimal abblitzen. Der musste erst zeigen, dass er imstande war, es mit den starken Frauen aufzunehmen, denen keiner was vormachen konnte. Jede hatte im örtlichen Kindergarten morgens was abzugeben, bevor sie den Schraubenschlüssel in die Hand nahm. Kinder von gefallenen Männern, Kinder aus gescheiterten Ehen, Kinder aus vorübergehenden Affären, das waren keine Makel, sondern Beweise der neuen Selbstbestimmtheit. Die Stolzeste, Klügste und Unnahbarste, die einen Mann im Haus nicht nötig hatte, weil sie trotz ihrer Jugend längst alles allein konnte, bekam am Ende der Parteisekretär. Und beide hatten ihre Lektionen gelernt.

Alfreds Buch wurde verfilmt. Die Arbeiter und Bauern wurden freitags mit Bussen in die Kinos befördert. Wenn die Bauern vom Lichtspielhaus nach Hause fuhren, vorbei an den Maschinenausleihstationen, in denen zu wenige Traktoren standen, und den Maschinenreparaturwerkstätten, in denen zu viele Traktoren standen, und vorbei an den Ställen, von denen es zu wenige gab, mit den Tieren, die darin zu viele waren, wussten die Bauern zwar, wie es eigentlich sein sollte, sie wussten aber vor allem, dass die Filmemacher keine Ahnung davon hatten, wie es in Wirklichkeit war.

Unter den Kollegen verlor Alfred seinen guten Ruf. »Der Hirsch hätte den Stift aus der Hand legen sollen nach *Wo Deutschland lag*«, sagte man im Schriftstellerclub über ihn. Zwar hielt ihn niemand für einen begabten Schriftsteller, für einen anständigen Menschen hatte man ihn aber doch gehalten.

Jetzt hörte Alfred sich selbst Sätze sagen, die er ein paar Jahre vorher als gequirlte Kacke bezeichnet hätte. »Der Frieden ist nur im engen Bund mit unserem Bruderland, der Sowjetunion, möglich.« Während seiner Verwandlung dachte er darüber nach, dass es letztendlich egal war, ob ein Traum sich erfüllte oder ob er platzte. In beiden Fällen kam danach dieselbe Leere.

Es war ein Irrtum, als Kämpfer nicht gleichzeitig ein Opfer sein zu können.

1957

Adele sagt gute Nacht

und klatscht auf meinen Po. Wahrscheinlich stimmt mit mir etwas nicht, dass ich dieses falsche Gefühl habe und von ihr nicht angefasst werden will. Am besten wäre es, kein Gefühl zu haben. Und meine Mutter hat wahrscheinlich keins. Sie macht das Licht aus und geht raus.

Ich freue mich darauf, morgen mit Irmgard alleine zu verreisen und wegzufahren von den falschen Gefühlen.

Alfred parkt den Horch mitten auf der Dorfstraße, steigt aus und gibt dem Bauern und den Schwestern und der alten Mutter kräftig die Hand. Er macht einen Witz und packt Früchtekörbe in den Kofferraum. Dem Bauern gibt er einen Geldschein, mir hängt er vier Kirschen an die Ohren und braust ab. Ich stehe in Sandalen auf der Dorfstraße, winke dem dröhnenden Motor hinterher und spucke Kirschkerne. Es wird still und riecht nach Kamille. Ich ziehe die Sandalen aus, schlüpfe durchs Fenster ins Haus und durchs nächste Fenster raus in den Hof. Die Frauen schütteln die Köpfe, und der Bauer ruft: »Mensch, Mädchen, habt ihr wohl keene Türen zu Hause nich!«

Ich laufe durch die Ställe und sehe nach, ob noch alles ist wie im letzten Jahr. Im Garten pule ich ein paar Schoten auf, lasse die glatten hellgrünen Erbsen auf der Handfläche Kreise rollen und werfe sie in meinen Mund. Sie knacken beim Zerbeißen und schmecken süß und grün. Vor der Waschküche fließt bunt schillernde, dampfende

Seifenlauge unter der ausgefransten Holztür heraus und läuft über den Hof. Ich hocke mich in den Sand und beobachte die öligen regenbogenfarbenen Schlieren. Eine große Blase zieht mit dem Schaum an mir vorbei und platzt, als die Lauge in der Erde versickert.

Ich nehme mir vor, den Hühnern Zirkuskunststücke beizubringen. Nach ein paar Tagen frisst mir eines aus der Hand. Irmgards Schwester kommt in den Stall und hält den Hühnern Körner hin. »Hule hule hule!« Mein Huhn tippelt auf sie zu. Da packt sie es am Hals, wirbelt es in der Luft und schlurft mit dem baumelnden Tier in der Hand zurück über den Hof. Ich beschwere mich unter Tränen bei Irmgard. »Deine Schwester hat meine Hühnerfreundin umgebracht.« Nackt und ohne Kopf liegt das Huhn auf dem geblümten Wachstuch in der Küche. Irmgard steckt es in ihre Tasche, sagt, sie gehe zum Fleischer, verkaufe ihm das Huhn und würde ein anderes mitbringen für die Suppe.

Ich klettere auf den Misthaufen, rutsche ab und falle in die stinkende Jauchegrube. Ich schreie. Alles ist glitschig. Ich kann nicht einatmen. Der Sohn von Irmgards Schwester zieht mich an einem Arm raus und sprüht mich mit dem Schlauch ab. Alle sind zusammengelaufen, und jeder sagt einmal: »Ach, du meine Güte!«

Zu Hause regt sich keiner auf, wenn ich mich im Garten mit Schlamm beschmiere. Aber hier werde ich von den Frauen auf dem Hof mit Seifenlauge abgeschrubbt. Irmgard jammert. »Wat sach ick nur der Herrschaft!« Mein Kleid wird im Hof verbrannt, meine Zöpfe schneidet Irmgards Schwester mit der großen Küchenschere ab. »Wie Schnittlauch«, sagt sie und lacht. Ich weine, und ich muss ins Bett, und jeder befühlt meine Stirn. »Dat se nur keen Fieber nich bekommt von der giftigen Brühe!« Ich bekomme kein Fieber. Am nächsten Tag darf ich wieder aufstehen.

Ich mag den Geruch der staubigen Feldwege. Die Strohhalme leuchten in der heißen Sonne metallisch wie echtes Gold. Die Eiche im Hof ist hundert Jahre alt, sagt Irmgards Schwester. Das Pferd hat auf dem Rücken ein Muster aus den Schatten der Eichenblätter wie eine Decke aus altertümlichem Gewebe. Jeden Tag besuche ich alle Schweine, alle Kühe und Irmgards schwarze Mutter, die an heißen Tagen mittags im dunklen zugigen Durchgang neben der Tür sitzt und Kartoffeln schält. Ihre knochigen Hände schälen vom linken Eimer in den rechten Eimer und sehen aus, als würden sie das schon immer machen. Irmgards Hände werden auch irgendwann so aussehen. Adeles Hände nicht. Und meine eigenen auch nicht.

Warum sie sich für Alfred entschieden hat, soll Irmgard mir abends im Bett wieder erzählen. »Der Erwin hat immer nuscht jesacht. Wie der Alfred reinkam, da war jleich eene jute Laune im Haus, dat hat mir jefalln. Dagejen wär eck beim Erwin ein vertrocknetet Blümelein jeworden.« Ich versuche, mir Irmgard als vertrocknetes Blümelein vorzustellen.

»Willst du nich selber Kinder kriegen, Imda?« Irmgard winkt ab. »Ach wo! Ick hab doch euch.«

»Wolltest du denn nie was für dich alleine haben?« Irmgard überlegt. »Damals zu Hause hat jeder mitn Löffel in die Speckstippe jetunkt, weil wa nich jenuch Teller jehabt ham. Dat hab ick jehasst. Een eijenen Teller hätt ick damals jerne haben wolln. Jetzt hab ick doch allet, wat ick brauche.«

Ich kann nicht glauben, dass Irmgard nichts haben will. Es müssten zehn goldene Teller mit zehn Schwarzwälder Schinken sein, für mich alleine, damit ich eine Weile zufrieden wäre.

Ich liege auf dem Heuboden. Mittags ist es zu heiß unten im Hof. Die Frauen sitzen unter dem gelblichen Wellblechdach und sehen mich nicht. Sie sortieren Johannisbeeren aus Eimern in Schüsseln. Der alte Bauer sitzt daneben, versucht, sein Feuerzeug zu reparieren, und flucht. »Arbeitest bei feine Leute, die keene Zeit nich ham, die eijnen Kinder großzuziehn, wat?«, sagt die Schwester zu Irmgard. »Hättest hier 'ne eijne Familie ham könn. Sojar 'n eijnen Hof und die Metzgerei. Aber wollst ja lieber durch de Welt reisen mit fremde Leute. Ferien und Wochenende ham, anstatt jeden Morjen Kühe zu melken.« Ich finde es gemein, wie sie mit Irmgard reden, und will runterrufen: »Das ist meine Imda! Nicht eure. Bei uns hat sie es gut.« Aber ich traue mich nicht.

Der Nachbar fährt mit dem Fahrrad auf den Hof, und die Frauen sagen: »Meeeensch! Is dit schicke!« Der Mann lacht: »Ja, det ick 'n neuet Fahrrad hab, dit seht ihr alle. Aber wer dit alte jeklaut hat, dit hat wieder keener jesehn.«

Am letzten Abend muss ich meine schwarzen Füße schrubben, und am letzten Tag ziehe ich die Sandalen wieder an. Zum Abschied kommen die Schwestern bis zum Anger mit und winken. Wir gehen weiter über die heiße Dorfstraße bis zum Bushäuschen an der großen Chaussee. Die Luft schlängelt sich über dem Asphalt. Irmgard läuft schief wegen der schweren Tasche mit den vielen Marmeladengläsern, eingeweckten Erdbeeren, Kirschen und Bohnen. Ich hopse vorneweg mit meinem rot karierten Rucksack und schlenkere Kreise mit den Armen. Irmgard stellt im Wartehäuschen die Taschen auf die Bank und versucht, auf dem Fahrplan die Zahlen zu erkennen.

Im Bus ist das große Fenster die Kinoleinwand, auf der mir die Landschaften und Dörfer gezeigt werden. Ich stellte mir vor nebenherzurennen, so schnell wie der Bus.

Über Gräben zu springen, mich an Telefonleitungen entlangzuhangeln wie ein Affe, über die Baumwipfel zu fliegen oder zwischen den Stämmen hindurchzujagen.

Wir fahren an einem alten Gutshof mit vier Türmen vorbei. »Imda, meinst du, ich kann später mal in einem Schloss wohnen? Oder lieber auf einem Bauernhof? Oder lieber beides!« Irmgard hat die Hände im Schoß gefaltet und streicht den Daumen auf dem Handrücken hin und her. »Na, in einem Schloss wirste sicher nich wohnen.« »Warum nich?« Irmgard wiegt den Kopf. »Wat willste denn in eenem Schloss, Medchen? In eene Wohnung wirste wohnen, eenen anständjin Mann und Kinder haben, und jlicklich wirste sein! So, und nu jib Ruhe!«

Ich will aber doch in einem Schloss wohnen.

1963

Es gäbe da ein Schlösschen an der Elbe,

schrieb Erwin. Die Miete sei unerheblich. Die Heizkosten von dreitausend Mark im Jahr könnten sie sich aber unmöglich leisten. Friedrich und Ilse sollten doch nach Dresden kommen. Es gäbe ja viel zu viel Platz, und es würde ihnen schon gefallen. Mit anständigen Wohnungen sähe es schlecht aus in Dresden. Seit Erwin und seine Frau an das Institut für Kernforschung in Rossendorf berufen worden waren, wohnten sie zu dritt in einer winzigen Neubauwohnung, die sie sich mit zwei alten Damen teilen mussten.

Als Prof. Dr. Dr. h.c. ließ Friedrich sich pensionieren, und Erich Honecker steckte ihm den vaterländischen Verdienstorden in Gold an die Brust. Er zog mit Ilse nach Dresden und passte gut in das Schlösschen aus dem letzten Jahrhundert. Es lag am Weißen Hirsch neben dem Blauen Wunder.

Im Souterrain, wo das Personal gewohnt hatte, wohnte jetzt der enteignete Besitzer. Millionär Müller. Von seiner Zigarettenfabrik gehörte ihm nur noch ein kleiner Teil. Von seinem Schloss auch.

In den Sommerferien fuhren Alfred, Adele und die Mädchen nach Dresden. Durch das große schmiedeeiserne Tor bog der Wagen über den Kiesweg durch ein kleines Waldstück und fuhr zum großen Vorplatz, der von flötenden Kupferknaben umsäumt war. Adele klatschte in die Hände: »Herrgott, das ist ja ein richtiges Schloss!« Eine Sandsteingalerie mit Säulengesims führte außen herum, und auf der Wasserseite gab es eine ausladende Terrasse. Der verwilderte Garten endete bergab am Elbufer. Innen waren die Wände mit rot-gold gemusterten Seidentapeten bespannt und die Eichenparkettböden mit dicken Orientteppichen belegt. In den Bädern floss das Wasser aus breiten Froschmaulhähnen im großen Schwall in die steinernen Badewannen. Die Räume waren geschmückt mit Kristallspiegeln, Kronleuchtern, Wandtäfelungen und Marmortischchen. Die Fenstergesimse befanden sich auf Kniehöhe und waren zum Sitzen geeignet.

Adele fühlte sich wohl im Schloss. Seit sie Skat spielen gelernt hatte, war sie mit Erwins Frau befreundet. Man verbrachte die Sommerferien mit Cricket, Kartenspiel, Spaziergängen, Theaterbesuchen und Partys im befreundeten Nachbarschlösschen von Manfred von Ardenne.

Berry, der schwarze Bernhardiner der Müllers, verstand nichts von den geänderten Eigentumsverhältnissen. Er lief aus dem Garten über die Terrasse durch den Saal in die Vorhalle und legte sich in den schattigen Kies vorm Haupteingang.

»Fährt jetzt mal jemand den Horch vom Vorplatz runter!«, rief Erwin am letzten Tag, als Irmchen die Koffer gepackt hatte. Adele hatte keinen Führerschein, aber vor Erwins Frau wollte sie nicht ihren Mann vom Cricket holen müssen, um den Wagen umzuparken. Adele schaltete den Rückwärtsgang ein und überfuhr den Bernhardiner.

Unbeteiligt rauchend sah sie von der Terrasse aus zu, wie die Müllers zu viert den Hund in ihr Auto trugen.

Berry musste eingeschläfert werden. Alfred entschuldigte sich bei den Müllers, tat, als hätte er den Wagen gefahren, und bot an, einen neuen Hund aufzutreiben. Die Müllers lehnten ab. Alfred sagte seinen weinenden Töchtern im Auto, Berry sei ein sehr alter, kranker Hund gewesen und Adele könne nichts dafür. Adele sagte nichts zu der Sache mit dem Hund, und die Mädchen wussten, Alfred hatte gelogen.

»Kinder, was haben wir für ein winziges Häuschen!«, sagte Adele und lachte, als sie in Pankow die Tür aufschloss. Irmgard schleppte Koffer in den Flur. »Na, da bin eck janz froh drum!«

Als Erwins Frau eines Morgens aus Dresden anrief, schliefen die Eltern, und die Mädchen waren in der Schule. Auf dem Telefonzettel machte Irmgard keinen Fehler. Sie schrieb ihn diesmal sehr langsam und in besonders schöner Handschrift. *Ilse Hirsch ist heute Morgen friedlich verstorben.*

Ihr entgleiste das Gesicht, als Adele nach dem Frühstück rauchend in der Küche stand und sagte, sie müsse morgen mit Alfred zu einer Lesung nach Südfrankreich für drei Wochen. Adele lehnte sich an den Geschirrschrank, rauchte, beobachtete Irmgard beim Tellertrocknen und wartete, ob sie es wagen würde, etwas zu sagen. Irmgard sagte nichts. Adele seufzte. »Na ja, der Alfred kann so was nicht.« Irmgard konnte sich nicht mehr zurückhalten: »Aber nicht mal zur Beerdigung der ejenen Mutter!« Sie stockte und dachte, Adele würde darüber böse werden. Adele wurde nicht böse. Sie sah auf den Boden und schüttelte den Kopf. »Tja, Irmgard. Was soll'n wir da machen?«

Irmgard spürte, sie hätte die Eigenmächtigkeit, zur Beerdigung zu fahren, tatsächlich aufgebracht, wenn sie nicht wieder mit den Kindern alleine gewesen wäre.

Wie früher war es nicht. Die Mädchen spielten abends nicht Mensch-ärger-dich-nicht und wollten keine Pullover in Wunschmustern gestrickt und keine feinen Krägen gehäkelt haben. Alfred sollte Jeans mitbringen. Aus Paris.

Irmgard konnte mit freier Zeit nichts anfangen und stickte endlose Streublumen auf Tischdecken. Beim Zählen konnten ihre Gedanken sich nicht verselbstständigen. Sie wusste nicht genau, ob sie traurig war über Ilses Tod oder beleidigt. Beim Sticken hatte sie das Gefühl, die einzige Vertrauensperson in der Familie verloren zu haben.

Die Eltern landeten nach zwei Wochen wieder in Berlin, und Ilse Hirsch war unter der Erde. Alfred wollte nicht über sie sprechen.

Adele stand auf der Terrasse. »Man könnte mal den Gärtner holen.« Sie sah über den zertrampelten grauen Rasen, das kahle Gestrüpp und erzählte von den herrlichen Lavendelgärten in Südfrankreich. Mit dem Arm zeichnete sie große Kreise in die Luft. »Zitronenbäume, Orangenbäume, Olivenbäume und haste nicht gesehen.« »Nee, ham wa nich gesehen!«, sagte Tamara böse. Adele zog das Kinn hoch. »Na, dir bring ich nichts mehr mit.« Sie drehte sich um und ging zurück ins Haus. Tamara streckte ihrer Mutter hinterm Rücken die Zunge heraus.

Niemand holte den Gärtner. Alfred knipste die verwelkten Blüten von seinem kümmerlichen Rhododendronbusch, stellte Klappstühle auf und kleine Tische. »Wenn gefeiert wird, ist es besser ohne Blumenbeete«, sagte Adele.

Bert war mit Alfred in Toulouse ein Spion für die Résistance gewesen. Er nahm Tamara ernst wie seine eigene Tochter und fragte nach ihren Schulnoten. »Der Sozialismus braucht kluge Kinder.« Alfred sagte, der Sozialismus bräuchte auch Tänzerinnen und Sportlerinnen, und dafür müssten die Noten nicht gut sein. »Meine Töchter finden das Leben interessanter als die Schule.« Tamara beneidete Berts Tochter. Die sollte offenbar eine Verantwortung bekommen später. Tamara traute Alfred nicht zu, dass er ihr so was zutraute.

Sie hätte sich gerne an den politischen Gesprächen beteiligt, doch es war aussichtslos, eine eigene Meinung zu haben. Sie verstand nicht, worüber geredet wurde. Also stand Tamara auf, ging lieber in die Küche und durfte den Schaumschläger in die Sahne kurbeln. Bert brachte die leere Kaffeekanne hinterher und blieb auf ein paar Worte bei Irmchen.

Währenddessen fragte Alfred Berts Tochter nicht nach ihren Schulnoten. Sie sollte sich auf seinen Schoß setzen, aber das würde sie ja nicht wagen, weil sie viel zu brav sei. Sie zeigte Alfred einen Vogel und setzte sich auf seine Knie. Schließlich habe sie sogar einen Freund. »Oho, Madame hat einen Freund«, spottete Alfred mit hoher Stimme und fing an, sie zu kitzeln. »Einen weißen, einen schwarzen oder einen grünen?« Berts Tochter lachte und rannte über die Wiese. Alfred rannte hinterher und jagte sie ins Gebüsch. Als er sie eingefangen hatte, schubste sie ihn von sich und verschränkte bockig die Arme. »Ich mag Mädchen, die sich zu wehren wissen!«, sagte Alfred und setzte sich mit ihr in die Hollywoodschaukel. Er redete so, wie Bert nicht mit ihr redete. »Die Tamara ist wie du. Ihr seid Weiber, die sich wehren können. Tamara wird die Männer um den Finger wickeln. Die braucht einen, der weiß, wie er sie nehmen muss. Dascha ist so'n richtiges Weibchen. Die legt sich hin und lässt alles mit sich machen.«

Berts Tochter war beeindruckt, dass Alfred sich solche Gedanken machte über seine Kinder. Bert kümmerte sich nur um ihre Bildung. Ihr Seeleninneres oder gar ihr Sexualleben interessierte ihn nicht. Ob sie Sport mache, fragte Alfred. Nein, aber sie spiele sehr viel Gitarre. Alfred sah zu Dascha, die auf der Wiese saß und eine Blume zerpflückte. »Die Dascha interessiert sich für nichts richtig.« Adele rief, es gebe jetzt Kuchen, und Dascha sprang auf. Alfred lachte. »Außer für Kuchen.«

Er ging in die Küche. »Raus hier! Ab an die Luft!« Tamara protestierte. Alfred nahm ihr die Sahnekurbel aus der Hand und schob sie zur Tür. »Das kann Irmgard machen!«

Irmgard stellte Alfreds geliebte Linzer Torte aus Walnussmehl auf den Tisch, für die sie bis Mitternacht in der Küche gestanden und ganze Walnussbäume mit der Hand geknackt hatte. »Herrliche Torte, Irmgard! Wie Sie das nur immer machen.« Irmgard teilte die Teller aus und versuchte zu lächeln. Im Flur fiel ihr das Lächeln auf den kalten Steinfußboden. Dass am Montag, wie so oft, das Geld alle sein würde und kein Essen mehr da für die Schulbrote, das wusste sie schon am Freitag. Rechnen hatte sie beim Sticken gelernt. Sie stand am Spülbecken und fragte sich, warum die Herrschaften sich nicht mal mit den wirklichen Problemen befassten.

Abends saß Tamara auf Irmgards Bettkante und wollte auch etwas mit den eigenen Händen herstellen. Alfred kam rein und sagte: »Ach, Quatsch! Blödsinn! Unwichtiges Zeug!«, nahm Tamaras Hand und schickte sie ins Bett. Er erzählte von den Bergen und malte ihr Reisen aus, die sie unternehmen würden. »Schwimmen, Skifahren, Klettern, das ist das Richtige für ein Mädchen wie dich!«

1956

Die Eltern sind nicht da

Wir müssen nicht leise sein. Beim Essen kommen die Töpfe auf den Tisch, wir dürfen in die Küche, wann immer wir wollen, und müssen uns nicht benehmen. Der Garten ist verwildert und gehört mir und der Wäsche, die Irmgard hier aufhängt. Beine baumelnd und singend sitze ich auf meinem Kirschbaum und spucke Kerne in die Luft. Dascha ist zu klein, um hochzukommen. Abends verstecke ich mich mit Dascha im dunklen Kleiderschrank der Eltern, um an den Morgenmänteln zu riechen.

Irmgard flicht mir zwei Zöpfe. »Ich will Affenschaukeln haben.« Die gefallen Irmgard nicht, aber sie bindet mir die dünnen Zöpfe trotzdem zu Schlaufen. Sie bringt mich in den Kindergarten und nimmt Dascha wieder mit nach Hause. Das ist ungerecht. Ich entscheide, nicht im Kindergarten zu bleiben. Von der Steinmauer kann ich die Klinke erreichen, und das Gartentor schließe ich von außen. Die Straße ist leer, und sie vertraut mir.

Der Bungalow meiner Freundin ist nicht abgeschlossen. Ich plansche im Teich, esse Beeren und altes Knäckebrot aus dem Küchenschrank, klettere über die Zäune der Gartenanlage. Ich will nicht nach Hause, als es dunkel wird. Und als es gruselig wird, traue ich mich nicht mehr. Ich lege mich in das Kinderbett meiner Freundin und sehe durchs Fenster in den Sternenhimmel. In Tibet sind die Sterne wahrscheinlich viel größer als hier. Weit weg ist alles größer.

Am nächsten Morgen pflücke ich einen Blumenstrauß und lege mir drei weiße Kieselsteine unter die Zunge. Die Ohrfeige bekomme ich von Irmgard trotz der Blumen und spucke die Steine aus. Einen nach dem anderen. Irmgard erschreckt sich wirklich. Wie der kurzsichtige Riese vor dem tapferen Schneiderlein.

Erbse kommt, und wir werden alle zum Flughafen gebracht. Irmgard hat uns Kleider gestrickt in Grün und Gelb, damit wir ordentlich aussehen, wenn unsere Eltern zurückkommen.

Ich bin aufgeregt. Aus dem Flugzeug steigt eine Frau in einem langen weißen Fellmantel mit riesigem Kragen. »Da ist eure Mama. Lauft hin«, sagt Irmgard. Doch Dascha versteckt sich hinter Irmgards Beinen. Ich gehe mutig ein paar Schritte vor und frage: »Habt ihr mir was mitgebracht?«

Dascha sagt: »Wir hol'n heut meine Mama vom Flugplatz ab.« Adele beugt sich zu ihr runter. »Aber ich bin doch deine Mama.« Dascha sagt: »Du, Frau Mama, wir hol'n heut meine Mama vom Flugplatz ab.« Adele lacht laut. Dascha fängt an zu weinen und will auf Irmgards Arm.

Zu Hause packen wir kofferweise Schmuck, Silber, Geschirr, Figuren, Schals, Stoffe, Becherchen mit Intarsien und kleine Kunstwerke aus. Adele trägt einen großen grünen Ring mit Silberrand. »Jade« hieße der Stein, sagt sie. Zum Essen werden Stäbchen ausgepackt. Wie soll das gehen, damit essen?

Freunde und Bekannte kommen zu Besuch. Was Alfred erzählt, verstehe ich nicht. Ich glaube, Irmgard versteht es auch nicht. Sie macht ein wichtiges Gesicht. »Ach ja? Na, das ja dolle. Wats nich alls jibt!« Was Adele erzählt, verstehe ich. »Da gibt's doch in diesem ganzen Palast kein einziges Klo! Ich hab gesucht wie eine Blöde, überall goldene Badewannen, herrlichste Badezimmer, aber nüscht zum Scheißen! Das Essen? Umwerfend! Aber immer im Schneidersitz und ich mit den engen Röcken. Alle konnten meinen Schlüpper sehn. Das wäre eben nicht zu ändern, hat die Dolmetscherin geflüstert.«

Meine Eltern haben vom Dalai Lama einen weißen Seidenschal bekommen. Der Dalai Lama wird mein heimlicher Gott, und ich schließe mich mit dem Schal in meinem Zimmer ein. »Bitte, lass meine Eltern nie mehr so lange verreisen«, bete ich leise mit dem Schal zwischen meinen Händen.

Ich habe auch eine heimliche Göttin. Sie heißt Esther. Ich kenne sie von Fotos und weiß, sie war Papas Frau. Warum hat er sie gegen Adele eingetauscht? Esther hätte ihre Kinder bestimmt nicht so lange alleine gelassen. Bestimmt wäre sie mindestens zwischendurch zurückgekommen und hätte nach uns gesehen. Ich überlege, ob Esther meine echte Mutter sein könnte und Adele die falsche. Bestimmt ist Esther gestorben.

»In der Schule erzählst du niemandem, dass unser neues Haus sieben Zimmer hat!«, sagt Adele. »Die Leut sind nur neidisch auf privilegierte Kommunisten!« Was privilegiert ist, weiß ich nicht. Aber es klingt so, als ob es nicht gut ist, das zu sein. Sieben Zimmer will ich auch nicht haben. Ich will nicht umziehen. Der Kirschbaum ist der einzige Ort, an den mir niemand folgen kann. In ein anderes Haus könnte ich vielleicht umziehen, aber nicht in einen anderen Baum. Irmgard steht unten, die Hände in die Hüften gestemmt: »Jetzt wirst wohl dein Eltern keen Ärjer mehr machen und schleunichst runterkomm, du!« Ich klammere mich an den Stamm und schüttle den Kopf. Dascha sagt: »Wenn wir den Baum mitnehmen, dann kommt sie bestimmt runter.« Adele droht, sie würden ohne mich abfahren. Sollen sie!

Alfred schickt alle weg. Er erzählt, im neuen Haus würde es unbeschreiblich schön werden, viel schöner als hier, und es gebe dort einen Apfelbaum im Garten, der genauso schön sei wie mein Kirschbaum. Er streckt die Arme nach mir aus und klatscht in die Hände. Ich lasse mich lachend vom Baum in Papas Arme fallen.

1965

Der Forschungsauftrag war erledigt

Als die Hirschs das Dresdner Schloss nach drei Jahren wieder verließen, war Tamara genauso unglücklich wie damals, als sie ihren Kirschbaum hatte verlassen müssen. Nur Irmgard war froh, sich nicht mehr mit Friedrichs jugendlicher Haushälterin Elli in der Schlossküche verstehen zu müssen.

Friedrich hatte in Dresden um Ilses geistige Abwesenheit getrauert. Sie hatte sich in den letzten Jahren langsam aufgelöst. Allen kam es vor, als würde die umnachtete Ilse weiterhin durch die Gänge des Schlosses wandeln.

Während die Umzugskartons gepackt wurden, ging Tamara in Friedrichs Bademantel durchs Schloss und fühlte sich unsichtbar wie Ilses Geist. Erwin schob mit seiner Krücke Kisten übers Parkett. »Na, hast dich ma jewaschen?«

Tamara war beleidigt. Ihr Unvermögen, die leichten Verletzungen von den schweren zu unterscheiden, war eine bleibende Schwierigkeit. Sie nahm die schweren Verletzungen leicht, weil sie sie in ihrem Außenlager ablegte. Die leichten Verletzungen aber nahm sie unverhältnismäßig schwer.

Im großen Saal zankte sie sich mit Dascha um Friedrichs aussortierten Zierrat, bis Alfred seine Töchter an den Haaren auseinanderziehen musste.

Erwin und seine Frau kauften im Brandenburger Wald ein Haus aus Holz, Friedrich kaufte gegenüber eines aus Stein. Im Winter wurde er einsam und fing an, auch um Ilses körperliche Abwesenheit zu trauern. Er hatte das Gefühl, sie in Dresden zurückgelassen zu haben.

Friedrichs neue Haushälterin, Frau Herta, war nur fünfundzwanzig Jahre jünger als Friedrich. Sie wurde ihm vom Bürgermeister zugeteilt und wohnte im Ort. Frau Herta war in ihrer Jugend attraktiv gewesen. Das war an ihrem stolzen Wesen und an der blond gefärbten Hochsteckfrisur zu sehen. Historisches über den Ort wusste sie Friedrich nicht zu beantworten. Aber wer seine Stiefel am besten reparieren konnte, ihm gute Anzüge schneidern und seinen Tabak zu besorgen wusste, das konnte Frau Herta ihm sagen. Whiskey kaufen konnte sie ihm auch. Sie war Rentnerin und durfte mit Friedrichs Westgeld über die Berliner Grenze.

Irmgard fürchtete sich vor der barschen Hausherrin, die keinen Respekt vor der Herrschaft hatte. Vor dem Kaffeetrinken saß Friedrich im Rauchsalon, und Irmgard hörte, wie Frau Herta in Friedrichs Hörgerät rief, der Whiskey sei fast alle, weil Dascha an den Flaschen gewesen sei. Irmgard musste nach Luft schnappen ob dieser Bosheit. Als sie in der Küche mit Frau Herta allein war, nahm sie ihren Mut zusammen. »Dat will ick aber von Ihnen nich noch eenmal erleben! Die Dascha ist doch erst dreizehn! Sagense dem Friedrich, dat Sie selbst an den Flaschen waren, der is een juter Mensch, der tut Ihnen nuschte! Wenn Sie noch mal die Dascha beschuldjen, werd ick et ihm sagen!«

Frau Herta machte ein erschrockenes Gesicht. »Na, Sie ham ja 'ne Courage, Fräulein Irmgard!« Sie ging in die Speisekammer und holte einen verpackten Schinken. »Den hab ick im Westen von meinem Gehalt gekauft. Nehm Se den, Fräulein Irmgard!« Irmgard winkte ab. »Nee, danke. Ick bin nich zu koofen!« Frau Herta zuckte die Schultern. »Vierzig Jahre lang hab ich fremde Haushalte geführt und immer nur meinen eigenen Schnaps getrunken. Alles wird uns angelastet, Fräulein Irmgard. Nich? Is doch so! Wir sind immer schuld.«

Gemeinsam setzten sie sich an den kleinen Tisch in der Küche mit Kuchen und Kaffee und hätten gern eine Pause gehabt. Doch Alfred riss die Tür auf, nahm ihnen die Kuchenteller weg und scheuchte die Frauen wie Hühner raus. »Ab in die Sonne jetzt!« Widerwillig gingen sie hinterher mit ihren Kaffeetassen, durch den dunklen Flur in die grelle Sonne. Sie saßen steif auf ihren Plätzen und sprachen kein Wort. Dascha setzte sich neben Alfred und schien weiter keine Interessen zu haben.

Die Bildungsministerin kam um die Hausecke und gab allen die Hand. Irmgard wollte aufstehen, um Tasse und Teller zu holen. »Irmgard, Sie bleiben sitzen!«, befahl Alfred und ging selbst in die Küche. Irmgard war es peinlich.

Alfred schenkte der Ministerin Kaffee ein und gab ihr von Irmgards Kuchen. Dascha setzte sich wieder neben Alfred, und niemand hatte bemerkt, dass sie weg gewesen war.

Dass Friedrich anfing zu diskutieren, war Irmgard wieder peinlich. »Keiner lernt mehr, wer der Bismarck war!« Friedrich fand das Bildungssystem zu oberflächlich. Die Studenten würden zu schnell ausgebildet. Was aus seiner Hochschulreform geworden sei, gefalle ihm überhaupt nicht. Individuelle Bildung habe er geplant. Keine oberflächliche Massenabfertigung! Es könnten nicht alle Menschen dasselbe leisten. Selbst die beste Schule der Welt würde ein paar Analphabeten hervorbringen. Die Kinder müssten in ihren spezifischen Fähigkeiten anerkannt werden und nicht am Fließband in dieselbe Form gebracht werden. Margot hielt den Kopf schief, nickte freundlich und sagte: »Ja, Sie haben ja recht, Herr Professor Hirsch, daran arbeiten wir in den nächsten Jahren.« Irmgard schien es, als hätte Friedrich vor der Bildungsministerin weniger Respekt als vor Frau Herta. Gegen sie wagte er kein Widerwort. Frau Herta aß ihren Kuchen und war vom Staatsbesuch nicht beeindruckt. Dascha setzte sich neben Alfred, und Irmgard fragte sich, wie es sein konnte, dass sie es immer nur bemerkte, wenn Dascha sich hinsetzte, aber nie, wenn sie aufstand.

»Der Alfred hätt nich so reden könn mit der Honecker. Wa wees, wat der muss anjestellt haben damals, als se ihm haben dat Arbeeten verboten«, sagte Irmgard leise in der Küche. Frau Herta wedelte mit der Hand. »Ach, verlogene Bonzen allet!«, und steckte sich Kuchenreste in den Mund. Irmgard löffelte den Kaffeesatz aus den Kannen in eine Plasteschüssel. »Wir kleen Leute ham ja nuschte zu sagen.« Als sie den Kaffee in Friedrichs Rosenbeete geschüttet hatte und zurück ins Haus ging, sah sie Dascha im Keller verschwinden, wo unter der Treppe die Schnapsflaschen standen.

Alfred wollte nicht im Wald wohnen, aber er kaufte am See ein Grundstück fürs Wochenende. Es lag drei Kilometer weiter, hatte Eschen, Kiefern, Eichen, Pappeln, Weiden, Apfelbäume, ein hübsches blaues Fachwerkhaus mit Glasveranda und eine kleine Hütte daneben. Ein langer Holzsteg mit weißem Geländer führte durch das Schilf in den See.

Freitags wurde Essen eingepackt. Irmgard war unglücklich mit dem Wochenendgrundstück. Das Wasser musste vorm Haus aus der Erde gepumpt werden, die Toilette war ein Plumpsklo, und zum Kochen gab es nur die Gasflamme aus der Flasche.

Onkel Anton kam zum Baden mit seinen beiden Frauen und brachte Bananen mit. Die gab es im Gemüseladen nicht für jeden. Tamara ahnte gleich, warum er hinter ihr herlief, als sie durch den großen verwilderten Garten zum Steg ging, und warum er versuchte, sie ins das hohe Gras zu locken oder hinter den Holzstapel oder unter die dichte Trauerweide. Tamara war nicht mehr klein genug, um sich von Anton den Po kneten zu lassen. Sie ließ sich nicht mehr in die Ecke drängen. Die Bananen wollte sie aber doch haben. Als sie sich in Irmgards Nähe gebracht hatte, baute sie sich vor Onkel Anton auf, eine Hand in der Hüfte, zog das Kinn hoch und streckte die Hand aus. »Her damit!« Onkel Anton gab ihr eine Banane. »Hast du sie denn verdient?« Tamara steckte einen Daumen in den Hosenbund, hielt die Banane wie einen Revolver hoch und schoss in die Luft. »Ick muss mir nüscht verdienen!« Sie pustete über den Lauf des Bananenrevolvers.

Dascha sollte Onkel Anton in der Hütte ihre Schulaufgaben zeigen. Er schob ihr einen Zwanzig-Mark-Schein tief in die Tasche ihrer Jeans. »Damit du weiter fleißig in der Schule bist!«, sagte er und gab ihr einen Kuss für die guten Schulnoten. Dascha bedankte sich.

Irmgard nahm Tamara in der Küche beiseite: »Du musst freindlicher sein zum Onkel Anton. Den darfst nich verärjern und so unjezogen sein. Er is auch immer freindlich zu uns.«

Irmgard hatte gelernt: Jeder Verwandte konnte in Notfällen wichtig werden. Das hatte sich im Krieg gezeigt. Und wie die Verhältnisse sich ändern konnten, hatte sich nach dem Krieg gezeigt. Dass Onkel Anton eine der schlimmsten Gefahren war für Dascha, zeigte sich Irmgard nicht.

Alfred goss am Abend aus dem gläsernen Kännchen mit der Silbertülle ein paar Tropfen vom rötlichen Rum über seinen Palatschinken. Er hielt das Kännchen in die Luft: »Ist der Rum wieder alle?« Irmgard sagte: »Ja, Hahirsch. Is leer.« In Adeles Weinbrandflasche fehlte auch mehr, als Adele abends nach dem Essen trank.

1955

Die Tür des Elternschlafzimmers ist abgeschlossen

Meine kleine Schwester legt sich nachts auf die Schwelle. Es ärgert mich, dass Dascha so klein und dumm ist und ihre Decke nicht mitnimmt. Ich hole sie, werfe sie über meine zusammengerollte Schwester und gehe zurück ins Bett. Einschlafen kann ich nicht, weil ich mir vorstelle, wie kalt das Holz ist, auf dem Dascha liegt. Ich fühle es und kann nicht mehr einschlafen deshalb. Ich stehe wieder auf und gebe Dascha eine meiner süßen Milchtuben, die Papa uns immer mitbringt. Dascha saugt ihre jedes Mal gleich leer. Sie soll dafür in ihr Bett gehen, und sie soll auch nicht in mein Bett kommen.

Morgens wache ich von Gewehrschüssen auf. Dascha liegt doch in meinem Bett. Die Tür des Elternschlafzimmers ist offen, und Papa steht nackt am Fenster und schießt auf die Tauben im Nussbaum.

1966

Liebe Mami

Dascha sitz vor mir und frisst ihre süße Milch, die uns Papa gestern mitgebracht hat. Wir denken an dich, die du krank im Bettchen liegen musst und bestimmt mal froh bist, uns nicht sehen zu müssen, schrieb Tamara aus Wandlitz.

Adele lächelte über Tamaras Rechtschreibfehler. Über Daschas Bild lächelte sie nicht. Alfred, mit Hut und kariertem Jackett, in Siegerpose gezeichnet, lachte darin breit. Hinter ihm aufgereihte Mädchen in bunten Petticoats. *Meinem Papa laufen alle Mädchen nach*, hatte Dascha darübergeschrieben. Adele saß an ihrem Schreibtisch mit Weinbrand und Zigarettenspitze und war nicht krank. Sie sah in den Garten und schrieb. Aber nicht an ihre Kinder.

Liebster!

Ich kann nichts Großes sein. Meine Seele – soweit es sie gibt – ist wie ausgetrocknet. Wie selbstbewusst ich auch immer mich gab, du allein weißt, wie klein ich in Wirklichkeit war. Immer! Jetzt bin ich gar nicht mehr da. Einfach verschwunden innerlich. Wenn die Kinder nicht wären, wäre alles leichter. Aber sie sind nun mal da, fordern ihr Recht und denken, dass das Leben voller Sonnenschein ist. Ich weiß, dass es viel wichtigere Aufgaben auf der Welt gibt, mein winzig kleines Leben ist einen Dreck wert. Wie viele opfern sich freiwillig für andere, wie viele haben sich geopfert. Ich meine, dass ich einfach zu schwach bin, um ein wirklicher Kommunist zu sein. Ich bin eine dreckige, miese kleine Bürgerin geblieben. Ich weiß das alles – und noch viel mehr, das ich nicht in Worten schreiben kann. Ich habe zwanzig Jahre meines Lebens nach dir ausgerichtet, nur mit dir wirklich erlebt. Das ist allein meine Schuld, ich weiß es. Es ist auch allein meine Schuld, dass ich nicht fassen kann, dass jetzt alles vorbei sein soll. Ich stehe einfach frühmorgens vor den Trümmern einer Welt, die vielleicht nur in meiner Phantasie existierte? Vielleicht existierte sie wirklich und ist in Trümmer gegangen. Ich möchte deine Füße küssen. Melodramatisch, ich weiß. In jedem Theaterstück würde ich darüber lachen, vorher gelacht haben. Aber jetzt weiß ich, wie schwarz die Welt sein kann. Jetzt weiß ich, dass man sich wie ein Wurm krümmen kann, ohne etwas ändern zu können. Vielleicht finde ich wieder Kraft – dann solltest du dieses Geschreibsel einer Irren (ja, ich bin im Moment wirklich irre vor Schmerz) nie zu lesen bekommen. Wenn ich so schwach bleibe wie jetzt, dann ist für mich das Leben vorbei. Dann vegetiere ich, oder ich mache allem ein Ende. Ich weiß, dass das barbarisch wäre, aber auf mir wird ja auch barbarisch herumgetrampelt. Du bist ein Mann, und ich bin kleinlich, ich weiß. Ich bin ein Wurm, der sich krümmt und der doch zertreten wird. Wozu braucht man diese Würmchen? Verzeih mir, dass ich nicht größer sein kann. Verzeiht mir alle. Ich bin so überflüssig auf der Welt und so allein. Ich bin auch ungerecht. Hab Dank für das Leben mit dir, es war eine Erfüllung! Mehr konnte ich nicht erwarten. Ich wollte so gern noch mit dir die Erdbeeren zuckern. So gern. Verzeih. Es gibt keine Hoffnung, weil ich zu erbärmlich bin.

Ach, mein Gott, bin ich eine blöde Gans – wie viele Frauen werden von ihren Männern betrogen, leben auch weiter und sind vielleicht nicht einmal unglücklich. Diese Konzentration auf einen Menschen ist ein Unglück, ich weiß. Daran werde ich wohl zugrunde gehen. Ich könnte mich selbst anspucken. Wie sehr mich dieser Zustand überwältigt hat. Nein, Liebster, du bekommst das alles nicht zu lesen! Ich schreibe es doch nur an mich selbst!

Adele überlegte, wie ein Leben ohne Alfred aussehen würde. Sie würde wieder eine unbedeutende Sekretärin im Bezirksamt werden, und die Kultur müsste dann aus ihr selbst kommen. Da war aber keine Kultur in ihr selbst und keine große Bedeutung.

Als Alfred mit den Kindern im Herbst in die Stadt zog, war Adele ausgezogen. Alfred hielt die Beifahrertür seines gelben Volvos auf, für eine Frau, die aussah wie die junge Adele.

Tamara kannte ihr Gesicht aus dem Fernsehen. Sie war die Frau, der man beim Film und im Theater die starken Heldenrollen gab. Stolz und klug. Von Alfreds Theaterstück *Barbara* hatte Adele alle Fassungen abgetippt.

Tamara sagte: »Ein Glück, dass ick ausziehe!«, und ließ die Gartentür hinter sich ins Schloss krachen.

Im Haus wurde der echten Barbara klar, dass sie die Heldenrolle, der Alfred ihren echten Namen gegeben hatte, jetzt im echten Leben spielen musste. »Es gibt irgendwo eine Frau, der es schlecht geht meinetwegen. Daran will ich nicht schuld sein«, sagte sie zu Alfred. Der Text hätte von ihm sein können. Ihre moralische Aufrichtigkeit hatte er selbst erfunden.

Alfreds Geliebte verließ ihn, und seine Frau war verschwunden. Er konnte keine Zeile schreiben, saß am Schreibtisch, rieb seine Stirn und verfluchte sich selbst.

»Irmchen, ich bitte Sie, ich bitte Sie, ich bitte Sie, ich flehe Sie an, notfalls auf Knien!« Alfred hielt sie an den Schultern. Irmgard stand mit Teller und nassem Geschirrhandtuch in den Händen wie angewurzelt vor ihm und hatte in Alfreds Augen nie so eine Verzweiflung gesehen. »Ick darf et nich saren, Hahirsch.« Alfred ließ ihre Schultern los, und eine Träne rollte über seine Wange.

Irmgard hielt den Kopf schief, und ihre Stimme war schwach. »Sie ist bei den Borkhoffs.« Alfred umarmte Irmgard, gab ihr einen Kuss, rannte zur Garderobe und rief aus dem Flur: »Danke, Irmchen! Ich werd ihr sagen, dass ich Sie foltern musste!«

Als Alfred bei den Borkhoffs klingelte, zuckten Adeles Beine und wollten zur Tür rennen. Aber das hatte Adele sich anders vorgenommen. Vor dem Spiegel brachte sie ihre Schminke in Ordnung, versuchte, eine stolze Haltung einzunehmen, zündete sich eine Zigarette an, um ruhig zu werden, und ging auf die Terrasse. Dort wollte sie sich hinsetzen und warten, bis Alfred Sturm klingeln würde. Alfred aber war über den Zaun gesprungen und stand vor ihr im Garten. »Na, das hätte ich mir ja denken können«, sagte sie, um ihren Schreck zu überspielen, und drehte sich weg. Er kam auf sie zu wie ein angeschossener Hund. »Guck mich an, ich leide wie ein Tier.« Adele schnaubte »Du leidest! Immer geht es um dich. Ob ich leide, ist dir doch völlig egal.« Er griff nach ihrer Hand. »Nein, ich will nicht, dass du leidest. Das wollte ich nie. Komm nach Hause. Bitte!« Adele hatte sich vorgenommen, nur zurückzukommen, wenn Alfred sagte, dass er sie liebe, oder wenn er sich entschuldigte. Sie war sich nicht sicher, ob sie seine Bitte gelten lassen durfte. Immerhin war er für sie über den Zaun geklettert. »Ich liebe dich«, sagte Alfred, als wäre ihm die Formel gerade wieder eingefallen. Er umarmte sie, und Adeles abgestorbener Körper wurde sofort wieder lebendig. Sie dachte plötzlich an ihre Brüder, an die sie schon so lange nicht mehr gedacht hatte, und drückte Alfred an sich. »Ich will dich nicht verlieren«, schluchzte sie, dass sich ihr ganzer Körper schüttelte. So viel Luft, wie ihr Brustkorb für diesen Schmerzüberfall haben wollte, konnte sie kaum einatmen. Alfred versuchte, in ihr Gesicht zu sehen, und rieb hilflos ihren Rücken. Adele fiel auf die Knie und weinte jetzt, nach mehr als zwanzig Jahren, zum ersten Mal um die drei verdrängten Brüder. Sie weinte um ihre vom Krieg gestohlene Jugend, um ihre von den Nonnen gestohlene Zärtlichkeit, die sie für ihre Kinder gebraucht hätte, und weinte um alles, worum sie sich das Weinen bisher verboten hatte. Alfred wusste nichts anzufangen mit Adeles Zustand, fühlte sich orientierungsloser als damals, während seiner vorübergehenden Blindheit, und versuchte, Adele mit der Methode zu besänftigen, die schon lange nicht mehr geholfen hatte. Er erzählte von der Zukunft wie ein Regisseur von einem Drehbuch. Nur kam Adele in dem Film nicht vor. Die Rolle, die ihren Namen tragen sollte, war ihr fremd.

Während Adele eine Beruhigungszigarette rauchte, mit verschwommenem Blick in den Essigbaum starrte und ihrem Mann nicht zuhörte, der ihr versicherte, in Zukunft mehr auf ihre Wünsche einzugehen, entschied sie, die ganze Schuld auf ihm sitzen zu lassen. Sollte er glauben, der alleinige Verursacher ihres Schmerzes zu sein. Das hatte er verdient.

Im Auto ging es ihr besser. Sie sah aus dem Fenster und redete nicht, sondern war damit beschäftigt, das gebrochene Ventil zu verschließen. Die Brüder wurden wieder zu Nazis, der Krieg gehörte nicht mehr zu ihr, sondern wieder zu Alfred, und ihr Körper gehörte ihm auch.

Zu Hause schrieb sie in ihr Tagebuch: *Ich liebe ihn, ich liebe ihn, ich liebe ihn. Vielleicht hasst er mich auch manchmal? Nein, doch wohl nicht. Es wäre ihm nur lieb, er könnte mich einstweilen in eine Rumpelkammer stellen, in der ich mich ganz ruhig verhalte, bis er sich wieder an mich erinnert. Nach wie vor erwartet er von mir die Erlaubnis, zu ihr gehen zu dürfen. Nein, ich kann mich nicht völlig zerstören lassen.*

Welch Ironie; sein Theaterstück »Barbara«. Ich kann den Namen nicht mehr hören! Wie geschmacklos das im Grunde alles ist. Was für »Blasen« das in einem hochtreibt. Dabei habe ich so viel Zärtlichkeit in mir – aber alles beginnt schon wieder abzusterben. Zurück bleibt EINSAMKEIT. Und dazu sind Menschen wie ich wahrscheinlich verurteilt.

»Ich gehe, um vor mir selber zu bestehen.« Barbara.

Nein, das ist ihr Text. Nicht meiner! Im Grunde ist das alles Unsinn. Ich bin ungeheuer ungerecht gegen ihn, gegen das Liebste, was ich habe! Also, Adele, nimm dich zusammen, sei nicht noch kleiner, als du ohnehin schon bist. Du wirst alt, er wird alt, und jeder wehrt sich auf seine Weise dagegen. Er ist nun mal ein Pfau, der ab und zu sein Rad schlagen muss. Dass er dabei mal an ein Pfauenweibchen gerät und die Himmelsrichtung verliert, nun, das passiert. C'est la vie!

Adele versteckte ihr Tagebuch unterm Kellerregal neben Tamaras Taufurkunde, im Dreck zwischen den Ratten am tiefsten Punkt des Hauses.

Adele wollte nicht mit Alfred und den Mädchen nach Moskau fliegen. Aber dass die Mädchen darüber froh waren, wollte sie auch nicht. »Was willst du dann?« Adele war beleidigt, drehte sich im Bett um und wollte sich Alfred nicht erklären. Sie nahm sich vor, einen Liebhaber zu finden, wenn sie alleine wäre. Aber als alle weg waren, hatte sie zu nichts Lust.

Auf Tamaras Zehnte-Klasse-Zeugnis standen Dreien und Vieren. Alfred schickte sie zum Praktikum beim Kulturbund, aber Tamara langweilte sich und wollte weg, so weit sie konnte. Weiter als bis Zwickau konnte sie nicht, und an den Wochenenden wollte sie wieder nach Hause.

Nachdem sie am Sonntag abgefahren war, stand sie schon ein paar Stunden später wieder vor der Tür. Sie habe trampen wollen, und es sei schiefgegangen dieses Mal. »Wieso dieses Mal? Ich dachte, du fährst mit dem Zug?«, sagte Alfred. Er musste ihr die Einzelheiten aus der Nase ziehen. Tamara sah blass aus. Die Polizei habe gesagt, sie müsse in Berlin bleiben. »Unsinn«, sagte Alfred. »Du musst überhaupt nichts!«

Am nächsten Tag brachte er Tamara zum Zug und fuhr danach zur Polizei nach Adlershof. Der Ladafahrer sei Abteilungsleiter in einer großen Firma gewesen, sagte der Kommissar. Jetzt Pflegefall. Hirnschaden. Sprechen wird er vermutlich nicht mehr können, sagten die Ärzte, und ob er sich je wieder selbstständig bewegen würde, wisse auch niemand. Er sei allerdings schon vorher bei schlechter Gesundheit gewesen. Im Einvernehmen mit der Ehefrau könnte man es offiziell als Verkehrsunfall bezeichnen. Der Mann würde sich vermutlich sowieso an nichts erinnern. Der Fall sei am Tatort eindeutig gewesen. Tamara habe in Notwehr gehandelt. Sie müsse nicht noch einmal verhört werden. Alfred unterschrieb das Protokoll. »Ich möchte, dass meine Tochter davon nichts erfährt.«

1954

Ich sitze auf dem Kleiderschrank

Onkel Anton untersucht meine kleine Schwester auf dem Wickeltisch. Sie soll still halten mit dem Fieberthermometer im Po. Ich weiß, dass man still halten muss wegen des giftigen Quecksilbers. Dascha hält aber nicht still. Sie wird festgehalten von Irmgard und von Onkel Anton. Sie strampelt weiter und wird langsam blau. Onkel Anton reißt Dascha hoch, rennt die Treppe runter und ruft: »Autoschlüssel! Krankenhaus! Schnell!«

Auf dem Fußboden liegt das kaputte Fieberthermometer. Ich bin starr vor Schreck.

Dascha bleibt für drei Monate im Krankenhaus mit Meningitis. »Nein, das war nicht vom Quecksilber«, sagt Irmgard. »Da wird der Onkel versehentlich raufgetreten sein, wie's am Boden gelegen hat.« Mir kommt es vor, als habe Dascha sich mit ihrem Gestrampel absichtlich selbst vergiften wollen.

1971

Dascha trug lieber unauffällige Kleidung,

nichts Extravagantes wie Tamara. Lieber einfach und elegant. Sauber sollten ihre Hosen und Pullover sein und auf keinen Fall Löcher haben.

Ohne Tamara war es still geworden im Haus. Dascha ging nach der Schule nicht in die Heide wie Tamara mit den Kofferradiojungs, sondern lieber zum FDJ-Nachmittag. Sie fühlte sich wohler, wenn sie umgeben war von Menschen und Stimmen und Leben. Sie saß still dabei und sah zu.

Wenn sie alleine war, fühlte sie sich unlebendig. Zu Hause saß sie mit Irmgard im Wohnzimmer und las. Irmgard stickte. Irmgards Gegenwart half ihr nicht gegen die Einsamkeit. Sie könne doch für die Abiturprüfungen lernen, fand Irmgard. Aber Dascha brauchte nichts zu lernen. Sie bestand die Prüfungen auch so mit Einsen. Die Eltern waren wieder verreist.

Dascha wäre auch gerne verreist. Sie holte sich Beruhigungstabletten aus dem grünen Medizinschränkchen im Flur, ging in den Keller, schluckte die Tabletten mit dem Alkohol, der unter der Treppe stand, und fühlte sich besser.

Sie wartete am Fenster auf das Geräusch von Alfreds Volvo, weil sie nicht wusste, worauf sie sonst warten sollte. Aus Indien brachten die Eltern einen kleinen weißen Seidenelefanten mit. Steif ausgestopft und mit Perlen benäht. Dascha weinte beim Auspacken vor Glück und umarmte die Eltern.

Beim Essen aber fing sie an, sich einsam zu fühlen, obwohl die Eltern da waren. Sogar in der Schule zwischen den anderen fühlte sie sich einsam. Ob sie traurig sei, fragte ihre Sitznachbarin. Dascha schüttelte den Kopf. »Nein, alles gut. Ich bin überhaupt nicht traurig.« Zum Beweis lachte sie.

Zu Hause setzte Dascha sich in Tamaras Zimmer, hielt den Seidenelefanten an den Ohren und wartete. Warten war besser als die große Leere, die sich in Dascha auftat, wenn sie versuchte, fröhlich zu sein. Dascha gefiel an dem Elefanten, dass er Tamara gefallen würde. Ihre große Schwester würde alles daransetzen, ihn Dascha abzutauschen.

Als Tamara im Sommer nach Hause kam, hatte sie keine Zeit. »Was kommst du denn ständig angeschissen? Hast du kein eigenes Zimmer?« Dascha lehnte im Türrahmen. »Hab dich vermisst.« Tamara gab ihr einen mürrischen Kuss auf die Wange. »Ja, ick dich och. Muss los jetz«, und rannte die Treppe runter zu ihrem Kartenabreißerjob im Theater. Nachts brachte sie einen Mann mit, und Dascha konnte den beiden im Nebenzimmer beim Sex zuhören.

Tamara war nicht zu Hause, als der schüchterne René am Vormittag nach Pankow kam. René kam nicht das erste Mal. Er war Bühnenarbeiter, und Tamara war weich geworden, nachdem er monatelang täglich vorm Bühneneingang gestanden hatte. »Mein Neuer«, hatte sie mit kurzem Kopfnicken zu ihren Eltern gesagt und den nervösen Mann an der Hand die Treppe rauf und in ihr Zimmer gezogen. Wer sich so viel Mühe mit ihr gab, musste schließlich eine Chance bekommen, fand sie. Jetzt blieb René höflich in der Diele stehen: »Ist jemand da?« Er hörte Schritte und sah durch das Treppengeländer nach oben. »Ich bin da. Reicht dir das nicht?« Dascha, nackt, in hohen roten Schuhen und mit Zigarettenspitze, kam langsam die Treppe runter. René fiel vor Verblüffung keine sinnvolle Antwort ein. »Deine Mutter meinte neulich, euer Haus stünde immer offen.« Dascha war in den Schuhen genauso groß wie er und kam näher, bis ihre Brüste ihn berührten. »Stimmt. Is 'n offenes Haus!« Von Daschas warmem Körper stieg ein zartes Parfum zu ihm auf. René schluckte und nickte. Dascha drehte sich langsam um und ging die Treppe wieder rauf. Er kam hinterher in Daschas Zimmer und in ihr Bett.

Die beiden saßen im Wohnzimmer, als Tamara nach Hause kam, ihre Pumps ins Schuhregal schleuderte und rief: »Haste deinen Ausweis mit? Wir fahr'n weg.« Sie warf Alfreds Autoschlüssel auf den Tisch und zog im Sessel ihre hohen Schnürstiefel an. Die seltsame Stimmung bemerkte sie nicht. René legte seinen Arm um Daschas Schultern und zeigte auf Tamara: »Hat deine Schwester schon 'n Freund?« Tamara stand auf. »Müssen vorher noch Geld besorgen.« Dascha lachte unsicher. »Ich glaub, sie ist ziemlich wählerisch.« »Hab ich wohl keine Chance?«, fragte René. Tamara stöhnte: »Was'n jetzt? Kommste, oder kommste nicht?«

Tamara fuhr mit René zu Friedrich nach Wandlitz. Am Kaffeetisch drehte sie nervös ihre Haarsträhnen um die Finger und erzählte dem Großvater vom Studium. René sah, wie sie nicht wusste, wohin mit ihren Händen ohne Zigarette. »Was für e Polarisation lerne ihr?«, fragte Friedrich und wackelte an seinem Hörgerät. »Nee, Improvisation, Opa!«, rief Tamara. Friedrich zeigte mit dem spitzen Kinn auf René. »Und was macht der do?« Während René laut und deutlich erklärte, welche Handwerke man beherrschen müsse, um ein guter Bühnentechniker zu sein, verschwand Tamara im Keller.

Warum sie nach Zigarettenrauch rieche, fragte Friedrich, als sie zurückkam. Tamara zeigte auf René und behauptete, er habe geraucht. René war verwirrt von Tamaras Ruchlosigkeit. Er stand daneben, als sie beim Abschied im Flur die zweihundert Mark einsteckte, die sie sich monatlich von Friedrich abholen durfte, dafür, dass sie mit dem Rauchen aufgehört hatte. »Kriegen wir noch 'n bisschen mehr, Opa? Wir wolln weg übers Wochenende.« Friedrich legte einen Schein dazu.

Frau Herta sah durchs Küchenfenster, wie Tamara sich im Auto eine Zigarette ansteckte. Sie legte das Handtuch beiseite, nickte Tamara mahnend zu und hob den Zeigefinger.

»Scheiße, die Alte verpetzt mich.« René lachte. »Dein Opa kann zwar kaum hören und sehen, aber riechen kann er offenbar gut. Wo fahr'n wir überhaupt hin?« »Alfred hat uns für heut Abend 'n Tisch reserviert im Jalta.« René kannte kein Jalta in Berlin. »Wenzelsplatz, Mann!« Einen Wenzelsplatz kannte René nur in Prag.

Hinter der tschechischen Grenze wurde ihm schlecht. Kilometerweit gab es keinen Standstreifen, und René quälte sich. »Mann, jetzt kotz einfach in den Rucksack! Ick wasch den nachher aus!«, sagte Tamara. Renés Übelkeit ließ ein wenig nach bei dem Vorschlag. Schließlich konnten sie anhalten. Er rannte ins Gebüsch. Als er erleichtert zum Auto zurückkam, sah er Tamara geduldig mit ihrer Zigarette in der Autotür stehen. Er ahnte, Tamaras Vorstellung von einer Beziehung war von anderer Art als seine.

René erzählte Tamara nicht von Dascha und auch nicht von Adeles unangekündigtem Besuch in seiner Wohnung. Sie sei gerade in der Gegend gewesen, hatte Adele gesagt und um ein Glas Wasser gebeten. Er hatte nichts dagegen gehabt, dass Adele in der Küche ihre Bluse öffnete. »Bei der Hitze trag ich nie Unterwäsche«, hatte sie gesagt und sich mit ihrer kleinen Handtasche Luft zugefächelt. Damit Renés Ventilator neben seinem Bett ihren erhitzten Körper besser kühlen konnte, hatte sie sich ausgezogen, und René war es auch heiß geworden. Er war sich nicht sicher, ob ihm die sittenwidrige Familie gefiel.

Sonntags musste René mit Alfred zum Dauerlauf in die Schönholzer Heide. Alfred sah ihn von der Seite an und gab ihm einen Schlag auf die Schulter. »Immer an Sex denken, wenn du nicht mehr kannst. Dann hältst du länger durch!« René nickte. Schnaufend fragte Alfred: »Soll ich dir das eigentlich mal zeigen, wie man's richtig macht mit Tamara? Hä?«, und boxte René in die Seite. René antwortete verlegen mit einem atemlosen Lachen. Er überlegte, ob Alfreds Vorschlag kein Witz sein sollte. Mit einem Kloß im Hals bekam er zu wenig Luft, hielt an, stützte hustend die Hände auf die Knie und fürchtete, Alfred könnte eine Ahnung davon haben, dass René mit seinen drei Frauen geschlafen hatte.

René fand, es konnte nicht seine Schuld gewesen sein, sondern müsse an den tückischen Frauen gelegen haben. Er fühlte sich ausgetrickst und beschloss, sich von Tamaras Familie lieber fernzuhalten.

Warum Alfred nicht seine eigene Frau mitnähme, fragte René, als Tamara mit ihrem Vater fürs Fernsehen in die Sauna musste. Es wurde ein Beitrag gedreht über Schriftsteller an deren Lieblingsorten. Tamara wunderte sich über Renés Unverständnis. Auf dem Weg in die Sauna wunderte sie sich über Alfreds Selbstverständnis. Sie kehrte um und wunderte sich über sich selbst.

René war weg. *Du tust mir leid*, stand auf einem Zettel. Der lag auf ihrem Kopfkissen und war auf Alfreds Briefpapier geschrieben, weil es kein anderes gab in Tamaras Zimmer. Sie setzte sich auf die Bettkante und wusste, mit dem Nächsten musste sie besser aufpassen. Vielleicht würde ihr der wichtig sein.

Vier Studenten aus Daschas Parteigruppe kamen am Vormittag und schlossen sich in ihrem Zimmer ein. Tamara setzte sich in die Sonne auf der warmen Terrasse unter Daschas Fenster. Jemand machte es zu. Tamara fühlte sich ausgeschlossen und sollte es bleiben. Sie versuchte zu lesen. In Daschas Zimmer war es unheimlich still. Ein paar Stunden später verabschiedeten sich die vier höflich und verließen das Haus. Dascha verabschiedete sich nicht und verließ kurz darauf auch das Haus. Als Daschas Freund kam, fragte er nach ihr. »Ich dachte, die is bei dir«, sagte Tamara. Ein paar Sekunden sah sie den Freund an, dann durch ihn hindurch, nahm ihre Jacke und ging raus. Vor dem Haus blieb sie stehen, sah in den Stadtwald auf der anderen Straßenseite und entschied, zuerst der schlimmsten Ahnung zu folgen. Tamara wurde panisch, fing an zu rennen, durchsuchte die Gebüsche und rief mit ihrer Theaterstimme nach ihrer Schwester. Daschas Freund lief hinter ihr her, und Tamara zeigte auf die Weggabelung. »Du gehst da lang!« Auf dem Pappelrondell blieb sie stehen, hörte auf, nach Dascha zu rufen und versuchte stattdessen, sie zu hören. Die Pappeln rauschten, oder es waren Tamaras Ohren oder ihr rasendes Herz. Jetzt kreischte sie den Namen ihrer Schwester. Daschas Freund rief, als würde er nach einem Kind suchen. Sie hörten eine fremde Männerstimme. »Hallo, hierher!« Tamara rannte los. Daschas Freund rannte ihr entgegen. Ein Mann mit Hund stand im Wald und winkte. Dascha lag bewusstlos im Gebüsch. »Ihr tragt sie zur Straße, ich ruf den Krankenwagen.«

Sechzig Schlaftabletten wurden aus Daschas Magen gepumpt. Ihr Körper war stärker als ihre unglückliche Seele.

»Bitte, sag mir doch mal, was deine Parteistudenten von dir wollten!«, bettelte Tamara an Daschas Bettkante, als sie endlich mit ihr alleine war. Dascha lächelte und hielt Tamaras Hand. »Es hat nichts mit der Partei zu tun, dass ich die Tabletten genommen habe. Alles ist gut, es war dumm von mir. Jetzt bin ich nicht mehr unglücklich. Es tut mir leid.«

Tamara schlug die Tür hinter sich zu, war wütend über ihre kleine dumme Schwester und noch wütender auf den Freund, der auch nichts sagte. Widerwillig ließ sie die beiden alleine und sah durch das Schlüsselloch.

Er hielt Daschas Hand und sagte, er würde für die Partei nach Afrika reisen. »Afrika?« Dascha strahlte. »Aber nur, wenn wir verheiratet sind«, sagte er, »und nur, wenn du hierbleibst.« Dascha lächelte traurig. »Ja, klar«, und nickte. Er versprach ihr, dass die Parteistudenten nicht mehr zu ihr kämen. Sie müsse auch keine inoffizielle Mitarbeiterin der Staatssicherheit werden. Dascha war dankbar. Ihr Freund wurde ihr Mann und ging nach Afrika.

Dascha wurde traurig, stumm und abwesend. Irmgard wollte ihr helfen, ihr etwas Gutes tun. Dascha liebte nur das Verreisen und hatte sonst keine Leidenschaften, also reiste Irmgard mit ihr nach Bulgarien. Wie die meisten Rettungsversuche, die mit Dascha unternommen wurden, machte es auch dieser noch schlimmer.

Dascha versprach, aus dem bulgarischen Nachtclub um zwölf zurück zu sein. Vergewaltigt wurde sie vor zwölf, auf dem Weg zurück ins Hotel, von drei Männern.

Erfahren sollte davon zu Hause niemand.

Ob unter den blutsverwandten Vorfahren Psychosen

aufgetaucht seien, wollte die Ärztin in der Psychiatrie wissen. Alfred schüttelte den Kopf und hatte Mutter Ilses Depressionen tatsächlich vergessen. Seine Mutter sei im Alter etwas wirr geworden, sagte er nur. Das zähle nicht, fand die Ärztin. Alfred sah durch die große Fensterfront über die Dächer der Stadt. Mit der menschlichen Psyche hatte er im echten Leben nicht viel am Hut. Mit Psychologie beschäftigte er sich nur, um seine Figuren so handeln zu lassen, dass der einfach denkende Leser den Sozialismus verstehen konnte. Depressive Figuren kamen nicht vor.

Als er Daschas helle Stimme hörte, fiel es ihm für einen Moment wieder ein. Ilse hatte dieselbe klare Gesangsstimme gehabt. Sie hatte ihre Bühnenkarriere aufgegeben und auf ihren Mann gewartet.

Alfred verdrängte den Zusammenhang. Die Wiederholung ergab keinen Sinn. Außerdem war alles sehr modern hier. Kein Vergleich zu den Psychiatrien, die damals für Ilse nicht infrage gekommen wären. Und schließlich war es mit Ilse für ein paar Jahre wieder gut gegangen. Im Krieg war es gut gegangen. Die Lösung für Dascha wäre eine Aufgabe, dachte Alfred. Eine große Aufgabe.

Dascha wurde in einem Einzelzimmer untergebracht, bekam ein Beruhigungsmittel und schlief ein. Die Ärztin erklärte Alfred flüsternd, seine Tochter habe eine akute Psychose. Sie müsse in der geschlossenen Psychiatrie bleiben. Alfred erklärte der Ärztin, seine Tochter bräuchte nur eine Aufgabe, für die es sich zu leben lohne. »Ja, ja, aber nicht jetzt, Herr Hirsch!« Sie schob ihn aus dem Zimmer in den Fahrstuhl. In der Eingangshalle ließ er auf Antons Station anrufen. Anton kam runter, und die Männer gingen auf dem Klinikgelände nebeneinander her. Anton wirkte auf der großen Allee zwischen den alten Klinkergebäuden wie ein Hofherr. Er grüßte nach links und rechts.

»Ach, das ist nur eine jugendliche Hormonverirrung! Das gibt sich wieder. Muss man abwarten.«

Aber Alfred konnte nicht abwarten. Er wollte etwas tun und überlegte, was er über Psychologie wusste. Er dachte an Freud. Er dachte an Sophie.

Also schrieb Alfred einen Brief an Sophie Freud nach Boston. Sophie schickte gleich zwei Briefe zurück. An Erwin schrieb sie, dass sie erpresst worden sei, damals, als sie ihm den Abschiedsbrief ins Lager geschickt hatte. Sie war von der Gendarmerie auf der Landstraße beim Trampen erwischt worden. Bei ihrer Tante war sie gezwungen worden, den Brief zu schreiben, und habe dabei geweint.

Auf dem Weg zwischen Wien und Manchester könne sie mit dem Flugzeug in Ostberlin landen, schrieb sie an Alfred. Sie sei in Amerika mit einem deutschen Mann verheiratet, schrieb sie weiter, und Alfred wusste jetzt, warum Sophie sich seit Kriegsende nicht bei den Hirschs gemeldet hatte. Alfred kannte Sophies Mann. Er war mit Esther verwandt.

Dascha wurde nach Hause geholt, als die Freudenkelin kam, damit Sophie sich ein Bild machen konnte. Sie war zweiundfünfzig Jahre alt, wie Adele. Aber Sophie wirkte älter. Ernsthafter. Unabhängiger.

Sie sah, wie Alfred Dascha aufzumuntern versuchte mit seiner unerschöpflichen Heiterkeit, seinem Allheilmittel für alle Schwierigkeiten, und kannte Alfreds Art, die Traurigkeit mit Witzen aus der Welt zu jagen. Er lief für Dascha im Handstand die Treppen rauf und runter und erzählte ihr dabei, wie interessant die Welt verkehrt herum sei. Dascha lächelte ihm zuliebe.

Sophie sagte, Alfred habe ihr damals in Mende von Ilses Angst um Friedrich erzählt, die seine Kindheit geprägt habe. Alfred fand es eigenartig, dass er ihr davon erzählt haben sollte, und konnte sich nicht erinnern. »Du hast versucht, mich zu verführen, mein Lieber!«, sagte Sophie ernst. »Du wolltest mich erweichen und mir einen Einblick in deine Seele geben. Dass ich nicht zur Agentin tauge und viel zu jung war, hättest du erkennen müssen. Ich war siebzehn, du dreißig. Das habe ich dir lange übel genommen, sonst hätte ich mich schon vor Jahren gemeldet.« Alfred wollte von seiner Überzeugung reden, doch Sophie hob die Hand. »Du brauchst mir nichts zu erklären«, sagte sie. »Ich verstehe dich. Und verliebt war ich in euch alle drei.«

Sophie wusste, es war die falsche Methode, Dascha bei Laune zu halten, wie Alfred als Kind seine Mutter bei Laune zu halten versucht hatte.

Sie spürte die Anspannung im Haus, versuchte, die Muster zu erkennen, den Konkurrenzkampf unter den Frauen zu verstehen. Das Geheimnis war nicht aufzudecken. Der Missbrauch an den Mädchen war aus dem Familiengedächtnis gelöscht worden.

Vom Flughafen in Manchester, wo sie wegen des Nebels über London festsaß, schrieb sie einen Brief: *Ich wollte es euch schon am ersten Abend sagen, aber tat es nicht. Es ist am besten, sich dem Rhythmus und dem Ton eines kranken Menschen anzupassen, ihn fast zu einem bestimmten Grad widerzuspiegeln, und nur dann, wenn man in gleichen Schritt und Tritt hineingeraten ist, den anderen Menschen vielleicht herausführen kann, auch wieder nur langsam und allmählich. Also nicht einem traurigen, langsamen Menschen mit Energie und aufmunternder Heiterkeit begegnen, sondern eher mit fast derselben Traurigkeit und Langsamkeit. Wenn sie sagt: »Ihr seid krank … ich bin ein schlechter Mensch …«, dann versucht nicht, ihr zu widersprechen. Nur vielleicht sagen: »Es tut mir leid, dass du dich mit solchen Gedanken quälst.« Bloß nicht zu viele Worte machen von Beruhigung und Versicherung. Bloß nicht zu viele Worte! Nur mal die Hand halten, sacht, vorsichtig berühren. Seid nicht zu sehr in Eile, sie hat ja ihr Leben noch vor sich. Jetzt schaltet sie eine Weile aus, das kann man nicht mit Ungeduld und Gewalt wegmachen. Das ist keine Kritik, aber es ist von meinem inneren Gefühl, als ich mit ihr war, ausgesprochen.*

Mit viel Liebe und Dank für unsere Freundschaft, Sophie.

1953

Die Erzieherin legt riesige Laken zusammen

Sie trägt einen weißen Kittel und klemmt das Tuch in der Mitte unter dem Kinn fest. In meinem Gitterbett singe ich MaaaaaaaMaaaaaaMaaaaaMaaaaa und mache bei jedem M eine möglichst große Spuckeblase zwischen den Lippen.

Abends sitze ich auf Papas Schoß im großen Sessel und reibe meine Fingerkuppen über die weichen Streifen seiner hellbraunen Cordhose. Aus dem grünen Auge am Radioapparat hören wir die Sendung »Der gute alte Mond«. Adele kommt rein mit einem Baby auf dem Arm und legt es in meinen Schoß. Papa hält den kleinen Kopf, und ich verstehe, wir dürfen das Baby behalten. Ich verstehe, mir wird dafür etwas anderes weggenommen. Ich fürchte mich, weiß nicht, wovor, lasse das Baby los und klammere mich an Papas Hals. Adele schimpft: »Mein Gott! Pass doch auf!«

Beim Spaziergang durch den Park darf ich den Kinderwagen schieben und kann nicht darübergucken. Vor mir sehe ich ein großes weißes Federkissen aufragen. Ich achte auf den Weg unter den Rädern. Als ich mich umsehe, sind die Eltern weg. Ich lasse eine Hand am Wagen, nehme mit der anderen die Unterlippe zwischen Daumen und Zeigefinger, schaue mich in alle Richtungen um und sehe niemanden. Aus meiner Brust kriecht die Angst hoch und ballt sich in meinem Hals zusammen. Meine Unterlippe zittert. Ich nehme die Hand vom Kinderwagen, als die Eltern lachend hinter einem Baum vorkommen. »Wir wollten mal sehen, wie du dich wunderst.«

Ich weiß jetzt, ich muss auf meine Schwester aufpassen. Alleine.

1975

Alfred hatte den Kinderwagen gekauft,

der stand im Hausflur unter den Briefkästen. Tamara hatte ein Kind, einen Ehemann, eine eingerichtete Wohnung und ein Gehalt. Alles war fertig für die Ewigkeit. Als würde ein großes Mühlrad langsam anrollen.

Ihr Leben bestand aus Tätigkeiten, die sie ihre Eltern nie hatte tun sehen. Kind anziehen, wickeln, füttern, wegbringen, arbeiten gehen, abholen, Wäsche waschen, Kohlen schleppen, Essen kochen, einkaufen, sauber machen, Kind ausziehen, schlafen legen und jeden Tag alles wieder von vorn. Tamara drehte das Mühlrad allein.

Als Kind hatte sie das Erwachsensein kaum abwarten können. Und so sollte es jetzt aussehen? Keine Reisen? Keine Partys?

Jeden Morgen auf dem Weg ins Theater fuhr Tamara sonst über die rote Ampel an der leeren Kreuzung in Pankow. Jetzt blieb sie zum ersten Mal vor der Ampel stehen und wartete. Sie wartete lange, bis ihr auffiel, dass die Ampel gar nicht rot war. Sie war auch nicht grün. Sie war kaputt. Die Straße lag frei vor ihr, und das Gesetz sagte nicht wie sonst: Bleib stehen! Sondern: Entscheide selbst! Tamara fuhr langsam weiter. Ihr Freiheitsdenken funktionierte nur mit Hindernissen.

Ein Kind bekommen dürfe Dascha jetzt auf keinen Fall. Es sei unverantwortlich in ihrem psychischen Zustand. Man müsse sich beeilen mit der Abtreibung. Sie sei im fünften Monat, sagten Daschas Ärzte. Alfred und Adele gaben ihre Einwilligung und fuhren nach Freiburg. Dascha bekam Medikamente und sollte die Nacht vergessen, in der man sie ihr unfertiges Kind gebären ließ. Tamara bekam keine Medikamente und versuchte, es auch zu vergessen.

Als die Eltern zurückkamen und Dascha im Krankenhaus besuchten, saß sie angezogen auf ihrer Bettkante und starrte aus dem Fenster. »Könn wir bitte zum See fahren?«, sagte sie, ohne ihre Eltern anzusehen.

Auf der Autobahn öffnete Dascha die Seitentür und ließ sich auf die linke Spur fallen. Sie kugelte über die Fahrbahn und blieb vor der Mittelleitplanke liegen. Adele schrie, Alfred hielt an und stieg aus, und Adele schrie wieder, weil Alfred über die Fahrbahn rannte. Dascha kam zurück ins Krankenhaus und sprang in der Nacht aus dem Fenster. Das Gebüsch fing sie auf und ließ sie mit gebrochenen Knochen weiterleben. Sie kam in ein Zimmer mit vergitterten Fenstern und schnitt sich unter der heißen Dusche die Pulsadern auf. Man fand sie, bevor ihr Körper zu viel Blut verloren hatte.

Dascha versprach, vernünftig zu werden. Fröhlich sogar. Sie lachte über Alfreds Witze, bekam neue Medikamente und konnte entlassen werden. Zu Hause lernte sie für die Uni, zeigte Alfred kleine Referate, und dann lief sie in der Nacht durchs Haus, zerschlug die Scheiben mit den Fäusten und versuchte, sich die Handgelenke zu zerschneiden. Am nächsten Tag im Krankenhaus versprach sie, so etwas nie wieder zu tun. Ein paar Wochen später nahm sie gewaltige Tablettenmengen, und ihr Magen musste ausgepumpt werden.

Alfred wollte Dascha von den besten Ärzten behandelt und mit den modernsten Methoden therapiert wissen. Prof. Dr. Silberstein wurde ihm von einem Schriftstellerkollegen empfohlen und sollte ein besonders angesehener Psychotherapeut sein. Der Arzt saß hinter seinem Schreibtisch, schüttelte traurig den Kopf über Daschas Akte. Seinen eigenen Sohn habe er nicht vom Selbstmord abhalten können, sagte er. »Da haben wir unsere ganze Jugend ums Überleben gekämpft, und jetzt wollen unsere Kinder lieber sterben.« Er sah Alfred an, als könnte er in seinem Gesicht eine Antwort auf die Frage finden, was sie falsch gemacht hatten. Er holte tief Luft. »Was Ihr Fräulein Tochter betrifft, da denke ich stark an Schizophrenie, Herr Hirsch.« Silberstein machte ein aufmunterndes Gesicht. »Das können wir langfristig behandeln.« Von Schizophrenie wollte Alfred nichts wissen. Er wollte protestieren, aber Silbersteins Blick ließ Alfred fürchten, der Mann könnte zwischen den Worten Bekenntnisse heraushören, die für Alfred selbst unhörbar sein würden. »Wissen Sie«, sagte Silberstein, »ich habe mir lange gewünscht, ich wüsste nicht, was ich falsch gemacht habe. Aber ich muss es wissen. Es ist meine Aufgabe.« Er hob die Hände und ließ sie wieder fallen. »Väter sollten ihre Söhne lieben und Mütter ihre Töchter. Zu viel Mutterliebe schadet einer Tochter genauso wenig wie zu viel Vitamin C. Der Rest wird ausgekackt. Einem Sohn kann sie aber sehr schaden. Zu viel Vaterliebe kann dagegen Töchtern schaden, aber Söhnen nicht.« Silberstein hob die Brauen, nickte, und die schweren Tränensäcke unter seinen Augen schienen zu schaukeln. »Töchter können leicht eingehen, wenn sie von der Mutter nicht genug Liebe bekommen.« Silberstein betrachtete den Rücken seiner Hand, die auf dem Tisch lag, als hätte er ihn noch nie gesehen. »Ich hätte einen Prinzen aus meinem Sohn machen können«, sagte er leise. »Stattdessen war ich so hart zu ihm wie zu mir selbst.«

Von einem Mann, der sein eigenes Kind nicht hatte

retten können, wollte Alfred sich nicht verstanden fühlen. Silberstein sollte Dascha nicht behandeln. Alfred bedankte sich, ging und versuchte, die Begegnung zu vergessen.

»Willste nich mal woanders studieren?«, fragte Tamara. »Du magst doch das Meer. Studier 'n Semester in Greifswald. Sprachen wolltest du doch auch lernen und rumreisen und so. Dir steht so viel offen mit deinem Abitur!« Dascha lachte und nahm Tamaras Hand. »Dann müsste ich euch ja alle mitnehmen. Ich brauch doch die Menschen um mich, die mich mögen. Mehr brauch ich doch nicht.« Tamara zog ihre Hand weg und strich sich seufzend die Haare aus der Stirn. »Mann, die werden dich da auch mögen, was denkst du denn? Dich mag sowieso jeder! Du musst doch nur mal endlich irgendwas wollen, verdammt! Kann denn das so schwer sein?« Dascha sah aus dem Fenster und lächelte traurig. »Wenn ich mir was wünschen dürfte, würde ich wollen, dass alle Menschen, die mich mal mochten, andauernd um mich sind.«

Irmgard fand auch, dass Dascha weg musste von zu Hause. Sie kam ins Arbeitszimmer, drehte die Daumen umeinander, hielt den Kopf schief und versuchte, Alfred und Adele von einer fortschrittlichen Klinik in Moskau zu erzählen. Der Sohn ihrer Nachbarin sei geheilt daraus zurückgekommen.

»Sie haben sich rauszuhalten aus Familienangelegenheiten!«, sagte Adele scharf und drehte sich in ihrem Stuhl. Irmgard sah zu Alfred, der so oft von ihr verlangt hatte, eine eigene Meinung zu haben.

Er sagte nichts. Irmgard ging zurück in die Küche und war gekränkt. Jetzt, wo sie eine Meinung hatte, die ihr wirklich wichtig war, da sollte sie den Mund halten. Sie überlegte, ob die Eltern wussten, was vor zwei Jahren in

Bulgarien mit Dascha passiert war, und es ihr übel nähmen. Irmgard nahm es sich selbst übel. Sie hätte Dascha abends nicht alleine ausgehen lassen dürfen. War es ihre Schuld, dass Daschas Krankheit seitdem schlimmer geworden war?

Dascha wurde wieder schwanger. Sie bekam vom Arzt eine Abtreibungsspritze, obwohl es im vierten Monat dafür eigentlich zu spät war. Tamara besuchte sie im Krankenhaus. »Komm, zieh dich an. Wir haun ab.« »Ich muss aber in der Nähe bleiben, hat der Arzt gesagt.« »Quatsch, du musst gar nichts!« Tamara fuhr mit Dascha an den See und grub im Garten ein Loch. Was in ihrer kranken Schwester nicht wachsen durfte, legte sie mit derselben Unerschrockenheit in die Erde, mit der Dascha als Kind das überfahrene Reh eingesammelt hatte.

Alfred, Adele, Onkel Anton und seine Frauen kamen am Nachmittag mit Kuchen. Die Kaffeegesellschaft setzte sich in die Sonne. Was neben dem Kaffeetisch in der Erde vergraben lag, sagten die Schwestern nicht. Onkel Anton setzte sich auf Daschas Bettkante in der Veranda. Dascha lächelte friedlich, wischte den Sonnenstrahl von ihrer Stirn und streckte sich: »Lasst mich noch ein bisschen schlafen. Ich will jetzt keinen Kuchen«, sagte sie und drehte sich um.

»Wir müssen ihr eben zeigen, dass wir immer für sie da sind«, sagte Alfred. »So'n Blödsinn! Die muss endlich weg von euch! Sonst wird die nie gesund!«, sagte Tamara. »Du mischst dich da nicht ein!«, zischte Adele. »Du wolltest doch deine Schwester immer loswerden.« Onkel Anton schüttelte den Kopf. »Es bringt nichts, an solchen Menschen herumzudoktern. Solche Menschen sollte man besser sterben lassen.« Tamara hätte vor allem ihre Eltern anspucken wollen, die dazu schwiegen, als würden sie in ihrer eigenen Tochter eine Beleidigung der sozialistischen

Gesellschaft sehen. Als wäre es ihre Pflicht, jeden Tag der ganzen Welt zu beweisen, wie gut es in der DDR allen geht. »Ihr widert mich an! Solche Menschen wie euch sollte man besser sterben lassen!« Sie stand auf und fuhr nach Hause.

1952

Alfred setzt mich auf die warme Motorhaube

Drei dicke Frauen in bunten Schürzen kommen aus einem Haus. Hinterm Gartenzaun steht eine kleine schwarze Frau, vor der ich mich fürchte. Alfred nimmt mich auf den Arm und gibt allen die Hand. Eine der dicken Frauen, sie hat ein liebes Gesicht, nimmt rote Beeren aus einem Korb, hält mir eine Traube hin, nickt und lacht mich an. »Na, nimm schön. Ganz süß. Hmmm.« »Das ist die Irmgard«, sagt Alfred. »Gib ihr die Hand.« Ich sage »Imda«, nehme die Beeren und gebe ihr nicht die Hand. Alle steigen ins Auto, dass es schaukelt.

1981

Alfred und Adele fuhren zum ersten Mal ohne Kinder nach Masserberg

Sie fuhren mit den Grünsteins. Beim Essen sagte Alfred zu der plappernden Gattin: »Jetzt halt mal dein Maul und friss endlich.« Sie hielt den Mund und aß. Nach dem Essen saßen die Frauen in der Glasloggia der gemeinsamen Kurhaussuite, und die junge Frau beschwerte sich bei Adele. Dass ein gebildeter Mann so grob sein könne, habe sie nicht erwartet. Adele erklärte, sie solle das nicht ernst nehmen. Alfred habe sich damals als Bourgeoisie-Söhnchen von seinesgleichen absetzen wollen, um zur Arbeiterklasse zu gehören. Jedenfalls würde sie sich seine Grobheiten so erklären. Die junge Frau fing an zu weinen und sagte, ihr Mann sei auch grob manchmal. Adele tröstete sie und hatte Verständnis. Sie bewunderte ihre jungen Brüste und die straffe Haut, streichelte ihren Hals und öffnete ihr die Bluse. Als die Männer hereinkamen, hielt Alfred seinen Freund zurück und legte den Zeigefinger über den Mund, als würde er ihm beim Rehebeobachten den Flintenlauf zu Boden drücken.

Adele wurde für Frau Grünstein eine mütterliche Vertraute.

Die Tochter der Grünsteins war zwölf und beschwerte sich bei ihrer Mutter. Tante Adele würde ständig ihre Brüste anfassen. »Das musst du nicht so ernst nehmen, Kind. Das sind Künstler. Bei denen ist das normal.«

Alfred reservierte jeden Samstag die Sauna im Keller

des Schriftstellerclubs und lud die Grünsteins dazu. Die Tochter hatte sich damit abgefunden, angefasst zu werden, weil das bei den Künstlern normal war. Sie versuchte, nicht neben Adele zu sitzen und nicht neben Alfred, sondern neben ihrer Mutter, deren Arm sie festhielt. »Dich beißt doch keiner, Kind«, sagte Frau Grünstein, und alle lachten über das schüchterne nackte Mädchen.

Dascha war dick geworden. Die dritte Schwangerschaft fiel nicht auf. Tamara wusste, für ein Kind könnte Dascha weiterleben wollen. Es war eine risikoreiche Chance. Riskant für ein ungeborenes Kind, das mit seiner Geburt eine schwere Aufgabe bekam. Dascha sollte Tamara versprechen, nicht mehr zu trinken und keine unnötigen Medikamente zu nehmen. Es sollte so lange keiner von dem Kind erfahren, bis es zu spät war für eine weitere Abtreibung.

Im sechsten Monat war es zu spät. Die Medikamente wurden heruntergesetzt. Dascha und ihr Mann bekamen eine kleine Neubauwohnung, und es sah aus, als würde ein Theaterstück vorbereitet. Es gab eine junge Mutter, einen jungen Vater, eine ordentliche Wohnung und einen dicken Bauch. Mit zwei baumelnden Einkaufsnetzen liefen sie nebeneinander durch Pankow, den Plattenweg entlang, gleich hinter der Kaufhalle bis zu ihrem Neubaublock. Dascha sah leuchtend schön aus im langen weißen Batikkleid mit großen violetten Kreisen, das Alfred aus Afrika mitgebracht hatte. Grüßend gingen die Nachbarn vorbei, redeten über das schöne Wetter. Es stimmte alles. Nur mit der Mutter stimmte etwas nicht. Jeder, der in Daschas Augen sah, konnte es an ihrem flehenden Lächeln erkennen, ohne eine gute Menschenkenntnis zu haben. Mit der jungen Mutter stimmte etwas nicht.

Als das Kind Daschas Blutkreislauf verlassen hatte, ließ

man ihre Medikamente sofort wieder hineinfließen. Nach der Entbindung schob man Dascha nicht mit ihrem Kind zwischen die anderen Mütter auf die Wochenbettstation, sondern aus dem Kreißsaal in die Psychiatrie. Ohne ihr Kind.

Dascha hatte Friedrichs fünftes Urenkelkind zur Welt gebracht. »Endlich e Bub«, sagte Friedrich. »Dann kann i jetzt go.«

Friedrich verabschiedete sich, als die letzten beiden Zahlen seines Geburtsjahres mit denen seines Sterbejahres übereinstimmten.

Der alte Hirsch war höflich gegangen, hatte sein Jahrhundertleben elegant zu Ende gebracht, und Dascha war durch einen neuen Hirsch gerettet, der sich schon bei der Geburt alle Mühe gab, an seiner Mutter so wenig Schmerz wie möglich zu verursachen. Er schlief und lachte, trank, was man ihm gab, und schien sich vorgenommen zu haben, alles richtig zu machen, um seine Eltern zu erfreuen. Als Daschas Bewusstsein sich den Medikamenten angepasst hatte, so gut es konnte, verstand sie den neuen Plan. Sie verstand, dass sie leben sollte, mehr wurde nicht verlangt, und sie tat es für sieben gute Jahre. Sie tat es mit Alkohol und mit Drogen, sodass es ihr nicht anzumerken war, wenn man nicht genau hinsah. Das Kind aber sah genau hin. Es war klug und selbstständig, konnte lesen und schreiben, lange bevor es in die Schule kam. Heimlich schüttete es die Weinflaschen zur Hälfte ins Spülbecken und füllte sie mit Wasser auf.

Aber Dascha wusste, dass sie bald nicht mehr gerettet werden konnte. Ihr Körper hatte alle Kräfte in das Kind gesteckt und den Giften länger standgehalten, als es die Humanmedizin erlaubte. Jetzt konnte er ohne die tödlichen Chemikalien nicht mehr leben und mit ihnen auch nicht. Als Adele ins Krankenhaus fuhr, sagte Dascha im Auto: »Mama, ich will keinen Sarg. Versprichst du mir das?«

»Auschwitzangst«, sagte Dascha im Krankenhausbett und schloss die Augen.

Der operierende Arzt erschrak, als er merkte, dass er Daschas Organe nicht berühren durfte. Sie zerfielen unter seinen Fingern. Er nähte ihren Bauch schnell wieder zu und hoffte, sie würde noch einmal aufwachen und sich verabschieden können. Aber Dascha hatte sich schon so oft verabschiedet. Ein paar Tage später wurde ihr Körper zu Staub verbrannt.

Adele kam zurück nach Wandlitz. Sie lehnte in der Küchentür und rauchte. Tamara stand am Fenster und sah zum Wasser.

»Jetzt bist du sie endlich los.« Tamara legte den Kopf in den Nacken, hielt die Luft an und sagte nichts. Es war der schwerste Satz in der Unverzeihlichkeitskiste. Alle Sätze, die sich darin sammelten, hatten die Eigenschaft, mit der Zeit schwerer zu werden.

Über Friedrich hatte es viel Gutes zu sagen gegeben. Das einzig Tröstende, was man über Daschas Tod hätte sagen können, war Tamaras Zusammenfassung: »Sie hat so verdammt scheiße gelitten!« Die ganze Wahrheit wäre das nicht gewesen. Aber die ganze Wahrheit wäre auch nicht tröstend gewesen. Und so sagte man nichts über Daschas Tod.

Aus Alfred wurde ein stiller Mann. Keine Witze, keine Gäste, keine Sauna, keine Arbeit.

Erst als die Mauer fiel, wurde er wieder lebendig. Er lief im Zimmer hin und her und fand, es sei eine Katastrophe und hätte nie passieren dürfen. Tamara würde es bald zu spüren bekommen. »Mann, Papa, der Kapitalismus is so einfach. Den versteh ich wenigstens! Klar, ist das ungerecht: Arm gegen Reich. Aber im Osten wusst ich nie, was ihr alle von mir wolltet. Immerzu kämpfen. Wofür denn? Wogegen denn? Für wen denn? Jetzt versteh ich wenigstens, worum's geht. Da weiß ich, worüber ich mich aufregen kann. Im Osten wolltet ihr die Wahrheit nich hören, die Lüge wolltet ihr auch nicht, und die Gehirnwäsche hat bei mir nicht funktioniert. Tut mir leid, dafür haste mich zu eigensinnig erzogen. Ihr hättet damit rechnen müssen, dass wir erwachsen werden und 'n eigenen Kopf zum Denken haben!«

Zum ersten Mal erklärte Alfred sie nicht für dumm, obwohl es eine ihrer simpelsten Erkenntnisse war. Er sagte: »Ich hab keine Ahnung, was Demokratie sein soll. Ich kenne nur den Kampf. Wir haben Fehler gemacht. Es ging nicht anders. Wir mussten mit dem roten Terror auf den braunen Terror reagieren. Dass du das nicht verstehen kannst, ist vielleicht das einzig Gute, was wir erreicht haben.«

Tamara kam also klar mit dem Westen.

Sie lernte einen Mann kennen. »Der kommt mit dem Westen nicht klar«, sagte Tamaras Freundin, als sie fragte, wer der Typ sei, der sich von seiner betrunkenen Schauspielermutter beschimpfen ließ. »Pianist. Künstler. Auf so was wolltest du dich doch nicht mehr einlassen.« Tamara zog eine Augenbraue hoch. »Ich glaub, ich mach 'ne Ausnahme.«

1951

Ich bin

eng umhüllt. Weiche Wände umschließen mich, werden dicker und fest. Sie schieben sich gegen meine Füße, pressen mir die Beine an den Bauch. Ich werde zusammengedrückt. Langsam ziehen sie sich die Wände zurück, lassen mich los. Dann spüre ich sie wieder heranrollen, mich einzwängen, sich fest um mich herumdrängen, immer fester. Sie werden mich freigeben, um sich erneut aufzustellen, mich zu umfassen und sich wieder aufzulösen. Es geht schon lange so. Vielleicht immer. Ich gewöhne mich daran. Aber dann werde ich ans Licht gezerrt, an die Luft, ins Leben.

1994

Seit Daschas Tod

war Alfred still geworden und schrieb an einem neuen Theaterstück.

Nach der zwölften Seite bekam er einen Schlaganfall. Nach der dreizehnten Seite den zweiten.

Tamara ging mit dem Pianisten ins Krankenhaus und fand ihren kleinen, braun gebrannten Vater nackt und angeschnallt auf dem Bett. Ein Schlauch steckte in seinem zusammengeschrumpelten Pimmel. Sein Gesicht war verkrampft. Sobald man Herrn Hirsch losbände, würde er um sich schlagen, sagten die Schwestern. Er konnte nicht mehr sprechen, aber aufhören zu kämpfen konnte er auch nicht. Tamara befreite seine Hände und legte sie auf ihre Brüste. Alfreds Körper wurde augenblicklich ruhig, und sein Gesicht entspannte sich. Am Abend war er tot.

»Mein Opa war in der Renaissance. Als Kompunist.« Hatte Henriette als Kind gesagt. Jetzt war sie achtzehn und versuchte, eines seiner Bücher zu lesen. Alfred konnte unmöglich das ganze Buch so kompliziert formuliert haben, dachte sie nach der ersten Seite. *Kreischend bohrten sich die weit aufgerissenen Mäuler der schwarzen Kräne in die bunten Leiber der Schleppkähne.* Henriette fand es eklig. Es ging um Männer und Dreck und Arbeit. Der Opa, der diese Bücher geschrieben hatte, war ein anderer, als der mit den starken Bauchmuskeln, auf denen sie hatte herumspringen dürfen, der das Gesicht vom platzenden Frosch machen konnte, der am Strand nackt mit der Peitsche auf dem Autodach Pferdekutscher gespielt hatte, im Handstand Treppen hochgelaufen war und Henriette, wenn sie bei den Großeltern übernachtete, zum Einschlafen die Marseillaise in das weiße Klavier gehämmert hatte.

Alfreds Bücher waren hässlich. Henriette wusste schon als Kind, dass Tamara sie deshalb nicht lesen konnte. Tamara konnte nur Bücher mit schönen Umschlägen lesen. Henriette las auch hässliche Bücher. Nur Alfreds nicht.

Adele verwandelte sich ohne Alfred zurück in die Pfarrerstochter, die sie an seiner Seite nicht sein durfte. Sie ging in die Kirche und schrieb Beschwerdebriefe an den Pfarrer. Er würde sich nicht um die Gemeinde kümmern, schrieb sie. Wenn er sein Amt wirklich ernst nähme, sei es so leicht, die Menschen zu gewinnen.

Ohne Alfred wollte sie auch Irmgard nicht mehr im Haus haben. Sie rief in Größchen an und fragte die Schwester in barschem Ton, wann sie wohl gedächte, ihre Verwandte endlich wieder abzuholen, als hätten sie Irmgard vor Kurzem bei ihr abgeladen. Irmgard packte ihre Sammelteller ein und ließ sich nach einundfünfzig Jahren zurückbringen zu den Schwestern. Sie hatte ihre Arbeitskraft verbraucht und brachte einen Koffer mit ins Dorf, der kaum größer war als der, mit dem sie vor einem halben Jahrhundert abgereist war. Damals war ihr Größchen zu klein gewesen. Jetzt hätte sie es noch kleiner haben wollen. »Wat haste nu jehabt vonne Stadt? Hast dir kaputt jearbeitet, und nu wollnse dir nich mehr habm. Feine Jesellschaft! Rente hättste vonne LPG mehr jehabt jetze. Und nu? Biste alt, hast keen Hof, keene Kinder und keen Jeld nich. Hast wat vonne Welt jesehen, aber schlauer biste wohl nich jeworden davon. Wat hamse dir nur verdorben, Irmchen!« Gehorsam ließ Irmgard sich beschimpfen und tat, was sie immer getan hatte. Kartoffeln schälen, Gemüse putzen, Teig kneten, Nüsse knacken, Geschirr spülen, Betten beziehen, Wäsche bügeln und dachte dabei, was sie nicht sagte. »Wenigstens hab ick mein Leben nicht mit einem von euren Saufköppen verbringen müssen.« Die Schwestern sahen in Irmgards Augen, was sie dachte, und richteten die Mundwinkel zu Boden.

Während Alfred dem Leben nur mit Gewalt zu entreißen war, hatte Adele sich dem Tod freiwillig in die Arme geworfen. Sie war weder auf die Idee gekommen, Tamara anzurufen, noch darauf, gegen die späte Abholung zur Blutabnahme zu protestieren. Nicht mal ihre Zigaretten hatte sie mitgenommen. Der junge Polizist, der ihr auf dem Parkplatz vor der Wache die Autotür öffnete, sah im Dunkeln aus wie damals ihr Lieblingsbruder in seiner braunen Uniform. Adele streckte die Arme nach ihm aus. Verwirrt blieb der Polizist stehen mit der toten Großmutter im Arm. »Frau Hirsch? Hallo? Frau Hihirsch!«

Tamara zog in das Haus ihrer Kindheit und baute alles um.

2012

»Was ist denn mit Oma?«

Tamara stand im dunklen Flur wie ein Geist. Dass ihre Falten sich zusammengezogen hatten, erschreckte die Enkelkinder. Sie kannten ihre Oma in Dick und Schwarz, wie ein Vulkan, der in Intervallen Rauch ausblies. Jetzt war sie eine schmale alte Frau im weißen Kleid geworden. Tamara hatte ihren Panzer abgelegt, und Henriette konnte sie in der neuen Form endlich umarmen. Die Vulkanoma war erloschen, hatte zu Ende gespuckt.

Neben Tamara auf dem Regal standen Schwarz-Weiß-Fotos aufgereiht. Alfred, Adele, Dascha. An der gealterten Hand ihrer Mutter erkannte Henriette die Hand ihrer Großmutter, mit der Zigarette und dem grünen Jadering. Die Schwarz-Weißen waren alle tot. Henriette spürte jetzt, wie Tamara in Schwarz oder in Weiß zu den Toten gezogen wurde. Sie sah ihre Mutter an und wusste: Sie war für ihre Töchter am Leben geblieben. Sie wusste auch, dass Tamara immer geglaubt hatte, in ihrer Grobheit die falsche Mutter gewesen zu sein. Aber in ihrem Übermut war sie die richtige.

Henriette überlegte, ob sie Tamara ihren Frieden lassen konnte. Nein. Konnte sie nicht. Sie musste Tamara zeigen, dass sie ihr die Sache mit dem Pianisten nicht verzieh. Tamara sollte ihren Frieden nicht finden, damit sie nicht zu den Toten gehen konnte.

»Warum bist du eigentlich so geworden, wie du nicht sein wolltest?« Henriette legte ihr Handy auf den Tisch.

Die Pegelanzeige der Diktiergerät-App fing an zu zappeln, als ein Flugzeug über den Garten flog. »Ich höre dir zu, aber ich umarme dich nicht, wenn du weinst«, sagte Henriette streng und verschränkte die Arme.

2017

Vor dem Pankower Haus

stieg die Grünsteintochter aus ihrem roten Ford.

Sie blieb auf dem Gehweg stehen, als stünde sie vor einem unerwarteten Schlagbaum. Tamara öffnete das Schlafzimmerfenster. »Kommste rein, oder willste da stehn bleiben? Is offen.« Die Frau betrat das Haus wie ein unberechenbares Sumpfgebiet und erschrak, als Tamara die Treppe runterkam.

»Hast du mich etwa erwartet?«

Tamara hielt den Kopf schief und ahnte, hier stimmte etwas nicht.

»Nein, ich habe dich nicht erwartet«, sagte sie besonders langsam, als würde sie einer Ausländerin Deutsch beibringen wollen.

»Ich kann mich nämlich an nichts erinnern«, sagte die Grünsteintochter.

»Achduscheiße.« Tamara stöhnte, wollte in die Küche gehen. »Willste Kaffee?«

Die Frau sah sich um. »Ich muss als Kind oft hier gewesen sein.«

Tamara blieb stehen, stemmte die Arme in die Hüften und sah die Grünsteintochter misstrauisch an. »Du verarschst mich doch jetzt, oder? Ihr wart früher ständig hier!«, sagte Tamara, als habe sie sich damals belästigt gefühlt. Die Frau schüttelte den Kopf. »Kann mich nicht erinnern«, und ging durchs Zimmer.

»Was is denn passiert? Unfall? Amnesie oder so?«

Die Grünsteintochter strich mit der flachen Hand über die Kommode. »Nein. Alles in Ordnung. Es hat mich nur gewundert, dass mich der Tod deiner Mutter so erleichtert hat. Und dann hab ich alles vergessen.«

»Hört sich aber nicht in Ordnung an!«, sagte Tamara und brachte Tassen ins Wohnzimmer. Sie sei verheiratet, habe drei Kinder und würde als Anästhesistin in einem großen Krankenhaus arbeiten, erzählte sie. Tamara lachte verächtlich. »Herzchen, das ist für mich lange kein Beweis dafür, dass alles in Ordnung ist!«

Die Frau sah Tamara an, sah durch sie hindurch, ging an ihr vorbei und suchte in jedem Raumdetail nach ihrer verlorenen Erinnerung. »Adele ist hier immer in Unterwäsche rumgelaufen, kann das sein?« Sie wartete auf keine Antwort und ging die Treppe rauf. Vor der Schlafzimmertür hörte Tamara sie stehen bleiben und fürchtete sich plötzlich. Sie empfand Groll gegen die junge Frau mit ihrem Gedächtnisschwund. Es kam ihr vor, als habe sie ihre kontaminierten Erinnerungen luftdicht verpackt und wolle sie jetzt bei ihr entsorgen.

Alles ergab schon lange ein Bild. Aber ansehen wollte Tamara es nicht. Es würde vielleicht sagen, die Eltern seien dazu getrieben worden, ihre Kinder dem vergangenen Krieg zu opfern wie eine Bezahlung für ihr eigenes Überleben, das ihnen so unverdient vorkam. Alfred hatte erlebt, wie Menschen sich in Bestien verwandelt hatten. Er wusste: Die Bestie steckt in jedem. Vielleicht ist er deshalb so oft verreist, um sich vor seinen Töchtern nicht immer wieder verwandeln zu müssen. Tränen irrten durch Tamaras Gesicht und verliefen sich in den Falten.

»Und? Is dir was eingefallen?« Tamara wischte sich über die Wangen und versuchte, freundlich zu klingen, als die Grünsteintochter sich mit verschränkten Armen an die Tür lehnte. Ihr suchender Blick hatte sich nach innen gerichtet. Sie schüttelte den Kopf. »Nur ein Bild. Zwei Bilder. Eigentlich drei.« Tamara wollte nichts wissen von ihren drei Bildern. Das Schweigen konnte sie aber auch nicht aushalten. Sie wusste, sie würde die Frau nicht loswerden, ohne ihr zu erlauben, die Erinnerungen hierzulassen. Tamara seufzte: »Dann erzähl mal.«

»Seit Jahren sehe ich ständig dieses Haus. Es ist dunkel und unheimlich. Ich hatte das Gefühl, ich muss da hin, wusste aber lange nicht, dass es dieses Haus war. Und dann die Sauna. Ich alleine mit Adele. Nackt. Auch ziemlich dunkel. Gibt es die Sauna noch?« Tamara nickte rauchend, ohne sie anzusehen. »Voller Spinnweben. Hab ich seit Jahren nich betreten.«

»Und das dritte Bild, oben, im Schlafzimmer. Adele hockt über mir, und ich muss an ihren Schamlippen spielen.«

Tamaras Ohren fingen an zu rauschen. Etwas krempelte sich um in ihr. Wie ein Daumenkino ratterte ihr Leben rückwärts in ihre Kindheit, eine Tür öffnete sich kurz, schlug wieder zu, und ihr Leben ratterte zurück in die Gegenwart. Sie hörte den roten Ford abfahren.

Tamara hatte eigentlich gedacht, in ihr würde der Widerstand gegen unangenehme Tatsachen nicht stecken. Da steckte er aber doch, und sie sah die Vergangenheit als Schleife über ihrer Familie liegen, als würde sie sich so lange wiederholen wollen, bis jemand den Knoten öffnete.

In der Nacht träumte sie von einer Kopfsteinpflasterstraße, in deren Steine eine Geschichte eingraviert war. Am Horizont sah sie, wie die Straße sich in die Erdkrümmung hinabsenkte. Unter ihren Fußsohlen wölbten sich die Katzenköpfe, und während sie die Buchstaben im Gehen rückwärts entzifferte, las sie ihre eigene Geschichte.

Mit dem nächsten Schritt trat sie auf weichen Untergrund und drehte sich um. Die Straße versandete. Die Steine wurden vom Moos verschluckt, und die Landschaft verzweigte sich in einem Gelände aus verschlungenen Wegen in Wurzelwerkstruktur. Dahinter Berge, Steine, klare Seen, genau wie in Friedrichs Fotobildband vom Lake District.

Tamara fuhr zum See, ging bei Gewitter baden und hoffte, der Blitz würde sie finden. Die Naturgewalten sollten ein Interesse an ihr beweisen. Sie wollte den Donner für sich alleine haben, und er sollte auf ihrer Seite sein.

Nachdem die Blitze wieder einen Bogen um sie gemacht hatten, saß sie am Ufer und sah im Wasser den Himmel heller werden.

Ich danke ganz besonders meiner Familie.

Außerdem der Bayerischen Akademie des Schreibens, Grit Ulrich vom Bundesarchiv in Berlin-Lichterfelde, Jonas Reuber, Anabelle Assaf und Dominique Pleimling, Christoph Schickl fürs Badische, Jenny Hauser, Susanne Kossack, Sophie Freud und vor allem Micha Chudoba für die große Hilfe bei der Recherche und für den Zuspruch.

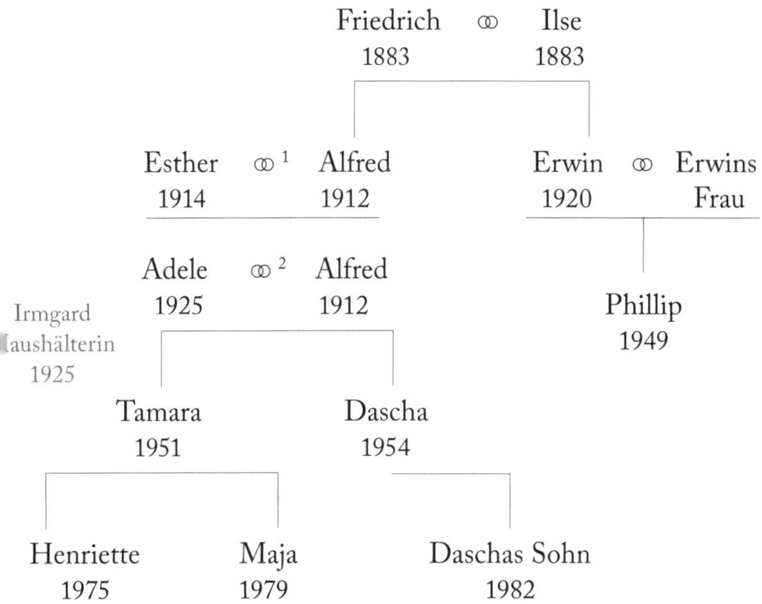
Friedrich ⚭ Ilse
1883 1883
Esther ⚭ 1 Alfred
1914 1912
Erwin ⚭ Erwins Frau
1920
Adele ⚭ 2 Alfred
1925 1912
Irmgard
Haushälterin
1925
Phillip
1949
Tamara
1951
Dascha
1954
Henriette
1975
Maja
1979
Daschas Sohn
1982